Jenny Lund Madsen

# 30 TAGE DUNKELHEIT

KRIMINALROMAN

AUS DEM DÄNISCHEN VON
JULIA GSCHWILM

TROPEN

MIX
Papier | Fördert gute Waldnutzung
FSC® C083411

Tropen
www.tropen.de
Die Originalausgabe erschien unter dem Titel »Tredive dages mørke«
im Verlag Grønningen 1, Kopenhagen

Cover: Zero-Media.net, München
unter Verwendung einer Abbildung von © gettyimages/maina Aldamjarova
Gesetzt von C.H.Beck.Media.Solutions, Nördlingen
Gedruckt und gebunden von CPI – Clausen & Bosse, Leck
ISBN 978-3-608-50165-0
E-Book ISBN 978-3-608-11997-8

FÜR TRIN

# PROLOG

Das Herz schlug ihm bis zum Hals. Warum musste es so enden? Er wollte schreien, sich die Haut vom Leibe reißen, auf jemanden einschlagen. Jemandem gegen den Kopf treten, bis das Leben aus ihm entwich. Es musste nicht einmal unbedingt *er* sein, Hauptsache, es war jemand, der es verdient hatte. In diesem Moment kam es ihm so vor, als hätte es die ganze Welt verdient zu sterben.

Er lief schneller. Die Wiese war nass und matschig wie immer, er hasste diesen Ort. Es war dunkel und kalt und feucht. Immer dasselbe, zum Kotzen. Ohne zu wissen, warum, rannte er weiter in Richtung Wasser. Konnte bereits die Wellen hören. Je näher er kam, desto größer wurde die Lust, ins Meer zu springen und das Ganze einfach zu vergessen. Er wollte weg von hier, hasste das Dorf und alle seine Bewohner. Er fror. War ohne seine Jacke gegangen, so aufgewühlt war er gewesen. Kurz dachte er darüber nach umzukehren, doch dann würde er sein Gesicht verlieren. Und das war das Letzte, was er wollte. Er wollte über sie alle siegen, sie hinter sich lassen und das Leben erobern, zurückkehren und ihnen zeigen, was aus ihm geworden war. *Fuck them.* Er war jetzt fast ganz unten am Meer, konnte das Salz schon schmecken. Er leckte sich über die Lippen, spürte, dass er alles konnte. Er konnte sich selbst das Leben nehmen, jemanden umbringen, egal. Er war etwas wert, *er* hatte die Macht, er konnte tun, was auch immer er wollte. Er hielt inne, riss sich das Shirt herunter, stand mit nacktem Oberkörper da und merkte, wie die Novemberkälte sich in seine Haut fraß. Es tat weh und würde bald lebensgefährlich werden. Wieder dachte er darüber nach, in die Wellen zu springen, dem Ganzen ein Ende zu setzen. Doch dann sank er mit einem Brüllen in sich zusammen, rang nach Atem, schluchzte, schrie. Es kümmerte ihn nicht, dass er im feuchten Gras saß. Auch wenn es für die Jahreszeit mild war, kroch die Kälte durch seinen ganzen Körper bis in sein Herz. Es war so ungerecht! Alle anderen saßen im warmen Wohnzimmer und hatten keinerlei Probleme, während er hier hockte wie ein Tier, mitten im Nichts. Sein Leben war zerstört. Er schluchzte, merkte, wie Selbstmitleid ihn erfüllte. In diesem Moment wollte er nur eines: umarmt werden. Und er wusste, wer ihn jederzeit bereitwillig umarmte – selbst, wenn er sie erst kurz zuvor abgewiesen hatte. Allein der Gedanke tröstete ihn etwas, er hörte auf zu weinen. Er schüttelte sich vor Kälte; er wollte nur nach Hause zu ihr, wollte nur eine Umarmung und eine Tasse Tee.

Plötzlich sah er etwas in der Ferne, die Scheinwerfer eines Autos. Der Wagen näherte sich, und er erkannte die speziellen Scheinwerfer, selbst aus dieser Entfernung. Niemand sonst im Dorf hatte solche weißen, blendenden Scheinwerfer. Scheiße. Das war das Letzte, was er jetzt brauchen konnte. Unter keinen Umständen würde er mit diesem Idioten reden. Er stand auf, zog sein Shirt an. Am besten sah er zu, dass er nach Hause kam – er wollte leben, nicht sterben. Doch im selben Augenblick hörte er eine Stimme hinter sich, jemand sagte seinen Namen. Konnte das sein? Er wollte sich gerade umwenden, doch da spürte er ihn schon. Den Schlag. Es fühlte sich an, als stürzte ihm der Himmel auf den Kopf. Er fiel zu Boden, nahm gerade noch das nasse Gras und das Blut wahr, das ihm durch die Haare lief. Jemand zog an seinen Beinen, schleifte ihn zum Wasser hinunter, er versuchte sich zu bewegen, aber es gelang ihm nicht. Dann verlor er völlig das Bewusstsein. Merkte nicht, dass ihn jemand in etwas hineinzog, von dem er kurz zuvor noch geträumt hatte. Das eiskalte, dunkle und todbringende Wasser.

# 1

*Eine Hand berührt über die Armlehne hinweg eine andere, Finger verschränken sich ineinander. Sie lehnen sich gleichzeitig zurück. Er dreht den Kopf eine Millisekunde vor ihr herum, er hat Angst vor dem Fliegen, versucht es jedoch zu verbergen, sie hat keine, tut jedoch so, als ob. Sie lieben sich mit den Augen und üben die Liebe aneinander, während sie vom Boden abheben.*

*Sie: Ich hab auf einem Berg gecampt.*

*Er: Ich bin Ski gefahren.*

*Sie: Ich hab dir den Atem genommen.*

*Er: Ich hab in Brüssel getanzt.*

*Das Flugzeug ist in der Luft, seine leicht schwitzige Hand …*

So weit, so gut. Was jetzt? Wie erzählt man von zweien, die sich gerade verlieben? Wie schildert man ihre Gefühle, ohne wie eine schlechte Kopie von Goethe zu klingen, oder noch schlimmer: eine viel zu gute Kopie von Barbara Cartland? Wie auch immer, das Ganze ist viel zu banal. Mit einem festen Druck auf *delete* löscht sie den kompletten Abschnitt. Das Gefühl der Unzulänglichkeit spült sie mit einem großen Glas Rotwein hinunter und kippt gleich noch eines hinterher – um das Gefühl der Mittelmäßigkeit loszuwerden, braucht sie mehr als ein Glas. Hannah Krause-Bendix hat noch nie eine schlechte Rezension bekommen, nicht ein negatives Wort haben die Rezensenten über einen ihrer vier Romane verloren. Sie ist ein literarischer Superstar, war zweimal für den Literaturpreis des Nordischen Rates nominiert, hat ihn nie gewonnen, aber das ist unerheblich: Sie glaubt nicht, dass Literatur mit Preisen bewertet werden kann. Aus diesem Grund hat sie auch nie einen der vielen Preise angenommen, die ihr im Lauf der Jahre zugesprochen wurden. Hannah ist in ihren eigenen Augen ein fünfundvierzigjähriger Ausbund an Integrität und unterstreicht bei jeder sich ihr bietenden Gelegenheit, dass kommerzieller Erfolg unter ihrer Würde ist. Ihr Lektor ist möglicherweise der Einzige, der weiß, dass das eine Lüge ist. Dialog, von vorne:

*Er: Es gibt Straßen in Kopenhagen, die nur in meinen Träumen existieren.*
*Sie: Aber sind sie deswegen weniger real?*

Wieder *delete.* Sie hat in ihren Büchern noch nie von der Liebe erzählt, und momentan sieht es so aus, als würde es ein One-Night-Stand ohne Folgen bleiben. Hannah steht rastlos vom Schreibtisch auf, deutsches Design, Mahagoni, schwer genug, um ihre normalerweise so genialen Worte zu tragen. Doch heute gibt es nicht viel zu tragen, die Worte kommen einfach nicht. Auch heute nicht. Hannah schreitet ihre Dachwohnung ab, siebenundsechzig Quadratmeter, das ist schnell getan. Sie stellt sich ans Fenster, öffnet es, bläst Rauch über die Dächer der Stadt. Es ist ein schöner Tag, Kopenhagen macht sich gut in der Herbstsonne, die Menschen laufen beharrlich mit kurzen Ärmeln herum, obwohl schon November ist. Als würde die nackte Haut den Sommer halten. Manchmal ist sie neidisch auf diese Menschen, die ihren Nachwuchs im Kinderwagen herumschieben, sich sorglos gegenseitig grüßen und Soja-Latte aus Pappbechern trinken. Die Kopenhagener sind so gut darin, sonntags glücklich auszusehen. Einen kurzen Moment überlegt sie, ob sie doch hingehen soll. Bastian wird ihr monatelang keinen Wunsch mehr abschlagen können, wenn sie es tut. Keine schlechte Aussicht: ein dankbarer, fügsamer Lektor. Äußerst verlockend. Doch dann drückt sie die Zigarette aus und reißt sich zusammen. Sie wird nicht auf einer todlangweiligen Buchmesse ihre Romane für einen Pöbel signieren, der Bücher nicht von Literatur unterscheiden kann. Außerdem erwarten sie dort auch keine Busladungen voller jubelnder Fans. Hannahs Leserschaft ist genauso klein wie elitär – trotz ihres Renommees lebt sie nach wie vor als Autorin von des staatlichen Kunstfonds Gnaden. Sie schreibt die Art von Büchern, in denen ein alter Mann einen Schluck Kaffee nimmt und über vierzig Seiten hinweg nachdenkt, bevor er einen weiteren Schluck nimmt. Und dann ist nicht nur der Kaffee kalt geworden. Die meisten ihrer Leser sind es auch.

Hannah geht in die Küche und redet sich ein, dass sie es aus einem bestimmten Grund tut. Aber das stimmt nicht. Ihr Hungergefühl ist nicht echt, sie hat erst vor einer Stunde gefrühstückt. Erst vor einer Stunde, wirklich? Die Uhrzeit leuchtet ihr vom Herd her digital entgegen, ein stummer Vorwurf: Es ist noch nicht einmal elf Uhr, und sie ist schon bei ihrem dritten Glas Wein und ihrer fünften Kippe. Das muss aufhören. Von jetzt an kein Alkohol mehr vor zwölf. Ein Versprechen, das sie schon viel zu oft gebrochen hat, und sie weiß, dass sie es auch diesmal tun wird. Was für ein verdammtes Schriftstellerklischee sie doch ist. Sie öffnet ein paar Schranktüren, schließt sie wieder. Dasselbe Ritual mit dem Kühlschrank: öffnen, schließen. Doch der Hunger kommt nicht, sie hat auf nichts Lust. Warum lässt ihre Inspiration sie in letzter Zeit nur so im Stich?

Korrektur: Ihre Inspiration ist nicht das Problem. Stoff hat sie genug. Es ist eher der Umgang damit, die Verschriftlichung sozusagen. Eine bestimmte Empfindung, ein scharfsinniger Gedanke oder ein bedeutungsvolles Wort bilden keinen Erzählanlass mehr, denn der Rest kommt einfach nicht. Oder genauer gesagt, das, was kommt, ist zu schlecht, zu floskelhaft, zu prätentiös, zu beliebig. Sie trifft nicht mehr wie sonst den Nerv. Charakterstudien sind Hannahs Stärke. Sie hat ein intuitives Gefühl für ihre Figuren, sodass ihre Leser nicht nur denken, sie würden diesen Menschen kennen, sondern sie *wären* dieser Mensch. Hannah ist eine Beobachterin. Während die anderen Gäste bei einem Abendessen um allgemeine Aufmerksamkeit wetteifern, beobachtet sie – sie erhebt nicht wie die anderen die Stimme und zitiert Fakten, sie sitzt still da und lächelt nur flüchtig über das etwas schräge Gespräch. Hannah registriert die flackernden Augen einer Person und die leeren Worthülsen, die sie von sich gibt, sie spürt die innere Entfremdung und den verzweifelten Wunsch, nicht ertappt zu werden. Doch wobei? Dem seelischen Ungleichgewicht, der empfundenen Langeweile, dem Versuch, etwas zu schützen, das zu gut und schön für die Umwelt ist? Über derartige Fragen grübelt Hannah nach, ihnen dichtet sie Geschichten an, um ihre Leser lebensklüger zu machen. Aber mittlerweile zweifelt Hannah daran, dass sie mit ihrer Schreiberei tatsächlich irgendjemanden klüger macht. Am allerwenigsten sich selbst. Da sind nur endlose Gedankenreihen auf Papier. Das ist der Grund, weshalb sie sich nun an der Liebe versucht, sie will zurück auf die richtige Spur kommen. Oder eine neue finden.

Doch es ist schwer, eine Handlung zum Thema Liebe zu erfinden, wenn man selbst in einer Paarbeziehung nie über den ersten Wendepunkt hinausgekommen ist – und vielleicht besonders schwer, wenn man nicht an Handlungen glaubt. Sie wirft einen Blick aus dem Küchenfenster, hinaus in den Garten, wo ein paar Kinder spielen. Falls es ein Spiel ist, Regenwasser aus einer großen Tonne zu holen und die Blumen zu gießen. Dem Lachen und fröhlichen Kreischen der Kinder nach zu urteilen, macht es ihnen jedenfalls Spaß. Hannah seufzt, wie schön muss das sein, ein so leichtes und unbekümmertes Leben. Sie schüttelt den Gedanken ab, will nicht hier sitzen und sich selbst bemitleiden. Wenn sie ganz ehrlich ist, hat sie einen Teil ihrer Probleme selbst geschaffen, besonders im Hinblick auf die Liebe. Es ist nicht so, dass Hannah nicht lieben kann. Das hat sie sogar schon ziemlich oft getan, aber immer nur für kurze Zeit. Generell hat sie einfach nicht besonders viel Geduld mit anderen Menschen, und in Liebesbeziehungen ist sie immer enttäuscht worden, bevor sie sich überhaupt richtig entwickelt haben. *Enttäuscht* ist vermutlich das falsche Wort. *Gelangweilt* trifft es wohl besser. Vielleicht liegt es daran, dass sie ihre Zeit damit verbringt, in den Köpfen ihrer Charaktere herumzufuhrwerken, und dadurch immer den Eindruck hat, allen anderen zehn Schritte voraus zu sein. Sie würde so gern einmal überrascht werden, jemanden treffen, den sie nicht gleich durchschaut. Doch langsam zweifelt sie daran, dass das jemals geschehen wird.

Bastian zweifelt nicht an ihr, das hat er noch nie getan. Aber er hat so ein unfassbar schlechtes Urteilsvermögen. Wenn er nicht ihr bester (na ja, seien wir mal ehrlich, einziger!) Freund, größter Fan und unverrückbar loyaler Lektor wäre, hätte sie ihm schon vor vielen Jahren die Freundschaft gekündigt. Er ist ihr zu kommerziell geworden. Sie fragt sich schon seit Langem, warum er sie eigentlich mag. Hannah ist Bastians einzige literarische Autorin, die anderen »Autoren«, die er betreut, schreiben Kochbücher, Krimis, Schundromane – all diesen Mist, den die Leute kaufen, weil er leichtverdaulich und ungefährlich ist. Da gibt es Antworten, gute Menschen und böse Menschen, Probleme, die alle gelöst werden. In Hannahs Romanen gibt es keine Antworten, nicht einmal Fragen. Wenn man sie liest, muss man eigenständig denken. Sich vertiefen. Fühlen. Und das können dann eben doch die Wenigsten. Hannah seufzt bis in die Fingerspitzen. Aber sie weiß sehr gut, dass sie keinen Gedanken daran verschwenden dürfte, Bastian loszuwerden – er ist derjenige, der sie eigentlich schon vor vielen Jahren hätte fallen lassen sollen. Sie ist schwierig, ihre Bücher verkaufen sich nicht. Woran es wohl liegen mag, dass Bastian sie nun schon seit vierzehn Jahren hartnäckig im Verlag behält? Prestige, Philanthropie, schlechtes Urteilsvermögen? Jedes Mal, wenn sie darüber nachdenkt, erscheint ihr die letzte Möglichkeit als die wahrscheinlichste. Ich muss ihm etwas zurückgeben, denkt sie in einem Anflug von Einsicht, der nur den Bruchteil einer Sekunde währt. Da hat sie Bastian schon angerufen und ihm mitgeteilt, dass sie zur Buchmesse kommt. Sie bringt ja ohnehin nur Banalitäten zu Papier. Bastian ist glücklich.

# 2

Vor dem Bella Center zündet Hannah sich eine Kippe an und bereut ihr Vorhaben. Während sie sich genügend Mut anraucht, um den Messebesuchern entgegenzutreten, betrachtet sie die fettverschmierten Glastüren, durch die mit Schwingmechanismus und Handschubkraft Grauhaarige, Jütländer und Kinder in die Welt der Bücher und wieder hinaus geschleust werden. Mit diesen Menschen soll sie sprechen. Oh Gott, ich will lieber sterben!

»Entschuldigung, aber können Sie mit der Zigarette vielleicht etwas weiter vom Eingang weggehen?«

Hannah wendet sich um und blickt direkt auf das Haar einer Frau, die zu anderen Zeiten bestimmt eine ausgezeichnete Milchmagd abgegeben hätte. Heutzutage ist sie Lehrerin, und die selbstgefärbten Haare sind seit dem letzten Bleichen vier Zentimeter gewachsen. Hannah senkt ihren Blick, schaut der Frau in die gekränkten Augen. Die Pädagogin weist mit Leidensmiene auf die Gruppe unruhiger Kinder, die hinter ihr stehen.

»Die rauchfreie Zone geht bis ganz dahinten.«

Die Frau zeigt nun auf eine Bude, die so weit weg liegt, dass Hannah sie kaum noch erkennt. Hannah lächelt demonstrativ.

»Okay, ich soll also nach Schweden, um eine Kippe zu rauchen?«

»Es ist doch wegen der Kinder. Sie werden vielleicht zum Rauchen verleitet, wenn sie jemanden mit Zigarette sehen. Oder sie könnten Krebs bekommen.«

»Davon, dass sie mich rauchen sehen?«

»Davon, dass Sie ihnen ins Gesicht rauchen.«

Hannah blickt zuerst die Milchmagd-Pädagogin und dann die Kinder müde an, die sie anstarren, als wäre sie Darth Vader. Dann beugt sie sich zu dem Erstbesten hinunter, einem rotznasigen Jungen mit roten Backen. Hält ihm die qualmende Zigarette hin.

»Hast du Lust, die hier fertig zu rauchen?«

Der Junge schüttelt ängstlich den Kopf. Hannah richtet sich auf, schaut der Pädagogin direkt in die Augen.

»Sehen Sie – ich inspiriere niemanden einen Dreck.«

Hannah drückt die Kippe aus, dreht sich um und betritt die Buchmessenhölle. Die Rufe der Frau, sie solle die Kippe aufheben und in den Mülleimer werfen, ignoriert sie.

Bücherstände bilden die Wände dieses Labyrinths, in dem von grauhaarigen Weißweinfrauen aus Lesezirkeln bis hin zu jungen Paaren mit umgeschnallten Babys alle möglichen Leute herumirren. Manche auf der Jagd nach dem nächsten großen Leseerlebnis, andere in der Hoffnung, einen Blick auf ihren Lieblingsautor zu erhaschen – die meisten wohl einfach auf der Flucht vor der Langeweile zu Hause. Einen Schal um den Kopf geschlungen, gelingt es Hannah, Begegnungen sowohl mit Kollegen als auch mit Lesern und Journalisten zu vermeiden, während sie sich vorankämpft. Sie spürt, wie ihre Platzangst in einem Anfall von kaltem Schweiß und Atemnot ihren Höhepunkt erreicht, während sie den Stand betritt, wo ihre Bücher auf einem eigenen Tisch arrangiert sind. Hier soll sie stehen und ihren Namen hineinsetzen. Bastian ist nicht da, obwohl er versprochen hatte, zu kommen. Verärgert stellt sie fest, dass der Stapel ihrer Bücher völlig unberührt zu sein scheint. Es sieht auch nicht so aus, als würde sich das ändern: Außer einer müde wirkenden Verlagspraktikantin hinter dem Tresen ist sie die Einzige hier. Hannah nimmt den Schal ab, die Praktikantin blickt sie an, ohne sie zu erkennen.

»Für diese Bücher gibt es ein spezielles Messeangebot, zwei zum Preis von einem. Wir werden sie irgendwie nicht richtig los, aber sie sind wirklich gut. Die Autorin hat zweimal den Literaturpreis des Nordischen Rates gewonnen.«

»Diese Autorin hat nie den Literaturpreis des Nordischen Rates gewonnen.«

»Doch, Hannah Krause-Bendix. Sie ist wirklich eine der besten Autorinnen Dänemarks, sie ist nur nicht so bekannt. Aber sie ist meine Lieblingsautorin.«

Hannah bekommt Lust, den Revolver zu ziehen, den sie glücklicherweise nicht in der Tasche hat. Sarkasmus und Demütigung sind ihre einzigen Waffen.

»Okay, sie ist Ihre Lieblingsautorin? Welchen von ihren Romanen würden Sie dann empfehlen?«

Die Praktikantin zögert erschreckend kurz mit ihrer Lüge.

»*Ich komme in Stille* ist wirklich episch.«

»Episch?«

»Ja, also, Sie wissen schon, es ist ein bisschen seltsam, aber das ist ihr Stil. Es hat richtig Tiefe.«

»Tiefe?«

»Ja, das ist schwer zu erklären, weil ...«

»Weil Sie es nicht gelesen haben?«, unterbricht Hannah sie.

Die Praktikantin blinzelt einen Moment lang unsicher, schafft es aber nicht, ihre Gedanken zu einer Antwort zu sammeln. Hannah ist schneller.

»Sie sollten nicht auf einer Buchmesse stehen und Werke verkaufen, von denen Sie obendrein behaupten, Sie hätten sie gelesen, wenn Sie offensichtlich weniger von Literatur verstehen als ein analphabetischer ...«

»Analphabetischer was?«

Hinter Hannah ist Bastian in seinen vollen zwei Metern Größe aufgetaucht. Er blickt Hannah fragend an, dann wandert sein Blick ebenso fragend zu der Praktikantin, die den Tränen nahe hinter dem Tresen zusammenschrumpft.

»Analphabetischer Idiot.«

Hannah ärgert sich, dass ihr keine raffiniertere Beleidigung eingefallen ist, und konstatiert gleichzeitig irritiert, dass die Praktikantin weder genug Angst noch Scham besitzt, um einen vollendeten Zusammenbruch zustande zu bringen. Stattdessen richtet sich das junge Mädchen auf, sicher in der Überzeugung, dass ihr Chef, der große, attraktive Bastian, die fremde Angreiferin im Polizeigriff aus dem Gebäude eskortieren wird. Hannah weiß, dass das eine Fehleinschätzung ist.

»Claudia ist neu hier, sie studiert Literaturwissenschaften.«

Vermutlich noch in Gedanken an den Polizeigriff drückt Claudia bei Bastians Worten die Brust etwas heraus. Sie wendet sich an ihn.

»Ich hab nur versucht, der Kundin hier was über Hannah Krause-Bendix zu erzählen, und dann hat sie mich total angeschnauzt.«

Eine Frau, die sich als Opfer stilisiert. Wie banal.

Praktikantin Claudia schielt zu Bastian hinüber: Wann kommt jetzt der Polizeigriff? Hannah beginnt allmählich, den Konflikt zu genießen. Wenn sie Glück hat, feuert Bastian diese Praktikantin. Ihretwegen darf die Folter ruhig in die Länge gezogen werden. Leute, die andere über etwas belehren, von dem sie nichts verstehen, sollen einen langsamen und qualvollen Tod sterben. Andererseits hat sie hier auch etwas zu erledigen, und diese Diskussion führt nicht gerade zu mehr signierten Büchern.

»Ich weiß nicht, ob Sie in Statusupdates oder Modeblogs belesener sind, aber von Romanen haben Sie jedenfalls keine Ahnung. Sonst würden Sie nämlich wissen, dass ich Hannah Krause-Bendix bin und dass ich diese Bücher geschrieben habe, die Sie hier feilbieten, als wären es saure Gurken im Sonderangebot.«

Claudia schnappt nach Luft.

»Hannah, sie ist neu.«

Bastian versucht, der Demütigung die Spitze zu nehmen.

»Ich kann ja nicht wissen, dass Sie das sind, wenn Sie ganz anders aussehen als auf dem Foto ... Sie sind ja auch wirklich viel älter geworden.«

Claudia fummelt an Hannahs Büchern herum und versucht, sie schön zu drapieren. Als würde das irgendetwas helfen. Hannah schluckt eine schnippische Antwort herunter, zieht stattdessen ihre Jacke aus und wirft sie hinter den Tresen.

»Wollen Sie nicht einfach für ein Stündchen rausgehen und sich eine heiße Öko-Soja-Latte kaufen, während ich hier stehe und meine epischen Romane signiere?«

Claudia blickt Bastian an. Wie eine Schülerin, die gefragt hat, ob sie auf die Toilette gehen darf.

»Mach ruhig eine Pause.«

Claudia stiehlt sich davon. Verschwunden sind auch die aufrechte Haltung und die durchgedrückte Brust.

»Schön, dich in deiner besten personalverschreckenden Form zu erleben.« Bastian trommelt mit dem Zeigefinger auf dem Tisch herum.

»War es wirklich so schwierig, eine Messeaushilfe zu finden, die auch nur eines meiner Bücher gelesen hat?«

Bastian zögert. Hannah seufzt. Natürlich. Wenn es ihr nicht bald gelingt, ein größeres Publikum heranzuziehen, wird man ihre unverkäuflichen Bücher demnächst direkt zum Wertstoffhof fahren.

»Du musst wissen, dass ich das hier nur tue, weil ich so ein gutes Herz habe. Einzig und allein.«

»Kannst du die Leute nicht wenigstens anlächeln?«

»Teuflisch oder sexy?«

»Einfach nur freundlich. Ich weiß, dass du das kannst.«

Bastian lächelt und zuckt mit den sakkobekleideten Schultern – warum muss ein Lektor aussehen wie ein Geschäftsmann? Hannah kann sich noch an eine Zeit erinnern, in der weicher Cord und Wolle zu Bastians Uniform gehörten, aber das war vor dem wirtschaftlichen Aufschwung der Nullerjahre. Und bevor er Lektor wurde. Seit er im Verlag angefangen hat, hüllt er sich in Sakkos in unterschiedlichen Schnitten und Farben. Hannah ist sich ziemlich sicher, dass das ein bewusstes Zeichen des Übergangs vom literaturliebenden Studenten zum fest angestellten Literaten gewesen ist. Von der Beschäftigung mit Büchern um der Bücher willen zur Beschäftigung mit Büchern um des Geldes willen. Ein Wechsel, den Hannah selbst nie vollzogen hat. Aber in ihrem tiefsten Inneren freut sie sich darüber, dass Bastian den Schritt gegangen ist. Ihr Blick fällt auf den Tisch mit ihren eigenen Werken, und sie spürt eine Welle von Dankbarkeit für Bastians kommerzielle Transformation – ohne ihn wären ihre Bücher auf der Messe überhaupt nicht zu finden. Auch wenn sie den in Wolle gekleideten Cord-Mann, den sie bei einer Inger-Christensen-Lesung von *Das Schmetterlingstal* Ende der Neunzigerjahre zum ersten Mal getroffen hat, dennoch vermisst.

»Ist da Strom drauf?«

Hannah schaut auf. Ein Mikrofon pfeift. Das hatte also gerade die dünne Frauenstimme verstärkt. Die Stimme gehört zu einem Körper, der, falls überhaupt möglich, noch dünner ist: dem von Natasja Sommer. Auf einer Bühne. Auf der Bühne stehen außerdem zwei Stühle, und auf einem Tisch davor zwei Gläser Wasser. Die Kulturjournalistin ohne Ausbildung klopft leicht auf das Mikrofon, dum, dum, Pfeifton. Ja, da ist Strom drauf. Hinter ihr wird ein Plakat aufgehängt. Hannahs Herz setzt einen Schlag aus: Das Plakat zeigt Jørn Jensen, den grauenvollsten Krimiautor der Welt, Hannahs Hassobjekt Nummer eins. Wie es aussieht, wird Natasja Sommer ihn interviewen. Jetzt gleich. Auf der Bühne. Hannah atmet tief durch. Sie hat gewusst, dass diese Buchmesse eine Fehlentscheidung war.

# 3

Lächeln, Lächeln, Erfolg, Erfolg. Hannah blättert den Messekatalog durch und sieht die Porträts und Buchcover ihrer Kollegen aufblitzen. Kleine Erinnerungen wie Nadelstiche daran, dass sie selbst seit Langem nichts mehr veröffentlicht hat. Sie klappt den Katalog zu, begutachtet ihren Stand, der menschenleer ist, während sich der Platz vor der Bühne nebenan immer mehr füllt. Aus ihrer Einsamkeit wirft sie einen verstohlenen Blick auf das erwartungsvolle Publikum und verspürt den überwältigenden Drang, in eine klitzekleine Zelle ihres eigenen Körpers hineinzukriechen, die kleinste, die es gibt. Warum hasst sie Jørn eigentlich so sehr? Es liegt nicht daran, dass er sich gut verkauft. Oder gelesen wird. Geliebt wird. So primitiv ist sie nicht, sie gönnt anderen ja nun wirklich ihren Erfolg. Sie betrachtet ihre Nägel, biegt die Finger, mustert sie, als enthielten sie den Schlüssel zu einem Geheimnis. Und das tun sie ja in gewisser Weise auch. Sie setzen ihre Gedanken in Worte um, bringen den Geist in die Welt hinaus, materialisieren ihn. Das ist es, was Jørns Büchern fehlt: Geist. Sie bergen nicht die vorzüglichsten, originellsten Gedanken, die ein Individuum hervorbringen kann, es sind Wiederholungen, Aufgüsse der Gedanken anderer, die mechanisch und wie am Fließband reproduziert werden. Seine Bücher sind vielleicht spannend, haben vielleicht eine Moral. Aber diese Qualitäten sind wertlos, denn sie werden nach einer Formel geschaffen. Wo bleibt die Originalität, das Herz, das, was den Autor von jedem anderen mit einem Schreibprogramm und einem leidlichen Gespür für den Aufbau von Spannungsbögen unterscheidet? Und die Sprache. Warum gibt er sich keine Mühe mit der Sprache?

Die Menge applaudiert, als Jørn die Bühne betritt. Er küsst Natasja Sommer auf die Wangen und schenkt seinen Fans ein strahlendes Lächeln. Er versucht, bescheiden zu wirken, doch es gelingt ihm nicht – es ist schwer, Selbstverliebtheit zu verbergen. Jemand pfeift, als wäre er ein Rockstar. Oh Dänemark, du kulturelles Unland; vergöttere die Talentlosen noch ein bisschen mehr, bitte! Hannah starrt Jørn mit stierem Blick an, wie eine Eule, bevor sie die Klauen ausstreckt und eine Maus fängt. Aber ihre Klauen verbleiben auf dem Tisch, sie ziehen sich nur ein wenig zusammen – Jørn ist unangreifbar. Natasja Sommer beginnt in flirtendem Tonfall ihr Interview, Jørn antwortet, selbstsicher, einstudiert, seine Worte sind wie Benzin auf Hannahs brennender Haut.

»Ich würde gern ein Buch in achtzehn Minuten schreiben können und dann etwas anderes anfangen.«

Feuer!

»Schreiben ist ein Handwerk, eine Arbeit wie jede andere. Deshalb ist es auch wichtig, eine straffe Arbeitsdisziplin zu haben; sich für einen bestimmten Zeitraum hinzusetzen und zu schreiben und nicht aufzuhören, bevor man die Anzahl an Seiten erreicht, die man sich vorgenommen hat. Gesunde Ernährung und Sport sind auch wichtig, damit bewahrt man sich einen klaren Geist.«

Flammen!

»Ich sehe es als meine Pflicht an, den Leser nie zu langweilen, sondern so viele Leser zu erreichen wie möglich. Und natürlich läuft eine ganze Industrie rund um ein solches Buch, man kann es vielleicht so ausdrücken, dass ich mich selbst ein wenig als Unternehmer betrachte, der Jobs für andere schafft: im Verlag, in der Druckerei, im Buchladen.«

Scheiterhaufen!

Hannah erträgt keine weiteren Ausführungen über Literatur

als marktwirtschaftliche Funktion, sie tastet verzweifelt nach ihrem Handy, ruft Bastian an und landet direkt auf der Mailbox – Mist! Als sie gerade überlegt, ob sie sich einfach davonmachen soll, verirren sich plötzlich zwei Teenagermädchen an den Stand. Sie folgt ihnen mit den Augen, sie blättern aufs Geratewohl in irgendwelchen Büchern. Hannah versucht Jørn auszublenden, es gelingt ihr nicht.

»Wie würden Sie das Verhältnis zwischen – wie soll ich sagen – eher schwierigen literarischen Gattungen und der populären Unterhaltungsliteratur, in der Sie selbst zu Hause sind, beschreiben?«

Hannah spitzt die Ohren bei Natasja Sommers Frage. Jørn nickt ruhig, vielleicht will er signalisieren, dass er die Frage verstanden hat, vielleicht unterstreichen, dass die Antwort kompliziert ist. Er strahlt Autorität aus, Autorität, die auf mediale Präsentation hintrainiert ist.

»Ich sehe das so: Es ist gut, dass es Bestsellerautoren wie mich gibt, die es anderen Schriftstellern ermöglichen, auch etwas zu veröffentlichen. In gewisser Weise werden kommerzielle Bücher gebraucht, damit andere Autoren, die sich nicht so gut verkaufen, immer noch veröffentlicht werden können.«

Verbrennt mich bei lebendigem Leib!

Meine Existenzgrundlage bist also du, denkt sie. Weil du deine stumpfsinnigen Bücher schreibst, kann ich meine veröffentlichen? Weil du in sprachlicher Hinsicht nicht ehrgeizig bist, habe ich die Möglichkeit, es zu sein? Die Klauen strecken sich langsam aus. Die beiden Teenagermädchen kommen auf Hannah zu, die eine wirft ein Buch vor sie hin.

»Können Sie das einpacken?«

Hannahs Blick wandert von dem Buch zu dem Mädchen, dessen Haar auf dilettantische Weise viel zu schwarz gefärbt ist. So strahlt ihre blasse Haut noch mehr den Übergang vom Kind zur Erwachsenen aus. Sie hat keine Augenbrauen. Hannah mag Leute ohne Augenbrauen nicht; sie betrachtet das als einen Ausdruck von mangelndem Charakter. Hätte sie sich nicht wenigstens welche aufmalen können? Aber es liegt nicht am Aussehen, dass Hannah widerwillig vor dem Mädchen zurückschreckt: Das Buch, das sie auf den Tisch geworfen hat, ist *Die Frau, die um Hilfe flüsterte*. Geschrieben von Jørn Jensen. Hannah hebt das Buch hoch, als wäre es die verlorene Unterhose eines Obdachlosen, und dreht es um. Auf der Rückseite prangt ein Bild von Jørn in einer rauen, unwirtlichen Landschaft, mit verschränkten Armen an einen Baum gelehnt und direkt in die Kamera blickend, als wollte er sein Gegenüber einer Psychoanalyse unterziehen. Unter dem Foto stehen mehrere rühmende Rezensionszitate und ein ganzer Himmel voller Sternchen. Besonders von obskuren Bloggerseiten, von denen Hannah nie gehört hat. Hannah lässt den Blick vom Foto des Mannes zu dem realen Menschen auf der Bühne wandern.

»Ich erwarte nicht, dass ich für den Rest meines Lebens erfolgreich schreiben kann, man muss ja seine Grenzen kennen. Aufhören, wenn es am schönsten ist.«

Jørn sieht Hannah direkt an, als er den Satz beendet. Kurz, aber doch lange genug, dass es kein Zufall sein kann. Sie meint ein kleines höhnisches Grinsen zu erkennen, vielleicht als Dank für all die Male, die sie ihm auf diversen Empfängen den Rücken zugewandt hat. Die aufgestaute Genervtheit vieler Jahre sammelt sich in Hannahs Hand, sie hebt sie, und ehe sie sichs versieht, hat sie *Die Frau, die um Hilfe flüsterte* schon auf Jørn geschleudert. Vermutlich hat die lange Zeit beim dänischen Militär seine Sinne für fliegende Bücher geschärft, denn auf fast wundersame Weise neigt er den Kopf blitzschnell zur Seite, und sein eigener Bestseller verfehlt seine Stirn nur um Haaresbreite. Das Buch trifft stattdessen einen Ständer mit einem Plakat des Buchumschlags, der Ständer kippt um, fällt von der Bühne, es kracht.

Alle Köpfe im Publikum drehen sich in Hannahs Richtung. Die Teenagerin ohne Augenbrauen zeigt auf sie.

»Sie hat es geworfen!«

Natasja Sommer schlägt sich erschrocken die Hand vor den Mund, offenbar außer Stande, mit dieser Situation umzugehen, zu der nichts auf ihren zierlichen Interviewkarten vermerkt ist. Jørn dagegen bewahrt die Ruhe. Er steht auf, um über die Menge hinwegsehen zu können, und tritt an den Rand der Bühne. Er entdeckt Hannah, die seinem Blick standhält.

»Na so was! Da ist wohl jemand nicht so begeistert von meinem neuen Buch.« Die Zuschauer lachen. Hannah kocht.

»Ich hab's nicht gelesen, aber bestimmt ist es nur ein Aufguss von einem deiner früheren Bücher mit einem neuen Titel. Oder einem fast neuen Titel: Soweit ich mich erinnere, hieß deine letzte Veröffentlichung *Die Frau, die sich nach Sex sehnte*. Das hab ich an einem Tag gelesen.«

»Du hast es also gelesen! Ich fühle mich sehr geschmeichelt.« Jørn lächelt selbstgefällig in die Menge, die mit vereinzeltem Gelächter und hier und da einem Grinsen reagiert. Der Schreck hat sich gelegt, das Publikum hat sich schnell auf diese neue und unterhaltsame Situation eingestellt – zwei scharf gezogene Fronten, eine deutliche Aversion zwischen zwei anerkannten Schriftstellern, eine literarische Fehde. Noch besser als ein einzelner Mann am Mikrofon auf einer Bühne.

Natasja Sommer, die ihre Fassung wiedergewonnen hat, hält den Atem an. Die Pressefotografen knipsen. Hannah blinzelt, einen Moment lang hat sie das Gefühl, als würden ihr gleichzeitig Panik und Kampfgeist injiziert. Sie verdrängt Ersteres, das Adrenalin gibt ihr Mut.

»Du brauchst dich wirklich nicht geschmeichelt zu fühlen, es war ein unglaublich schlechtes Leseerlebnis. Ich habe schon Schreibkurse für Viertklässler gegeben, die besser formulieren konnten.«

Hannah hat einen Stich in Boshaftigkeit gemacht. Um Jørns Mundwinkel zuckt es, Angriffe auf das eigene Können sind das

Schlimmste. Selbst für einen Mann, der mehrere Millionen Bücher und jetzt auch noch Filmrechte in ein englischsprachiges Land verkauft hat.

»Wir können ja nicht alle dünne intellektuelle Romane für die Elite schreiben.«

Auf genau dieses Argument ist Hannah vorbereitet. Sie hat es schon oft gehört.

»Prinzipiell könnten wir das schon. Aber das ist keine Entweder-oder-Diskussion. Das eine schließt das andere nicht aus, und es ist nicht so, dass ich Krimis hasse. Ich hasse nur schlechte Krimis, von denen die Leute denken, sie wären gut – wie zum Beispiel deine.«

Der joviale Jørn ist wie weggeblasen. Jetzt ist reine Selbstverteidigung angesagt.

»Du kannst meine Krimis gern schlecht nennen, aber ich glaube, es gibt einige, die nicht deiner Meinung sind. Zum Beispiel meine vielen Millionen Leser.«

Es wird geklatscht, Hannah beachtet es nicht, schließlich sind die meisten Anwesenden Jørns Fans. Das Wissen, in nationalen wie internationalen Kreisen die Königin der Hochkultur zu sein, beruhigt sie. Auch wenn diese Kreise vielleicht ein bisschen klein sind.

»Der Geschmack der Masse ist selten ein Qualitätsmerkmal.«

Hannah hört sich selbst sprechen, ihre Worte klingen bösartiger und persönlicher, als sie beabsichtigt hat. Eigentlich ist ja nicht Jørn das Problem, sondern all das, wofür er steht. Und dann natürlich noch, dass er sich hinstellt und sie auf diese Art über Literatur belehrt. Nein! Er hat es verdient. Er *ist* das Problem.

Eine Fernsehkamera hat den Weg hierher gefunden – wer hätte gedacht, dass Autoren auch außerhalb ihrer Bücher zu solch einem Drama in der Lage sind! Hannah bemerkt sie – was zum Teufel hat sie da eigentlich in Gang gesetzt? Aber sie kann weder wenden noch bremsen; wie in einem Auto auf vereister Straße bleibt ihr nur, den Kurs zu halten, ohne die Geschwindigkeit zu drosseln – und einfach zu hoffen, lebend anzukommen. Jørn folgt derselben Strategie.

»Ich finde ehrlich gesagt, es ist ein kleines bisschen überheblich, dazustehen und zu behaupten, du hättest einen besseren Geschmack als alle, die meine Bücher lesen.«

Nein! Sie wird ihm nicht erlauben, das Ganze auf eine Frage der Moral zu reduzieren.

»Guter Geschmack, schlechter Geschmack, darum geht es nicht.«

Hannah streckt die Hand nach einem viel zu hohen Stapel von Jørns Büchern aus, hält ein Exemplar hoch.

»Das hier ist Mittelmaß mit Seitenzahlen. Schlechter Geschmack mag ja noch angehen, aber Mittelmaß, das weiß, dass es mittelmäßig ist, und nicht den Willen hat, sich anzustrengen, um besser zu werden oder wenigstens ein bisschen anders zu sein, ist das, was unsere Gesellschaft wirklich bedroht. Leute, die sich nicht einmal ein kleines bisschen Mühe geben wollen, die einfach alles aus der Klischeekiste zusammenraffen. Und daran verdienen. Jeder Idiot kann so einen Krimi in einem Monat schreiben!«

Jørn scheint kurz zu überlegen. Das Publikum hält mit ihm den Atem an.

»Okay. Wenn jeder Idiot das kann, dann kannst du es wohl auch?«

Hannah zögert. Sie spürt, worauf er hinauswill. Eine Wendung, die sie nicht vorhergesehen hat.

»Natürlich kann sie das!«

Hannah dreht den Kopf, Bastian steht neben ihr – ist er die ganze Zeit da gewesen? Und was ist das für eine Behauptung, mit der er sich jetzt ins Gespräch einmischt?

»Also, das ist doch eine wunderbare Herausforderung! Einen Krimi in einem Monat zu schreiben. Ich glaube, viele von uns würden sich sehr auf dieses Buch freuen.«

Jørn erobert das Gespräch mit einem Lächeln zurück, die Keckheit liegt direkt unter der Oberfläche.

Es wird genickt und geklatscht. Blitzlichter und Gerede. Ist das hier ein Mediengag oder ein echter Konflikt, der in einer Art Wettbewerb endet? Der Unterhaltungswert steigt: Das Ganze geschieht hier und jetzt, vielleicht ist es sogar ein historischer Moment.

Alle Augen wenden sich Hannah zu, die wiederum von Jørn zu Bastian blickt, im Raum zwischen den beiden Männern sieht sie die Kontrolle aus ihren Händen gleiten. Sie kann sie nur auf eine Art wiedererlangen.

»In einem Monat habe ich einen Krimi geschrieben, der besser ist als alles, was du jemals veröffentlicht hast.«

Hannah überrascht die Menge, genau wie sich selbst. Sie dreht sich um, marschiert weg von Jørn, den Leuten, den Medien. Bastian gelingt es, sich blitzschnell an die Spitze ihrer Verfolger zu setzen. Die Kampfansage hängt in der Luft.

# 4

Hannah hat sich gerade eine blaue *King's* angezündet, als Bastian sie in einem abgelegenen Raum aufspürt. Der Stille nach zu urteilen, hat er alle Verfolger abgehängt.

»Das ist der beste Marketingtrick, den ich je erlebt habe! Von diesem Buch haben sich ja schon hunderttausend Exemplare verkauft, bevor es überhaupt erschienen ist!«

Hannah blickt Bastian an.

»Scheiße!«

Sie drückt die Zigarette aus, ohne ein zweites Mal daran gezogen zu haben.

Bastian holt tief Luft. Er kennt sie.

»Du willst ihn nicht schreiben?«

»Ich kann das doch gar nicht. Einen Krimi. Ich schreibe introspektive Prosa. Ich kann noch nicht mal eine einfache Liebesgeschichte erzählen.«

»Aber stell dir vor, du könntest es doch!«

»Ja, was dann? Dann gäbe es noch einen schlechten Krimi mehr auf der Welt.«

»Keinen schlechten. *Das* kannst du nicht.«

»Deine Schmeichelei entspringt der Hoffnung auf Profit.«

Bastian legt eine Hand auf Hannahs Schulter.

»Du schreibst einen guten Krimi, nichts Alltägliches. Innerhalb eines Monats. Er verkauft sich bestens, du hast Jørn und der ganzen Buchwelt gegenüber deinen Standpunkt bewiesen und eine Debatte angestoßen. Dann kannst du dich wieder deinen Romanen widmen, die inzwischen ein breites Interesse bei der Allgemeinheit gefunden haben. Alles, was von dir herauskommt, wird besprochen und gelesen. Die Leute fangen an, deine früheren Bücher zu lesen, *Ich komme in Stille* wird wieder aufgelegt. Du drückst der dänischen Literaturgeschichte deinen Stempel auf.«

Hannah blickt vor sich hin. Beginnt, sich selbst langsam in einem neuen Licht zu sehen.

»Vielleicht könnte ich einen guten Krimi schreiben, aber nicht in einem Monat. Das ist ja gerade der Kern der Sache – die schlechten Krimis sind schlecht, weil sie in großer Eile produziert werden und sprachlich und inhaltlich oberflächlich bleiben. *Das* kann ich vielleicht in einem Monat bieten.«

»Die Qualität ist nicht so wichtig, sondern dass du es durchziehst. Es geht um die Bestätigung der Behauptung: Jeder Idiot kann innerhalb eines Monats einen Krimi schreiben. Das rückt das Genre ins richtige Licht.«

»Aber soll man wirklich Papier verschwenden, um einen schlechten Text zu drucken? Das ist es nicht wert, dafür Regenwald zu opfern.«

»In hundert Jahren werden deine Romane Pflichtlektüre an allen Gymnasien sein.«

Hannah denkt nach.

»Ich hab eine Schreibblockade.«

Bastian mustert sie.

»Du brauchst neue Inspiration, eine neue Umgebung, in der du schreiben kannst.«

»Ich war gerade in Berlin. Da hab ich vier Seiten in vierzehn Tagen geschrieben.«

»Was du jetzt nötig hast, ist etwas ganz anderes – Natur, Stille. Du musst nach Island fahren.«

Hannah sieht ihn an.

»Warum gerade Island?«

»Ich hab einen Kontakt da oben, eine Freundin der Familie. Bei ihr kannst du wohnen, sie hat ein großes Haus in einem kleinen Dorf. Du bist ganz weg von allem, kannst dich isolieren, hast Zeit und Ruhe zum Schreiben. Und in einem Monat kommst du mit deinem Krimi zurück.«

»Und was, wenn nicht?«

»Dann hast du dich jedenfalls ehrlich bemüht.«

Bastian tippt etwas in sein Handy, Hannah wägt die Situation ab. Sie hat das Gefühl, an einem entscheidenden Punkt in ihrem Leben zu stehen. Warum sollen Entscheidungen immer im Vorhinein getroffen werden? Das hier könnte eine riesengroße Chance sein. Oder der Fehler ihres Lebens. Bastian blickt von seinem Telefon auf.

»Fahr heim und pack deinen Koffer, in vier Stunden sitzt du in einem Flugzeug nach Reykjavík.«

# 5

Das Gepäckband holt tief Luft und setzt sich mit einem mechanischen Geräusch in Bewegung, das eine baldige Wiedervereinigung von Koffern und wartenden Eigentümern verspricht. Leute drängen sich um seinen Mund, aus dem die Gepäckstücke in einem unregelmäßigen Strom ausgespuckt werden. Hannah wartet in einsamer Überlegenheit etwas weiter vom Epizentrum entfernt – warum begreifen die Leute nicht, dass die Koffer auf dem Band *rundherum* gefahren werden und dass es daher ein Vorteil sein kann, sich zu verteilen? Dafür ist es doch zur Hölle noch mal konzipiert und gebaut worden. Mit verschränkten Armen beobachtet sie ihre Mitpassagiere; wohin wollen sie jetzt, wovor haben sie Angst? Dass jemand anderes mit ihrem vertauschten Koffer voller Wäsche abhaut?

Sie sind zusammen durch den Morgen gereist – mit der Dunkelheit eine Stunde zurück in der Zeit geflogen. In gewisser Weise ein beinahe poetisches Gemeinschaftserlebnis, einer der seltenen Umstände, bei denen sich Hannah als Teil einer Gruppe fühlt: Hier hängen wir, hoch über der Erde, und wenn wir herunterfallen, sterben wir alle zusammen. Hannah findet den Gedanken eines gemeinsamen Todes versöhnlich. Doch jetzt stehen sie hier, ihre Mitpassagiere, lebendig und in Sicherheit, wie Hyänen um ein totes Tier. Das Gefühl der Gemeinschaft verflüchtigt sich im Kampf um das Gepäck.

Sie zieht ihren schwarzen Koffer hinter sich her, eins seiner Räder ist kaputt, es klappert und schleift. Der Koffer hätte schon vor vielen Reisen ausgetauscht werden müssen. Hannah blickt sich um, versucht, sich einen Eindruck von Island zu machen – vom Flughafen aus betrachtet, unterscheidet es sich nicht besonders von Dänemark. Oder im Grunde genommen von den meisten anderen Orten der Welt: Stein, Metall, Glas. Schön arrangiert. Vielleicht liegt dahinter die Absicht, die Ankunft zu vereinheitlichen, sodass man nie genau weiß, in welchem Land man sich befindet. Vielleicht ist es eine Art fließender Übergang: Vor ein paar Stunden war man in einem anderen Land, weit weg, jetzt ist man hier, aber es sieht ganz ähnlich aus. Eine Art Schleuse, weil das menschliche Gehirn sonst mit der Umstellung nicht zurechtkommt. Oder vielleicht, weil die meisten Reisenden in Wirklichkeit Angst vor fremden Orten haben. Hannah stellt fest, dass die Neutralität hier auf dem nationalen Flughafen Keflavík von Symbolen der heimatlichen Verbundenheit unterlaufen wird: mit Flaggen geschmückte Duty-free-Shops, Souvenirs, Bauwerke aus Schokolade und Postkarten von Torfhütten und Wasserfällen. Isländischer Wodka, isländische Süßigkeiten. Wer braucht denn eine Kappe mit Hörnern und isländischer Flagge darauf? Hannah wagt einen verstohlenen Blick, während sie weitergeht: amerikanische Touristen. Sie spürt, wie ihr ein eiskalter Tropfen aus der rechten Achselhöhle die Seite hinunterläuft. Kalter Schweiß. Sie kann gar nicht schnell genug aus dieser Schleusensituation des Flughafens Keflavík herauskommen – mit einem heftigen Ruck zwingt sie ihren Koffer in die richtige Richtung und hofft, dass ihre Gastgeberin, Ella, gleich draußen auf sie wartet. So hat Bastian es versprochen.

Vor der Ankunftshalle angekommen, bereut Hannah ihr Projekt zum dritten Mal. Sie ist mit dem halbtoten Koffer im Schlepptau zwei Runden um den Parkplatz gelaufen, hat so langsam wie möglich zwei Zigaretten vor dem Eingang geraucht. Ihrem Treffpunkt. Aber Ella ist nicht da. Hannah schaudert unter dem Vordach vor Kälte, blickt zum Himmel hinauf. Er ist grau in verschiedenen Schattierungen, es hat zu regnen begonnen. Sie findet nicht, dass die Luft auch nur annähernd so frisch ist, wie man es ihr versprochen hat. Wo bleibt Ella? Plötzlich taucht ein irritierender Gedanke in Hannahs Kopf auf: Vielleicht gibt es Ella gar nicht? Vielleicht existiert gar kein Schreiblogis für sie, vielleicht ist das hier nur Bastians Art, sie loszuwerden? Nein, das würde er nicht machen. Ella ist wahrscheinlich nur auf dem Weg hierher an Herzversagen gestorben, sie ist ja eine ältere Frau. Scheiße auch, was, wenn ihre Gastgeberin nun leblos in einem Straßengraben liegt? Mit ihren taubgefrorenen Fingern fummelt Hannah am Feuerzeug herum, zieht den Rauch tief in die Lunge, hält ihn ein wenig, bevor sie ausatmet. Sie betrachtet eine komische Skulptur aus Stahl und Glas in verschiedenen Farben. Das Kunstwerk schwankt und sieht oben seltsam unfertig aus, als wollte es sich gen Himmel strecken und hätte es sich dann anders überlegt. Es ist noch nicht zu spät, um umzukehren. Icelandair fliegt Pendelflüge, vielleicht kann sie in dasselbe Flugzeug einsteigen, mit dem sie gekommen ist? Vielleicht sogar denselben Sitz bekommen?

Plötzlich bemerkt Hannah einen Jeep, der so langsam umherfährt, als würde jemand den Parkplatz nach verlassenen dänischen Autorinnen durchkämmen. Durch die verdreckte Windschutzscheibe meint Hannah die Frau zu erkennen, von der Bastian ihr flüchtig ein Foto gezeigt hat. Hannah hebt den Arm, fuchtelt um Aufmerksamkeit, es vergeht ein Moment, bevor sie sie bekommt. Aber dann ist ihr, als sähe sie ein Lächeln auf den Lippen der Dame erscheinen, der Jeep fährt in ihre Richtung, bleibt stehen. Ella steigt aus, adrett, ihre äußerliche Erscheinung wirkt überraschend gegensätzlich: rot gefärbtes Haar, Goldschmuck, Lippenstift, aber kombiniert mit einem grauen Fleecepullover und Holzschuhen. Unter dem Arm trägt sie ein altes Stück Pappe. *Vel-*

*komin Hannah* steht in roter Tusche darauf. Die Dame, wahrscheinlich etwas über sechzig, hält das Schild mit ausgestrecktem Arm hoch, lächelt übers ganze Gesicht und zeigt auf sich selbst:

»Ella.«

Hannah streckt die Hand aus. Weiß sehr wohl, dass Dänisch hier in der Schule mehr oder weniger Pflichtfach ist. Aber sie weiß auch, dass es ein Mythos ist, dass alle Isländer es sprechen und verstehen. Und sie will nicht als dumme Imperialistin erscheinen, also wird sie sich für den nächsten Monat auf Englisch durchschlagen.

»Hello, I'm Hannah. Thank you for letting me stay at your house.«

Ella sagt sehr schnell sehr viel auf Isländisch, fuchtelt mit den Armen, zerrt an Hannahs Koffer, der fast so groß ist wie sie selbst. Hannah durchschaut rasch die Situation: Ella kann weder Dänisch noch Englisch! In Gedanken schüttelt sie Bastian kräftig dafür, dass er ihr diese Information nicht gegeben hat. Mit Absicht, da ist sie sich sicher. Hätte Hannah das gewusst, wäre sie nie gekommen. Aber jetzt ist sie hier. Hannah greift nach dem Koffer, der aussieht, als würde er gleich die Oberhand über die kleine Dame gewinnen.

»Ich nehme ihn.«

Das Auto ist ein Jeep Cherokee, und aus den abgewetzten Sitzen und dem Radio mit Kassettenrecorder schließt Hannah, dass er schon seit vielen Jahren nicht mehr neu ist. Tickeditack, brumm, tickeditack, brumm. Der Motor spielt seine eigene Melodie, und sie klingt wie ein Abschiedslied. Hannah schaut Ella besorgt an, die beim Fahren den Missklang des Motors überhaupt nicht zu bemerken scheint. Oder vielleicht ist sie auch einfach daran gewöhnt? Hannah seufzt. Wenn sie einen tödlichen Verkehrsunfall haben werden, liegt das wohl eher an der Fahrerin als am Wagen. Ihr Blick wandert von dem bestickten Sofakissen, auf dem Ella gerade hoch genug sitzt, um aus dem Fenster sehen zu können, zu der dicken Gurkenglasbrille, die sie auf der Nase trägt. Die Nase selbst ist so dicht an der Windschutzscheibe, dass Ellas Atem auf dem Glas tanzt – sich absetzt und wieder verschwindet. Hannah überlegt, ob ein Gesundheitscheck für die Verlängerung des Führerscheins hier in Island wohl nicht allgemeine Praxis ist? Aber so alt ist Ella natürlich auch wieder nicht. Als sie einen Mercedes überholen und gerade noch einem entgegenkommenden Bus ausweichen können, wird Hannah allmählich unsicher, ob Ella überhaupt einen Führerschein hat. 110 Stundenkilometer. Auf einer Landstraße. Aber vielleicht wäre es auch gar nicht so schlecht zu sterben, dann müsste sie zumindest diesen Krimi nicht schreiben.

Der Motor klingt nun definitiv so, als wäre er kurz vor dem Kollaps. Hannah deutet mit ihrem ganzen Körper zum Kühler des Autos hinaus, hofft, dass sie *Motor* signalisiert. Dann hält sie sich die Ohren zu. Ella nickt auf eine Ich-weiß-schon-Art. Sagt etwas auf Isländisch.

Ella schaltet das Radio ein, dreht Phil Collins' *Another Day in Paradise* auf. Sie rockt fröhlich mit, bewegt die Hände von einer Seite zur anderen, das Lenkrad und das Auto folgen der Bewegung. Das Auto schlängelt sich voran. Das Störgeräusch des Motors wird also durch ein lauteres Geräusch übertönt. Toll. Wenn es jemanden gibt, den Hannah noch mehr hasst als Jørn Jensen, dann ist es Phil Collins. Er soll auf keinen Fall den Soundtrack zu ihrem Tod beisteuern. Sie sucht ihr Handy heraus, ruft an, Bastian antwortet sofort. Ein Hallo ist überflüssig.

»Du musst mir einen Rückflug buchen.«

»War Ella nicht da?«

»Sie hat uns in den Graben gefahren, wir stecken beide in einem brennenden Auto fest. Ich spüre meine Beine nicht mehr.«

»Ich merke, Island hat deine Fantasie schon in Gang gebracht. Ella ist nett, oder?«

»Warum hast du nicht gesagt, dass sie kein Englisch spricht? Und dass sie Auto fährt wie eine Bekloppte und Phil Collins liebt?«

»Phil Collins ist doch gut!«

»Ach, hör auf! Die ganze Sache ist völlig abartig, ich weiß nicht, was ich da für eine Hirnblutung hatte. Aber ich weiß, dass morgen früh ein Flug nach Kopenhagen geht. Und da will ich mit.«

»Was ist mit dem Roman?«

»Dem Krimi.«

»Soll er sich selbst schreiben?«

»Hoffentlich. Es tut mir wirklich leid, aber ich halte das hier nicht aus. Ich will heim.«

Hannah hört Bastian irgendwo in Dänemark seufzen.

»Ich schau mal, was ich tun kann.«

»Danke.«

Hannah legt auf, lehnt sich zurück. Schicksalsergeben. Murmelt vor sich hin.

»Verdammte Scheiße, Dreckskacke.«

Ella bremst abrupt, macht das Radio aus. Sie halten am Straßenrand.

»Was?«

Hannah richtet sich auf, blickt sich um, weiß nicht, wonach. Sie spürt einen Stimmungswechsel.

Ella schaut stumm vor sich hin. Lange. Beugt sich über Hannah, öffnet das Handschuhfach, findet ein Stück zerknittertes Papier, einen Kugelschreiber. Dann schreibt sie konzentriert. Eine Minute lang. Als würde sie die Worte irgendwo aus ihrem tiefsten Inneren hervorholen. Der Zettel wird vor Hannahs Gesicht gehalten und sie liest – etwas, das aussieht wie eine Mischung aus Dänisch und Norwegisch.

*Du gebrauchst viele Flüche und Kraftausdrücke.*

Hannah liest noch einmal. Dann sieht sie Ella an. Ihr Magen zieht sich spürbar zusammen.

»Sprichst du Dänisch?«

Ella schreibt wieder. Die Wörter fließen diesmal ein klein wenig leichter.

*Ich verstehe. Und schreibe bisschen.*

Das Ziehen im Magen nimmt zu. Sie schweigt, es ist mehr als nur eine Kunstpause.

»Ich hab eigentlich schönere Worte in mir.«

Ella schreibt.

*Dann gebrauche sie.*

Hannah schaut sie an. Zum ersten Mal bemerkt sie Ellas Augen. Sie sind leuchtend grün. Wie hat sie solche Augen nur übersehen können? Hannah nickt.

Ella legt den ersten Gang ein, fährt weiter. Hannah blickt in die Natur hinaus, sie hat bisher überhaupt nicht auf die Umgebung geachtet. Das Auto frisst die Kilometer, sie reisen in Stille. Tickeditack, brumm, tickeditack, brumm. Fast in Stille.

Sechs Stunden, hat Hannah gelesen, dauert es zum Fischerdorf Húsafjörður zu fahren, das den nächsten Monat über ihr Zuhause sein soll. Sie hätte auch dorthin fliegen können; ein lokaler Flughafen erleichtert innerstaatliche Reisen, aber Ella hatte darauf bestanden, sie in Keflavík abzuholen. Hannah überlegt, ob Ella vor der Rückfahrt eine ausreichend lange Pause eingelegt hat, aber traut sich nicht zu fragen. Sie blickt verstohlen zu ihr hinüber, Ella sieht definitiv nicht müde aus. Hannah lehnt sich zurück und stellt sich auf die stundenlange Fahrt auf dem ziemlich harten Autositz ein, hinaus aus der Stadt, durch unerschlossenes Land. Sie haben die flache, von Lava geschaffene Mondlandschaft im Westen hinter sich gelassen und bewegen sich in Richtung Südosten, üppigeren Natureindrücken entgegen – auch wenn die braungelben Farbtöne des herbstlichen Verfalls in den Ebenen dominieren, sind überall noch Spuren von Grün zu sehen: Hannah ist überrascht, wie grün Island ist, selbst jetzt, wo es langsam Winter wird. Doch die Berge trotzen der Jahreszeit nicht: Ihre schneebedeckten Gipfel erheben sich in den Himmel, und Hannah betrachtet sie so fasziniert, wie es nur jemand kann, der aus einem Land ohne Erhebungen kommt. Als Autorin sollte sie in einer Art symbiotischen Beziehung zur Natur stehen, die sie zu überschwänglichen Worten inspiriert. Doch das Wesen der Natur macht ihr Angst, auch rein sprachlich, deshalb beschreibt sie in ihren Texten lieber innere Zustände. Nicht, weil Menschen leichter zu beschreiben wären als die Natur, aber es fühlt sich authentischer an.

Auch wenn sie erst vor wenigen Stunden gelandet ist, senkt sich bereits die Abenddämmerung herab. Hannah erinnert sich, irgendetwas über das spärliche Tageslicht in dieser Jahreszeit gelesen zu haben, aber sie fühlt sich unzureichend vorbereitet auf dreißig Tage Dunkelheit. Sie holt tief Luft und nimmt den Anblick der Landschaft durch das dreckige Autofenster in sich auf. Sie hat das vage Gefühl, dass es hier in der Dämmerung besonders schön ist.

Sie reden nicht. Ella konzentriert sich aufs Fahren und aufs Radio, aus dem jetzt die Stimme eines Isländisch sprechenden Mannes dringt. Hannah schnappt Wortfetzen auf, aber kapituliert davor, einen Zusammenhang herzustellen. Sie ergreift nicht die Initiative für ein Gespräch, konnte noch nie genügend Höflichkeitsfloskeln aufbringen, um sich mit Fremden ohne peinliche Pausen zu unterhalten. Smalltalk. Wie machen die Leute das nur? Stattdessen denkt sie darüber nach, was sie gelesen hat. Über Island. Über Húsafjörður. In dem Dorf sollen rund 1200 Einwohner leben, von zirka 360 000 in ganz Island. Geothermische Energie sichert fast die gesamte Wärmeversorgung und einen Großteil der Stromproduktion – mit anderen Worten, ein sehr nachhaltiges Land. Früher lebten die Menschen in Húsafjörður primär von der Fischerei, doch der Tourismus hat als Einkommensquelle inzwischen gleichgezogen.

Island ist Hannah immer wie ein Land vorgekommen, das von einem Volk mit leichtem Größenwahn bewohnt wird; ob das nun an den Vulkanen, den Wasserfällen oder den Sagas liegt, weiß sie nicht. Einmal war sie zu einer Vernissage eines isländischen Künstlers eingeladen, der Lithographien im Miniaturformat gestaltete, bei der sie die einzige Dänin gewesen war. Einen ganzen Abend verbrachte sie in einer Gesellschaft, in der nur Isländisch gesprochen wurde, obwohl alle auch Englisch und die meisten Dänisch konnten. Die Leute waren nicht unfreundlich, man lächelte und nickte ihr als Anerkennung für ihre Anwesenheit zu, und in ihrer Schweigsamkeit hatte Hannah sich außergewöhnlich gesellig gefühlt. Hätte sie ihr schweigendes Selbst an diesem Abend von außen betrachtet, hätte sie sich vermutlich eine spannende Geschichte darüber ausgedacht, wer sie war. An ihrem Rotwein nippend saß sie da und lauschte, und ohne die Worte zu verstehen, hatte sie den Stolz gespürt. Keinen dänischen Ich-muss-mich-behaupten-Stolz, der im Komplex eines kleinen Landes wurzelt. Eine Selbstsicherheit, die angeboren zu sein schien. Dass diese Selbstsicherheit in den Nullerjahren zu einer übermütigen Wirtschaftspolitik und Investitionen geführt hatte, die die Vulkaninsel fast in den Ruin getrieben hätten, war natürlich die Kehrseite der Medaille.

*Húsafjörður* steht auf einem Straßenschild, sie sind also fast am Ziel. In der Dunkelheit ist das Dorf schwer zu erkennen, aber Hannah kann am Rand der Ebene vereinzelte Häuser und das Meer erahnen. Sie stellt fest, dass das Dorf während des wirtschaftlichen Aufschwungs der 1960er Jahre erbaut wurde, mit allem, was an wenig charmanter Betonarchitektur dazugehört. Nicht gerade die Schreibidylle, die sie sich vorgestellt hat, ohne eigentlich zu wissen, was die Vorstellung genau beinhaltet hätte. Eine Lehmhütte mit Moos auf dem Dach wie auf den Postkarten am Flughafen? Sie fahren an einem Teenager auf einem Fahrrad ohne Licht und einer geschlossenen Tankstelle vorbei. Alles hier riecht nach Provinz. Ihr Telefon klingelt, es ist Bastian.

»Und?«

»Es gibt keine Plätze mehr für morgen früh, aber abends um zwanzig Uhr kannst du einen SAS-Flug mit Zwischenstopp in Oslo nehmen. Es war nicht einfach, einen Platz zu kriegen, und du musst wissen, dass dir deine Spritztour vom Vorschuss abgezogen wird.«

»Welchem Vorschuss?«

»Jetzt hör auf. Willst du mitfliegen oder nicht?«

Hannah zögert.

Sie fahren auf ein einsam gelegenes Haus zu, es steht allein auf einer Ebene. Ella schaltet den Motor ab, Hannah betrachtet das Haus, das von Dunkelheit und Stille umgeben ist. Es ist aus Holz, übertrifft seine Besitzerin an Alter, und Hannah schätzt, dass es mit seinen zwei Stockwerken viel zu groß für eine Person ist. Dahinter hängt der Halbmond am Himmel, und Hannah kann ganze Sternbilder erahnen – ihr fällt auf, dass es schon viele Jahre her ist, seit sie zuletzt die Sterne gesehen hat. In der Stadt vergisst man leicht, dass es sie gibt.

Im Hörer an ihrem Ohr räuspert sich jemand.

»Ich sitze mit der Kreditkarte in der Hand und dem Finger auf der Maustaste da, soll ich auf *Buchung bestätigen* drücken?« Bastians Stimme hat einen ungeduldigen Klang angenommen. Hannah blickt zum Haus hinauf, ahnt Möglichkeiten, die sie noch nicht ganz kennt. Ein Augenblick vergeht. Sie holt tief Luft, so ruhig, wie schon lange nicht mehr.

»Nicht bestätigen! In einem Monat hast du deinen Krimi.« Sie öffnet die Tür und steigt aus.

# 6

Ella öffnet die Tür ohne Schlüssel, zuerst denkt Hannah, die alte Dame hätte das Abschließen vergessen – aber dann, anhand der Leichtigkeit, mit der sie hereingebeten wird, begreift sie, dass das offene Haus kein Versehen ist: Húsafjörður ist ein Dorf, in dem Türschlösser überflüssig sind. Ella wirft ihre Jacke achtlos auf eine Kommode, um dann in einer, wie Hannah es nennen würde, gleitenden Bewegung aus dem kleinen Eingangsbereich in den Raum, der das Wohnzimmer sein muss, zu gehen. Hannah selbst zerrt ihren Koffer durch die Tür und zieht Schuhe und Mantel aus, platziert sie auf dem Boden und an einem Haken, als hätten sie dort schon immer ihren Platz gehabt. Sie atmet den Duft nach bewohntem Heim ein; es liegt eine unerklärliche Sicherheit darin. Sie geht hinein, über den von einem dicken Teppich bedeckten Boden, der Koffer hinterlässt Reifenspuren.

»Þetta er mit heimili.«

Ella macht eine einladende Geste. Hannah sieht sich um: Das Haus scheint vollständig aus Holz gebaut zu sein; die getäfelten Wände sind blau gestrichen, die Decke weiß. Hannah vermutet, dass sich ein hübscher Dielenboden unter dem dicken Teppich verbirgt, den Ella offenbar sehr schätzt – Hannah überlegt, ob aus ästhetischen Gründen oder gegen Fußkälte? Sie bohrt die Zehen in die lange, goldbraune Wolle und tippt auf Letzteres. Der Raum, eine kombinierte Küchen-, Wohnzimmer- und Nähmaschinenzentrale, ist groß und bei Tageslicht sicher ziemlich hell, da sich in jeder der beiden Längsseiten vier große Sprossenfenster befinden. Nicht gerade energieeffizient, und durch sie dringt die Novemberkälte herein. Hannah schaudert, entdeckt einen Heizkörper, der auf Maximalstufe hochgedreht ist. Ihr fällt ein, dass es durch den Überfluss an thermischer Wärme in Island fast kostenlos ist, sein Haus zu heizen. Trotzdem feuert Ella einen kleinen Kamin an, fuhrwerkt nun mit einem Schürhaken herum, Funken stieben, die sie offenbar nicht kümmern. Langsam breitet sich die Wärme des Feuers aus, und Hannah entspannt sich ein ganz klein wenig. Sie bemerkt die Details: einen Schaukelstuhl, der aussieht, als stamme er weder aus diesem noch aus dem letzten Jahrhundert, antikes Werkzeug aus Holz und Metall, das als Schmuck an den Wänden hängt. Und dann noch etwas, das an die ausgestellten Schätze eines Sammlers erinnert: eine Vitrine voll mit verschiedenen Elefantenfiguren aus Porzellan, Glas und Holz. Hannah tritt näher an das Schränkchen heran, dessen Inhalt ein ganzes Leben lang zusammengetragen worden sein muss. Besonders eine Figur in der Sammlung von naturalistisch bis hin zu abstrakt geformten Elefanten sticht in ihren Augen hervor, nämlich ein besonders realistisch gearbeitetes Elefantenmännchen, wunderschön geschnitzt aus einer Holzsorte, die sie nicht kennt. Sein Rüssel hängt bis zum Boden hinunter, sein rechtes Hinterbein ist gebeugt, als ruhe er sich aus. Sie findet, er hat etwas Trauriges an sich.

»Minn uppáhalds.«

Hannah zuckt zusammen, sie wendet sich um und sieht, dass Ella direkt hinter ihr steht. Hannah blickt ihre Gastgeberin verständnislos an. Ella nimmt eine Zeitung vom Wohnzimmertisch und einen Kugelschreiber. Sie schreibt:

*Mein Liebling. Ich kaufe ihn in Indien.*

Hannah schaut sie überrascht an.

»Warst du in Indien?«

*Ich war in viele Länder. Ich liebe Elefanten. Können eine ganze Familie tragen.*

Hannah sieht sich um, ihr fällt etwas auf. Die Abwesenheit von Bildern.

»Hast du keine Kinder?«

Ella schüttelt den Kopf, schreibt.

*Leider.*

Ella sieht allerdings nicht sehr traurig aus, stattdessen gibt sie durch ein Zeichen zu verstehen, dass Hannah einen Moment warten soll, sie verschwindet kurz und kehrt dann mit dem Foto eines Teenagerjungen zurück. Hannah nimmt es in die Hand, betrachtet es mit aufrichtiger Neugier. Normalerweise hasst sie es, sich Fotos anderer Leute von irgendjemandem anzusehen, den sie mögen, aber dieser Junge hat etwas unerklärlich Anziehendes. Es ist nicht sein Aussehen, denn mit seinem blonden Haar, den dunklen Augenbrauen und den für Island charakteristischen hohen Wangenknochen ist er zwar hübsch, aber nicht außergewöhnlich. Was ihn besonders macht, ist seine Haltung; sie ist nicht kokett posierend, sondern voller verführerischem Selbstvertrauen. Und dann sein Blick. Er hat die gleichen grünen Augen wie Ella, der Blick durchdringend, fordernd. Ella zeigt auf ihn.

»Frændi.«

»Freund?«

Ein weiteres Kopfschütteln, dann denkt Ella nach, als suche sie ein dänisches Wort, das weit weg liegt. Wieder nimmt sie die Zeitung, schreibt auf den Rand.

*Neffe. Thor.*

Hannah nickt verstehend.

»Wohnt er hier im Dorf?«

Noch ein Nicken, gefolgt vom Schreiben.

*Das tut meine ganze Familie.*

»Das klingt schön.«

Ella zuckt auf eine Art mit den Schultern, die Hannah nur schwer deuten kann. Aber eigentlich versteht sie sie gut: Wenn sie mit ihrer Familie in einem kleinen Dorf leben würde, hätte sie sich schon längst vom höchsten Turm gestürzt. Mit ihren Eltern versteht sie sich ganz gut, aus der Entfernung, ihre Schwester würde sie sich eigentlich noch weiter wegwünschen als in Ringsted. Nur zu den obligatorischen Feiertagen und Ereignissen halten sie Kontakt, alles andere hat in einer gemeinsamen stillschweigenden Übereinkunft schon vor vielen Jahren aufgehört. Es gibt keinen besonderen Grund dafür, nur eine Unterschiedlichkeit, die nicht durch nahe Verwandtschaft überwunden werden kann. Auch wenn Hannah dabei ein schlechtes Gewissen hat, stellt sie sich oft vor, wie es wäre, wenn ihre Schwester, deren Mann und die beiden Kinder, genau wie ihre Eltern, nicht existieren würden. Dann könnte sie ganz frei sie selbst sein, ohne darüber nachdenken zu müssen, wie ihre Verwandten in ihren Eigenheimhöllen sitzen und Hannahs Handlungen kommentieren. Sie weiß, dass sie sie als hoffnungslosen Fall bezeichnen. Ihre Nichte hatte ihr diese Formulierung weitergegeben, ohne selbst die Bedeutung zu kennen. Sie weiß auch, dass niemand von ihnen jemals eines ihrer Bücher zu Ende gelesen hat. Außerdem hat ihre Schwester hässliche Kinder. So etwas darf man eigentlich nicht sagen, aber sie hat es trotzdem schon mehrmals versehentlich angedeutet. Einmal sogar, ohne betrunken zu sein.

»Ist mein Zimmer oben?«

Hannah zeigt eine Treppe hinauf. Ella sieht enttäuscht aus, zaubert blitzschnell eine Schachtel Pralinen und eine Tüte Kaffee aus Schublade und Schrank, hält beides demonstrativ hoch. Hannah schüttelt dankend ablehnend den Kopf. Sie ist müde, und auch wenn Ella nett wirkt, kann sie heute nichts mehr aufnehmen. Das Angebot von Kaffee und Schokolade wird doch bestimmt morgen noch gelten? Auch die Aussicht auf ein langes Gespräch mit Ella, die alle ihre Aussagen auf zerknitterte Zeitungsränder schreiben muss, ist für sie nicht sehr verlockend. Es ist schwierig genug, zu kommunizieren, wenn man eine Sprache teilt; einen neuen

Menschen ohne Worte kennenzulernen, kommt Hannah mehr oder weniger unmöglich vor. Außerdem liegen ein paar Flaschen Rotwein in ihrem Koffer, und in Gedanken hat sie seit ihrer Landung schon mehrmals eine davon geöffnet.

Ella blickt sie mit Kaffee und Schokolade in den Händen fragend an.

»Nein danke – ich bin unglaublich müde, und es wäre schön, auspacken zu können. Dann bin ich morgen bereit, um richtig viel zu schreiben.«

Hannah ist überrascht, dass sie den letzten Satz hinzugefügt hat, sie ist Ella keine Erklärung schuldig, auch keine falsche Andeutung auf ihre Arbeitsdisziplin. Trotzdem hat sie das Gefühl, Ella *irgendetwas* schuldig zu sein. Ella zuckt mit den Schultern, legt Kaffee und Schokolade weg und führt Hannah die Treppe hinauf. Wie alles andere im Haus ist sie aus solidem Holz gebaut und duftet leicht nach altem Schiff.

Über dem Bett in der kleinen Dachkammer hängt ein Kruzifix. Hannah findet, diese gekreuzigte Jesusfigur sieht besonders leidend aus. Rechts von ihm posiert die Jungfrau Maria, keusch und betend, auf einem Bild, das aussieht wie ein Souvenir aus irgendeinem katholischen Land. Hannah deutet mit einem Nicken auf ihre aufgehängten Zimmergenossen.

»Bist du religiös?«

Ella stößt ein Lachen aus, das so kurz und überraschend kalt klingt, dass Hannah sich beherrschen muss, um nicht zusammenzuzucken. Ella streckt die Hand nach dem Notizbuch aus, das Hannah eben auf den Nachttisch gelegt hat, Hannah will gerade danach greifen, aber zu spät – Ella hat schon bis zu einer leeren Seite umgeblättert und einen Satz notiert. Sie hält es hoch.

*Vielleicht ich werde religiös, wenn eine Religion kommt, die Frauen anerkennt. Aber aufgespießte, nackte Männer lassen mich nachts ruhiger schlafen.*

Hannah lächelt und zeigt auf das Bild. Anscheinend hat sie mehr mit Ella gemeinsam, als sie zunächst dachte.

»Und die Jungfrau Maria?«

Ella lächelt, als würde sie es selbst ein bisschen albern finden, notiert wieder.

*Thor hat aus Spanien mitgebracht. Er glaubt, ich sehr christlich bin.*

»Und du bringst es nicht übers Herz, ihm zu sagen, dass das nicht stimmt?«

Ella nickt. Dann wendet sie sich abrupt um, als fiele ihr etwas ein, sie öffnet einen alten Bauernschrank, holt zwei Handtücher heraus, legt sie auf das gemachte Bett.

»Danke.«

Hannah verlagert das Gewicht auf das andere Bein, denkt an den ungeöffneten Rotwein. Jetzt darf Ella gern gehen.

»Na ja, jetzt bin ich aber auch wirklich müde. Danke für alles.«

Ella öffnet die Nachttischschublade, Hannah wird langsam ungeduldig, was ist denn jetzt noch? Ella nimmt ein Buch heraus, Hardcover, drückt es Hannah in die Hand.

»Hrafnkels saga Freysgoða.«

Hannah betrachtet das Buch überrascht, es ist meerblau, mit einem dänischen Titel in goldfarbener Schrift, darunter ein mittelalterliches Bild eines Mannes auf einem sich aufbäumenden Pferd. Die Saga von Hrafnkel Freysgoði. Sie dreht den Band in der Hand, befühlt ihn. Ella schreibt ins Notizbuch.

*Du schreibst Buch über Mord. Isländersagas handeln von Mord, Rache, Ehre. Besten Geschichten der Welt. Verwende sie.*

Hannah betrachtet Ellas Text im Notizbuch und ist auf einmal leicht genervt. Typisch! Eine ältere Dame schwatzt ihr Geschichten auf, und dann auch noch Isländersagas. Als ob Hannah sich nichts selbst ausdenken könnte; als wäre Ella besser als sie. Und was bildet Ella sich eigentlich ein, in ihr Notizbuch zu schreiben? Hannahs heiligste Schatzkammer, ihr Vertrauter, ihr Freund! Hannah reißt das Notizbuch aus den faltigen Händen, während sie das meerblaue Buch demonstrativ hochhält und sich um ein nachsichtiges Lächeln bemüht.

»Tausend Dank für die Inspiration, da schaue ich als Gute-Nacht-Lektüre rein.«

Ella versteht den Hinweis, zieht sich in Richtung Tür zurück. Sie wirft einen verstohlenen Blick auf das Notizbuch, begreift, dass ihr Kommunikationsmittel weg ist. Stattdessen lächelt sie das internationale Sag-Bescheid-wenn-du-etwas-brauchst-Lächeln. Während Ella hinausgeht, erwidert Hannah das Lächeln, aber sie braucht nichts. Schon gar keine Tipps für die Handlung eines Buchs – ein ganzes Schriftstellerleben lang hat sie erfahren, dass jeder eine gute Idee für ein Buch hat, und schon viele haben versucht, gerade ihre Idee durch sie umzusetzen. Aber sie ist keine Tippse, die anderer Leute Ideen aufschreibt. Sie findet ihre eigene Inspiration. Hannah schließt die Tür hinter Ella, lässt sich aufs Bett sinken, die Müdigkeit plötzlich viel stärker als der Rotweindurst.

Schlaflos und mit einem unruhigen Gefühl im Körper starrt sie von einem viel zu weichen Bett aus in die Dunkelheit, sie spürt bereits, wie die Rückenprobleme angeschlichen kommen. Hannah hat das Kruzifix in die Nachttischschublade gesteckt, aus unerklärlichen Gründen aber das Bild der Maria hängen lassen. Vielleicht weil es schön ist, angeschaut zu werden? Sie wälzt sich herum, versucht der Vertiefung in der Matratze auszuweichen. Wovon soll dieser Krimi handeln? Sie ist ohne die geringste Idee nach Island gereist, hatte vielleicht angenommen, sie würde zu ihr kommen, sobald sie da wäre. Doch jetzt ist sie angekommen und hat sich eingerichtet und noch immer keinen Funken von Inspiration verspürt! Irgendetwas mit einem Mord. Und jemandem, der ihn aufklärt. So einfach. Sie wälzt sich erneut auf die andere Seite. Verdammt! Sie liegt im weichsten aller weichen Betten und versucht, sich etwas auszudenken. Aber das ist schwer, wenn sie an nichts anderes als die ungeöffnete Flasche Wein denken kann, die sie gern von ihrem Korken befreien würde. Zudem fährt ihr ein stechender Schmerz in die Lendenwirbelsäule und bringt ihr in Erinnerung, dass der Tod auf eine quälende Art und Weise auch anwesend ist. Sie lauscht: ein unangenehmes Nichts. Die Stille greift nach ihr.

Um 2 Uhr 34 gibt sie auf, verlässt das Bett, klappt den Koffer auf, holt einen Rotwein und den mitgebrachten Korkenzieher heraus. Hannah öffnet die Flasche, führt sie zum Mund, nimmt einen Schluck und setzt sich an den Schreibtisch. Von hier aus begutachtet sie das Zimmer: die schrägen Wände über dem Bett, neben dem Bett ein Nachttisch und dann der Schreibtisch, der am Fenster steht. Außerdem ein Schrank, ein zweiter Stuhl und eine kleine Kommode. Das war's. Hannah gefällt das Zimmer, ihr gefällt die Vorstellung von sich selbst darin. Schreibend. Sie lässt die Hand über den Schreibtisch gleiten, blickt aus dem Fenster. Hier wird sie einen Krimi schreiben. Hier, wo die Nacht dunkelblau ist.

# 7

Hannah erwacht mit dem Geräusch von brutzelndem Bacon und dem Duft eines neuen Tages. Sie streckt sich widerwillig, spürt, wie ihr das Blut aus dem Kopf rauscht, als sie etwas zu schnell die Beine über die Bettkante schwingt und sie auf den Boden stellt – ihr erster isländischer Morgen. Einen Moment lang klammert sie sich an der Bettkante fest, bis sich der Nebel lichtet und sie ihr Gleichgewicht findet. Als sie wieder klar sehen kann, fällt ihr Blick auf die Weinflasche auf dem Schreibtisch – sie ist leer. Sie nimmt die Flasche, wickelt sie in ein Handtuch und steckt sie in den Koffer, ganz unten. Sie versteckt den Klumpen unter einem Haufen Kleider. Stutzt über ihre eigene Handlung – normalerweise räumt sie die Beweisstücke ihres Alkoholismus nicht weg. Sie hört Ella pfeifen.

»Guten Morgen.«

Die Treppe knarrt unter Hannahs Schritten, ihr frisch gewaschener Körper soll eine morgendliche Munterkeit ausstrahlen, die, wie sie befürchtet, schon verschwunden sein wird, bevor sie die Küche auch nur betreten hat. Beim Anblick von Ellas gastfreundlichem Lächeln und dem üppig gedeckten Frühstückstisch nimmt das schlechte Gewissen ihrem inneren Zyniker den Wind aus den Segeln. Hätte sie gestern Abend ihrer Gastgeberin gegenüber entgegenkommender sein sollen?

»Das riecht gut, was ist das?«

Die Frage wird von einem neugierigen Blick auf das Essen begleitet. Es ist auf so vielen Platten angerichtet, dass sie den ganzen Küchentisch bedecken. Wahrscheinlich genug, um das ganze Dorf satt zu kriegen, denkt Hannah und überlegt, ob vielleicht ein Willkommenskomitee im Anmarsch ist. Bei diesem Gedanken setzt sich langsam der Rotweinkopfschmerz durch. Ella wendet ein Ei mit dem Pfannenwender, mit der anderen Hand schiebt sie Hannah lächelnd ein Stück Papier zu. Die Speisekarte. Hannah betrachtet sie.

»Allt það besta.«

Falls Ella die Ablehnung am Abend zuvor gekränkt hat, ist das jetzt vergessen. Oder gut versteckt. Sie sprudelt geradezu vor guter Laune; vielleicht, weil schlechte Gesellschaft besser ist als gar keine.

»Erwartest du noch Gäste? Das ist ja genug Essen, um ein mittelgroßes Flüchtlingslager zu versorgen.«

Ella schüttelt den Kopf, kritzelt etwas auf den Speisekartenzettel.

*Du bist der einzige Flüchtling hier.*

Und die Einzige, die sich durch diese Berge von Fischbällchen, Skyr und Käsebrote kämpfen muss, denkt Hannah, während sie die Gerichte auf dem Zettel durchgeht und überlegt, ob es sehr unpassend wäre, zu sagen, dass sie morgens keinen Appetit hat. Vermutlich schon.

»Was kann ich machen?«

Ella lädt Hannah mit einer Geste ein, am Tisch Platz zu nehmen. Hannah gehorcht der stummen Anweisung. Frisch gebrühter Kaffee wird in einen Humpen gegossen, Eier werden mit Schwung auf dem Teller platziert, ein Korb mit Fladenbrot wird zu ihr geschoben. Hannah nimmt sich, hat Manieren genug, alles zu probieren – doch nach drei Bissen verschluckt sie sich an einem Fischbällchen. Der Brechreiz ist ähnlich heftig wie bei Jørns Debütroman; sie schluckt und versucht zu lächeln. Blickt sich nach Hilfe um, obwohl sie genau weiß, dass keine in Sicht ist. Das Licht dringt gleißend durch die Fenster.

»Bragðast þetta vel?«

Hannahs ausgeprägtes Sprachgefühl hilft ihr zu verstehen, dass Ellas Frage sich auf das Essen beziehen muss, sie nickt lächelnd. Es gelingt ihr, alles hinunterzuwürgen.

»Es schmeckt gut.«

Doch das Fischbällchen dehnt sich in ihrem Magen zu einem lebendigen Fisch aus, alles in ihr dreht sich. Hannah schluckt, versucht, das bebende Gefühl zu unterdrücken, doch vergeblich: Gerade als sie aufsteht, um zur Toilette zu stürzen, übergibt sie sich auf den Tisch. Es sieht aus, als hätte jemand eine ganze Flasche Rotwein mit Klümpchen darin ausgeschüttet. Ella schreckt instinktiv zurück, wirkt jedoch eher fasziniert als entsetzt. Als wäre es eigentlich eine reife Leistung, gleichzeitig den Skyr und das Fladenbrot zu treffen. Dann bricht sie in schallendes Gelächter aus. Hannah versucht zu lächeln, aber es gelingt ihr nicht. Mit bleichem Gesicht greift sie nach einer Serviette mit Weihnachtsmotiv.

»Entschuldigung, das tut mir wirklich leid.«

Sie ringt um Fassung. Es fühlt sich an, als hätte sie noch immer einen Schwarm halbzerkauter Fische in sich, der zum nächstgelegenen Ausgang schwimmt. Ihr dreht sich der Magen um, doch er ist leer. Sie muss sich mit beiden Händen an der Tischplatte festhalten. Oh, wie peinlich!

»Das tut mir jetzt wirklich leid.«

Seit wann wiederholt sie sich?

Ella reicht ihr ein Glas Wasser und winkt ab. Die Geste rettet Hannah nicht aus ihrer Verlegenheit. Ella beginnt ohne viel Aufhebens sauberzumachen, als wäre die Erbrechensorgie Teil des Plans gewesen und jetzt würde es Zeit für den nächsten Tagesordnungspunkt. Essen mit Rotweinkotze wird in den Abfalleimer geschabt. Hannah steht auf, greift nach ein paar Tellern, um zu helfen. Ella hält sie mit einer entschlossenen Handbewegung zurück. Sie schüttelt den Kopf. Öffnet dann blitzschnell einen Schrank, zieht eine Tüte Haferflocken heraus. Reicht sie Hannah, die sie dankbar annimmt.

»Hast du auch Milch?«

Hannah verlässt das Haus ohne ein bestimmtes Ziel, nur mit dem ungefähren Plan, sich das Dorf näher anzusehen – und einer schwachen Hoffnung auf Inspiration. Sie versucht, sich die peinliche Kotzaktion vom Leib zu laufen; folgt der Straße in dichter bebautes Gebiet, geht schnell voran. Der Wind schlägt ihr entgegen, sie richtet sich den Schal, schließt eine Lücke über der Brust. Die Wolken kriechen vom Meer her über das Land, es scheint Regen zu geben. Sie beschleunigt ihre Schritte. Jetzt, bei Tageslicht, kann sie im Norden deutlich die Berge erkennen, es sieht aus, als hielten sie einander an den Händen und bildeten so eine schützende Kette um das Dorf. Oder einen Zaun, den man nicht überwinden kann. Nach einem knappen Kilometer erreicht sie die Stelle, wo die Dorfmitte sein muss, ein geschlossener Lebensmittelladen und eine ebenfalls geschlossene Kleiderboutique bilden die Einkaufsstraße. Sie dreht sich einmal um sich selbst: Keine Spur menschlicher Aktivität zu sehen, nicht einmal zu hören. Ein Schwarm Möwen überwacht das Gebiet aus der Luft – ist sie in einer Geisterstadt gelandet?

»Kysstu mig!«

Ein zerlumpter Mann mit Vollbart zieht an ihrem Ärmel, Hannah zuckt erschrocken zusammen. Doch dann sieht sie den Mann an und identifiziert ihn instinktiv als den Dorftrottel, der notwendigerweise an einem Ort wie diesem zu finden sein muss. Sein Griff ist nicht fest, sie reißt sich los. Versucht sich auf Englisch.

»Tut mir leid, aber ich verstehe nicht.«

»Kysstu mig! Küss mich!«

Die Lippen unter dem Vollbart sind gespitzt, sein Blick erwartungsvoll. Beinah hätte Hannah wirklich Lust, ihn zu küssen, sie kann sich nicht erklären, warum, vielleicht, um ihn zu überraschen. Und sich selbst. Doch der Mann riecht wie eine Ladung verrotteter Heringe, auch Rebellentum hat seine Grenzen.

»Vielleicht ein andermal.«

»Hast du ein bisschen Geld?«

Ja, natürlich, gleich nach der Liebe kommt wohl das Geld. Hannah zieht einen Schein aus der Tasche, hält ihn über die schmutzig-braune vorgestreckte Hand. Sie lässt den Schein mit einer Frage fallen.

»Gibt es hier im Dorf ein Café?«

Der Vollbart grinst.

»Da fragst du genau den Richtigen. Ich weiß alles über dieses Dorf, ich sehe alles, was hier passiert. Aber ich sehe keine schicken Cafés, du vielleicht?«

Hannah lächelt, sie muss sich geschlagen geben – ein Dorftrottel mit einem Sarkasmus, der genauso lupenrein ist wie sein Englisch. Vielleicht ist er doch nicht ganz so trottelig.

»Okay, kein Café. Aber wo treffen sich die Leute dann?«

»Zu Hause. Am Meer. Oder im Bragginn.«

»Bragginn?«

»Die einzige Bar hier im Dorf.«

»Ist sie weit weg?«

»Ich kann dich hinbegleiten. Ich will schließlich den hier verbrauchen.«

Mit seiner schmutzigen Hand hält er den von Hannah eben gespendeten Schein hoch. Na okay, sie hätte auch nichts viel Besseres damit vorgehabt. Ihn in einer Bar auszugeben, ist wohl genauso gut wie alles andere, ein Alkoholiker verurteilt den anderen nicht. Ob sie wohl jemals so einsam werden wird, dass auch sie Fremde auf der Straße um Küsse anbettelt?

# 8

Der wohlbekannte Geruch nach stickigem Wirtshaus dringt bereits nach draußen, bevor sie die Tür zum Bragginn öffnen. Hannah folgt ihrem neuen Bekannten in die schummerige Kneipe und blickt sich etwas enttäuscht um – braun in braun, außer einem Bartresen gibt es zwei Tische mit abgewetzten Wachstüchern, Vasen mit falschen Blumen und Aschenbecher. Um die Tische stehen weiße Plastikstühle. An dem einen sitzen ein paar einheimische, wettergegerbte Männer, die vielleicht einmal Fischer waren, aber jetzt eher wirken wie Menschen, die nichts mehr vom Leben erwarten. An einem Spielautomaten steht eine dickere Variante desselben Früher-Fischer-jetzt-lebensmüde-Typs. Eine Frau um die fünfzig mit einem Hund zu Füßen lehnt am Tresen. Sie unterhält sich lebhaft mit dem Barmann, dem Tonfall nach geht ihr das Thema sehr nah. Der Barmann lauscht müde, als hätte er dieselbe Geschichte schon unzählige Male gehört, und das hat er sicher auch. Nur eine Person im Lokal sieht nicht aus wie ein Teil des typischen Kneipenpuzzles: An der Bar sitzt ein dunkelhaariger Mann, offenbar in Hannahs Alter. Er ist das, was man wohl als gutaussehend bezeichnen würde, oder wirkt zumindest zu gepflegt und lebenstüchtig, um an einem Mittwochvormittag an einem Ort wie diesem herumzuhängen. Er liest in einem Buch, und Hannah bemerkt, dass vor ihm eine Cola steht. Der Dorftrottel grüßt den Barmann, tauscht Hannahs Schein und noch ein paar mehr gegen ein Bier. Er hat Hannah bereits völlig vergessen und leistet den Lebensmüden am Wachstuchtisch Gesellschaft. Hannah kämpft sich auf einen der Barstühle neben dem lesenden Colatrinker. Er blickt von seinem Buch auf, wendet sich auf Englisch an sie.

»Touristin?«

Hannah nickt.

»Dänisch?«

»Ja. Ist das so offensichtlich?«

»Nur richtig geraten. Ehrlich gesagt denke ich, Sie könnten gut als Isländerin durchgehen.«

»Warum?«

»Schwer zu sagen … vielleicht ist es Ihr Haar. Oder die Härte in Ihrem Blick.«

Hannah sieht ihn an, sicher mit einer Extraportion der behaupteten Härte im Blick – sie hasst es, von Männern, die sie gerade erst kennengelernt hat, analysiert zu werden. *Du bist der Typ für dieses oder jenes.* Als ob sie einen sofort vollständig durchschauen könnten. Aber irgendetwas an dem colatrinkenden Leser wirkt anders, un-nervig. Er winkt dem Barmann, der sehr froh zu sein scheint, der geschwätzigen Hundebesitzerin zu entkommen. Hannah schielt zu der Cola ihres neuen Gesprächspartners hinüber, unterdrückt ihren vormittäglichen Weindurst.

»Mineralwasser, bitte.«

Hannah bekommt ihr Wasser, sie bezahlt und schenkt es in ein Glas ein. Der Mann blickt sie neugierig an.

»Von allen Orten auf der Welt, warum würde man ausgerechnet hier Urlaub machen? Es kommen kaum Touristen in dieser Jahreszeit.«

Hannah zögert, hat keine Lust, über ihr Projekt zu sprechen, sie kann nicht noch mehr Einheimische gebrauchen, die sich mit guten Ideen anbieten. Oder braucht sie vielleicht gerade das? Es ist zumindest wohl kein Grund, um zu lügen.

»Ich bin hier, um ein Buch zu schreiben.«

»Tatsächlich? Sie sind also Schriftstellerin?«

Hannah spürt eine echte Begeisterung, richtet sich ein klein wenig auf. Sie nickt.

»Was für eine Art von Buch?«

Der Colatrinker klappt seinen eigenen Band zusammen, widmet Hannah seine volle Aufmerksamkeit. Sie nimmt einen Schluck von dem sprudelnden Wasser, fühlt sich nicht bereit, als Krimiautorin aufzutreten. Aber andererseits kann sie sich auch nicht dazu durchringen, ihren momentanen Wandel als Autorin zu erklären. Sie entscheidet sich für die kürzestmögliche Version.

»Ich schreibe eigentlich Kurzprosa, versuche mich aber an kriminellen Themen.«

Der Mann sieht sie prüfend an.

»Sie versuchen sich an kriminellen Themen? Dann muss ich Sie ja womöglich verhaften.«

Hannah wirft ihm einen fragenden Blick zu.

»Ich bin der örtliche Polizist. Viktor.«

Viktor streckt ihr die Hand des Gesetzes entgegen, Hannah nimmt sie.

»Hannah.«

Sie deutet mit einem Nicken auf seine Jeans und sein Baumwollhemd.

»Bist du undercover unterwegs?«

Viktor lächelt, während er einen Schluck Cola trinkt.

»Es ist schwer, in einem Dorf, in dem dich alle kennen, undercover unterwegs zu sein. Ich hab nur noch keine Schicht.«

Viktor schaut auf seine Armbanduhr. Keine automatische Handlung, er wirkt wie jemand, der ganz einfach die Zeit vergessen hat.

»Wenn du ein Verbrechen begehen und damit davonkommen willst, dann mach es in den nächsten zweiunddreißig Minuten.«

»Bist du der einzige Polizist hier im Dorf?«

Viktor nickt. Hannah kann nicht ganz erkennen, ob es ein von Verantwortung belastetes oder ein stolzes Nicken ist; vielleicht ein bisschen von beidem.

»Gehst du den Verbrechen, die außerhalb deiner Arbeitszeit begangen wurden, nicht nach?«

Hannah wittert eine Chance für Inspiration. Viktor lächelt freundlich.

»Ich versuche natürlich, alles im Blick zu behalten, was passiert, aber um ehrlich zu sein, ist das nicht besonders viel. Gestern haben ein paar Jugendliche einen Kasten Bier aus einer Garage gestohlen, und ab und zu erwische ich ein Auto mit kaputtem Vorderscheinwerfer. Das ist es im Großen und Ganzen auch schon.«

Okay. Die lokale Umgebung kann also keinen Stoff für Krimis liefern. Hannah verknotet die Finger und wirft einen sehnsüchtigen Blick auf das Regal mit den harten Spirituosen. Als sie spürt, dass Viktor sie beobachtet, wendet sie sich ihm zu und zeigt auf das Buch.

»Was liest du?«

Viktor dreht das Cover zu Hannah. Sie liest, versucht sich an der isländischen Aussprache.

*»Ljóð 1980–1995. Einar Már Guðmundsson.«*

»Er hat 1995 den Literaturpreis des Nordischen Rates erhalten.«

»Ich kenne ihn. *Frankensteins Coup* hat mich sehr inspiriert, als ich zu schreiben anfing.«

Viktor dreht das Buch in den Händen, sieht sie erstaunt an.

»Wirklich? Das kenne ich nicht. Vielleicht heißt es auf Isländisch ganz anders?«

»Bestimmt. Ich hab das Gefühl, alles heißt auf Isländisch ganz anders.«

Viktor lächelt, nimmt einen Schluck von seiner Cola.

»Auf jeden Fall musst du selbst eine fantastische Schriftstellerin sein, wenn du dich von diesem Mann inspirieren lässt. Ich würde gern mal eines deiner Bücher lesen.«

Hannah ist sich nicht sicher, ob das ein Versuch ist, ihr ein Kompliment zu machen, oder eher ein Lob für Einar Már. Im Kopf bewertet sie es fifty-fifty. Sie versucht sich zu erinnern, wann ein Mann ihr zuletzt zumindest mit fünfzigprozentiger Wahrscheinlichkeit geschmeichelt hat. Es gelingt ihr nicht.

»Ich weiß nicht, ob es dir gefallen würde. Es ist Kurzprosa, manche würden es vielleicht Dichtung nennen.«

»Spannend.«

Hannah sieht ihn forschend an.

»Sag mal, was ist das für ein Polizist, der Dichtkunst liest?«

»Was ist das für eine Dichterin, die Verbrechen plant?«

Viktor hält ihren Blick fest. Und sie seinen.

»Ich glaube, ein Polizist, der vor seiner Schicht Lyrik liest, sehnt sich nach etwas anderem.«

Viktor wendet den Blick nicht ab.

»Und, wonach meinst du, sehnt er sich?«

Hannah zuckt mit den Schultern.

»Weiß ich nicht. Dass irgendwas Neues passiert.«

Viktor lächelt, schüttelt den Kopf. Er wirft einen raschen Blick auf die Uhr, packt das Buch ein.

»Wonach ich mich in Wirklichkeit sehne, ist mehr Ruhe und Frieden.«

Hannahs Hoffnung darauf, dass Victor der Schlüssel zu einem guten Krimiplot sein könnte, wird wieder geweckt.

»Dann ist dein Job vielleicht doch nicht so ruhig und friedlich ...?«

Viktor lächelt.

»Was ich brauche, ist ein bisschen Ruhe von zwei kleinen Kindern zu Hause. Meine Frau passt auf sie und noch zwei andere auf – ich muss manchmal rauskommen, sonst kriege ich Lust, alle vier Kinder zu verhaften. Und Kinder im Gefängnis, das ist ja dann doch nicht ganz in Ordnung.«

Viktor springt vom Stuhl, elegant. Er reicht ihr die Hand. Förmlich.

»Es war wirklich nett, dich kennenzulernen. Wenn du über

einen Mord oder irgendwas stolperst, dann weißt du, wen du anrufen musst.«

Victor lächelt. Es fällt Hannah schwer, sich ihn bei der Aufklärung eines schwereren Verbrechens vorzustellen als dem Diebstahl eines Fischerboots. Sie nickt.

»Und ich habe es ernst gemeint: Ich will wirklich gern deine Bücher lesen.«

»Schön, dich kennenzulernen.«

Hannah beobachtet, wie Viktor durch die Tür verschwindet. Sie vergewissert sich, dass er ganz weg ist, bevor sie sich an den Barmann wendet und die erlösenden Worte ausspricht:

»Ein Whisky-Cola.«

Der Himmel hat sich noch stärker zugezogen, die Dunkelheit liegt hinter den Bergen auf der Lauer und Hannah ist angetrunken, als sie wieder draußen im Wind steht, der durch die Straßen des Dorfes fegt. Sie geht heimwärts, weniger inspiriert, einen Krimi zu schreiben, als bei ihrem Aufbruch. Sie hat versucht, den Bier trinkenden Kneipenbesuchern, die sich tatsächlich als lebensmüde ehemalige Fischer herausstellten, Geschichten zu entlocken, aber leider reichten ihre Englischkenntnisse nicht für eine Unterhaltung auf einem höheren Niveau als »cheers«. Hannah blickt zu den Bergen hinüber, spürt einen trotzigen Optimismus. Es soll ja auch gar nicht von außen kommen, es soll aus ihr selbst kommen! Und sie hat es in sich, das weiß sie. Nach Hause, eine Flasche Wein aufmachen, sich vor den Computer setzen. *Irgendetwas* schreiben. Sie läuft schneller, stapft die dunkle Landstraße entlang.

In Gedanken schon zu Hause, sieht sie auf halbem Weg dorthin eine Gruppe Fußball spielender Jungs, oder vielleicht sind es eher junge Männer. Um die siebzehn, achtzehn Jahre. Mit roten Wangen und für den eiskalten Novemberwind viel zu dünn angezogen, rennen sie auf einer Fläche herum, die kaum mehr als ein Acker zu sein scheint. Das Spielfeld ist nur durch zwei gegenüberliegende Tore und eine scheinwerferartige Lampe gekennzeichnet, die es ihnen ermöglicht, in der beginnenden Dämmerung den Ball zu erkennen. Hannah erinnert sich nicht, den Fußballplatz auf dem Hinweg bemerkt zu haben. Umgeben von Ebenen, Bergen und dem unendlichen dunkelgrauen Himmel wirken die Jungen viel kleiner, als sie sind. Sie bleibt stehen und beobachtet fasziniert, wie sie im Stadion der Natur spielen – konzentriert, intensiv, brüllend. Völlig vertieft in das Spiel. Doch dann wird der Ball in einem schiefen Winkel weit am Tor vorbeigeschossen, er landet ganz in Hannahs Nähe, einer der Jungen rennt ihm hinterher. Die anderen schauen, einer ruft etwas auf Isländisch. Der Wind verschluckt die Worte, aber Hannah spürt, dass es um sie geht – vermutlich sind sie nicht an Zuschauer gewöhnt. Zwei von ihnen lachen. Der Junge, der dem Ball nachgelaufen ist, nähert sich. Hannah macht ein paar schnelle Schritte in Richtung Ball, sie erreicht ihn vor ihm, schickt ihn mit einem kleinen Tritt in seine Richtung. Er bleibt stehen. Blickt sie an, lächelnd.

»Takk.«

Sie stehen einen Augenblick da und betrachten einander, als wollten sie beide noch mehr sagen, wüssten aber nicht, was. Dann lächelt der Junge wieder, nimmt den Ball und kickt ihn zurück zu seinen Freunden und dem Spiel. Hannah wird klar, dass sie die Augen mit diesem durchdringenden, insistierenden Blick erkannt hat. Es ist Ellas Neffe, Thor. Sie wendet sich ab, lässt das Fußballspiel mit dem Gefühl hinter sich zurück, dass in Húsafjörður vielleicht doch etwas geschehen kann. Im selben Augenblick beginnt es sturzbachartig zu regnen. Hannah versucht, sich zwischen den Tropfen durchzuschleichen, gibt jedoch bald auf. Das letzte Stück dunkle Landstraße legt sie triefnass zurück. Als sie das Haus erreicht, steht Ella in der Tür, mit einem Handtuch in der Hand und Kaffee in der Kanne.

# 9

Hannah hat die ganze Nacht geschrieben, ein halbseitiger Ansatz zu einer Krimihandlung ist herausgekommen. Es sind viele Worte, aber noch kein Mord. Sie hat eine halbe Stunde geschlafen, Bastian dreimal erfolglos angerufen, eineinhalb Flaschen Wein getrunken, mehrmals beinahe aufgegeben und ist trotzdem immer wieder an die Tastatur zurückgekehrt. Sie hat viel zu lange in derselben Stellung dagesessen, hat der Sonne schweigend beim Aufgehen zugesehen und gemerkt, wie der Glaube an Erfolg mit jeder Minute aus ihrem Körper gewichen ist. Als sie sich am Vormittag die Treppe hinunterschleppt, trägt sie schwer an ihrem gepackten Koffer und der bitteren Erkenntnis, dass sie keinen Krimi schreiben kann. In Gedanken formuliert sie eine Kapitulationsrede; die Vorstellung von Jørns Gesichtsausdruck, wenn er sie hört, bringt ihre Handflächen zum Schwitzen. Aber sie hat keine andere Wahl; mit der Hybris kommt die Nemesis. Vielleicht kann sie ganz woanders hingehen, verschwinden, sich irgendwo ein neues Leben aufbauen, wo gescheiterte Projekte einen nicht in den Abgrund reißen können.

In der Küche findet sie Ella am Esstisch vor, in sich zusammengesunken, weinend. Verblüfft hält Hannah inne. Sie nähert sich Ella wie ein Boot, das lautlos an den Kai gleitet; vorsichtig setzt sie sich neben die aufgelöste Frau, unsicher, wie sie sich verhalten soll. Sie war noch nie der Hand-auf-die-Schulter-was-ist-denn-los-Typ.

»Ist was passiert?«

Ella schluchzt lauter. Hannah versucht es trotzdem mit der Hand auf der Schulter.

»Was ist passiert?«

Ellas Körper bebt, ihre faltigen Hände verbergen das weinende Gesicht. Hannah hätte nicht gedacht, dass ältere Menschen so aufgewühlt sein können - erreicht man in seinem Leben nicht irgendwann einen gewissen Punkt, an dem Zusammenbrüche der Vergangenheit angehören? Vielleicht nicht. Hannah hat den Eindruck, dass etwas Schlimmes geschehen sein muss, und beschließt, die Ankündigung ihrer Abreise aufzuschieben. Ella wirkt auch nicht so, als wäre sie imstande, jemanden zum Flughafen zu fahren. Zum dritten Mal fragt Hannah.

»Warum bist du so traurig?«

Diesmal blickt Ella auf.

»Thor er dáinn.«

Hannah blickt Ella fragend an, die ihr ein Stück Papier über den Tisch schiebt, eine Art offiziellen Brief, aber es scheint ihr egal zu sein, was darin steht, sie dreht ihn um und kritzelt etwas auf die leere Rückseite.

*Thor ist tot.*

Die Überraschung wirft Hannah zehn Zentimeter zurück in ihren Stuhl. Thor? Vor weniger als zwanzig Stunden hat sie in seine jungen, lebendigen Augen geschaut. Jetzt atmet er nicht mehr, sein Herz schlägt nicht, der Ball ist zum letzten Mal zwischen seine Füße gerollt. Das kann nicht wahr sein. Ella muss eine Nachricht bekommen haben, die sie missverstanden hat.

»Wer hat dir Bescheid gegeben?«

»Vigdis«, schluchzt Ella. Hannah kann ihr nicht folgen.

»Wer ist Vigdis?«

Ella antwortet nicht, stattdessen strömen erneut die Tränen, als hätte sie die schreckliche Nachricht gerade erhalten. Oder, fragt sich Hannah, wird ihr vielleicht gerade jetzt bewusst, was der tote Junge ihr bedeutet? Wenn er denn wirklich tot ist. Hannah zweifelt immer noch daran. Woran sollte er gestorben sein? Und kann man wirklich an einem Tag so lebendig und am nächsten so tot sein? Sie versucht, sich einen Reim darauf zu machen.

»Ella, es tut mir ganz unglaublich leid, das zu hören. Wie ist er gestorben, was weißt du?« Sie bemerkt, wie ihre Hand über Ellas Rücken streicht. Fürsorge oder der Versuch, sie zum Reden zu bringen? Ella schluckt, die Tränen versiegen und unter der Handfläche spürt Hannah, wie sie sich zusammenreißt. Ein Taschentuch, ein altmodisches aus Stoff, wird aus Ellas Ärmel hervorgezaubert, sie putzt sich die Nase. Nimmt wieder den Stift.

*Mein Schwester Vigdis hat selbst angerufen, sie hat gesagt, Thor ist nachts gestorben. Ein Unglück.*

Tränen laufen über ihre Wangen.

»Ég skil þetta ekki! Ég skil þetta bara ekki!«

Hannah ist immer noch verwirrt.

»Vigdis ist also deine Schwester und Thors Mutter?«

Ella nickt.

»Und du bist dir sicher, dass du nichts missverstanden hast? Dass er vielleicht nur einen Unfall hatte und im Krankenhaus liegt oder so?«

Ella sieht sie an. Lange. Ernst. Dann schreibt sie:

*Der Tod ist nichts, was man missversteht. Außerdem weiß ich, dass es wahr ist, auch wenn ich ihn nicht gesehen habe. Ich kann es spüren.*

»Spüren?«

Ella schreibt.

*Starker sechster Sinn.*

Hannah atmet tief ein. Sie war gerade dabei anzuerkennen, dass Thor gestorben ist, und nun ist sein Tod vielleicht nur etwas, das Ella fühlt? War der Anruf ein Traum, der den Morgen über weitergelebt hat? Hannah hat noch nie viel auf sechste, siebte oder achte Sinne gegeben, jetzt müssen Fakten folgen. Sie steht auf, geht zu Ellas Festnetztelefon.

»Was hat Vigdis für eine Nummer?«

Ella schaut zu ihr auf, die Tränen sind versiegt, aber sie haben ihr Gesicht sumpfig wie ein Flussbett nach der Flut hinterlassen. Sie schüttelt den Kopf, kommt überraschend schnell auf die Beine, steht eine Sekunde später mit dem Telefon in der Hand da, Hannah kann ihre behänden Bewegungen kaum fassen. Ella, jetzt beinahe wütend, kritzelt blitzschnell etwas hinten in ein Adressbuch.

*Du glaubst mir nicht, aber es ist wahr. Thor IST tot. Ein Unglück am Hafen. Die Welt ist BÖSE.*

Etwas an Ellas Handschrift überzeugt Hannah. Vielleicht die Versalien. Hannah schluckt. Wenn man Mitgefühl ausdrücken will, ist es schwer, an Floskeln vorbeizukommen.

»Es tut mir sehr, sehr leid. Kann ich irgendetwas tun?«

Ella schüttelt den Kopf, wechselt noch in der Bewegung zu einem Nicken. Wieder verwendet sie das Adressbuch als Medium, diesmal schreibt sie fast in den Namen und die Nummer einer Person namens Bjargey hinein.

*Andenkenfeier heute Nachmittag. Willst du mit?*

Ella blickt sie fragend an, als fände sie ein kleines bisschen Trost in Hannahs Anwesenheit. Hannah nickt.

»Natürlich. Wenn du meinst, dass das nicht anmaßend ist – eine Fremde bei so einer Veranstaltung?«

Ella blickt sie an. Schreibt dann.

*Du wohnst in meinem Haus, du bist nicht fremd.*

Etwas in Hannahs Innerem rührt sich. Sie weiß nicht, was.

»Soll ich uns nicht eine Tasse Kaffee machen?«

Ohne die Antwort abzuwarten, geht Hannah in Richtung Kaffeemaschine, draußen im Gang kann sie ihren gepackten Koffer erahnen. Die Heimreise ist für eine Weile aufgeschoben.

# 10

Im Haus scheint der Tod allgegenwärtig zu sein. Wenn das Leben einen Menschen verlässt, so hat Hannah die Erfahrung gemacht, entsteht plötzlich ein Geheimnis um diese Person. Es kommt ein besonderer Drang auf, den Verstorbenen posthum kennenzulernen, sowohl bei den ihm Nahestehenden als auch bei denen, die ihn nicht gekannt haben. Wenn es ein früher Tod war oder vielleicht sogar ein Verbrechen geschehen ist, nimmt die Faszination noch zu. Man will die Umstände des Todes und alles über die Stunden davor wissen: Was war das Letzte, woran der Verstorbene gedacht hat, die letzte Mahlzeit, die er gegessen hat, hat er sein letztes Bad genossen? Welche Pläne hatte er für den nächsten Tag? Und die alles überschattende Frage: Wusste er, kurz vor dem entscheidenden Moment, dass der Tod das Nächste sein würde, was ihn erwartet? Es sind nicht nur die faktischen Umstände des Übergangs vom Leben zum Tod, die die Neugier danach wecken, mehr über den kürzlich Verstorbenen zu erfahren. Hannah war schon immer der Meinung, dass die Einsicht, die der Betreffende erlangt haben muss, der beste Grund ist, den Toten Respekt zu erweisen. Sie hat sich schon ausgemalt, einen Verstorbenen lebendig zu rütteln, um an seinem Wissen teilzuhaben: Du hast etwas über das Leben erfahren, das wir nicht wissen, würde sie sagen. Du weißt, wie es ist, tot zu sein. Wie ist es? Tut es weh? Ist da etwas auf der anderen Seite? Mit welchem letzten Gedanken bist du aus dem Leben gegangen? Wenn du an dein Leben zurückdenkst – hast du alles ausprobiert, was du wolltest, die Antworten gefunden, die du gesucht hast, gespürt, dass du am Leben warst? Aber im Grunde, denkt Hannah, gilt unser Interesse nicht den Toten. Es gilt uns selbst. Der Tod anderer regt bei den Hinterbliebenen eine Reflexion über das Leben an; im Tod werden die kleinen und großen Dinge des Lebens relativiert. Und wir denken darüber nach, wie der Tod *uns* wohl einmal in seinen Griff bekommen wird.

Wie ein respektvoller Bodyguard eskortiert Hannah Ella in das riesengroße Haus, das aussieht wie aus einer Sendung über neue nordische, luxuriöse Architektenhäuser: große, offene Räume mit Fenstern, die den Blick auf die Umgebung freigeben und die Berge fast wie einen Teil des Wohnzimmers wirken lassen. Das eingebaute Interieur zeugt von einem qualitätsbetonten Geschmack, ein Eindruck, der von den teuren Designermöbeln noch verstärkt wird. Ein Heim, das fast zu modern und zu schön ist, um so abseits in einem kleinen Dorf zu liegen. Was das wohl gekostet haben mag? Der geschmackvolle Luxus wird jedoch von der monumentalen Trauer getrübt, die die Räume erfüllt. Hannah blickt sich um und nimmt die verweinten und traurigen Gesichter in sich auf, die gedrückte Stimmung ist ansteckend. Bevor sie jemanden grüßen kann, fällt ihr Blick auf ein Bett, das in der Mitte des Raums steht. Das Bett zieht jegliche Aufmerksamkeit auf sich. Thor liegt darin. Aufgebahrt. Tot. Hannah schluckt den Kloß in ihrem Hals hinunter. Weshalb liegt er hier? Ist es normal, bei der eigenen Gedenkfeier anwesend zu sein? Hannah kann nicht gut mit Leichen umgehen. Sie hat schon einmal einen toten Menschen gesehen, auf den Gleisen am Bahnhof Dybbølsbro, zwei Polizisten hatten versucht, sie davon abzuhalten, aber sie war neugierig gewesen. Sie sah ihn, als sie auf dem Fahrrad vorbeifuhr, die Leiche war völlig steif, lag quer über den Schienen, in Plastik eingewickelt. Nur der Kopf ragte heraus, unverhüllt. Sie hätte nicht hinschauen sollen. Das Leben um sie herum ging weiter, als könnte es nicht anders – auf dem Weg die Treppe hinunter, ihr Fahrrad balancierend, kam ihr ein Jugendlicher entgegen, er hatte einen Ghettoblaster auf der Schulter, laute Musik, Shorts, Baseball-Cap, graues T-Shirt, er hüpfte und tanzte, voller Leben. Am liebsten hätte sie ihn gepackt und geschrien: Stopp! Da unten auf den Schienen liegt ein Toter! Aber sie tat es nicht. Es war ihre Erfahrung mit einem toten Menschen, mitten im größten Trubel des Sommers, nicht die des Jungen mit dem Ghettoblaster. Für ihn hätte das Leben nicht lebendiger sein können, und wozu jemanden dieser Auffassung berauben? Sie hatte ein letztes Mal zur Brücke zurückgeblickt; da stand nur das grüne Auto, das Auto, in dem der jetzt kalte und erstarrte Mensch die Brücke hinaufgefahren war, bevor er hinuntersprang. Und alles, was sie denken konnte, war: Im Moment seines Todes stand ich im Supermarkt, vor der schweren Entscheidung zwischen Rot- oder Weißwein.

»Ella!«

Eine Frau überfällt Ella mit einer allumfassenden und zugleich verzweifelten Umarmung, als versuchte sie, all ihre Trauer auf ihr abzuladen. Ella legt die Arme um die Frau und nimmt sie entgegen. Hannah hat das Gefühl, eine Ewigkeit vergeht, während die Umarmung sich entfaltet, sie betrachtet die schweigende Umklammerung der beiden Frauen, die bei ihr selbst eine Reihe von Gefühlen auslöst: zuerst Mitgefühl, dann peinliches Unbehagen und zum Schluss leichte Genervtheit – wie lange darf man einen Gast unbeholfen und unvorgestellt bei einer Totenwache sich selbst überlassen? Hannah verlagert ihr Gewicht und räuspert sich. Ella hört es und gleitet aus der Umarmung, stellt Hannah der Frau vor: Vigdis. Hannah wird klar, dass dies Ellas Schwester ist, Thors Mutter. Sie hält sich dieses eine Mal ans Dänische, hofft, dass es nicht unhöflich wirkt. Aber irgendwie fühlt es sich in dieser Situation echter an als Englisch.

»Mein Beileid. Dein Verlust tut mir so furchtbar leid.«

Hannah betrachtet Vigdis, sie muss ein paar Jahre jünger sein als Ella – auch wenn sie wirkt wie jemand, der im Laufe der letzten Nacht erheblich gealtert ist. Vigdis nickt, hat verständlicherweise keine Kraft, sich der Fremden weiter anzunehmen. Schnell gesprochene isländische Sätze finden den Weg aus ihrem Mund. Ella antwortet tröstend und beruhigend, unterdrückt ihre eigenen Gefühle, um die der Schwester zu tragen. Hannah blickt sich verstohlen im Raum um, wo bedrückte Gesichter einander in kurzen Gesprächen zugewandt sind, sie hört Traurigkeit, Schock und Verzweiflung aus den unverständlichen isländischen Worten heraus. Sie lässt den Blick durch den ganzen Raum schweifen, im Versuch, Thors Matratzengrab zu umgehen, denn auch wenn etwas in ihr von dem makabren Anblick eines toten jungen Mannes angezogen wird, findet sie es unpassend hinzustarren. Vielleicht ist die Musterung des Zimmers auch ein Versuch, einen Winkel zu finden, in den sie sich verkriechen kann, sie fühlt sich deplatziert, wie die eindringende Fremde, die sie im Grunde ja auch ist. In einer Ecke sitzt wie versteinert ein älterer Mann und starrt den toten Jungen ausdruckslos an. Eine seltene Form von stoischer Selbstquälerei? Hannah bemerkt, dass Gäste vorübergleiten und kondolieren, ohne dass der Steinmann reagiert. Das muss Thors Vater sein, Ægir. Hannah spürt, wie das Unbehagen ihr unter die Haut kriecht, sie hätte nicht kommen sollen. Sie bereut, an Ellas Worten über Thors Tod gezweifelt zu haben, fühlt sich auf eine gewisse Art schuldig. Weil sie sich einen Todesfall für ihren Krimi gewünscht hat und nun hat man ihr einen auf dem Silbertablett serviert? Sie schüttelt den Gedanken ab, es ist ja noch lange nicht klar, ob ein Verbrechen begangen wurde – was sehr unwahrscheinlich wäre. Hannah reißt sich am Riemen, sie muss die Zähne zusammenbeißen, für Ella da sein und ihre Abneigung überwinden, in intime Situationen anderer Menschen hineingezogen zu werden. Aber verdammt noch mal, sie könnte jetzt wirklich einen Drink gebrauchen! Oder zumindest eine Tasse Kaffee. Die Schlaflosigkeit der Nacht holt sie ein, trifft sie wie ein harter Ball im Nacken. Sie atmet tief ein, erblickt eine Tür zu einem Raum, der wie die Küche aussieht. Geht auf sie zu.

Als Hannah die Küche betritt, schreckt sie zusammen – Viktor! Er steht mit dem Rücken zu ihr und ist dabei, sich eine Tasse Kaffee einzuschenken. Ob er wohl als Freund der Familie hier ist oder als Ermittler? Hannah ergreift die Chance und setzt auf Letzteres.

»Es geschehen also doch Verbrechen in Húsafjörður?«

Viktor dreht sich um, ruhig, fast, als hätte er erwartet, dass sie direkt hinter ihm stehen würde. Er reicht ihr die Tasse, die er in der Hand hat.

»Ich dachte mir schon, dass du hier bist.«

Hannah ist verblüfft.

»Warum?«

»Weil Ella nicht der Typ ist, der seinen Gast in einer Situation wie dieser zu Hause lassen würde.«

Eine erneute Überraschung.

»Woher weißt du, dass ich bei Ella wohne?«

»Ich bin die höchste Autorität hier im Dorf. Ich weiß alles.«

Viktor schenkt sich selbst eine neue Tasse Kaffee ein, lehnt sich an den Küchentisch. Blickt Hannah prüfend an, hält den Kaffee in der Hand. Hannah trinkt einen Schluck von ihrem. Er schmeckt bitter.

»Du weißt also auch, was mit Thor passiert ist?«

Viktor, der seinen Blick fest auf Hannah gerichtet hatte, senkt ihn nun, schüttelt den Kopf, nimmt einen Schluck Kaffee.

»War es ein Verbrechen?«

Jetzt ist Hannah diejenige, die Viktor prüfend anschaut.

»Tut mir leid, aber in diesem Fall kann ich nichts sagen.«

»Es gibt also einen Fall?«

Viktor seufzt.

»Das hab ich nicht gesagt.«

»Aber bist du als Polizist hier oder als Freund der Familie?«

»Es tut mir leid, aber ich kann wirklich nicht mehr sagen.«

»Du hast gar nichts gesagt.«

Viktor lächelt. Entwaffnend. Er macht Anstalten, zurück ins Wohnzimmer zu gehen. Hannah versucht es ein letztes Mal; drinnen unter den Trauernden kann sie keine Fragen mehr stellen.

»Warum ist er hier? Die Leiche, meine ich.«

Viktor zögert, als wäre er versucht, ihr etwas mitzuteilen, wüsste aber, dass er das nicht tun sollte. Die Versuchung siegt über das Pflichtbewusstsein.

»Es war die Idee seines Vaters, Ægir, er hat darauf bestanden. Ich finde es überhaupt nicht gut. Wir müssen eine Obduktion vornehmen.«

Hannah hebt eine Augenbraue.

»Obduktion.«

Viktors Tonfall verrät nichts.

»Reine Routine, wenn jemand ertrinkt. In einer Stunde kommt ein Gerichtsmediziner aus Reykjavík hierher, und dann nehme ich die Leiche mit.«

»Thor ist also ertrunken?«

Viktor nickt.

»Sein Vater hat ihn am frühen Morgen gefunden und aus dem Wasser gezogen.«

»Wie ist er denn da reingekommen?«

Viktor seufzt und leert die Kaffeetasse in einem Zug.

»Das ist ein kleines Mysterium.«

Viktor stellt die Tasse ab, Hannah hat tausendundeine Frage, doch er ist schon ins Wohnzimmer verschwunden. Sie blickt auf ihren Kaffee hinunter, er ist dünn, braun wie Gülle. Sie kippt ihn in den Ausguss.

Zurück im Wohnzimmer sucht sie den Raum ab, doch kein Viktor. Mist. Hannah zwingt sich, zur Leiche zu gehen, aus der Entfernung wirkt er wie ein schlafender junger Mann, merkwürdig ausgestellt zwischen Familie und Freunden. Von Nahem wird jedoch deutlich, dass er tot ist. Leicht aufgequollen, sicher weil er im Meerwasser gelegen hat. Hannah ist überrascht von ihrem eigenen Unbehagen, sie muss sich zwingen, ihn anzuschauen. Das Haar klebt seltsam an seiner Stirn, hinter dem rechten Ohr steckt ein Stück Tang, die Haarspange des Todes. Aber was ist das? Hannah beugt sich vor, streckt die Hand nach dem Seetang aus; er verdeckt etwas. Blut. Sie tastet hinter dem Ohr, eine kleine Beule.

»Hvernig dirfistu að snerta son minn?«

Hannah zieht die Hand blitzschnell zurück, dreht sich um und blickt direkt in Ægirs Gesicht. Der Steinmann ist von seinem Sockel aufgestanden. Plötzlich wird Hannah sich ihres unpassenden Benehmens peinlich genau bewusst, wie kann sie hier rumstehen und eine Leiche angrapschen!

»Entschuldigung.«

Der Steinmann sieht sie mit seltsam leeren Augen an. Hannah fragt sich, ob er sie gleich schlagen wird. Bei dem Gedanken duckt sie sich instinktiv weg. Doch der Steinmann ist nur in einer neuen Position erstarrt, wie ein Zombie, der seine Mission vergessen hat. Hannah trippelt rückwärts weg von der Leiche, weg von der Trauer und der Leere.

# 11

Die Straße ist nass, es hat wieder geregnet. Hannah springt durch die Pfützen zurück ins Dorf, froh, der bizarren häuslichen Kapelle entkommen zu sein, in der sie Ella mit dem Versprechen einer Wiedervereinigung nach der Totenwache zurückgelassen hat. Sie hält inne, schaudert, kann das Gefühl des Unbehagens nur schwer abschütteln. Dann blickt sie in die Richtung, in der Ellas Haus liegt, zögert einen Moment. Geht dann ins Dorf hinunter.

Hannah kann nur zweimal anklopfen, da öffnet sich schon die Tür. Viktor sieht sie überrascht an.

»Bist du mir gefolgt?«

»In Dänemark hab ich den Ruf, so was wie eine Stalkerin zu sein.«

Viktor hebt die Augenbrauen.

»Ich will nicht unhöflich sein, aber ich bin ziemlich beschäftigt.«

Hannah versucht ihm über die Schulter zu blicken, die Polizeiwache ist offenbar kein öffentliches Gebäude, sondern sein Privathaus mit einem Schild an der Tür. Der Boden ist übersät mit Spielsachen, Viktor folgt ihrem Blick, macht sich breit, bemüht sich, das Chaos zu verdecken.

»Komm, mein Büro ist da drüben.«

»In deinem Schlafzimmer oder im Kinderzimmer?«

Kein Lächeln auf Viktors Lippen, nur ein Schulterzucken. Mit einer Geste gibt er zu verstehen, dass sie aus dem Haus sollen. Viktor schließt die Tür hinter sich, Hannah kann gerade noch die Silhouette einer Frau in der Küche erkennen. Viktors Frau? Draußen geleitet der Polizist in Zivil sie durch eine andere Tür in ein kleines Büro mit eigenem Eingang. Die Polizeiwache. Hannah mustert den Raum, der aussieht wie ein tristes Immobilienmaklerbüro aus einem schlechten amerikanischen Film: Ein Schreibtisch aus einer undefinierbaren billigen Holzsorte ist mitten im Zimmer aufgestellt, darauf ein verstaubter stationärer Computer, unordentliche Papierstapel und ein Mauspad mit einem Foto von zwei Kindern. Vermutlich Viktors. Hinter dem Tisch ein wackeliger Bürostuhl aus Kunstleder auf vier kleinen Rädern vor einem Regal, aus dem rote Ordner herausstehen. An der Wand hängt eine Karte der Umgebung und eine fast leere Anschlagtafel. Alles in allem ein schön unterdurchschnittlicher, arschlangweiliger Ort.

»So ein gemütliches kleines Büro.«

Hannah steckt die Hände in die Manteltaschen, versucht, lässig zu wirken, während sie lügt.

»Was kann ich für dich tun?«

Gleich zur Sache, okay, okay. Viktor steht mit verschränkten Armen da.

»Ich hab nur an etwas gedacht, was Thor betrifft. Hat er den Schlag auf den Hinterkopf bekommen bevor oder nachdem er gestorben ist?«

Viktor hebt die Augenbrauen. Aha! Er hat die Beule also nicht bemerkt. Die Augenbrauen finden an ihren Platz zurück.

»Wie gesagt kann ich dazu keinen Kommentar abgeben.«

»Könnte er die Verletzung bekommen haben, als er ins Wasser gefallen ist?«

Viktor verlagert das Gewicht von einem Fuß auf den anderen, die Situation ist ihm unangenehm, Hannah kann ihm ansehen, dass er gern fragen würde, seine eigene Unwissenheit aber nicht eingestehen will. Sie hilft ihm aus dem Dilemma.

»Hinter seinem rechten Ohr ist eine blutige Wunde und eine

Beule. Vielleicht ist er beim Reinfallen mit dem Kopf auf einen Stein geschlagen, vielleicht ist er gegen Holz gestoßen, ein Boot oder so was, als er leblos im Wasser getrieben ist.«

Hannah hält inne. Blickt Viktor eindringlich an, der sich auf die Lippe beißt. Ein gutaussehender Mann, aber auch ein guter Polizist? Mit jedem ruhigen Atemzug vergehen die Sekunden, bis Hannah erneut das Wort ergreift.

»Oder hat jemand Thor auf den Kopf geschlagen, von hinten, sodass er ins Wasser gefallen und ertrunken ist?«

Viktor wechselt noch einmal die Stellung, kommentiert ihre Theorie jedoch nicht. Hannah insistiert.

»Was glaubst du?«

Viktor verschränkt die Arme noch fester, als wäre er seine eigene Zwangsjacke.

»Ich glaube, du solltest aufhören, Privatdetektiv zu spielen, und mich meine Arbeit machen lassen.«

»Aber machst du deine Arbeit, wenn du zulässt, dass die Leiche eines möglicherweise ermordeten Menschen vor dem ganzen Dorf öffentlich aufgebahrt wird? Jeder – inklusive seines Mörders, wenn es denn einen gibt – könnte die Leiche manipulieren und Beweismaterial entfernen.«

Hannah hat sich allmählich ziemlich in Rage geredet und ist froh, dass sie sich immerhin ab und zu eine Folge von irgendwelchen langatmigen britischen Krimiserien angeschaut hat. Viktors Stirn wird feucht. Dies ist offenbar ein höchst ungewöhnlicher Fall, und falls es ein Protokoll gibt, dem es zu folgen gilt, dann hat er bereits dagegen verstoßen.

»Ich warte wie gesagt auf den Rechtsmediziner. Er müsste gleich da sein.«

»Warum trefft ihr euch nicht bei Thors Familie?«

Mit dieser Pointe greift sie seine Berufsehre an. Er tupft sich die Stirn ab.

»Ich will sie nicht stressen. Du musst jetzt gehen.«

Viktor löst die Zwangsjacke, weist mit der Hand Richtung Tür. Die Feuchtigkeit auf der Stirn ist zu kleinen Schweißtropfen geworden. Hannah bleibt stehen.

»Hör zu, es geht mir nicht darum, deine Arbeit zu kritisieren, ich will nur helfen. Wenn wir unsere Gedanken teilen, können wir uns vielleicht gegenseitig dabei helfen herauszufinden, was passiert ist?«

Viktor schnaubt, unsicher oder arrogant, und lächelt gekünstelt nachsichtig.

»Es tut mir leid, aber nur, weil du die Wunde an Thors Leiche entdeckt hast, brauche ich überhaupt nichts mit dir zu teilen. Im Gegenteil, ich würde dir raten, dich ganz aus der Sache rauszuhalten. Nein, raten ist das falsche Wort – ich gebe dir die Anweisung, dich aus der Sache rauszuhalten. Geh zurück an deinen Schreibtisch und lass mich meine Arbeit machen.«

Viktor öffnet die Tür, deutet mit einem Nicken nach draußen. Hannah lässt nicht locker.

»Du hast gesagt, Ægir hat ihn aus dem Wasser gezogen?«

Viktor seufzt müde.

»Kein weiterer Kommentar.«

»Aber ist das nicht ein seltsamer Zufall? Ich meine, dass ein Vater seinen eigenen Sohn ertrunken auffindet. Hat er nach ihm gesucht?«

Viktor erwidert nichts. Aber die Augenbrauen heben und senken sich erneut. Aha, Viktor hat Ægir also nicht gefragt, weshalb er eigentlich unterwegs war, als er seinen Sohn gefunden hat.

»Es sind erst sechs Stunden vergangen. Seine Eltern sind immer noch gelähmt vor Trauer. Du hast sie doch selbst gesehen.«

Sechs Stunden. Hannah ist noch eine kriminologische Novizin, aber für sie klingen sechs Stunden wie eine Ewigkeit, in der es einem möglichen Täter gelingen könnte, seine Spuren sogar mehrmals zu verwischen und zu beseitigen. Wenn denn überhaupt ein Verbrechen vorliegt. Sie startet einen weiteren Versuch.

»Aber du hast doch sicher mit ihnen gesprochen? Rekonstruiert, wie Thor seine letzten Stunden verbracht hat?«

Viktor seufzt erneut, macht dann aber Anstalten, etwas zu sagen. Vielleicht hat er das Gefühl, zeigen zu müssen, dass er für seinen Job nicht völlig untauglich ist. Hannah spornt ihn an.

»Du musst etwas Kriminelles vermutet haben. Du hast Thors Tod als ›Fall‹ bezeichnet. Und du warst nicht nur im Haus, um seinen Eltern Respekt und Mitgefühl zu zeigen, du warst da, um zu tun, was jeder gute Polizist in einer solchen Situation tun würde – um mit der Familie und den Freunden zu sprechen und dir ein Bild von den Umständen zu machen.«

»Niemand hat etwas Nützliches gesagt.«

Aha! Viktor will mit Schmeicheleien weichgeklopft werden. Hannah legt noch einen drauf:

»Du bist scharfsinnig. Du weißt etwas, was ich nicht herausgefunden habe.«

Ein Trick. Viktor zögert, schließt dann die Tür, wendet sich ihr zu. Mit neuer Vertraulichkeit im Blick.

»Thor kann nicht schwimmen. Das ganze Dorf weiß das. Er ist wasserscheu und wollte nie Fischer werden – das war eine herbe Enttäuschung für seinen Vater.«

»Sein Vater ist Fischer?«

Viktor nickt.

»Thor geht nie in die Nähe des Wassers. Ein großes Problem, wenn man vom und mit dem Meer lebt, so wie wir hier.«

»Aber gestern Abend hat er es getan ...?«

Viktor nickt wieder.

»Er war betrunken, hatte einen Riesenstreit mit seinem Freund Jonni, er ist bei ihm gewesen und war auf dem Weg nach Hause. Jonni ist der Letzte, der ihn lebend gesehen hat.«

Hannah denkt nach.

»Und wie geht es diesem Jonni? Ich vermute, er muss am Boden zerstört sein?«

Viktor zögert, wägt offensichtlich Für und Wider ab, mehr zu erzählen. Dann sieht er Hannah mit seinen graublauen Nordlichtaugen durchdringend an.

»Jonni ist seit gestern Abend verschwunden.«

Im selben Augenblick klopft es an der Tür.

Eine Frau steckt den Kopf zur Tür herein, ohne eine Antwort abzuwarten. Sie beachtet Hannah nicht, sondern wendet sich sofort an Viktor.

»Læknirinn er kominn.«

Viktor nickt. Mit einer Hand auf der Türklinke mustert die Frau Hannah flüchtig, als würde sie sie jetzt erst bemerken. Was sie wohl sieht – eine abgewrackte, versoffene Schriftstellerin, eine Liebeskonkurrentin, eine Fremde? Hannah betrachtet die Frau. Ihr scheint tatsächlich, als sähe die Frau etwas völlig anderes, Viertes. Aber was?

»Meine Frau, Margrét.«

Margrét streckt ihr die Hand zum Gruß hin, fast kämpferisch, Hannah nimmt sie, die Hand ist gleichzeitig weich und fest. Wie das Maul eines neugeborenen Kalbs.

»Hannah.«

Margrét drückt Hannahs Hand leicht, ein schwesterlicher Gruß oder eine Warnung? Hannah mustert Margrét, Viktor ist ein Glückspilz. Sie würde sich wohl kaum für das Cover eines Lifestyle-Magazins eignen, dafür ist sie zu ungeschliffen und kantig. Gott sei Dank. Hannah hasst das herrschende weibliche Ideal, bei dem dünne Frauen mit großen Brüsten und zu viel Make-up für ihr kohlehydratfreies Gebäck und ihr Modebewusstsein während und nach der Geburt gerühmt werden. Margrét ist anders. Das dunkle Haar fällt ihr als seildicker Zopf den Rücken hinunter, die hohen Wangenknochen unterstreichen ein Paar dunkelbrauner Augen, deren beharrlich forschender Blick sich in seiner Intensität mit Hannahs messen kann. Margrét ist groß, aber ein paar Zentimeter kleiner als Hannah, und ihr Körper wirkt kraftvoll, als wäre er aus flüssiger Lava geformt.

»Es tut mir leid, aber ich muss jetzt gehen – und du auch.«

Viktor gibt ihr erneut durch ein Zeichen zu verstehen, dass der Besuch beendet ist, doch Hannah will sich die Chance nicht entgehen lassen, den Arzt zu treffen, der Thor obduzieren soll. Sie ist bereit, in puncto Einfallsreichtum Kompromisse zu machen.

»Darf ich kurz die Toilette benutzen? Ich muss ziemlich dringend.«

Mist! Hannah blickt sich in dem kleinen cremefarben gestrichenen Badezimmer um, an Haken mit Disneyfiguren hängen Kapuzenhandtücher in Kindergröße, ein roter Plastikhocker ist halb unters Waschbecken geschoben. Sie lehnt sich gegen die Fensterbank. Shit, so war das nicht geplant! Sie ist zur Toilette geleitet worden, ohne dass man sie zuerst dem Arzt vorgestellt hat. Viktor und der Arzt sind in ein Auto gesprungen und jetzt auf dem Weg zu Thors Haus. Hannah denkt nach. Sie muss zusehen, dass sie bei den Nachforschungen einen Schritt vorankommt, sich Wissen aneignen, das Viktor nicht hat. Ihn von sich abhängig machen. Sie spült, ohne die Toilette benutzt zu haben, dreht das Wasser auf und zu, öffnet die Tür. In der Küche findet sie Margrét am Tisch sitzend und eine Zigarette aus dem Fenster rauchend vor, um sie herum herrscht Chaos nach der Vormittagsfütterung der Kinder, auf dem Boden liegen überall die Schienen einer Holzeisenbahn verteilt.

»Ich weiß schon, ich sollte nicht rauchen. Die Kinder kriegen davon Lungenkrebs und all das. Aber es ist mein einziger Luxus.«

Margrét bläst einen Atemzug voll Rauch in die Luft, Hannah betrachtet sie, nicht gerade eine isländische Mary Poppins. Eher eine Figur aus einem französischen Nouvelle-Vague-Film, kein Godard, mehr von der Härte des Alltags beschwert, Truffaut vielleicht. Ja.

Sie könnte gut eine Heldin in einem Film von Truffaut sein. *Die Frau nebenan.*

»Dürfte ich eine haben?«

Hannah zeigt auf das Paket. Margrét nickt, etwas überrascht, doch dann lächelt sie, als würde sie sich freuen, nicht allein sündigen zu müssen. Hannah zündet sich eine Zigarette an, sie beugt sich zum Fenster vor.

»Und warum bist du Vollzeit-Babysitterin geworden?«

»Warum nicht?«

Hannah wird von der promptem Antwort überrascht. Ja, okay. Warum nicht? So einfach. Warum nicht.

»Ich hätte entweder das machen können oder an der Bar arbeiten.«

»Ich hätte wahrscheinlich die Arbeit an der Bar vorgezogen.«

»Vielleicht bist du Alkoholikerin?«

Margrét blickt Hannah direkt an, keine ironische Humordistanz. Hannah verspürt den plötzlichen überraschenden Drang, ehrlich zu sein, der fremden Frau gegenüber – und sich selbst.

»Ja. Das bin ich wahrscheinlich.«

»Macht es dich glücklich?«

Hannah denkt nach.

»Kurzzeitig.«

Margrét nickt. Als würde sie das sehr gut verstehen und als wäre nichts daran merkwürdig oder beschämend. Dann blickt sie aus dem Fenster, so als hielte sie nach etwas Bestimmtem Ausschau. Offenbar ohne es zu entdecken.

»Das mit Thor ist eine Schande.«

Hannah inhaliert tief, schärft alle Sinne.

»Kanntest du ihn gut?«

Margrét zuckt auf eine Art die Schultern, die sowohl ja als auch nein bedeuten kann. Sie drückt ihre Zigarette aus, schließt das Fenster. Hannah hat das Gefühl, dass es etwas zu erzählen gibt, was sie nicht sagt.

Sie sieht zu, wie Margrét beginnt, Reste wegzupacken und Geschirr in die Spülmaschine zu stellen.

»Ich muss ein bisschen aufräumen, bevor die Kinder aus dem Mittagsschlaf aufwachen.«

Hannah drückt ebenfalls ihre Zigarette aus.

»Entschuldige, ich will nicht noch mehr von deiner Zeit stehlen. Ich wollte dich nur noch kurz etwas fragen – weißt du, wo Jonni wohnt?«

Die Vulkanfrau wendet sich zu ihr um.

»Du solltest deine Nase nicht zu tief in solche Sache stecken. In diesem Dorf gibt's Geheimnisse, an denen man am besten nicht rührt.«

Hannah platzt fast vor Neugierde.

»Was meinst du damit?«

Margrét wäscht einen Teller ab, schrubbt an einem hartnäckigen Essensrest herum.

»Ich muss jetzt wirklich hier aufräumen.«

»Aber Jonnis Adresse, hast du die?«

Margrét hält mit dem Abwasch inne.

»Glaub mir: Wenn du deine Nase zu tief da reinsteckst, wird sie noch abgeschnitten.«

Hannah lässt nicht locker.

»Ich bin sicher, sie wächst wieder nach. Bitte sag mir: Wo wohnt Jonni?«

# 12

Hannah stapft die Landstraße entlang – wie seltsam das alles ist! Margréts einladende Vertraulichkeit, die auf einmal in eine verschlossene, abweisende Haltung umgeschlagen ist. Geheimnisse und Warnungen. Was verschweigt Margrét ihr wohl?

Trotz allem ist es Hannah gelungen, Jonnis Adresse zu bekommen. Er wohnt nur einige hundert Meter von Viktors und Margréts Polizeistationshaus entfernt. Sie blickt auf, in der Ferne leuchtet der Vatnajökull, Islands größter Gletscher und die örtliche Touristenattraktion. Hannah hat nicht vor, dort hinzufahren, sie kann Schnee nicht leiden, vor allem nicht, wenn er zu Eis verbacken ist und nie schmilzt. Der Schnee ist von der kommerziellen Weihnachtsindustrie in Geiselhaft genommen worden; als wäre er ein magisches Pulver, das man über die Welt streuen kann, um Frieden und kuschelige Versöhnlichkeit zu schaffen. Aber das ist eine Illusion. Die Welt wird nicht besser, weil es weiße Weihnachten gibt – Schnee ist in der Realität entweder dreckig oder tödlich. Nein, das meint sie natürlich nicht so. Sie hat nur überhaupt keine Lust, da hochzugehen und auf dem verdammten Gletscher herumzulaufen. Es ist nichts weiter als zu Eis verbackener Schnee, eine vereiste falsche Idylle. Unter diesem Gletscher sollen mehrere Vulkane liegen – was wäre, wenn einer davon ausbrechen und den ganzen Gletscher schmelzen würde? Würde Island dann überschwemmt werden?

Der Klingelton des Handys reißt Hannah aus ihren Gedanken. Nach kurzem Wühlen in ihrer Tasche findet sie es.

»Hannah hier.«

»Schön, deine Stimme zu hören. Alles okay bei dir?«

Bastian klingt besorgt.

»Warum sollte es das nicht sein?«

»Ich hab deine Mail bekommen, dass du nach Hause willst. Ich hatte viel zu tun und hab sie erst jetzt gesehen. Bist du schon zum Flughafen gefahren?«

Ach ja, die Nachricht an Bastian über das Gefühl der Krimiuntauglichkeit und ihren Wunsch nach einer schnellen Heimkehr.

»Ich bin immer noch hier, und ich denke, ich bleibe. Es ist ein Mord geschehen.«

»Was sagst du? Ein Mord?«

Bastian zögert einen Moment.

»Du hast ihn doch wohl nicht begangen?«

Hannah lächelt. Sie kann ihm vermutlich kaum vorwerfen, dass er das denkt.

»Doch, ich hab Ella mit einem Brotmesser aufgeschlitzt, während sie schlief, und sitze jetzt in U-Haft.«

Ein Seufzer der Erleichterung von Bastian.

»Jetzt mal im Ernst – wer ist gestorben und wie? Und meinst du wirklich, dass es eine gute Idee ist, dortzubleiben, wenn ein Mörder frei herumläuft?«

»Das Opfer ist ein Jugendlicher, Thor, Ellas Neffe, ziemlich tragisch. Er ist ertrunken.«

»Ertrunken? Aber die Polizei meint, dass es Mord war?«

Bastian klingt gleichermaßen skeptisch wie neugierig.

»Naja, *Polizei* ist vielleicht zu viel gesagt. Der Dorfpolizist Viktor hat den Verdacht, dass ein Verbrechen passiert ist, und ich weiß, dass es stimmt.«

»Bist du vielleicht der neue Inspektor Morse?«

»Ich sehe mich eigentlich eher als eine Art Jessica Fletcher.«

Stille.

»Aus dieser Achtzigerjahre-Krimiserie, *Mord ist ihr Hobby*.«

»Aha! Und ist es jetzt dein Hobby?«

»Darum geht es nicht. Es geht darum, die Augen offen zu halten und vielleicht etwas zu entdecken, das auf den Täter hinweist.«

Hannah spürt, dass Bastian lächelt.

»Ich muss sagen, es kommt ein bisschen überraschend, dass du plötzlich vom wilden Detektiv gebissen wurdest. Aber im Hinblick auf den Krimi ist es natürlich gar nicht schlecht.«

Bastian macht eine Kunstpause.

»Denn du nutzt es doch wohl als Inspiration?«

Hannah denkt nach.

»Ganz ehrlich, ich weiß nicht, wozu ich es gerade nutze. Zunächst mal will ich einfach gern dabei helfen herauszufinden, was passiert ist. Auch für Ella.«

»Das klingt fast mitmenschlich.«

»Vielleicht ist es genau das.«

Hannah ist überrascht von sich selbst. Mitmenschlich. Eigentlich fühlt sie sich nur sehr neugierig.

»Das Motiv für mein Engagement ist doch unerheblich. Auf jeden Fall war ich noch nie in meinem Leben näher dran, in Handlungen zu denken. Also muss es ja irgendetwas Gutes für den verdammten Krimi haben.«

»Er lebt also noch?«

»Na ja, wie man's nimmt. Ich würde eher sagen, die Chancen stehen etwas besser, dass er geboren wird.«

»Hannah, versprich mir, dass du auf dich aufpasst. Das meine ich ernst; du darfst dich nicht in irgendwas reinmanövrieren, das du nicht unter Kontrolle hast. Du darfst dich nicht in Gefahr bringen.«

»Meine gesamte Karriere steht auf dem Spiel. Wie kann mein Leben stärker in Gefahr sein als so?«

Bastian seufzt.

»Schön. Aber du musst dich auf die Presse vorbereiten. Ich will versuchen, sie aus der Sache rauszuhalten, aber es wird ganz schön was ins Rollen kommen, sobald irgendjemand rausfindet, dass du in deinem Krimi-Urlaub tatsächlich in einem Mordfall ermittelst.«

»Urlaub?«

Mehr kann Hannah nicht mehr sagen, bevor die Verbindung abbricht. Sie steckt das Telefon ein, blickt zum Vatnajökull hinauf. Es sieht aus, als sei der Gletscher etwas weiter den Berg hinuntergekrochen.

Nach kurzem Klingeln wird die Tür von einer Frau in einem Islandpullover und mit schwarzen Schatten unter den Augen geöffnet.

»Guten Tag, mein Name ist Hannah. Ich bin Gast bei Ella, und ich wollte gern ... also ...«

Die Frau schaut sie an. Abwartend. Von ihr ist keine Hilfe zu erwarten, um die peinliche Situation zu retten.

»Ich will nur einen Brief für Jonni abliefern. Von Ella. Sie hat ein paar tröstende Worte geschrieben und möchte ihn gern zu einer Tasse Tee einladen. Um darüber zu sprechen, was passiert ist.«

Hannah hält ihr den Brief hin, versucht, ihre Hand nicht zittern zu lassen. Die Frau betrachtet ihn, Hannah hofft, dass sie ihn verdammt noch mal nicht aufmacht und liest. Dann würde sie sehen, dass er nicht von Ella, sondern von ihr selbst ist, und dass es keine Einladung zu Tee und Trauergespräch ist, sondern eine Bitte, sich mit ihr, Hannah, zu treffen und über Jonnis Freundschaft mit Thor zu reden. Die Frau blickt den Brief skeptisch an.

»Ella hat doch ein Telefon. Sie kann einfach anrufen, wenn sie mit Jonni reden will.«

Die Frau schließt die Tür, doch Hannah gelingt es gerade noch, die Spitze ihrer Stiefelette in den Türspalt zu schieben.

»Ich weiß, dass Jonni verschwunden ist. Also kann Ella ihn nicht einfach anrufen, oder?«

Die Tür wird einen kleinen Spalt geöffnet.

»Woher wissen Sie, dass Jonni weg ist?«

Die Frau schaut Hannah argwöhnisch an.

»Ich war vorhin bei Thor. Bei der Gedenkfeier.«

Ein Schleier von Angst legt sich über das Gesicht der Frau.

»Also wissen es alle?«

Die Frau befürchtet offenbar, ihr Sohn könnte vom ganzen Dorf verdächtigt werden, etwas mit Thors Tod zu tun zu haben. Eine berechtigte Angst. Hannah schüttelt den Kopf, um sie zu beruhigen.

»Ich hab mit Viktor gesprochen, dem Polizisten. Er hat es mir erzählt. Ich glaube nicht, dass es sonst noch jemand weiß.«

Hannah ist sich nicht sicher, ob das stimmt, aber sie hofft, die Frau durch diese Beteuerung auf ihre Seite zu bringen. Nur so weit, dass sie Jonni den Brief gibt. Wenn er nach Hause kommt. Die Strategie wirkt. Nach kurzem Überlegen streckt die Frau ihre Hand aus und nimmt den Brief entgegen, glücklicherweise ohne Anstalten zu machen, ihn zu öffnen.

»Ich gebe ihn ihm, wenn er wieder da ist.«

Die ruhige Überzeugung der Frau überrascht Hannah.

»Verschwindet er denn öfter?«

Die Frau antwortet nicht, aber Hannah erkennt an ihrem Blick, dass sie ins Schwarze getroffen hat.

»Wo geht er denn normalerweise hin und was treibt er?«

»Ich muss jetzt rein.«

Jonnis Mutter schlägt Hannah die Tür vor der Nase zu, ohne sich zu verabschieden.

# 13

Hungrig. Hannah schaut auf die Uhr, 14 Uhr 48, sie hat heute noch nichts gegessen, und bei allem, was geschehen ist, fühlt es sich an, als sei die letzte Mahlzeit mehrere Tage her. Außerdem ist sie unsicher, wie sie mit ihren Nachforschungen weiterkommen soll. Sie hat das Gefühl, dass sie den Ort untersuchen müsste, an dem Thors Leiche gefunden wurde, aber sie hat keine Ahnung, wo er ist. Und es wird bereits dunkel. Sie hat jedoch eine klare Vorstellung, wo sie sowohl etwas zu essen als auch mehr Informationen bekommen könnte: Bragginn.

Sie klettert auf den Barhocker, beinah als wäre sie hier zu Hause. Eine Handvoll resignierte Ex-Fischer hat eine Ecke der Bar besetzt, aber Hannah ist sich nicht sicher, ob es dieselben sind wie beim letzten Mal. Wie peinlich, dass sie in ihnen offenbar keine Individuen sieht, sondern eine undifferenzierte Masse menschlicher Tristesse. Sie hält Ausschau nach ihrem Dorftrottelbewunderer, der sie am Tag zuvor hierhereskortiert hat, doch entdeckt weder ihn noch die Frau mit dem Hund. Den Barmann erkennt sie jedoch sofort wieder. Er sieht aus wie ein waschechter Heavy-Metal-Fan oder ein Serienmörder, vielleicht hat er auch ein bisschen von beidem. Vermutlich ist er um die vierzig, eventuell aber auch zehn Jahre jünger – Alkohol und ungesunder Lebenswandel können ja eigenartigerweise sowohl Jahre hinzufügen als auch abziehen. Vermutlich liegt er irgendwo dazwischen. Das schulterlange schwarze Haar ist zurückgekämmt und glänzt wie die Rückseite eines Aufklebers, aber von Wachs, nicht aus Mangel an Wasser und Seife. Über einem Iron-Maiden-T-Shirt spannt sich eine Lederweste um den gewölbten Bierbauch.

»Mineralwasser oder Whisky-Cola?«

Der Heavy-Metal-Mann erkennt sie also und erinnert sich sogar, dass sie sowohl soften als auch harten Getränken zuspricht; je nachdem, ob die Polizei anwesend ist oder nicht. Hannah sehnt sich nach einem Drink, aber ohne Frühstück fühlt es sich besonders sündig an. Sie greift nach der Speisekarte, die nicht so aussieht, als sei sie seit Ende der 1980er Jahre aktualisiert worden, weder was die Karte selbst noch was die Gerichte darauf betrifft. Hannah stellt sich ein Menü zusammen, das ein Gleichgewicht zwischen Alkohol und Nüchternheit, zwischen Wohlbekanntem und lokal Exotischem herstellt.

»Ich hätte gern einen Kaffee mit Whisky und geröstetes Brot mit geräuchertem Ziegenkäse.«

Der Barmann nickt, der Kaffee-Whisky wird rasch und professionell auf den Tresen gestellt, danach verschwindet er hinter einer Schwingtür, um sich ein paar Minuten später wieder am selben Ort zu materialisieren, mit einem Teller Brot und Käse in der Hand. Der Metal-Mann ist sowohl Barkeeper als auch Koch. Hannah wirft einen Blick auf das Essen, es sieht überraschend appetitlich aus und ist sogar mit etwas rotem Pfeffer angerichtet. Sie macht sich hungrig über den Teller her.

»Das ist schon eine ziemliche Tragödie mit diesem jungen Kerl, Thor, oder?«

Sie versucht, nicht zu engagiert zu klingen, und schluckt das letzte Stück Ziegenkäse hinunter.

Der Barmann nickt.

»Schrecklich. So ein netter Typ.«

»Kannten Sie ihn?«

Lederweste zuckt mit den Schultern.

»Ich weiß, wer er war. Aber er war keiner von denen, die hier herumhängen, falls Sie das meinen.«

»Hat er keinen Alkohol getrunken?«

»Ich glaube, alle Jugendlichen hier im Dorf trinken ab und zu ein bisschen was, so viel anderes gibt es ja nicht zu tun. Er ist nur nie an den Wochenenden mit den anderen Jugendlichen hergekommen.«

»Aber es scheint, als wäre er recht beliebt gewesen. Ich hab ihn gestern Abend Fußball spielen sehen.«

»Ja, das war er wohl ... Wie gesagt kannte ich ihn nicht richtig. Manche sagen nur, er sei anders gewesen.«

»Wie anders?«

Die Weste hebt und senkt sich erneut in einem unbeteiligten Schulterzucken. Hannah merkt, dass sie so nicht weiterkommt.

»Wissen Sie, wo er gefunden wurde?«

Hannah lässt ihre Frage bemüht beiläufig klingen.

»Unten am Wasser. Etwas südlich vom Hafen.«

»Südlich?«

Hannah versucht sich in groben Zügen an die Teile des Dorfes zu erinnern, die sie schon gesehen hat.

»Ist das in der Nähe der Fischerboote?«

Das pomadige Haar wird geschüttelt.

»Nein, eigentlich ist es in der Nähe von gar nichts. Ein sehr geheimnisvoller Ort, wenn Sie mich fragen.«

Hannah will nicht zu interessiert wirken. Sie nimmt die letzte Brotrinde und kaut darauf herum.

»Was meinen Sie damit?«

Der Barmann hebt die Arme und lässt sie wieder sinken, als wolle er jede Verantwortung abgeben.

»Einfach seltsam. Ich meine, was hat er da gemacht? Da ist nichts anderes als eine nasse Wiese.«

»Er könnte doch auch dorthin getrieben sein. Vielleicht vom Hafen aus?«

»Das glaub ich nicht. Dann wäre er den ganzen Weg aus der Schiffsschleuse herausgetrieben, eine kurvenreiche Strecke, und innerhalb der Hafenmauern herrscht so gut wie keine Strömung. Allerdings gibt es viel Schiffsverkehr, und es ist unwahrscheinlich, dass ihn keiner gesehen hätte.«

Hannah nickt.

»Ich hab gehört, sein Vater hat ihn gefunden. Wissen Sie, ob er losgegangen ist, um nach ihm zu suchen?«

»Das muss so gewesen sein. Warum sollte er sich sonst da draußen im Brachland aufhalten?«

Hannah nickt, gute Frage. Der Barmann wendet sich einem neu eingetroffenen Gast zu, der Dame mit dem Hund. Sie unterhalten sich, Hannah schnappt ein paar Begriffe auf – auch in diesem Gespräch geht es um Thor. Der Todesfall ist im ganzen Dorf das Thema Nummer eins. Hannah nimmt einen großen Schluck von ihrem Kaffee-Whisky, spürt, wie Wärme und Alkohol in ihren Körper strömen, sie fühlt sich leicht, leicht, leicht. Würde sich am liebsten dem Gefühl hingeben, würde am liebsten noch zehn Tassen mehr von diesem Zaubertrank trinken, würde am liebsten nicht mehr denken müssen. Es gibt viel zu viele unbeantwortete Fragen, die Puzzleteile lassen sich unmöglich zusammenfügen. Und es ist ja auch nicht ihr Job. Ihr Job besteht darin, einen Krimi zu schreiben, und jetzt läuft sie hier herum und verschwendet ihre Zeit mit der Jagd auf einen möglichen Mörder. Der vielleicht nur als Hoffnung in ihrem Kopf existiert? Es passt ja alles zusammen. Thor hat gestern Abend Fußball gespielt. Hinterher hängt er mit seinen Freunden herum, trinkt ein paar Bier. Auf dem Heimweg fällt er besoffen ins Wasser, sein Vater ist besorgt, weil er nicht nach Hause kommt, geht raus, um ihn zu suchen. Jonni erfährt vom Tod seines besten Freundes, verschwindet, wie er es so oft tut. Wird sicher noch heute zurückkommen. Und die Wunde hinter dem Ohr, die muss entstanden sein, als Thor ins Wasser fiel. Hannah seufzt, trinkt aus. Sie sollte nach Hause gehen und schreiben, über die Wirklichkeit fantasieren – nicht versuchen, sie zu durchschauen, und dann über die von Zufällen geprägte Gewöhnlichkeit des Lebens enttäuscht sein. Nein, es ist besser, diesen Mord mit Worten auf dem Papier zu erschaffen, bevor sie noch herausfindet, dass es ihn nicht gibt. Sie sucht ihr Portemonnaie heraus, zählt das Geld ab und legt es auf den Tresen. Sie rutscht vom Barhocker herunter, hält jedoch mitten in der Bewegung inne. Was sollte das heißen, dass Thor anders war? Wie anders? Im selben Moment fliegt hinter ihr die Tür auf, ein jüngerer Fischer stürzt mit wehender Jacke herein, die Augen weit aufgerissen.

»Jonni er inni hjá Þór. Hann er með haglabyssu!«

Alle stehen wie erstarrt, der Frau mit dem Hund fällt der Drink zu Boden. Hannah dreht sich verwirrt zum Barkeeper um.

»Was ist los?«

»Jonni ist in Thors Haus, und er hat eine Schrotflinte!«

# 14

Hannah hat noch nie gesehen, dass sich jemand so schnell bewegt wie jetzt der Barmann. Sie selbst ist noch die Nüchternste in der Bar und damit geistesgegenwärtig genug, um mit in das Auto von Lederweste zu schlüpfen, das gleich vor dem Haus geparkt ist. Der Sicherheitsgurt hängt offen über ihrer rechten Schulter, aber sie klammert sich mit beiden Hände am Deckengriff fest, der Barmann rast durchs Dorf, als wären sie in einem Action-Film. Sie erreichen das Haus innerhalb weniger Minuten, Lederweste springt aus dem Auto, Hannah kämpft mit der Wagentür, verdammte Scheiße, sie geht nicht auf! Sie kriecht ungelenk über den Fahrersitz, holt ihren Chauffeur an der Tür ein. Dann klingelt er, du meine Güte. Hannah blickt ihn sprachlos an.

»Es ist ein bisschen unhöflich, einfach reinzustürmen.«

»Das ist ein Notfall!«

Hannah klopft das Herz bis zum Hals, sie tritt von einem Bein aufs andere, ihr ganzer Körper ist angespannt. Sie legt eine Hand auf die Türklinke, blickt ihren Begleiter an, der ihr bekräftigend zunickt, sie öffnet. Einen Moment lang hält sie den Atem an und hört einen jungen Mann rufen, einen älteren Mann antworten, Frauen, die weinen. Mit schnellen Schritten läuft das ungleiche Rettungspaar ins Wohnzimmer, wo ein schmächtiger, barfüßiger junger Mann in Jeans und T-Shirt ein Jagdgewehr auf die Stirn von Thors Vater richtet. Viktor und der Rechtsmediziner haben die Arme nach dem Jungen ausgestreckt, wollen ihn offenbar beschwichtigen. Thors Mutter sitzt da, das Gesicht in den Händen vergraben. Ella hat sich wie ein schützender Schild vor ihr aufgebaut, um die Situation im Auge zu behalten. Die übrigen Gäste wimmern leise.

»Jonni, slepptu byssunni!«

Hannah blickt ihren Begleiter überrascht an, sie wusste nicht, dass er eine solche Autorität in seine Stimme legen kann. Aber vermutlich ist er den Umgang mit Betrunkenen und vielleicht sogar Leuten in Schlägereien gewohnt und hat eine gewisse Erfahrung in der Entschärfung potentiell gefährlicher Situationen. Alle im Raum wenden sich Lederweste und Hannah zu, der Barmann sieht aus, als würde ihm die Aufmerksamkeit gefallen. Auch wenn das Jagdgewehr nun auf ihn gerichtet ist. Der junge Kerl, der wohl Jonni sein muss, hat einen beängstigend entschlossenen Blick.

»Slepptu byssunni. Þetta endar ekki vel.«

»Það er honum að kenna að Þór er dáinn.«

Hannah blickt vom Barmann, dem eine pomadige Strähne in die Stirn gefallen ist, zu Jonni und versucht, den Wortwechsel zu entschlüsseln oder zumindest seine Bedeutung zu erfassen. Die Intensität im Ausdruck des jungen Mannes ist unverändert, wieder richtet er die Waffe auf Ægir. Um zu zeigen oder zu drohen? Hannah ist angespannt wie ein Schwein direkt vor der Schlachtung, ihr wird ein klein wenig schwindelig, sie bemerkt, dass sie die Luft anhält. Langsam atmet sie aus und ein. Lautlos. Fängt Viktors Blick auf, der ratlos wirkt, es ist wohl seine erste Geiselnahme. Wenn man es überhaupt so nennen kann. Sie meint, Erleichterung in Viktors Miene zu lesen, als der Barmann jetzt mit großer Selbstsicherheit einen Schritt auf Jonni zugeht und ihm die Hand hinstreckt. Wie einem Besoffenen, dem er nach Hause ins Bett helfen will. Er sagt nichts, es ist, als wären Worte jetzt nicht das Richtige. Er legt eine große, weiche Männerhand auf Jonnis Arm, der ganze Raum scheint den Atem anzuhalten, Vigdis späht vorsichtig zwischen ihren Fingern hindurch. Jonni senkt den Arm ein wenig, jetzt zeigt der Gewehrlauf auf den Bauch des Steinmannes. Unter den Umstehenden macht sich schon beinah Erleichterung breit, doch da hält Jonni mitten in der Bewegung inne, blickt Ægir tief in die Augen.

»Það varst þú sem drapst hann.«

Dann drückt er auf den Abzug, und die Waffe löst in einem lauten, krachenden, winzigen, fast unhörbaren Klicken aus. Es sind keine Patronen drin. Vigdis schreit. Jonni wirft endlich das Gewehr auf den Boden, sackt wie ein zum Tode Verurteilter zusammen, der gerade im letzten Moment vom Galgen befreit wurde. Lederweste beugt sich hinunter, legt einen Arm um Jonni, der dasitzt und ausdruckslos zu Thors Leiche hinüberstarrt; sieht er sie oder sieht er sie nicht? Viktor legt dem jungen Mann Handschellen an, die Gäste lösen sich langsam aus ihrer Erstarrung. Auch Hannah, die seitwärts zu Ella tritt, den Blick immer noch auf das Geschehen gerichtet, dem sie noch nicht den Rücken zuzukehren wagt.

»Bist du okay?«

Hannah sieht aus dem Augenwinkel, dass Viktor Jonni aus dem Zimmer führt, der Barmann trabt hinterher, als wäre es seine Aufgabe, die Festnahme zu überwachen. Hannah wendet sich nun ganz zu Ella um, die Vigdis umklammert wie eine Mutter ein Kind im Bombenhagel. Vigdis windet sich behutsam aus der fürsorglichen Umarmung, geht zu ihrem steinernen Mann hinüber und schlingt die Arme um ihn. Drückt ihn so, dass er fast zerbröckelt. Ella beobachtet die beiden. In ihrem Blick liegt etwas, das weder Fürsorge noch Erleichterung ist, eher eine düstere Nachdenklichkeit. Vermisst sie vielleicht auch einen Partner, den sie mit ihrer Liebe beschützen kann?

»Bist du okay?«

Hannah wiederholt ihre Frage. Ella schüttelt sich, als wolle sie die Welt neu ordnen. Dann nickt sie.

# 15

Der Kaffee ist dampfend heiß und kohlschwarz. Hannah schenkt ein, während Ella Kekse aus dem Schrank holt. Sie sitzen in der Küche, haben den ganzen Heimweg über geschwiegen, als könnten Worte kaum fassen, was gerade geschehen ist. Sie waren kurz nach Jonnis Festnahme gegangen, halfen nur noch schnell, Kaffeetassen und Stühle aufzuräumen, nachdem die kondolierenden Gäste sich verflüchtigt hatten wie Rauch nach einem Kanonenschuss. Niemand wollte wohl mehr den trauernden Eltern im Weg sein, oder vielleicht eher: Alle mussten schnell nach Hause, um darüber zu tratschen, was gerade vorgefallen war.

Wenn gestohlene Bierkästen und getunte Mopeds normalerweise die oberste Stufe der Kriminalität im Dorf bilden, dann müssen die dramatischen Geschehnisse dieses Tags den Rahmen vollständig gesprengt haben, denkt Hannah. Sie haben vermutlich alles im Dorf auf den Kopf gestellt. Es ist nicht mehr das, was es die ganze Zeit zu sein schien. Hannah hätte gute Lust, Viktor einen weiteren Besuch abzustatten und ihm bei Jonnis Verhör zur Seite zu stehen. Aber sie weiß nicht recht, unter welchem Vorwand sie schon wieder dort auftauchen könnte. Ob der Arzt Thors Leiche wohl schon untersucht hatte? Wahrscheinlich nicht, er lag ja immer noch mitten im Wohnzimmer, sie wollten mit der Obduktion garantiert bis nach dem Ende der Feier warten. Wurden aber dann von Jonni und der Schrotflinte davon abgehalten.

»Was hat er da vorhin zu Ægir gesagt?«

Hannah blickt Ella fragend an, die ihren Blick erwidert, als hätte sie nicht verstanden. Hannah erklärt.

»Jonni. Warum war er so wütend auf Thors Vater?«

Ella zuckt mit den Schultern. Nimmt einen Schluck von ihrem Kaffee.

»Liege ich ganz falsch, oder hat er behauptet, dass Ægir an Thors Tod schuld ist?«

Ella zögert kurz, nimmt dann Stift und Papier.

*Er ist unter Schock über den Verlust. Wie wir alle.*

»Aber sonst hat ja keiner eine Schrotflinte abgefeuert. Glaubst du, er weiß etwas?«

Ella zuckt wieder mit den Schultern. Sieht aus, als wollte sie nur äußerst ungern über ein eventuelles Verbrechen, Motive oder Verdächtigungen spekulieren. Das ist ja auch verständlich. Hannah kann es jedoch nicht lassen, ihre Gastgeberin nur noch ein klein wenig anzustacheln.

»Jonni und Ægir haben vielleicht kein so gutes Verhältnis zueinander?«

Ella schaut Hannah direkt an. Lächelt ein undefinierbares Lächeln. Schreibt wieder.

*Das ist sicher mild ausgedrükkt.*

»Was meinst du damit?«

Aber Ella steht auf, schlingt sich eine Decke um ihre alten Schultern. Kritzelt noch eine Nachricht hin.

*Ich muss mich bisschen ausruhen. Tod zehrt schrecklich an alten Knochen.*

Hannah versucht es ein letztes Mal.

»Ist es, weil Jonni kein guter Umgang für Thor war? Ich meine, er hat ihn zum Trinken gebracht, hat Spaß an Waffen, ist temperamentvoll ...?«

Ella schmiert einen letzten schnellen Satz auf den Zettel.

*Sowass in der Art.*

Dann verschwindet sie die Treppe hinauf, schwere Schritte an einem schweren Tag. Hannah nimmt das Papier mit dem Gekrakel der alten Dame. So was in der Art. Was meint sie damit?

*Die Insel des Todes*
*Kapitel 1*

Hannah zündet sich eine Zigarette an, öffnet das Fenster, die Scharniere leisten Widerstand, geben jedoch nach einem festen Druck mit dem Zeigefinger auf. Sie lehnt sich im Stuhl zurück, atmet aus, draußen hat sich der Tag schon wieder davongemacht. Ach, verdammt noch mal! Sie kann ihren Krimi doch nicht *Die Insel des Todes* nennen. Zu platt. Aber wie nennt man einen Krimi? Hm. Irgendwas mit Mord, Tod oder Frau im Titel. Oder ein einzelnes Substantiv mit bestimmtem Artikel davor, wie *Das Verbrechen, Die Brücke, Der Adler.* Nein, das sind vielleicht eher Film- oder Serientitel. Irgendwas, damit jeder merkt, dass es sich um einen Krimi handelt. Vor allem weil ihr Name ja ansonsten nicht gerade mit Spannungsliteratur assoziiert wird. Ein kleines Schockwort ist vielleicht gerade gut, um die Leute an den Stammtischen zu kriegen. Na gut. *Die Insel des Todes* wird der Arbeitstitel. Fuck it, es wird ja sowieso nichts als ein Riesenhaufen Scheiße! Die Zigarette legt sie in den Aschenbecher, sie glüht vor sich hin. Hannah dehnt ihren Nacken, knackt mit den Fingern. Jetzt kommt er, der größte, beste, schnellstgeschriebene Krimi der Welt. Ein arschlangweiliger Krimi, aber hier kommt er:

*Das Gras war grüner als normalerweise im November. Tore schnürte seine Fußballschuhe mit einer besonderen Entschlossenheit, als wäre es das letzte Mal. So hatte er sie immer gebunden, das lag in seiner Natur; sorgfältig und perfektionistisch, nicht nur bei Schuhbändern, sondern generell im Leben. Er konnte nicht wissen, dass dies das letzte Mal sein würde, dass er seine Schuhe zuschnürte, und dass das bevorstehende Fußball-*

*match mit seinen Freunden das allerletzte in seinem achtzehnjährigen Leben sein würde. Noch vor dem nächsten Morgen würde er tot sein.*

Hannah blickt auf, ja, ja, gar nicht so schlecht! Jedenfalls ein Anfang. Sie erlaubt sich, Thor eine Persönlichkeit anzudichten, denn streng genommen kennt sie ihn ja gar nicht. Aber das sollte sie vielleicht. Sie schreibt *Wer war Thor?* in ihr Notizbuch und kehrt dann an ihre Tastatur zurück. Der Krimi hat seinen Anfang genommen. Vielleicht ist die Aufgabe doch nicht so unmöglich. Ganze drei Stunden schreibt sie, ohne den Blick vom Bildschirm abzuwenden. Als sie endlich innehält, ist der Aschenbecher voller Zigarettenstummel, die Dunkelheit hat längst den letzten Rest Tageslicht verdrängt, und die Kälte steht wie eine Säule im offenen Fenster. Hannah setzt einen letzten Punkt, atmet tief aus wie nach einem Marathon, zu ihrer Überraschung hat sie das Gefühl, gut in Form zu sein. Sie scrollt im Dokument herunter, sieben Seiten sind es geworden. Hannah lächelt selbstzufrieden. Dann klappt sie den Computer zu, schließt das Fenster und setzt ihren geräderten Schriftstellerinnenkörper in Bewegung.

Das untere Stockwerk des Hauses liegt in stiller Dunkelheit. Hannah macht das Licht an, setzt Kaffee auf. Zerstreut blättert sie in ein paar alten Zeitschriften, während sie darauf wartet, dass das Wasser durch die Kaffeemaschine läuft. Was ist der nächste Schritt? Jetzt ist sie mit dem Buch in die Gänge gekommen, aber sie muss etwas mehr über das Verbrechen wissen. Das ist ihre Bezeichnung für Thors Tod, vielleicht ist es Wunschdenken, aber man kann nicht ausschließen, dass ein Verbrechen dahintersteckt, jedenfalls gibt es viele rätselhafte Umstände. Thor, der Angst vor dem Wasser hatte, aber trotzdem ans Meer hinunterging, nachdem er getrunken hatte – warum? Sein Vater, der ihn fand, als hätte er schon vorher gewusst, dass sein Sohn tot im Wasser liegen würde. Und warum hatte Jonni Ægir vorgeworfen, an Thors Tod schuld zu sein? Und noch wichtiger: Wusste Jonni, dass das Gewehr, das er auf ihn abfeuerte, nicht geladen war? Würde er wegen versuchten Mordes angeklagt werden? Und schließlich: Was würde Thors Obduktion ergeben?

Hannah schüttelt den Kopf, holt den Kaffee, schenkt sich ein. Lässt die Wärme der Tasse in ihre Finger strömen. Sie trinkt einen Schluck. Es sind viel zu viele unbeantwortete Fragen. Das Einzige, was ein kleines bisschen Sinn ergibt, ist, dass Ægir nicht wollte, dass sein Sohn mit jemandem herumhing, der es fertigbrachte, bei einer Totenwache mit einer Schrotflinte aufzutauchen. Hannah erschaudert bei dem Gedanken, was hätte passieren können, wenn die Waffe geladen gewesen wäre. Hätte er dann nur Ægir erschossen oder wäre er imstande gewesen, alle Gäste zu töten? Inklusive ihr selbst? Während Hannah dasitzt und ihren Kaffee trinkt, fällt ihr etwas ein. Der Tatort! Wie konnte sie das nur vergessen! Das Drama mit Jonni hat ihre ganze Aufmerksamkeit von dem verdammten Tatort abgelenkt. Und jetzt ist es dunkel, zu spät, um ihn zu untersuchen. Oder? Hannah blickt auf die Uhr, es ist erst kurz nach acht. Sie beißt sich auf die Lippe, es ist zwar finster, aber genau genommen noch nicht Nacht. Sie nimmt ihre Jacke, lässt den Kaffee stehen, vergisst, das Licht hinter sich auszuschalten.

# 16

Okay, genau genommen ist es wohl Nacht, wenn es dunkel ist. Hannah zittert vor Kälte und streckt vorsichtig einen Fuß auf die nasse Wiese vor, sie bereut ihre Aktion, die Finsternis ist allumfassend, und es ist nicht nur unmöglich, die Umgebung nach (wie auch immer gearteten) Spuren zu untersuchen, sie hat zugegebenermaßen auch Angst. Ein kleines bisschen jedenfalls. Sie hat gedacht, hier gäbe es irgendeine Form von Licht, vielleicht von einer Laterne auf der Straße oder einen Widerschein vom Dorf her. Stattdessen muss sie sich zu ihrer großen Enttäuschung mit dem dünnen, wenig hilfreichen Lichtstrahl der Taschenlampenfunktion ihres Handys zufriedengeben. Hannah fühlt sich in jeder erdenklichen Hinsicht wie eine Idiotin. Gerade fasst sie den Beschluss, in Ellas sicheres Kaffeezimmer zurückzukehren, als sie eine Hand auf ihrer Schulter spürt. Ein Schrei entweicht ihren Lippen, sie versucht, sich mit einer ungeschickten Bewegung von der Hand zu befreien, bleibt in einer Pfütze hängen, verdreht sich den Fuß und fällt in den Matsch. Der Lichtstrahl des Handys gleitet zitternd an der Gestalt nach oben, wenn sie jetzt sterben soll, will sie wenigstens einen letzten Blick auf den Täter erhaschen. Der obdachlose, kusshungrige Mann lächelt sie an, als wären sie auf der Toilette des Bragginn aufeinandergetroffen.

»Es scheint zwar weich und gemütlich, aber Gras ist tatsächlich der schlechteste Ort für ein Nickerchen.«

Er streckt ihr seine Hand entgegen. Hannah zögert einen Moment, sieht dann ein: Wenn sie sich in diesem Dorf vor etwas fürchten muss, dann ist es wohl kaum ein zerlumpter Mensch, der sich scheinbar aufrichtig freut, sie zu sehen. Sie ergreift die Hand und steht auf.

»Danke.«

Sie wischt sich über ihre Kleidung, als würde das etwas an ihrem durchnässten Zustand ändern.

»Hier hat Thors Vater ihn aus dem Wasser gezogen.«

Der Lumpenmann zeigt in Richtung Meer. Hannah wendet ihre traurige Handytaschenlampe in dieselbe Richtung, sieht aber natürlich nichts anderes als Dunkelheit. Sie hört die Wellen, die ans Ufer klatschen und von großen Steinen in Empfang genommen werden.

»Ist er im Wasser oder an Land gestorben?«

Sie leuchtet zurück zu dem Lumpenmann, der mit den Schultern zuckt, nein, natürlich, woher sollte er das auch wissen. Aber etwas weiß er anscheinend.

»Woher weißt du, wo er gefunden wurde?«

»Ich hab gesehen, wie Ægir ihn aus dem Wasser gezogen hat. Ich hab ihm sogar geholfen.«

Hannah schaut ihn an, überrascht und verwirrt.

»Ist das wahr? Und ... warum warst du überhaupt hier?«

Der Lumpenmann zögert. Hannah spürt, wie ein Geheimnis sich seinen Weg aus dem verwahrlosten Körper herauskämpft. Er blickt aufs Meer hinaus.

»Ich komme manchmal her, um zu ... Du weißt schon ... schlafen, nach ein paar Bier. Vor allem im Sommer, natürlich. Ich hab unten am Wasser einen kleinen Unterschlupf gebaut. Ich mag es, dort zu schlafen und mit dem Geräusch und dem Anblick der brausenden Wellen aufzuwachen. Es ist ein Gefühl, als würde mir die ganze Welt gehören.«

Er lächelt, beinahe entschuldigend. Hannah versteht ihn, obdachlos, aber trotzdem mit einem Haus am Strand. Vielleicht braucht man nicht mehr, auch nicht, wenn das Haus nur ein Haufen Bretter ist, der gegen Wind und Wetter schützt.

»Aber es ist November. Warum bist du gestern Abend gekommen?«

»Ich bin frühmorgens hergekommen. Es ist spät geworden im Bragginn, und na ja … ich konnte den Schlüssel zu meiner Wohnung gerade nicht finden.«

Er lächelt wieder, diesmal etwas beschämt. Er hat also ein Zuhause. Natürlich hat Húsafjörður ein einigermaßen solides soziales Netz.

»Und dann hast du gesehen, wie Ægir Thor aus dem Wasser geschleppt hat?«

Hannahs Herz pocht, sie spürt, dass dies ein kleiner Durchbruch ist. Ein Augenzeuge! Der trotz allem nicht ganz Obdachlose nickt, während er in die Dunkelheit starrt, vielleicht in Richtung der Stelle, an der sich die dramatischen Ereignisse der letzten Nacht abgespielt haben. Ob in seiner alkoholisierten Erinnerung wohl alles klar und deutlich ist? Vielleicht muss sein Wissen hervorgelockt werden. Hannah greift in die Innentasche ihrer Jacke, zieht ein Päckchen Zigaretten heraus. Sie streckt sie dem Lumpenmann hin. Eine Hand mit ungeschnittenen Nägeln schnappt sich die Zigarette, die aus der Packung ragt.

»Danke.«

»Keine Ursache. Wie heißt du eigentlich?«

»Gísli.«

Hannah zündet ihm die Zigarette an.

»Hannah.«

Sie ziehen simultan an ihren Zigaretten. Die Dunkelheit schluckt den Rauch.

»Hast du gesehen, wie er im Wasser nach ihm gesucht hat? Ægir, meine ich.«

»Nein. Ich hab nur gesehen, wie er gekämpft hat, um die Leiche an Land zu kriegen, und bin hingelaufen, um ihm zu helfen. Ich wusste nicht, was da vor sich ging, und mir ist erst klargeworden, dass er tot ist, als er auf dem Boden lag. Aber er war tot, das war ganz deutlich.«

»Und was ist dann passiert?«

Hannah strengt sich an, nicht zu eifrig zu wirken. In der Dunkelheit erahnt sie, wie Gísli mit den Schultern zuckt.

»Ich hab von Ægirs Telefon aus Viktor angerufen. Er war nicht in der Lage, selbst zu telefonieren.«

Gísli verstummt. Als würde er die Situation erst jetzt überdenken, sie analysieren.

»Er war wie gelähmt. Er stand wohl irgendwie unter Schock.«

Hannah nickt. Das ergibt Sinn. Das war der Ægir, den sie bei der Totenwache gesehen hat. Ein verlorener Vater in Trauertrance.

»Hat er etwas gesagt?«

»Nein. Jetzt, wo ich darüber nachdenke, war er merkwürdig still. Kein Wort, kein Weinen, nichts.«

»Wie lange hat es gedauert, bis Viktor kam?«

»Bin nicht sicher … Es ist seltsam, aber es war, als wäre die Zeit verschoben oder verschwunden. Vielleicht waren es zehn Minuten, vielleicht fünfundvierzig. Ich weiß es nicht.«

»Bist du mit ihnen mitgegangen? Hat Viktor dich verhört?«

Er schweigt einen Moment.

»Nein. Ich hab geholfen, Thors Leiche in Ægirs Auto zu schaffen, und hab sie dann wegfahren sehen.«

Hannah nimmt den letzten Zug von der Zigarette, schnipst sie in die Dunkelheit, sieht, wie die Glut sich zusammenzieht und verschwindet. Sie schaudert, blickt nach oben. Der Himmel überrascht sie jeden Abend. Die Dunkelheit ruht auf einem Streifen von Orange. Ihr kommt ein Gedanke.

»Warum bist du zurückgekommen?«

Gísli zieht den letzten Rest Leben aus der Zigarette, zerdrückt die Glut zwischen Daumen und Zeigefinger. Atmet tief ein.

»Vorräte.«

»Vorräte?«

Gísli schwingt einen seiner Arme in die Höhe und läuft los. Hannah interpretiert das als Aufforderung, ihm zu folgen.

Der kleine Holzunterschlupf knarrt unter Gíslis Gewicht, halb im Liegen sucht er hinter etwas, das Hannahs Vermutung nach eine Matratze sein muss. Sie blickt aufs Meer hinaus, kann es von hier aus fast schmecken. Nach einer Weile streckt Gísli den Kopf heraus.

Hannah kneift die Augen zusammen, um ihn in der Dunkelheit zu erkennen.

»Sie ist weg!«

»Was ist weg?«

»Meine Flasche! Ich hatte eine ganze Flasche Wodka!«

Antiklimax. Darum ging es? Eine Flasche Wodka!

»Ein Typ, der unten am Gletscher wohnt, macht ihn. Er ist gar nicht schlecht. Ich hatte eine ganze Flasche.«

Lumpen-Gísli wühlt weiter in dem kleinen Unterschlupf herum, Hannah wendet sich genervt ab. Sie ist dabei, ein Verbrechen aufzuklären, und er liegt da und sucht nach selbstgebranntem Schnaps. Sie dreht sich um und geht, im Hintergrund hört sie Gísli brabbeln, sie hätte sich ruhig verabschieden können. Aber sie ist müde und durchnässt und könnte ehrlich gesagt einen kleinen Schluck von irgendwas gebrauchen. Im Notfall auch selbstgebrannten Wodka. In Gedanken dreht und wendet sie Gíslis Bericht. Warum hat Viktor ihn nicht erwähnt? Warum hat er ihn nicht verhört? Schlechte Polizeiarbeit, wahrscheinlich. Inkompetenz ist die Eigenschaft, die Hannah an anderen Menschen am meisten hasst. Inkompetenz und Unwissenheit. Oder ist das dasselbe?

Fast schon oben an der Straße muss sie einen kleineren Graben überqueren. Hannah sucht ihr Handy heraus, hat keine Lust auf weiteren Körperkontakt mit dem nassen Gras. Im bläulich-weißen Licht der Handytaschenlampe setzt sie langsam einen Fuß vor den anderen, doch plötzlich hält sie inne. Der Lichtstrahl hat etwas erfasst. Kann das wirklich sein? Hannah beugt sich hinunter. Eine seltsame, fast perverse Freude steigt in ihr auf. Sie kann nicht anders, als vor sich hin zu lächeln. Vorsichtig schlingt sie ihr Halstuch um eine leere, zerbrochene Wodkaflasche. An ihrem Boden sind unverkennbar Spuren von Blut.

# 17

»Viktor ist nicht da.«

Margrét hat die Tür nur einen Spalt breit geöffnet. Sie blickt Hannah an – genervt oder neugierig? Hannah ist so aufgeregt, dass sie das Gefühl hat, die Flasche im Halstuch oder – wer weiß! – vielleicht die Mordwaffe im Halstuch würde ihr fast in der Hand zerspringen.

»Darf ich reinkommen und warten?«

»Ich weiß nicht, wann er zurückkommt.«

Hannah betrachtet Margrét. Ihr Tonfall ist nicht so abweisend wie die Worte, die aus ihrem Mund kommen. Hinter ihr liegt das Haus in Stille, ob die Kinder wohl schon schlafen? Hannah hat keine Ahnung, zu welcher Zeit Kinder im Allgemeinen ins Bett gehen.

»Ich glaube, ich hab die Mordwaffe gefunden.«

Hannah streckt die Hand aus. Margrét schaut sie misstrauisch an.

»Ist Thor auf einem Schal ausgerutscht?«

Okay, morbider Sarkasmus ist vielleicht eine Tugend, wenn man mit einem Polizisten verheiratet ist. Hannah hebt den Stoff ein wenig an, enthüllt den Boden der zerbrochenen Flasche. Die Vulkanfrau lässt den Blick von der Flasche in Hannahs Hand ihren Arm hinauf bis zu ihren Augen gleiten. Eine Art Anerkennung? Dann zieht sie die Tür zu sich, sie öffnet sich nach innen. Hannah tritt erleichtert ein.

Hannah legt die Flasche vorsichtig auf den Wohnzimmertisch und lehnt sich in dem braunen Ledersofa zurück. Viktors Wahl? Wohl kaum die einer Frau.

»Weich, nicht wahr? Es ist hässlich, aber praktisch, weil man den Dreck einfach mit einem Lappen wegwischen kann. Ein Vorteil, wenn man Kinder im Haus hat.«

Margrét kommt mit zwei Gläsern Rotwein herein, reicht Hannah das eine, die es entgegennimmt, als wäre das Glas mit Gold gefüllt. Sie versucht, nicht allzu gierig zu trinken. Betrachtet die Polizistenfrau, die sich am anderen Ende des Sofas in die Kissen hinuntersinken lässt und einen Schluck Wein nimmt. Hannah lässt die Hand über das braune Leder gleiten. Von außen betrachtet müssen sie aussehen wie zwei verlorene Seelen in einem viel zu großen Rettungsboot. Margrét zaubert ein Päckchen Zigaretten aus einer kleinen Dose auf dem Tisch hervor, bietet Hannah eine an, gibt ihnen beiden Feuer. Sie zündet auch zwei große Kerzen an. Hannah schließt die Augen, vermischt im Mund Wein mit Rauch, fühlt sich so wohl wie nur selten. Als sie die Augen wieder öffnet, sieht sie, wie Margrét dasitzt und sie mustert. Als wüsste sie nicht ganz, was sie da in ihr Haus gelassen hat.

»Wo hast du sie gefunden?«

Margrét deutet mit einem Nicken in Richtung der wahrscheinlichen Mordwaffe.

»In der Nähe des Ufers. Ich bin auch einem Obdachlosen begegnet, oder so einer Art Obdachlosem, Gísli. Ich glaube, es ist seine Flasche.«

»Meinst du, er hat es getan?«

Margrét beugt sich vor, ascht in einen selbstgemachten Aschenbecher. Hannah betrachtet ihre Hand, sie ist schlank, ihre Bewegungen sind graziös und selbstsicher. Warum fällt ihr das auf?

»Nein. Er hat kein Motiv. Er ist nur ein armer Kerl, der seinen Wodka verloren hat.«

»Gísli hat mehr verloren als das.«

Rauch strömt aus dem Mund der Vulkanfrau.

»Was meinst du damit?«

Hannah beugt sich vor, erschaudert. Sie spürt den Blick der anderen Frau auf sich, irgendetwas daran bringt sie dazu, sich selbstbewusst zu fühlen.

»Er war mal Professor in Stanford. Für Mathematik.«

»Was ist passiert?«

Margrét zuckt mit den Schultern.

»Was manchmal passiert, wenn man glaubt, alles unter Kontrolle zu haben. Jemand zerstört es einem oder man zerstört es selbst.«

»Das hätte ich nie von ihm gedacht.«

Hannah starrt vor sich hin. Fühlt sich wieder beobachtet, wagt es nicht, Margréts Blick zu erwidern. Warum? Irgendetwas rührt sich in ihr. Der Wein? Sie wendet sich Margrét zu, hält den Blick ihrer glühenden Augen fest. War das ein leichtes Lächeln? Oder ein wütendes Zucken in den Mundwinkeln? Irgendetwas geschieht gerade, und es entzieht sich Hannahs Kontrolle. Und Hannah ist sich nicht sicher, ob es etwas Gutes ist. Sie streckt die Hand aus, greift nach dem Wein, kühlt ihren Mund mit einem ordentlichen Schluck.

»Wir alle verbergen das eine oder andere.«

Margrét leert ihr Glas, steht auf. Hannah blickt ihr nach, während sie in die Küche verschwindet. Eine Sekunde später taucht sie mit der Weinflasche in der Hand wieder auf. Schenkt beiden ein und sieht Hannah forschend an. Hannah atmet tief ein.

»Was verbirgst du?«

Hannah schaut Margrét an, die stehen geblieben ist.

»Zu viel. Und du?«

Hannah zuckt mit den Schultern.

»Weiß nicht. Vielleicht einen inneren Krimiautor. Vielleicht etwas Schlimmeres.«

Margrét scheint zu zögern. Dann setzt sie sich. Hannah bemerkt, dass sie ihr jetzt ein paar Zentimeter näher ist als zuvor. Sie folgt mit ihren Blicken den Bewegungen der anderen Frau, die an der Zigarettenschachtel herumfingert, ohne etwas herauszuholen. Hannahs Herz schlägt plötzlich schneller. Lava breitet sich in ihrem Körper aus, sie dringt pulsierend aus ihrem Herzen. Sie streckt ganz langsam ihren Arm aus, bis sie fast Margréts Hand berührt, in der sie die Zigarettenschachtel hält.

»Darf ich eine haben?«

Sie bemerkt, wie Margrét ihre Hand betrachtet, als sie nach der Schachtel greift. Ihre Finger streifen Margréts. Etwas explodiert in Hannah. Sie hält den Atem an, wagt es nicht, Margrét in die Augen zu sehen. Sie tut es noch einmal. Streicht mit ihren Fingern über Margréts. Bereut es sofort. Margrét sitzt ganz, ganz still da. Hannah muss es tun, kann nicht anders. Sie streichelt nun die Hand, die die Zigarettenschachtel hält. Die Hand lässt los. Ergreift ihre Hand. Finger gleiten zwischen ihre. Flechten sich um sie. Hannahs Herz bleibt stehen. Sie stirbt. Diese Berührung. Die ganze Welt liegt in dieser Berührung. Dann dreht die Vulkanfrau sich zu Hannah, richtet ihren Blick auf sie und beugt sich vor. Als ihre Lippen sich treffen, sind beider Augen offen. Weit offen. Als wollten sie sich einander versichern. Dann schließt Hannah die Lider, zieht Margrét an sich, gleitet in derselben Bewegung, mit der sie sich auf das braune Sofa legt, unter sie. Ihr Herz hämmert. Margrét zieht ihr das Oberteil aus, es ist kalt, das Zimmer ist kalt, die Luft ist kalt, doch durch ihre Adern strömt Lava. Sie schiebt eine Hand unter Margréts Bluse, fühlt eine Brust, ein Stöhnen entgleitet der Frau über ihr. Hannah reckt sich zu ihr hinauf, isst von ihrem Mund, spürt, wie das Gewicht des Begehrens sie ins Sofa hinunterdrückt. Begierig küsst sie Margréts weiche und doch feste Lippen, während sie versucht, ihre Jeans zu öffnen. Zwischen ihren Körpern ist kein Platz, Hannah gibt den Versuch auf und lässt stattdessen ihre Hand über Margréts Bauch wandern … Im selben Augenblick tanzt das Scheinwerferlicht von Viktors Auto über die

Decke und trifft sie für einen kurzen Moment, der sie erstarren lässt. Hannah hört, wie das Auto eine Kurve beschreibt und vor dem Haus geparkt wird.

»Scheiße!«

Margrét springt auf, ordnet ihre Kleidung, während sie zum Eingang stürzt. Hannah rafft ihre Bluse und ihren BH zusammen und rennt zum Badezimmer. So ein verdammtes, billiges Klischee!

Tür zuschlagen, ausatmen, Puls nach unten, Kleider an. Hannah betrachtet sich im Spiegel. Was zur Hölle war das? Wut steigt in ihr auf. Nicht auf sich selbst, nicht auf Margrét. Auf Viktor, der sie unterbrochen hat. Am liebsten würde sie hinausstürmen und Margrét wieder küssen. Sie mit nach Hause zu Ella nehmen, sich zusammen mit ihr im Dachzimmer einsperren und nie wieder herauskommen. Ihr Herz pocht, sie lächelt vor sich hin. *Fuck!* Sie weiß, dass sie möglicherweise ihre eigene Nachforschung zerstört hat. Ihr ganzes Projekt. Vielleicht sollte sie abreisen und nie wiederkommen. Okay, hör auf, so verdammt theatralisch zu sein.

Hannah tritt betont selbstsicher aus der Toilette.

»Hat er was rausgefunden?«

Viktor blickt sie überrascht an. Plötzlich fällt Hannah ein, dass sie bei ihrem letzten Besuch in diesem Haus auch ein dringendes Toilettenanliegen hatte. Scheiß drauf. Er darf gerne glauben, sie hätte Verdauungsprobleme, solange er sie nicht dieses einen Vergehens verdächtigt.

»Der Rechtsmediziner. Hat er etwas Ungewöhnliches an Thors Körper entdeckt?«

Hannah hält den Blick auf Viktor gerichtet, der ein paar Papiere aus seiner Tasche herauszieht. Er wendet ihr den Rücken zu. Margrét ist nirgendwo zu sehen.

»Margrét hat gesagt ...«

Oh Gott, was hat Margrét gesagt?

»... du hast etwas gefunden, was du mir gern zeigen würdest?«

Oh, welche Erleichterung! Hannah richtet sich auf und nimmt resolut die Flasche vom Sofatisch, geht damit zu Viktor. Er dreht sich um. Kneift die Augenbrauen zusammen. Immer noch mit den Papieren in einer Hand.

»Eine zerbrochene Flasche?«

»Nicht nur eine Flasche.«

Viktor studiert den halstuchumhüllten Gegenstand in Hannahs Hand.

»Eine zerbrochene Wodkaflasche ...?«

Hannah seufzt, warum dieses zähe Spiel? Er kann doch wohl sehen, was es ist.

»Das ist eine verdammte Mordwaffe! Schau, da klebt Blut dran!«

Hannah hält Viktor die Flasche direkt vors Gesicht, beinahe drohend. Viktor nimmt sie, hält sie im Tuch, trotzig.

»Das hier ist nicht die Mordwaffe.«

Hannah blickt ihn fragend an. Er zögert. Als müsse er sich entscheiden, ob er seine Behauptung untermauern und Hannah damit überzeugen und loswerden will, oder ob er die Information für sich behält (was er wohl sollte) und auf diese Weise die Flaschentheorie am Leben erhält – und Hannahs selbstgewählte Rolle als Ermittlerin. Hannah hat beschlossen, ihm auf die Nerven zu gehen. Wenn er die Flasche nicht gelten lässt, dann kostet ihn das Information.

»Thor ist also nicht durch einen Schlag auf den Hinterkopf gestorben?«

Hannah nickt in Richtung der Flasche, die Viktor noch immer in der Hand hält.

Viktor reibt sich müde die Stirn, es muss hart für einen Dorfpolizisten sein, einen Mordfall am Hals zu haben. Wie ein Schülerlotse, der mit einem Verkehrsunfall alleingelassen wird. Hannah will ihn gerade weiter unter Druck setzen, doch im selben Augenblick kommt Margrét herein. Hannahs Mundwinkel bewegen sich unwillkürlich nach oben, sie blickt zu Boden. Also was jetzt, wird sie etwa rot? Margrét lehnt sich mit verschränkten Armen in den Türrahmen. Hannah will am liebsten hingehen, ihr die Arme behutsam auseinanderziehen und sie um sich selbst legen. Okay, diese Situation könnte jeden Moment aus dem Ruder laufen.

»Hör zu, ich bin nicht gekommen, um dich in eine blöde Lage zu bringen. Ich wollte dir nur die Flasche geben, aber wenn du ganz sicher bist, dass sie keine Bedeutung für den Fall hat, dann tut es mir leid.«

Viktor seufzt. Reibt sich wieder die Stirn. Ein rascher Blickwechsel zwischen Hannah und Margrét. Herzklopfen. Mit seiner freien Hand fischt Viktor eine durchsichtige Tüte aus der Tasche, vorsichtig steckt er die Flasche hinein.

»Tut mir leid. Es war ein langer Tag, und es kann gut sein, dass die Flasche irgendeine Rolle spielt. Danke, dass du sie mir gebracht hast.«

»Aber getötet hat ihn etwas anderes?«

Hannah schielt zu Margrét hinüber, diesmal schlägt sie die Augen nieder. Will sie vielleicht, dass Hannah geht? Aber sie muss noch mehr in Erfahrung bringen. Dies ist vielleicht das letzte Mal, dass sie einen guten Vorwand dafür hat, hierherzukommen und Viktor Informationen zu entlocken. Hannah merkt, dass sie enttäuscht ist. Darüber, dass die Flasche offenbar nicht so wichtig ist, wie sie gedacht hatte, und auch darüber, dass es wohl keinen Grund mehr geben wird, wieder hier vorbeizuschauen. Demonstrativ bleibt sie stehen. Formuliert ihre Frage um.

»Thor ist an etwas anderem gestorben?«

Viktors Stirnreiben ist jetzt zu einem Nackenreiben geworden. Wenn er will, dass sie geht, kann er es ja einfach sagen.

»Er ist ertrunken, aber ...«

»Aber?«

Komm schon, sag es! Hannah blickt Viktor an. Dann Margrét

in der Tür. Plötzlich kann Hannah den Gedanken nicht ertragen, dass Viktor mit dieser Vulkanfrau schlafen darf, ihrer Vulkanfrau. Margrét einen Gutenachtkuss geben und ihren Körper an sich ziehen. Hannah krümmt sich innerlich.

»Er wurde auf den Kopf geschlagen, ins Wasser gestoßen, und weil er bewusstlos war, ist er sofort ertrunken?«

Hannah rät, versucht, Informationen aus ihm herauszukitzeln. Komm schon! Bestätige es.

Viktor schüttelt den Kopf, zögert kurz, dann öffnet er sich doch.

»Er hat vermutlich einen Schlag auf den Kopf bekommen, aber nicht mit einer Flasche. Mit etwas anderem, etwas aus Metall ... und ... Spuren an seiner Schulter weisen darauf hin, dass jemand seinen Kopf unter Wasser gedrückt hat.«

Es war also Mord! Ein vorsätzlicher Mord! Hannah kann ihre Begeisterung nur schwer verbergen. Sie versucht, sich an die Kriminserien zu erinnern, die sie gesehen hat. Welche Fragen stellt der Ermittler?

»Was sagt dir das über den Mörder? Habt ihr irgendwelche Fingerabdrücke gefunden, DNA?«

Hannah hofft, dass sie wie jemand klingt, der weiß, wovon er redet. Aber das tut sie wohl nicht.

»Wir kriegen die Ergebnisse der DNA-Proben erst in ein paar Tagen. Aber wir testen diese Flasche auch, vielleicht kann sie uns neue Informationen bringen. Oder bestätigen, was wir glauben.«

»Und was glaubt ihr ...? Habt ihr einen Verdächtigen?«

Hannah fällt auf, dass sie auf Zehenspitzen steht. Ohne es zu bemerken, hat sie sich sowohl Viktor als auch Margrét genähert, steht jetzt genau zwischen ihnen. Würde sie die Hand ausstrecken, könnte sie Margrét berühren.

»Ich hab dir schon viel zu viel erzählt. Diese Informationen müssen alle unter uns bleiben.«

Viktor unterstreicht das Gesagte mit einer Geste zur Tür hin. Hannah macht einen Schritt in Richtung Diele.

»Ich verspreche, dass alles, was heute Abend in diesem Haus gesagt und getan wurde, unter uns bleibt.«

Hannah begegnet für einen Moment Margréts Blick, bevor sie im Türrahmen an ihr vorbeigeht. Dann Viktors. Er sieht überrascht aus. Sie verlässt diesen Ort, Polizeiwache, Kindergarten und Haus ihrer neuen Geliebten in einem, mit einem kurzen Abschiedsgruß und mit sehr verwirrten Gefühlen.

# 18

Hannah sperrt die Tür auf und schleicht in das schlafende Haus, so lautlos, wie die knarzenden Dielen und ihre eigenen schweren Schritte es zulassen. Rastlos dreht sie eine Runde durchs dunkle Wohnzimmer, hat den merkwürdigen Drang, Ella zu wecken. Muss mit jemandem reden. Oder allein sein. Sie zittert, kann sich nicht darüber klarwerden, in welcher Stimmung sie ist. Holt schließlich eine Flasche Wein aus ihrem Zimmer. Sie wirft Brennholz in den Kamin und setzt sich mit einem Glas Rotwein vor die Flammen. Verdammt! Sie hat vergessen, Viktor nach Jonni zu fragen. Wo er jetzt wohl ist? Hannah denkt nach – es gab doch keine Ausnüchterungszelle in der Wohnhauspolizeiwache? Nein. Aber was macht man im Dorf dann mit Verbrechern? Was macht man mit einem jungen Mann, der den Vater seines verstorbenen (ermordeten!) Freundes mit einem Gewehr bedroht hat? Hat man ihn vielleicht den langen Weg bis nach Reykjavík gefahren? Oder ihn einfach nach Hause zu seinen Eltern geschickt? Hannah kippt ein halbes Glas Wein hinunter, ihr Blick verliert sich in den Flammen. Morgen muss sie versuchen, Jonni aufzuspüren. Herausfinden, welche Rolle er in diesem Spiel spielt. Nicht die entscheidende, da ist Hannah sich ziemlich sicher. Anders sieht es bei Ægir aus. Warum war er fast zur richtigen Zeit am richtigen Ort, um seinen Sohn aus dem Wasser zu fischen? Und was ist mit Gísli? Birgt er etwa noch andere Geheimnisse? Und warum liegt eine zerbrochene Wodkaflasche mit frischen Blutspuren am Tatort, wenn sie nicht die Mordwaffe ist? Das Glas wird schnell leerer. Hannah schenkt nach. Das letzte Glas. Das absolut letzte. Halt, natürlich! Es ist doch einleuchtend: Nicht der Täter hat Thor mit der Flasche erschlagen – Thor hat sie zur Selbstverteidigung gegen den Täter benutzt! Hannah lächelt über ihren eigenen kleinen Triumph. Wenn Thor seinen Mörder mit der Waffe geschlagen hat, wird dieser eine Wunde davongetragen haben. Sie muss nur die Person mit der Wodkaflaschenwunde finden, dann hat sie den Mörder! Ob Viktor das wohl auch herausgefunden hat? Viktor. Das Lächeln verschwindet aus ihrem Gesicht. Hat Margrét ihm etwas erzählt? Okay. Nur die Ruhe. Was würde Margrét sagen? *Ich hab übrigens ein bisschen mit dieser Autorin rumgeknutscht, die du so nervig findest. Und vermutlich wäre noch mehr passiert, wenn du nicht heimgekommen wärst und uns unterbrochen hättest.* Hannah schüttelt den Kopf. Nein. Es ist unwahrscheinlich, dass Margrét etwas verrät. Es sei denn, sie würde die Situation nutzen, um einen Streit zu provozieren, der sie aus einer lieblosen Beziehung führen könnte, oder ... oder umgekehrt! Die kleine Nicht-Affäre würde benutzt, um frischen Wind in eine abgeflaute Ehe zu bringen. Sie schenkt das Weinglas zum dritten Mal voll. Hannah ist sich nicht sicher, was schlimmer ist: eine Ehe zu zerstören oder sie zu retten. Wein im Mund, Wein im Magen, Wärme, die sich im Körper ausbreitet. Hannah fällt auf, dass sie rein gar nichts über Margrét weiß. Sie haben sich zweimal getroffen. Jetzt entspann dich mal. Entspann dich. Entspann ... Aber sie muss mehr wissen. Denn Margrét löst in ihr ein Gefühl aus ... Hannah hält in ihrem eigenen Gedankengang inne. Was genau lässt Margrét sie eigentlich fühlen? Etwas. Mehr als sie seit vielen Jahren gefühlt hat. Eine unbestimmte Freude breitet sich in ihrem Bauch aus. Hannah prostet sich schweigend selbst zu. Wie albern! Das Feuer im Kamin spuckt Funken, ein kleiner Vulkan. Hannah leert die Flasche, während sie beobachtet, wie die Flammen sich selbst verzehren und zu Glut werden.

*Sie zogen ihn im Morgengrauen aus dem Wasser. Der örtliche Polizist, Axelson, und der Barbesitzer mit den fettigen Haaren. Einige Fischer aus dem Dorf hatten sich versammelt, schweigend betrachteten sie den salzwassertriefenden Körper, als er an Land gebracht wurde. Der Arzt war schon angekommen. Kaum lag der tote Junge auf dem Boden, hatte er sich bereits über ihn gebeugt. Aber es gab keinen Zweifel. Die Fischer hatten noch kein Opfer des Meeres gesehen, das unverkennbarer tot gewesen wäre. Einer von ihnen, der alte Axel, abgehärtet vom Anblick ertrunkener Fischer eines halben Jahrhunderts, blickte verzweifelt auf die gefrorene Erde, als er sah, dass Tore noch einen seiner Fußballschuhe trug.*

Hannah hebt den Blick vom Bildschirm zum sternenübersäten Himmel. Dieses nächtliche Schreiben ist gar nicht so schlecht. Es könnte tatsächlich ein Krimi dabei herauskommen. Sie zählt ihre Seiten; zwanzig. Wie lang muss so ein Krimi eigentlich sein? Wahrscheinlich mindestens zweihundertfünfzig Seiten, wenn er ernst genommen werden soll. Das sollte sie doch schaffen können! Hannah wird ein wenig euphorisch, greift nach dem Handy, will eine Nachricht an Bastian tippen, hält jedoch inne. Was soll sie schreiben? Dass es wegen des Mordes supergut läuft, dass sie alles von der Wirklichkeit stiehlt, sich nicht einmal die Mühe macht, die Namen sonderlich stark zu verändern? Und dass sie sich übrigens auch noch in die Frau des örtlichen Polizisten verknallt hat? Was die weitere Zusammenarbeit mit Viktor, wenn sie den Mord aufklären und damit die notwendigen Informationen – oder Inspirationen – für das Buch bekommen will, ziemlich erschweren könnte. Okay, Zusammenarbeit – das trifft es wohl nicht ganz. Wie auch immer. Nein. Sie sollte ihren Optimismus besser erst dann teilen, wenn sie mehr Grund dazu hat. Hannah kehrt zurück an die Tastatur, sie ist überraschend wach und will das Momentum nutzen, um noch ein paar Seiten zu schreiben. Wer weiß, wann es ihr wieder so gehen wird.

Klopf, klopf! Hannah wacht auf. Langsam. Klopf, klopf! Hannah schlägt die Augen auf. Flucht, während sie aus dem Bett aufsteht. Wie lange hat sie geschlafen? Es können nicht mehr als ein paar Stunden gewesen sein. Der Rotweinkopfschmerz drückt wie ein Bleihut, genervt öffnet sie die Tür, draußen steht Ella mit einem Tablett in den Händen: Brötchen mit Käse, Kaffee, ein Glas Saft. Ella lächelt, als hätte sie vergessen, dass ihr Neffe ermordet wurde und dass der Mörder sich auf freiem Fuß befindet. Eine Form von Überlebensstrategie? Schlechtes Gewissen macht sich in Hannah breit, eigentlich sollte sie doch eher Ella bedienen, für die alte Dame in Trauer sorgen. Andererseits sieht es so aus, als würde Ella es genießen, jemanden zu haben, den sie umsorgen kann.

»Ég gæti ímyndað mér að þú værir svöng.«

Das Tablett wird Hannah entgegengehalten, die es annimmt.

»Danke. Ich habe bis spätnachts geschrieben. Hab nicht so viel geschlafen.«

Ella zeigt auf den Radiowecker neben dem Bett. Hannah dreht den Kopf. 14 Uhr 31. Verdammt! Sie sie ja der reinste Teenager! Unglaublich, dass sie fast einen ganzen Tag verschlafen hat. Hannah zuckt entschuldigend mit den Schultern, als läge es außerhalb ihrer pädagogischen Möglichkeiten, sich selbst unter Kontrolle zu haben. So ist es vielleicht auch. Sie nimmt das Tablett mit zum Schreibtisch, schiebt das Laptop zur Seite. Ella steht in der Tür, als wäre sie ein Vampir, den Hannah hereinbitten soll. Kein Wunder, nachdem Hannah sie beim letzten Mal so ungastlich hinausgeworfen hat. Hannah lädt Ella mit einer Geste ein, sich auf das unordentliche Bett zu setzen. Sie nimmt einen Schluck Kaffee, lehnt sich an den Schreibtisch.

»Wie geht es dir?«

Ella zuckt mit den Schultern. Das aufgeweckte Lächeln verschwindet. Sie zeigt auf ein paar lose Blätter Papier auf dem Schreibtisch, schaut fragend.

»Ja, natürlich.«

Hannah reicht ihr einen Stift und Ella schreibt:

*Ich gehe jeztt zu Vigdis. Helfe, Beerdigung zu planen.*

Hannah nickt.

»Wann findet sie statt, ist das schon klar?«

Ella schreibt wieder.

*Nächsten Samstag. Polizei muss erst mit ihm fertig sein.*

»Ich dachte, sie hätten die Obduktion schon vorgenommen?«

Ella schüttelt den Kopf.

*Nicht fertig.*

»Und was ist mit Jonni, weißt du, was sie mit ihm gemacht haben?«

*In der Zelle.*

Es gibt also eine Ausnüchterungszelle? Hannah grübelt. Sie kann nicht in Viktors und Margréts Haus sein, oder etwa doch? Wo sollte sie sonst sein? In einer kleinen Felsenhöhle am Meer? Ist Jonni vielleicht irgendwo im selben Gebäude eingesperrt gewesen, in dem Hannah und Margrét ... Ein absurder Gedanke. Und ärgerlich! Wenn das der Fall ist, hätte Hannah ihn aufsuchen können. Ihn verhören. Sie bezweifelt, dass sie jetzt noch einmal die Chance dazu haben wird.

»Ist die Zelle auf der Polizeistation?«

Hannah ordnet ein paar Zettel zu einem Haufen, versucht, der Frage den Anschein von Beiläufigkeit zu verleihen. Blickt Ella an, die ihrerseits mit schiefgelegtem Kopf zu Hannah schaut. Zögert. Dann nickt. Aber irgendetwas hat diese Kopfhaltung an sich – Skepsis, Unsicherheit? Hannah notiert innerlich, dass sie ihr Interesse an dem Mordfall zügeln muss, jedenfalls Ella gegenüber. Sie will nicht, dass herauskommt, woher sie sich ihre Inspiration für den Krimi holt. Apropos Inspiration: Ella zeigt auf die *Saga von Hrafnkel Freysgoði*, die unberührt auf dem Nachttisch liegt. Sieht Hannah fragend an.

»Ich hab leider noch keine Zeit gehabt. Wegen allem, was passiert ist ...«

Ella nickt.

»Aber es wäre eigentlich schön, auf andere Gedanken zu kommen. Ich glaube, ich lese heute ein bisschen darin. Vielleicht nehme ich es mit ins Bragginn.«

Ella nickt zufrieden. Hannah ist völlig schleierhaft, warum es ihr so wichtig ist, dass sie die bescheuerte Saga liest. Aber es verschafft ihr einen Vorwand, um im Ort herumzustreichen. Sie muss zurück zur Polizeiwache und mit Jonni reden.

# 19

Das Buch steckt in der Tasche, die beginnende Nachmittagsdunkelheit schiebt sich von den Bergen herunter, entzieht der Erde alle Farben und drängt sich in Hannahs Lungen. Es ist, als hätte sich im Laufe der letzten Tage alles Grün verflüchtigt, als wären mit Thors Tod sowohl das Dorf als auch die Natur entfärbt worden. Doch den Wind kann der Tod nicht kleinkriegen. Hannah schlingt die Arme um sich, zieht die Kapuze etwas tiefer, aber die eiskalten Böen dringen trotzdem durch ihren Mantel. Sie fühlt sich ausgelaugt und desorientiert in dieser ewigen Dunkelheit, die die Tage auffrisst, bevor sie überhaupt begonnen haben. Frierend beschleunigt sie ihre Schritte.

Als sie das Bragginn erreicht, wirft sie einen raschen Blick durch die Fensterscheiben; die üblichen Fischer, die Frau mit dem Hund, Lederweste mit seinen fettigen Haaren hinter der Bar. Niemand von ihnen bemerkt sie, als sie rasch vorübergeht und weiter ins Dorf hinunterläuft.

Diesmal klopft sie nicht an. Schon aus der Entfernung weiß sie, dass Margrét zu Hause ist, sie hört Kinderstimmen. Müssten die jetzt nicht von ihren Eltern abgeholt werden? Aber vielleicht sind es auch die eigenen. Hannah fällt plötzlich auf, dass sie Viktors und Margréts Kinder bisher gar nicht gesehen hat. Auf eine Art hat sie noch nicht begriffen, dass sie wirklich Kinder *haben*. Das mindert ihr Interesse an Margrét nicht, sie hat schon immer gern um Gefühle konkurriert. Auch wenn sie nur selten gewinnt und noch nie gegen Kinder angetreten ist. Verdammt, ist sie jetzt völlig im Zynismus versunken? Mit Kindern um die Aufmerksamkeit ihrer Mutter konkurrieren zu wollen! Hannah zieht die Kapuze dicht über die Ohren, zuckt unwillkürlich mit den Schultern – dann werden sich die Kinder wohl anschnallen müssen.

Das Gras ist nass, und die Dunkelheit erweist sich als unerwarteter Helfer, als Hannah sich bäuchlings von hinten an das Haus heranrobbt. Sie ist sofort durchnässt, doch diesmal schreckt die Feuchtigkeit sie nicht ab. Meine Güte, wie dumm kann man sein, ein Fenster in die Ausnüchterungszelle zu machen! Ein kleines zwar, aber groß genug, dass Hannah anklopfen und einen kleinen Plausch mit Jonni halten kann. Selbst Verbrecher können wohl von einer schönen Aussicht profitieren. Sie kriecht zielstrebig auf den kleinen Anbau zu, in dem ihrer Berechnung nach in der Verlängerung von Viktors Büro die Ausnüchterungszelle liegen muss. Warum hat sie die Tür nicht bemerkt, als sie das erste Mal hier war? In Gedanken geht sie den Raum durch, kann sich aber an keine Tür erinnern. Aber es *muss* dort eine gewesen sein. Sie ist sich ganz sicher, das kleine Fenster nicht gesehen zu haben, also muss es einen weiteren Raum hinter dem Polizeibüro geben. Hannah ist jetzt am Haus angelangt, in ihrer liegenden Haltung wirft sie einen Blick über die Schulter: Hinter ihr geht die Wiese in ein Feld über, wie ein Infinity-Pool ins Meer. Dahinter die Umrisse der Berge, alles in grauschwarzen Tönen. Es knarzt, raschelt! Hannah zuckt zusammen, blickt nach oben. Das Fenster über ihr öffnet sich. Margréts Hände und ihr Kinn werden sichtbar, dann eine Zigarette im Mundwinkel, die angezündet wird. Hannah drückt sich gegen die Mauer, Rauch kräuselt sich in die Luft – shit! Sie darf nicht so entdeckt werden. Oder hat Margrét sie vielleicht schon wie eine Idiotin über den Rasen kriechen sehen? Ist das hier ein Spiel, ein Weg, Hannah zu sagen, dass Margrét weiß, dass sie da ist? Asche rieselt auf Hannahs Schulter. Hannah betrachtet sie.

Was soll sie tun? Warten? Weiterkriechen, aufspringen und sich zeigen? Nein, das ist einfach zu dumm. Egal, was sie sagt, sie würde als psychopathische Stalkerin dastehen. Es ist am besten, hierzubleiben und zu hoffen, dass das Fenster gleich wieder geschlossen wird und sie dann ihr Vorhaben fortsetzen kann. Hannah wartet. Atmet langsam durch die Nase. Eine Ewigkeit scheint zu vergehen. Endlich fällt ein glühender Zigarettenstummel neben ihr herab, sie muss sich ruckartig zur Seite werfen, um ihn nicht ins Haar zu bekommen. Das Fenster schließt sich, Hannah atmet auf, hofft, dass niemand sie gesehen hat. Sie kriecht weiter, an der Mauer entlang, hinter ihr verglimmt die Glut.

Sie greift nach dem Fensterbrett, zieht sich daran hoch und späht wie ein schlechter Einbrecher durch das kleine Fenster. Presst die Nase gegen die Scheibe, schirmt die Augen mit der Hand ab. Doch hinter dem Glas ist es dunkel, sie kann rein gar nichts erkennen. Vorsichtig klopft sie mit den Fingernägeln an die Scheibe. Hat das Gefühl, dass diese kleine Bewegung von den Bergen widerhallt. Nichts. Sie blickt sich um. Versucht ein vorsichtiges Pochen mit dem Fingerknöchel. Immer noch nichts. Hannah flucht lautlos und will gerade wieder zurückkriechen, als im Inneren des Zimmers plötzlich eine kleine Lampe angeht. Hannahs Herz beginnt wie rasend zu schlagen. Dort, auf einer kleinen Pritsche, sitzt ein dünner, blasser junger Mann mit auffallend dunklen Ringen unter den Augen. Jonni. Er schaut auf das kleine Fenster, aber es ist, als nähme er Hannah gar nicht wahr. Sieht er sie nicht? Sie klopft wieder. Winkt, versucht ihn zum Fenster zu holen. Doch er starrt nur ausdruckslos in ihre Richtung, als wäre nichts in der Welt es wert, von seinem Blick erfasst zu werden. Schon gar nicht eine dänische Autorin mittleren Alters, die da draußen Theater macht. Hannah überlegt kurz, ob sie sich fürchten sollte, aber so hasserfüllt und beängstigend der junge Mann mit einem Jagdgewehr in der Hand ausgesehen hat, so klein und unschuldig wirkt er jetzt. Und es stehen ja immer noch eine Wand und eine Scheibe zwischen ihnen.

»Jonni. Können wir miteinander reden?«

Hannah flüstert laut, überlegt, ob er sie hören kann. Vermutlich nicht. Okay, was hatte sie sich gedacht? Natürlich lässt sich das kleine Fenster nicht öffnen. Und sie kann ja kaum hier stehen und laut rufen. Hannah überlegt. Dann holt sie ihr Notizbuch aus der Jacke, reißt eine Seite heraus. Schreibt. Englisch, zur Sicherheit. Hält den Zettel gegen die Scheibe.

*I want to help you. Find out what happened to your friend.*

Okay, das ist vielleicht etwas weit hergeholt. Wie sollte Hannah ihm helfen können? Und wie kann sie sicher sein, dass nicht er Thors Mörder ist? Sie versucht, ihn von oben bis unten zu mustern. Sind irgendwelche frischen Wunden zu entdecken, die von einer Wodkaflasche verursacht worden sein könnten? Nicht unmittelbar. Aber er sitzt mit dem Rücken gegen die Wand. Er könnte natürlich gut eine Wunde am Hinterkopf oder auf der Rückseite des Körpers haben. Der junge Mann reagiert nicht auf den Zettel. Hannah nimmt ihn wieder an sich, schreibt erneut.

*I know you didn't do it.*

Sie lässt den Zettel etwas länger an der Scheibe als zuvor. Diesmal scheint es, als hätte Jonni ihn bemerkt. Er blickt direkt zum Fenster hin, scheint zu zögern. Steht dann auf und kommt in ihre Richtung.

»Was machst du hier?«

Hannah fährt zusammen, wendet sich um. Hinter ihr steht Margrét. Neben Viktor. Verdammt!

# 20

Hannah hört erst zu rennen auf, als sie vor dem Bragginn steht. Verdammt noch mal! Wie viel Mist kann man eigentlich bauen? Zuerst auf frischer Tat ertappt werden und dann auch noch so wenig Rückgrat haben, dass man wegrennt, ohne ein Wort zu sagen. Eine Riesenidiotin, das ist sie! Was werden sie von ihr denken? Hannah schnappt gierig nach Luft, der Puls will sich nicht beruhigen, sie wischt sich den Schweiß von der Stirn, blickt sich um. Niemand ist ihr gefolgt. Natürlich. Es gibt nicht so viele Möglichkeiten, wo man sich in Húsafjörður hinflüchten kann, wenn sie sie finden wollen, wird ihnen das sowieso gelingen. Drinnen hinter der Fensterscheibe sumpfen die Fischer mit trüben Blicken vor sich hin. Hannah drückt die Tür auf, geht hinein und bestellt einen doppelten Whisky, während sie versucht, ihre zitternden Hände unter Kontrolle zu bekommen. Sie trinkt ihn in einem Zug, bestellt einen zweiten. Barmann Fetthaar schenkt ihn kommentarlos ein, dreht sich nach einem kurzen Nicken – wie um zu sagen, danke für gestern, als wir zusammen bei einer Geiselnahme interveniert haben – zu der Frau mit dem Hund um. Whisky Nummer zwei darf nach einem kleinen Schluck erst einmal auf dem Bartresen stehen. Hannah schaut hinunter in das Glas. Okay. Welche Möglichkeiten hat sie? Zurückgehen und sich entschuldigen, sich erklären? Nein. Es gibt an dieser leicht zu durchschauenden Situation nichts zu erklären, sie würde nur noch einmal das Gesicht verlieren. Das Ganze vergessen und abreisen? Nein, sie wird jetzt verdammt noch mal nicht aufgeben. So tun, als ob es gar nicht geschehen wäre? Was hätte das zur Folge? Sie wird Margrét nicht wiedersehen können, ohne sich auf die eine oder andere Art erklären zu müssen. Die Möglichkeit einer Zusammenarbeit mit Viktor hat sie sich sowieso schon verbaut, in dieser Hinsicht hat sie nicht viel zu verlieren. Also gut, der Plan lautet folgendermaßen: Sie ignoriert den peinlichen Auftritt, bis er sie irgendwann einholt. Hannah windet sich aus ihrem Mantel und bestellt eine Cola zu ihrem Whisky. Sie muss einen klaren Kopf behalten. Wie kommt sie jetzt an Jonni heran? Wie lange wird er wohl noch in dieser Zelle sitzen müssen? Und wie soll es dann weitergehen? Falls es danach überhaupt weitergeht. Hannah würde sich am liebsten selbst schlagen. Die einzige Chance, die sie hatte, um mit dem Hauptverdächtigen des Falls zu sprechen, hat sie komplett vergeigt. Na ja. Jetzt aber kein Selbsthass mehr, das führt zu nichts. Die Verletzung. Sie muss nach der Wodkaflaschenverletzung Ausschau halten. Hannah sieht sich um, auf den ersten Blick scheint niemand hier einen Verband oder Ähnliches zu haben, was auf eine Wunde hinweisen würde. Die Hundefrau hat eine Kapuze auf, aber so, wie sie an der Bar klebt und Lederweste dahinter fast mit Blicken verschlingt, wirkt sie nicht, als würde sie einen Mann mit etwas anderem als ihrer Sexualität angreifen. Es nervt, wie sie den Barmann in Beschlag nimmt, Hannah könnte sowohl einen neuen Drink als auch ein kleines, etwas mehr in die Tiefe gehendes Gespräch zum Thema Ægir gebrauchen. Ihre Intuition sagt ihr, dass sie aus den Isländisch sprechenden Säuferfischern nichts herausbekommen wird. Sie seufzt und holt die Saga aus der Manteltasche – sie kann sich wohl ebenso gut die Zeit mit einem Blick in die isländische Volksseele vertreiben.

*Die Saga von Hrafnkel Freysgoði*. Unmengen von Männernamen, wer der Vater und der Sohn von wem war, und Unmengen von Ortsangaben, von denen Hannah noch nie etwas gehört hat. Sie kneift die Augen zusammen, hätte ihre Lesebrille mitnehmen sollen. Gibt sich Mühe, den Überblick über Verwandtschaftsgrade und Lokalitäten zu behalten, während die Geschichte allmählich Form annimmt. Da gibt es einen, der Hrafnkel heißt und der ein mächtiger Kerl ist. Regiert über eine Gegend, führt sich auf, wie er will, und antwortet nie jemandem, außer er hat gerade Lust dazu. Und das hat er selten. Hrafnkel hat einen Hengst, Frøjfaxe, den er über alles auf der Welt liebt, und er schwört, dass niemand außer ihm selbst auf ihm reiten darf – wer es wagt, den wird er töten. Okay, eine eindeutige Ausgangssituation. Hannah blättert weiter. Dann braucht man wohl nur darauf zu warten, dass jemand auf diesem Pferd reitet. Und ja. Es dauert nicht lange, bis ein armer Hirte kommt, der, auch wenn viele Stuten zur Auswahl stehen, unbedingt einen Ritt auf diesem Hengst wagen will. Weiter, weiter. Hrafnkel rastet aus, galoppiert los und erschlägt den Hirten mit der Axt. Es tut ihm zwar leid, aber versprochen ist versprochen, und wenn man sich selbst etwas geschworen hat, dann muss man es auch halten.

»Noch einen?«

Hannah blickt in das Gesicht von Lederweste, der sich endlich von der Hundefrau befreien konnte. Offenbar ist sie nach Hause gegangen. Hannah verfolgt dankbar, wie der Barmann ihr einschenkt, nimmt dann einen Schluck und ist von sich selbst überrascht: Sie hat tatsächlich größere Lust, zur Geschichte von Hrafnkel zurückzukehren – welche Folgen wird es haben, dass er einen anderen Mann erschlagen hat? –, als den Barmann über Thors Verhältnis zu seinem Vater auszufragen. Aber Bücher sind ja so wunderbar geduldig.

»Kanntest du ihn gut, diesen Jonni? Es schien, als hättet ihr eine besondere Verbindung.«

Der Barmann umfasst mit beiden Händen die Tischplatte, zuckt mit den Schultern.

»Ich kenne alle Jugendlichen hier im Ort. Aber Jonni ist tatsächlich derjenige, den ich am wenigsten kenne. Ihn und Thor.«

»Warum?«

Hannah rückt sich auf ihrem Stuhl zurecht.

»Alle anderen kommen vorbei, hängen hier rum oder kriegen ein bisschen Sprit an der Hintertür, wenn sie noch nicht alt genug sind – du weißt schon, was ich meine. Aber die beiden nie ... Ich hab immer gedacht, sie sind wirklich verständige junge Männer. Nie in Schlägereien verwickelt oder so was in der Art.«

Hannah wundert sich. Wenn sie tugendhafter waren als die anderen, warum ist der eine dann jetzt tot und der andere im Gefängnis? Das stimmt nicht mit dem Bild überein, das sie sich von Jonni gemacht hat. Sie versucht vorsichtig vorzugehen:

»Jonni. Warum hat er Ægir bedroht?«

Der Lederwesten-Barmann zuckt mit den Schultern. Nein? Okay. Woher soll er es auch wissen.

»Glaubst du, Jonni verdächtigt Ægir, irgendwie für Thors Tod verantwortlich zu sein?«

Lederweste verzieht etwas das Gesicht, was sowohl ja als auch nein bedeuten kann. Hannah bohrt weiter.

»Glaubst du, Ægir hat was mit dem Tod seines eigenen Sohnes zu tun?«

Lederweste sieht sich kurz im Lokal um. Es sind keine neugierigen Zuhörer in Hörweite. Er beugt sich zu Hannah vor, senkt ein wenig die Stimme.

»Ægir ist für viele Dinge hier im Ort verantwortlich. Das wissen alle. Aber Thors Tod?«

Der Barmann breitet die Arme aus. Der Knopf an seiner Lederweste kämpft, um nicht vom Bauch weggesprengt zu werden. »Das würde er niemals tun. Er hat ihn so sehr geliebt. Sein einziges Kind, weißt du.«

Da kommt Hannah ein Gedanke, etwas, woran sie zuvor noch gar nicht gedacht hat, das ihr aber auf einmal sehr wichtig erscheint.

»Wie alt ist Vigdis eigentlich? Ich meine, sie muss viel jünger sein als Ella, wenn sie einen so jungen Sohn hat?«

Der Barmann zuckt mit den Schultern.

»Nur ein paar Jahre, glaub ich.«

»Aber Thor war erst siebzehn, also muss sie ihn sehr spät bekommen haben, oder? In ihren Vierzigern? Und Ægir – er sieht aus, als wäre er mindestens zehn Jahre älter als sie ...?«

Der Pferdeschwanz schwingt in einem Nicken nach hinten.

»Ich glaube, sie hatten es irgendwann eigentlich aufgegeben. Es war sehr wichtig für Ægir, einen Sohn zu bekommen, aber es hat nie geklappt. Als Vigdis dann doch schwanger wurde, sprach sich das im Dorf herum wie ein Lauffeuer, als wäre es ein Wunder.«

Sie schweigen beide. Blicken gedankenverloren vor sich hin.

»Deshalb ist es auch so eine Riesentragödie, dass sie ihn jetzt verloren haben.«

Hannah denkt nach, etwas, das Lederweste gesagt hat, kommt ihr wieder in den Sinn. Sie versucht, ihren Tonfall so beiläufig zu halten, dass ihre Frage nicht nach einem Verhör klingt.

»Wofür ist Ægir denn verantwortlich?«

Der Mann hinter der Bar lässt seinen Blick wieder durch den Raum wandern, niemand in der Nähe. Doch in diesem Moment kommt die Frau mit dem Hund zurück, sie hat ihren Schal vergessen, und das fordert sowohl Hannahs Aufmerksamkeit als auch die des Barmanns. Hannah ist genervt, diese Frau hat wirklich ein Talent, Zeit, Raum und Personen zu beanspruchen! Hannah betrachtet sie eingehender: hellhaarig unter der Kapuze und mit einem benebelten, trüben Blick. Aber sie ist betrunkener geworden, und ihre Lust am Flirten scheint dahin zu sein. Jetzt ist der Barmann kein potentieller Sexpartner mehr, sondern jemand, der ihren Schal finden soll. Der Hund bellt inzwischen genauso ungeduldig wie seine Besitzerin, und schließlich findet Hannah den Schal, der unter den Stuhl gefallen ist. Ohne ein Wort des Dankes verschwindet die Frau hinaus in die Dunkelheit, die inzwischen zur Nacht geworden ist. Als Hannah sich wieder zur Bar umwendet, schenkt ihr Gesprächspartner gerade zwei Fischern

Bier ein, die aussehen, als hätten sie für den Rest ihres Lebens bereits genug Alkohol getrunken. Sie unterhalten sich kurz, und Lederweste deutet mit einem Nicken auf Hannah. Dann winkt er sie heran, Hannah klettert verwundert von ihrem Barhocker und stellt sich neben die Fischer. Sie ist einen halben Kopf größer als die Männer.

»Du hattest gefragt, wofür Ægir verantwortlich ist? Die beiden hier können es dir erzählen.«

Der eine Fischer ballt die Faust und sagt sehr schnell sehr viel auf Isländisch. Hannah identifiziert ein paar Flüche im Wortstrom, der Tonfall erklärt alles andere: Ægir hat sie betrogen. Hannah wendet sich dem Barmann zu.

»Was genau hat er ihnen angetan?«

»Er hat alle ihre Fangquoten gekauft. Oder wie sie es ausdrücken: Er hat sie gestohlen.«

Hannah ist verwirrt.

»Wie denn?«

»Mit Geld, Macht und einem riesigen Trawler. Die kleinen Fischer können nicht mit Ægir konkurrieren. Sein Boot ist so viel größer, dass er das, was sie in einer Woche fangen, an einem Tag fangen kann. Und er verkauft den Fang billiger, sodass alle anderen in Konkurs gehen. Dann kauft er ihre Quoten und bietet ihnen an, für ihn zu arbeiten, aber für einen viel schlechteren Lohn, als wenn sie selbstständig wären.«

Die Hand des wütenden Fischers schnellt durch die Luft, zusammen mit Worten, die Hannah als weitere Flüche interpretiert.

»Aber die beiden hier machen das nicht mit, sie weigern sich, für ihn zu arbeiten. Also haben sie jetzt keinen Job, und der eine hat sogar seine Familie verloren.«

Hannah nickt. Ægir ist also nicht nur ein Mann aus Stein, er ist auch ein skrupelloser Geschäftsmann und lokaler Großfürst. Dessen Sohn jetzt ermordet wurde. Wie der Hirte in der Saga, der von

Hrafnkel getötet wurde, weil er auf dessen Pferd ritt. Auf wessen Pferd ist Thor wohl geritten? Wenn er überhaupt etwas getan hat, das jemandem ein Motiv gäbe, ihn umzubringen. Hannah muss mit Ægir sprechen. Aber zuerst muss sie nach Hause und diese Saga fertig lesen.

# 21

Hannah merkt es bereits, als sie die Türklinke herunterdrückt: Jemand wartet auf sie. Einen kurzen Moment überlegt sie, ob sie umkehren soll, hat keine Lust auf Konfrontationen jeglicher Art – schon gar nicht mit Viktor, den sie hinter dem Kaffeeduft vermutet, der ihr aus der Haustür entgegenströmt. Sie hält den Atem an und lauscht. Ellas Stimme erfüllt das Haus, lässt nicht zu, dass der Gast sich verrät, aber das ist auch nicht nötig: Viktors Jacke hängt am Haken. Hannah schließt die Augen, okay, dieses Gespräch war unvermeidlich. Ob es jetzt oder zu einem späteren Zeitpunkt stattfindet, ist auch egal. Sie kündigt ihre Ankunft mit lautem Schließen der Tür an, kratzt all ihre Selbstsicherheit zusammen und tritt ins Wohnzimmer. Ihr stockt der Atem, als der Gast sich umwendet. Auf dem Stuhl Ella gegenüber sitzt nicht Viktor, sondern Margrét. Hannah versucht, ihre Gefühle unter Kontrolle zu bekommen und einigermaßen gefasst zu wirken, doch sie muss sich gegen die Tischkante lehnen, um nicht tot umzufallen. Ella weist mit einer Geste auf Margrét, die wohl bedeuten soll, dass es sich bei ihr um Hannahs Gast handelt. Was sie Ella wohl erzählt hat? Hoffentlich nicht zu viel, am besten gar nichts. Hannah bemüht sich, gefasst zu klingen.

»Hallo. Schön, dich wiederzusehen.«

Oh Mann, hallo, Idiot! Aber was zum Henker sagt man sonst, wenn man sich so beschissen daneben fühlt? Margrét mustert sie ausdruckslos.

»Vielleicht könnten wir darüber reden, was passiert ist?«

Hannah schluckt, Trockenheit breitet sich in ihrem Mund aus. Okay. Sie muss Ella also in das ein oder andere eingeweiht haben, wenn sie sich so leichthin ausdrückt. Etwas muss geschehen sein. Die Schichten blättern von Hannah ab, sie streicht sich über die Arme, als wolle sie sie festhalten. Das Gefühl von Peinlichkeit vermischt sich mit dem starken Wunsch, Margrét nackt zu sehen.

»Willst du mit in mein Zimmer kommen und reden?«

Hannah fühlt sich wie ein Schulmädchen, das es endlich geschafft hat, seine Freundin zu sich nach Hause zu locken, und jetzt nicht weiß, wie es die Fantasie von ihr in seinem Zimmer nun in die Wirklichkeit umsetzen soll. Nachdem sie die Tür geschlossen hat, geht sie zum Fenster, nimmt eine Kippe aus einer nachlässig auf den Schreibtisch geworfenen Packung, öffnet das Fenster, setzt sich auf den Schreibtisch, lässt die Hand mit der Kippe nach draußen hängen. Margrét bleibt neben dem Bett stehen.

»Ich hab Viktor davon überzeugt, dass es am besten ist, wenn ich mit dir rede, nachdem wir neulich so …« Um Margréts Mund zuckt es, als würde jedes Wort, das jetzt folgt, sie in Verlegenheit bringen. »… freundschaftlich geworden sind.«

Hannah nickt, oh Gott, wird sie rot? Sie blickt in die Nacht hinaus, sieht den Rauch davontanzen. Sie kann sich nicht überwinden, Margrét anzuschauen, als sie fragt:

»Wie viel weiß Viktor?«

»Alles. Wir haben ja beide gesehen, wie du versucht hast, mit Jonni zu reden.«

Okay, wir spielen also das alte Spiel, bei dem man so tut, als wäre nichts passiert. Hannah ist enttäuscht, hatte gedacht, Margrét würde den Moment zumindest anerkennen, denn wenn sie das nicht tut, wie kann er sich dann jemals wiederholen? Hannah muss wissen, welche Gedanken sich Margrét darüber gemacht hat. Wenn überhaupt welche.

»Und die andere Sache? Gestern Abend … Hast du ihm davon erzählt?«

Margrét blickt Hannah starr an, die meint, etwas Brennendes in ihren Augen zu erkennen. Dann schüttelt sie den Kopf. Hannah spürt, wie sich Erleichterung in ihr ausbreitet.

»Und Ella …?«

Wieder ein abwehrendes Kopfschütteln, Hannah verspürt Erleichterung bis in die Fingerspitzen. Gut, ein Geheimnis teilt man am besten nur zu zweit.

»War er sauer, dass ich gekommen bin, um mit Jonni zu sprechen?«

»Was genau willst du eigentlich von dem Jungen?«

Margrét blickt sie forschend an. Ist das wirklich so schwer zu erraten? Die Zigarette ist abgebrannt. Hannah drückt sie aus und schließt das Fenster.

»Die Wahrheit natürlich. Darüber, wo er an dem Abend war. Was passiert ist.«

»Aber du glaubst nicht, dass er Thor ermordet hat.«

Das ist keine Frage, sondern eine Feststellung, die untermauert wird mit Hannahs kleinem hilflosem Zettel, den Margrét jetzt aus der Tasche zieht. Hannah muss ihn verloren haben, als sie auf frischer Tat ertappt wurde und weggerannt ist wie der Tölpel, der sie offenbar ist.

»Nein. Aber ich glaube, ich weiß, wer es getan hat.«

Hannah hält inne. Kann sie Margrét vertrauen? Sie schätzt, dass die Wahrscheinlichkeit dafür bei mindestens fünfzig Prozent liegt, vielleicht etwas höher, da Margrét nichts über ihr kleines Sofaabenteuer verraten hat.

»Ich glaube, Ægir hat es getan.«

Ein Lachen entschlüpft Margrét. Hannah ist sich nicht sicher, ob es der Unwahrscheinlichkeit ihrer Theorie gilt oder ob es ein höhnisches Das-wissen-wir-doch-alle-Gelächter ist.

»Ist der Gedanke so abwegig?«

Hannah betrachtet Margrét, die sich jetzt aufs Bett gesetzt hat. Am liebsten würde sie sie hineinschubsen.

»Du denkst, Ægir hat seinen eigenen Sohn getötet? Er hat ihn über alles geliebt.«

»Also meinst du, es ist unmöglich?«

Margrét zuckt mit den Schultern.

»Ich bin keine Ermittlerin.«

»Ich auch nicht.«

»Du benimmst dich aber wie eine.«

Aber offenbar keine besonders gute, denkt Hannah, wenn ich nur die schwache Theorie aufstellen kann, dass derjenige, der am schuldigsten aussieht, der Täter ist. Hannah sieht, dass Margrét die Stirn runzelt.

»Andererseits: Ægir hat natürlich ein Motiv.«

Hannah springt vom Schreibtisch.

»Was? Was meinst du damit, dass er ein Motiv hat?«

Margrét weicht auf dem Bett zurück.

»Ich plaudere nicht die Geheimnisse anderer Leute aus. Frag Jonni.«

Hannah ist verwirrt. Was zum Teufel bedeutet das? Und was bedeutet es, dass Margrét sich nun noch weiter auf dem Bett zurücklehnt? Hannah tritt einen Schritt näher, jetzt ist nur noch ein halber Meter zwischen ihnen. Sie hält Margréts Blick fest, ihr Herzschlag galoppiert. Als sie sich vorbeugt, um die Vulkanfrau zu küssen, setzt sie ihre ganze Welt auf eine Karte, und als der Kuss erwidert wird, stürzt sie in einen Abgrund, aus dem sie nie wieder hinauswill.

# 22

Hannah hat keine Ahnung, wie viel Zeit vergangen ist, als Ella vorsichtig an die Tür klopft. Sie muss eingeschlafen sein, als sie die Augen öffnet, findet sie sich jedenfalls in einem leeren Bett wieder, hat aber keine Erinnerung daran, dass Margrét gegangen ist. Ein Gefühl der Traurigkeit überkommt sie; das Gefühl, jemanden verloren zu haben, den sie hätte festhalten können, wenn sie nur aufmerksamer gewesen wäre. Ein paar dunkle Haare auf dem Kissen und ein Duft, der nicht ihr eigener ist – es überkommt sie ein Anflug von wehmütiger Sehnsucht. Bilder von nackter Haut auf nackter Haut blitzen in Hannahs Erinnerung auf, es sind keine Fragmente eines Traums, sondern die Manifestation einer ausgewachsenen Affäre mit einem Menschen, mit dem sie wieder Sex haben und am liebsten auch gleich eine gemeinsame Zukunft planen will. Sie schwingt die Beine über die Bettkante und weiß, dass sie nicht romantisch genug veranlagt ist, um an diese zweite Fantasie zu glauben. Anstatt dem Glück nachzujagen, sollte sie besser versuchen, mehr Nutzen aus der Melancholie zu ziehen.

Das Abendessen besteht aus Fisch und Kartoffeln und wird schweigend eingenommen. Hannah kaut langsam, während sie Ella betrachtet, die dieses eine Mal die Stille zwischen ihnen zu genießen scheint. Oder ist sie vielleicht nur unsicher, wie sie ein Gespräch über alles, was geschehen ist, beginnen soll? Tod, Mord und Drohungen sind wohl für jeden Menschen schwer zu verdauen, ob jung oder alt. Und dann die etwas schräge Situation hier am frühen

Abend. Ob sie das mit Margrét und ihr wohl weiß? Hannah kann sich nicht vorstellen, dass Margrét etwas gesagt hat, als sie aus dem Haus geschlichen ist. Aber vielleicht haben alle Frauen ein Gespür für die Untreue, die sich unter ihrem eigenen Dach abspielt?

Hannah fällt ein, dass Ella zu Vigdis wollte, um Thors Beerdigung zu planen.

»Habt ihr die Beerdigung unter Dach und Fach?«

Ella nickt halb, halb schüttelt sie den Kopf.

»Wird sie in der Kirche stattfinden?«

Nicken.

»Und im Anschluss? Wird es danach noch etwas geben?«

Wieder Nicken. Hannah bemerkt, dass Ella zu essen aufhört. Absolute Stille breitet sich aus, wie eine unerklärliche Kraft, die ihren Raum einfordert. Sie sitzen da und spüren die Stille, nehmen sich die Zeit, in ihr zu sein. Draußen frischt der Wind auf, rüttelt an den Fenstern. Im Kamin knistert das Feuer – ohne ihre innere Unruhe könnte es ziemlich gemütlich und harmonisch sein, hier im Wohnzimmer zu sitzen.

»Ahhh! Ahhh!«

Ellas Schreie lassen Hannah aufschrecken und reißen sie aus ihrer Nachdenklichkeit. Die Schreie gehen über in ein heftiges Weinen, das Ella wie eine Naturgewalt zu überkommen scheint und sie vom Stuhl in eine hilflos kauernde Stellung auf den Boden hinunterzwingt, wo ihr die Tränen über Wangen und Hände strömen. Diesmal zögert Hannah nicht, sich ihrer Gastgeberin zu nähern und die Arme um sie zu legen. Rasch lässt sie sich neben Ella zu Boden gleiten, ein Angebot, ihren Schmerz und ihre Trauer mitzutragen. Sie sitzen lange so da. Ella weinend, Hannah ohne zu denken, einfach nur völlig still. Sie starrt in die Flammen, bis das letzte Schluchzen Ella verlassen hat. Der Schmerz scheint nun gänzlich aus ihr herausgeronnen zu sein. Als Hannah, selbst steif in den Gliedern, Ella auf die Beine hilft, ist es, als hätte sich ihr Verhältnis zueinander neu geordnet. Sie sprechen nicht darüber, was geschehen ist. Ella geht auf die Toilette, und als sie zurückkommt, setzt sie Kaffee auf. Hannah räumt den Tisch ab und spült das Geschirr, sie sind fast wie ein altes Ehepaar, und in diesem Gedanken liegt etwas besonders Anheimelndes.

In Decken gewickelt trinken sie auf dem Sofa Kaffee aus Bechern, zwischen ihnen ein Einverständnis, das keiner Worte bedarf. Nach einiger Zeit streckt Ella sich über den Sofatisch nach ihrem Adressbuch aus, findet eine leere Seite und schreibt:

*Kommst du mitt zu Beerdigung?*

Hannah nickt. Selbstverständlich. So wie sich die Dinge entwickelt haben, scheint es am wahrscheinlichsten, dass man bei diesem Anlass auf einen Durchbruch in dem Fall hoffen kann. Es sei denn, das Ganze wird schon davor aufgeklärt, doch daran zweifelt sie. Morgen früh will sie Ægir aufsuchen, falls ihr eine Idee kommt, wie sie das ohne größere Probleme bewerkstelligen könnte. Apropos Probleme – von jetzt an sollte sie versuchen, sich von Margrét fernzuhalten. Kein Vermischen der Dinge mehr, keine Abstecher mehr, die die Ermittlungen gefährden könnten. Während sie das beschließt, ärgert sie sich, dass sie keine Telefonnummer von Margrét hat. Sie blickt verstohlen zu Ellas kleinem Adressbuch hinüber, das so schön aufgeschlagen auf dem Tisch zwischen ihnen liegt.

Als sie in ihr Zimmer zurückkommt, ist es schon nach zwei Uhr nachts. Sie müssen um Mitternacht herum zu Abend gegessen haben, aber die langen dunklen Stunden haben Hannahs Tagesrhythmus aus dem Gleichgewicht gebracht. Die Dunkelheit durchdringt ohnehin alle Lebensbereiche. Eigentlich fühlt sie sich zu müde, um zu schreiben, aber sie muss ein gewisses Tempo beibehalten, wenn sie sich den Glauben an den Erfolg des Krimiprojekts bewahren will. Schläfrig setzt Hannah sich an ihr Laptop, ein kleines Glas gefüllt mit Rotwein aus ihrer letzten Flasche neben sich. Sie trinkt zufrieden, macht dort weiter, wo sie aufgehört hat.

*Alle wussten, wer der Mörder war, doch niemand wollte es ihr sagen. Sie hatte mit allen gesprochen, der Familie, den Freunden, den Nachbarn – doch es war, als würde der Mord sich um sich selbst schließen und verschwinden, niemand wollte den Machthaber herausfordern, niemand wollte etwas …*

Ah! Die Saga. Hrafnkel und der Hirte. Hannah holt das Buch heraus. Wie hat der Vater des Hirten wohl den Tod seines Sohnes gerächt? Sie liest hungrig. Erfährt, dass es dem Vater des Hirten mit der Hilfe anderer starker Bauern gelingt, Hrafnkel vor Gericht zu zerren, das ihn dazu verurteilt, seinen Hof und all seine Macht abzugeben. Mit der Unterstützung derselben starken Bauern kann der Vater das Urteil sogar vollstrecken: Hrafnkel und seine Leute werden von ihrem Hof vertrieben, den der Vater nun selbst übernimmt. Er hat die Möglichkeit, Hrafnkel den Garaus zu machen und die Gegend ein für alle Mal von ihrem Tyrannen zu befreien, doch der Vater ist barmherzig und lässt Hrafnkel und seine Leute gehen. Sie schlagen natürlich zurück, als Hrafnkel wieder an Macht und Ansehen gewonnen hat und wiederkehrt, den Vater in die Knie zwingt und den Hof erneut in Besitz nimmt. Deprimierende Lektüre! Wie lautet die Moral? Dass man gegen Großfürsten nicht kämpfen kann, dass die Machthaber – wie brutal und beim Volk verhasst sie auch sein mögen – immer gewinnen? Dass man böse Tyrannen ganz ausschalten sollte, weil sie sonst zurückkehren und die Macht erneut an sich reißen? Hannah grübelt. Warum hat Ella ihr gerade diese Saga empfohlen? Und wie kann sie den Plot verarbeiten, ohne dass es zu offensichtlich wird? Gibt es einen bizarren Zusammenhang zwischen der Saga und Thors Tod? Plötzlich ertönt ein Schuss, nicht in der Ferne der Nacht, sondern im Wohnzimmer! Dann ein weiterer und noch einer! Das Geräusch von zersplitternden Scheiben, dann wieder ein Schuss. Hannah wirft sich entsetzt unter den Tisch – was zum Teufel passiert hier? Nach dem vierten Schuss hört sie, wie ein Auto beschleunigt und sich vom Hof entfernt. Schnell steht sie auf und sieht gerade noch zwei helle Rücklichter in der Dunkelheit verschwinden. Hannah öffnet mit zitternden Händen die Tür und stürzt die Treppe hinunter.

»Ella! Ella!«

Die Gardinen flattern durch die zerbrochene Fensterscheibe, das Feuer im Kamin ist außer Kontrolle geraten und hat sich auf den Wohnzimmerteppich ausgebreitet. Hannah rennt hin und wirft resolut eine Decke über den beginnenden Brand, während sie versucht, sich einen Überblick zu verschaffen. Wo zum Henker ist Ella? Im Wohnzimmer befindet sie sich nicht, also stürzt Hannah ins Schlafzimmer ihrer Gastgeberin. Ella liegt im Bett, doch Hannah kann nicht erkennen, ob sie tot oder lebendig ist.

»Ella?«

Hannah nähert sich zögernd mit schweren Beinen dem Bett, streckt vorsichtig einen Arm aus und bemüht sich, tapfer zu sein. Als ihr Schienbein an die Bettkante stößt, sieht sie, dass Ella völlig weiß im Gesicht ist. Hannah streckt ängstlich einen Arm zu ihr hinunter, wo fühlt man noch mal den Puls?

»Ahhh!«

Ella greift nach ihr, sie ist verdammte Scheiße noch mal am Leben! Hannah schreit vor Schreck und Erleichterung, der Schrei wirkt ansteckend, und die beiden Frauen schreien gemeinsam in die Nacht hinaus, bevor sie sich in die Arme fallen. Hannah hat sich noch nie zuvor so dankbar gefühlt. Jetzt ist sie diejenige, die zittert.

»Was zum Teufel war das?«

Hannah versucht sich zu sammeln, Ella schüttelt eifrig den Kopf, flucht auf Isländisch.

»Sie sind weg. Ich hab sie wegfahren sehen.«

Ella springt aus dem Bett, als hätte die Nahtoderfahrung sie um zehn Jahre verjüngt. Sie ist also nicht getroffen worden, gut! Hannah folgt ihr ins Wohnzimmer hinunter, wo sie das Licht einschalten und den Schaden begutachten. Außer dem eingeschlagenen Fenster ist der Glasschrank mit den Elefantenfiguren zersplittert, und im Sofa sind Unmengen kleiner Löcher.

»Schrotflinte?«

Ella nickt abwesend, nimmt ihren Lieblingselefanten aus der Schrankruine und dreht ihn in der Hand. Er ist unversehrt. Hannah schaudert, das fehlende Fensterglas lädt die winterkalte Novembernacht ins Haus ein.

»Hast du etwas, womit wir es abdecken können? Und kannst du selbst die Polizei anrufen?«

Ella blickt zu ihr auf, als wäre Dänisch plötzlich komplett unverständlich für sie. Hannah wiederholt.

»Die Polizei. Viktor?«

Hannah nimmt das Telefon und reicht es Ella, die versteht und den Elefanten zurück an seinen Platz stellt. Es gelingt ihr, die Nummer der Polizeistation zu wählen. Einen kurzen Moment überlegt Hannah, ob wohl Margrét aus ihren Träumen geweckt wird und abnimmt. Unpassend. Sie schiebt den Gedanken beiseite und geht hinaus zum Holzschuppen, den Ella ihr gezeigt hat, um etwas zu finden, womit man den isländischen Nachtwind aus dem Haus halten kann.

Eine kleine, mit Spinnweben verhangene Glühbirne wirft nur spärliches Licht in den Schuppen, Hannah spürt zum ersten Mal seit den Schüssen das Adrenalin, das sie ungewohnt handlungsstark macht. Es ist, als hätte ihr Reptiliengehirn auf Überleben umgeschaltet, während ihr Bewusstsein Winterschlaf hält, und die Kluft zwischen dem instinktiven Drang, etwas zu tun, und der mangelnden Fähigkeit, zu verstehen, verschafft ihr ein unwirkliches außerkörperliches Gefühl. So muss es sich anfühlen, im Krieg zu sein. Hannah schaudert. Der Wind dringt durch die breiten Spalten in der Schuppenwand, sie muss zurück. Endlich findet sie Bretter und Nägel, aber keinen Hammer.

Zurück im Haus hat Ella das Gespräch mit (vermutlich) Viktor beendet, wankt nun durchs Zimmer und sammelt Glasscherben in einen Eimer. Hannah bemerkt plötzlich, dass sie sich verhalten, als wäre die Gefahr völlig ausgestanden, sollten sie nicht vorsichtiger sein? Vielleicht liegt es daran, dass sie noch gar nicht richtig begriffen haben, was geschehen ist und was es bedeutet. Aber sie hat das Auto selbst verschwinden sehen, wer auch immer es war, er hat sich verhalten, als hätte er seine Mission erfolgreich beendet: die Bewohner des Hauses in Angst und Schrecken zu versetzen.

Hannah lässt den Blick über Ellas antike Werkzeugsammlung an der Wand schweifen. Sie erinnert sich, dort einen Hammer gesehen zu haben, aber da ist keiner, nur ein leerer Haken, an dem er vielleicht gehangen haben könnte. Stattdessen nimmt sie eine Spitzhacke von der Wand, spürt das Gewicht des alten Eisens und des handlich zugeschnittenen Holzes. Entdeckt irgendwelche Initialen, die hineingeschnitzt sind: T. J. Wenn nur alle Ziergegenstände so funktional wären. Mit dem stumpfen Ende der Hacke nagelt sie die Bretter so fest, dass sie das Fenster verdecken, aber sie ist immer noch damit beschäftigt, als Viktor ungefähr zehn Minuten später in seinem Polizeiauto vorfährt. Hannah beschließt, so zu tun, als hätte ihre letzte Begegnung nie stattgefunden, davon ausgehend, dass Schüsse auf ein Haus trotz allem schwerwiegender sind als unerlaubtes Herumkriechen im Garten.

»Stopp!«

Viktor stürzt herein, als wäre die Schießerei noch immer in vollem Gange und er müsse die Schuldigen aufhalten. Aber es ist Hannah, auf die er abwehrend gestikulierend zuläuft.

»Was?«

Hannah erstarrt in ihrer Bewegung, das letzte Brett in der einen, die Hacke in der anderen Hand.

»Du hättest es nicht abdecken dürfen! Jetzt ist es praktisch unmöglich herauszufinden, was passiert ist.«

»Ich kann dir erzählen, was passiert ist. Irgendwelche Psychopathen sind vorbeigefahren und haben auf das Haus geballert, als wären sie beim verschissenen Tontaubenschießen.«

Der giftige Tonfall ist in dieser Situation völlig unpassend, und Hannah weiß nicht, ob sie Viktors hoffnungslose Polizeilogik, ihre eigene Verlegenheit oder die Tatsache, dass er mit Margrét verheiratet ist, zu zivilem Ungehorsam anspornt. Viktor sieht aus, als würde er sie am liebsten ohrfeigen. Demonstrativ ruhig klettert Hannah vom Stuhl, als wäre sie stolz auf ihre Schreinerarbeit, und das ist sie eigentlich auch. Ein oder zwei Nägel mögen vielleicht nicht ganz richtig eingeschlagen sein und die Bretter nur halbwegs festhalten, aber die Abdeckung erfüllt ihren Zweck. Ella geht zu Viktor hinüber, spricht auf Isländisch mit ihm, sicher eine Bestandsaufnahme der Ereignisse, es nervt Hannah, dass sie nichts versteht und dass sie ihre Version des nächtlichen Dramas nicht zuerst darstellen kann. Eine Zeugenaussage und endlose Mengen an Fotos später zündet Hannah sich eine Zigarette an und beobachtet, wie Viktor vom Haus wegfährt, nachdem er sie unnötigerweise aufgefordert hat, heute Nacht die Tür zuzusperren. Er hat im Innenhof drei Patronenhülsen sichergestellt, die von einem Jagdgewehr stammen. So gut wie jeder im Dorf besitzt so eins. Ella hatte ihn davon überzeugen können, dass sie keinen Personenschutz benötigen. Sie will lieber selbst mit *ihrer* Schrotflinte Wache schieben, weil sie hofft, dass die Übeltäter zurückkommen. *Dann schieße ich sie direkt in die Eier,* hat sie auf ein Stück Papier geschrieben, als Hannah sie fragend ansah. Hannah hat jedoch keine Lust, darauf zu warten, von den Schüssen zurückkehrender Scharfschützen oder verirrten Schrotkugeln aus Ellas Gewehr getroffen zu werden. Sie stirbt fast vor Müdigkeit, und nachdem sie Ella, dem Wachhund, gute Nacht gesagt hat, kriecht sie zurück in ihr Bett.

# 23

Es ist schwierig aufzuwachen, wenn man nicht geschlafen hat. Nach ein paar unruhigen Stunden unter ihrer Decke wagt Hannah sich völlig übermüdet ins Wohnzimmer hinunter, wo sich die Kälte eingenistet hat wie ein unerwünschter Gast, der nicht gehen will. Das Feuer im Kamin brennt, und Ella sitzt in eine Decke gewickelt auf dem durchlöcherten Sofa, das Tageslicht lässt die Schäden noch ungeheuerlicher wirken.

»Wir müssen das Fenster richten lassen.«

Hannah schaudert, greift nach einer Wolldecke.

»Gibt es einen Glaser hier im Dorf?«

Ella blickt sie fragend an, ihre Nasenspitze ist blau angelaufen. Hannah zeigt auf ihr Machwerk, das, wie sie selbst sieht, nicht lange halten wird. Ein Brett hat sich bereits gelockert und ist heruntergefallen. Sie schlingt sich die Decke um.

»Jemand, der das Fenster reparieren kann?«

»Einmitt já.« Ella nickt.

»Wir müssen ihn dazu bringen, dass er heute kommt.« Hannah setzt sich in den Schaukelstuhl, spürt den Ausnahmezustand. Die Figuren aus der Glasvitrine sind jetzt ordentlich auf einem kleinen Tisch aufgereiht. Das Schränkchen scheint sich auf wundersame Weise um einen halben Meter verschoben zu haben.

»Hast du versucht, die Glasvitrine allein hinauszutragen? Das ist ja lebensgefährlich!«

Ella zuckt mit den Schultern, und Hannah versteht eigentlich gut, dass sie den nächtlichen Angriff gern einfach auslöschen würde. Sie steht auf, sucht sich ein paar alte Zeitungen, beginnt, sie um die scharfen Glassplitter zu wickeln, die aus der Vitrine ragen. Danach bugsieren die beiden Frauen das Möbelstück mit vereinten Kräften aus dem Wohnzimmer und bringen es hinter das Haus. Dort angekommen, betrachtet Ella das Schränkchen einen Moment lang voller Bitterkeit, bevor sie sich brüsk abwendet, als wollte sie diese Vitrine nie wieder sehen. Sie saugen noch einmal die letzten Glasscherben weg, und Ella legt eine Matte über das Brandloch im Boden vor dem Kamin. Der Glaser, der, soweit Hannah versteht, eigentlich Schreiner ist, sich jedoch auch mit Glas auskennt, kann noch am selben Tag kommen. Ella will zu Hause bleiben und auf ihn warten.

»Hast du eine Ahnung, wer es gewesen sein könnte?«

Der Kaffeedampf kräuselt sich über den Bechern, sie sitzen auf dem Sofa. Eine Decke verhüllt die Einschusslöcher, abgesehen von der unbeholfenen Fensterabdeckung und dem fehlenden Schrank sieht das Wohnzimmer wieder fast aus wie zuvor. Der Blick von Ellas eisgrünen Augen ist konzentriert auf etwas außerhalb von Zeit und Raum gerichtet. Sie scheint sich ihrer Sache sicher zu sein, sagt jedoch nichts.

»Ist es jemand, den du kennst? Weißt du, was das Motiv sein könnte?«

Hannah ist klar, dass sie wie das Echo von Viktor oder dem Protagonisten einer schlechten amerikanischen Polizeiserie klingt (vielleicht beides), doch ihre Neugierde ist so stark, dass ihr keine besseren Fragen einfallen. Sag mir jetzt, was du weißt! Hannah blickt Ella eindringlich an, denkt, dass sie aussehen muss, als wolle sie ihr unter Hypnose eine Antwort entlocken. Doch weder ihre Fragen noch der Hypnoseversuch scheinen zu wirken, Ella bleibt stumm. Hannah wagt einen erneuten Versuch.

»Ella, hast du irgendwelche Feinde?«

Der eisige Blick durchbohrt Hannah, die versteht: Wen auch

immer Ella auf dieser Welt zum Feind hat, sein Name wird ihr Geheimnis bleiben. Na okay. Den Versuch war es wert, und es überrascht Hannah eigentlich, dass Ella offenbar eine offene Rechnung mit jemandem hat. Die ältere Dame wirkt normalerweise – wenn nicht wie die Umgänglichkeit selbst –, doch zumindest wie jemand, der immer eine Glückspille geschluckt hat. Aber nicht heute. Hannah kann nicht ergründen, ob Ella Angst hat, wütend ist oder nur nachdenklich. Vielleicht von allem ein bisschen.

»Wäre es okay, wenn ich einen kleinen Spaziergang mache, oder hast du … Kannst du allein zu Hause sein?«

Ella lächelt ein kleines Lächeln. Nickt, während sie auf ein Stückchen Papier schreibt: *Ich habe nicht Angst, alein zu sein.* Hannah nickt zur Antwort, leert ihre Tasse und lässt die ältere Dame auf ihrem durchlöcherten Sofa zurück.

Der Regen hat den Schießwütigen geholfen, ihre Spuren zu verwischen, Hannah entdeckt keinen einzigen Reifenabdruck auf dem Hofplatz. Ob Viktor wohl heute Nacht draußen war, um sie zu fotografieren? In Hannahs Gefühlscocktail für den örtlichen Polizisten mischt sich eine bescheidene Dankbarkeit. Erst jetzt geht ihr auf, wie taktvoll es von ihm war, ihren unbeholfenen Versuch, mit Jonni in Kontakt zu kommen, nicht zu erwähnen. Und sie kann ihn ja eigentlich gut leiden. Es ist schließlich nicht seine Schuld, dass seine Stellung es ihm gebietet, Hannah die Antworten, die sie gerne hätte, zu verwehren, und es ist auch nicht seine Schuld, dass er mit der Frau verheiratet ist, mit der Hannah … ja, was eigentlich? … hat. Egal. Sie muss Viktor in Zukunft mit mehr Respekt und Freundlichkeit behandeln.

Während des Spaziergangs zu Ægir fällt Hannah auf, dass sie vielleicht selbst Angst haben müsste. Jemand hat auf sie geschossen, und sie läuft hier einfach am helllichten Tag wie eine lebende Zielscheibe herum. Sie beruhigt sich selbst, indem sie ihre eigene Theorie wiederholt, dass es nur ein Warnschuss war. Würde man ihnen wirklich nach dem Leben trachten, hätte man sich auch in Ellas unverschlossenes Haus schleichen und sie im Schlaf umbringen können. Hannah ist überzeugt davon, dass Ella weiß, wer heute Nacht auf sie geschossen hat. Sie hat jedoch auch selbst einen starken Verdacht – und sie hat vor, denjenigen in Kürze mit ihrer Theorie zu konfrontieren.

Vigdis öffnet die Tür, sie sieht kleiner aus als gestern. Kann Trauer einem Menschen ein paar Zentimeter rauben? Hannah entschuldigt sich für die Störung und erklärt, dass Ella sie hergeschickt hat, um zu fragen, ob sie irgendetwas helfen kann. Vigdis blickt sie völlig verständnislos an. Mist! Hannah versteht sie gut. Was für eine lahme Ausrede. Hannah räuspert sich.

»Okay, um ganz ehrlich zu sein, hat Ella mich nicht geschickt. Tatsächlich weiß sie nicht einmal, dass ich hier bin. Und mir ist klar, dass du gerade nicht noch mehr Sorgen brauchen kannst, aber ich wollte dich nur informieren, dass jemand heute Nacht auf Ellas Haus geschossen hat. Mit einer Schrotflinte.«

Vigdis schlägt sich die Hand vor den Mund. Hannah will gar nicht daran denken, wie wütend Ella wäre, wenn sie wüsste, dass Hannah hier steht und die trauernde Mutter mit Berichten über den Beschuss von Ellas Haus belästigt. Glücklicherweise deutet Vigdis' Reaktion darauf hin, dass Ella nicht angerufen und ihr etwas davon erzählt hat. Das ist gut für Hannahs Deckgeschichte, aber schlecht, bedenkt man, wie sauer Ella werden wird, wenn sie es herausfindet.

»Ich dachte nur, du würdest es bestimmt wissen wollen. Auch weil Ella ja nicht so viele Menschen hat, die ihr nahestehen.«

Zugegeben etwas banal, die Pathoskarte zu ziehen, aber Hannah hat nicht allzu viele Asse im Ärmel. Vigdis bedankt sich, ist froh, Bescheid zu wissen. Sie erkundigt sich, wie es Ella geht. Hannah beruhigt sie und bittet Vigdis, ob sie und Ægir vielleicht für sich behalten könnten, dass Hannah es ihnen erzählt hat? Sie könnten ja einfach behaupten, sie hätten unten im Dorf davon gehört. Vigdis nickt.

»Wenn es nicht zu viele Umstände macht, würde ich sehr gern kurz mit Ægir reden, nur um zu hören, ob er irgendeine Idee hat, wie wir das Haus sichern können.« Vigdis zögert einen Moment, lässt Hannah herein. Hannah ist erleichtert, ärgert sich aber auch darüber, dass die Bitte einer Frau um die Hilfe eines Mannes immer ein glaubwürdiges Argument zu sein scheint.

Der Steinmann sitzt vor den großen Panoramafenstern und starrt auf die Berge hinaus. Sein Blick wendet sich ihr zu, als Hannah von Vigdis auf Isländisch vorgestellt wird. Allerdings ist sie ein klein wenig überrascht, dass Ægirs Miene keine Spur eines Erkennens verrät. Es ist zwar verständlich, dass er sich nicht von Thors Totenwache an sie erinnert, aber sie hatte erwartet, dass ihr Name irgendeine Reaktion auslösen würde, nachdem er bei Nacht und Nebel vor dem Haus gewesen ist und auf sie geschossen hat. Zu Hannahs Erleichterung entschuldigt Vigdis sich, doch als sie verschwunden ist, überfällt Hannah eine unerwartete Unruhe. Ihre Mission scheint ihr plötzlich nicht mehr so einfach durchführbar wie angenommen. Sie rutscht nervös auf dem angewiesenen Stuhl herum. Irgendetwas an Ægirs Blick bereitet ihr Unbehagen. Seine Miene ist nicht mehr ausdruckslos, es arbeitet hinter der Stirn mit den tiefen Falten. Es ist schwer zu greifen, aber es ruft bei Hannah Nervosität hervor. Oder vielleicht sogar Angst. Sie versucht, sich an ihren Plan zu halten, hofft, dass er sich nicht hinter der Sprachbarriere verstecken wird – und dass ihre eigene Stimme nicht zu sehr zittert.

»Ich weiß, dass du es warst.«

Ægir sieht sie an wie ein ruhiger Psychopath. Hannah fühlt sich analysiert, durchschaut.

»Heute Nacht. Ich habe das Heck deines Autos gesehen.«

Hannah blufft, denn genau genommen konnte sie nicht feststellen, ob die Rücklichter zu Ægirs Wagen gehören, er ist mitnichten der einzige Geländewagen im Ort. Aber sie weiß es einfach. Sie *weiß* es.

»Ich hab keine Ahnung, wovon du sprichst.«

Das steinerne Gesicht gibt nichts preis, aber er tut ihr glücklicherweise den Gefallen, auf Dänisch zu antworten. Hannah bemerkt jetzt, dass Ægirs Hände groß und rau sind, die Adern laufen wie Drähte über seine muskulösen Unterarme, und das graue Haar ist beneidenswert dicht. Er war nicht nur ein gutaussehender Mann, er ist es immer noch. Sie schlägt den Blick nieder, will nicht in ihrer Faszination entlarvt werden. Sie weiß, dass er lügt. Außerdem hat sie genug Gefühl für die isländische Sprache, um zu verstehen, dass Vigdis eben Hannahs Bericht über den Beschuss des Hauses zusammengefasst hat. Er weiß genau, wovon sie spricht, weshalb dieses Bestreiten, dieses Spiel?

»Du sollst nur wissen, dass ich mich nicht so leicht einschüchtern lasse.«

Er hebt eine Augenbraue. Legt mit einer ruhigen Bewegung seine Fischerhände, die aussehen wie Lederhandschuhe, zusammen.

»Was für eine Unverschämtheit, hierherzukommen und zu behaupten, dass ich hinter dieser Sache stecke. Mein Sohn ist gerade ermordet worden, und ich habe weder die Zeit noch die Energie, mir anzuhören, wie eine labile dänische Frau mich eines versuchten Attentats beschuldigt.«

Hannah merkt, dass Ægir sich ihr überlegen fühlt. Aber sie hat ihn genau da, wo sie ihn haben will.

»Meine Beschuldigungen sind gar nicht der Punkt, der dich verärgert. Sondern das Thema. Du weißt, dass ich ein bisschen herumgefragt habe, was den Tod deines Sohnes angeht, und dass die Fragen auch etwas mit dir zu tun haben. Also frage ich dich jetzt direkt: Warum warst du zufällig anwesend, als Thor in dieser Nacht ertrunken ist?«

»Aaargh!«

Ægir schnellt explosionsartig hoch, der Tisch stürzt um, mit ihm der Kaffee. Sein Riesenkörper reicht fast bis zur Decke. Er beugt sich mit geballten Lederhandschuhfäusten zu Hannah vor, und Hannah unternimmt gar nicht erst den Versuch, sich irgendwie zu entschuldigen, sondern stürzt aus dem Haus, als wäre der Teufel hinter ihr her. Verdammt! Zum zweiten Mal innerhalb von vierundzwanzig Stunden flüchtet sie von einem missglückten Versuch eines Verhörs. Sie schämt sich in Grund und Boden. Scheiße, Scheiße, Scheiße!

Hannah wankt die Straße hinunter, voller Adrenalin und Verlegenheit. Fieberhaft zündet sie sich eine Kippe an, sie glüht in der Dunkelheit, die bereits wieder über das Dorf hereinbricht. Ist es nicht gerade noch Morgen gewesen? Hannah bläst Rauch aus, flucht über sich selbst. Es ist ihr extrem peinlich, vom Zorn eines trauernden Vaters vertrieben worden zu sein, aber abgesehen davon hat sie auch den Eindruck, dass sie keine schlechtere Strategie hätte wählen können, um etwas aus Ægir herauszubekommen. Hannah schlägt sich gegen die Stirn – tatsächlich hat sie Ægir gerade verraten, dass sie erstens Nachforschungen über den Tod seines Sohnes anstellt und dass zweitens er, Ægir, ihr Hauptverdächtiger ist. Und wenn es nicht Ægir war, der sie erschrecken wollte, wer zum Teufel hat dann gestern die Schüsse abgefeuert? Sie wird ihre Methoden erheblich verfeinern müssen, wenn sie dieses Geheimnis lüften will. Vielleicht ist es auch schon zu spät. Diesmal wird sie Ella ihren Fehltritt beichten müssen. Oder vielleicht doch nicht? Lässt es sich irgendwie verhindern, dass ihr Konflikt mit dem Steinmann Ella zu Ohren kommt? Möglicherweise. Wenn Ægir irgendeine Art von Schuld trifft, wird er womöglich nichts sagen. Aber natürlich wird Vigdis, Ellas eigene Schwester, ihr von Hannahs Auftritt erzählen. Es sei denn, Hannah kann sie überreden, es nicht zu tun. Sie muss zurück zum Haus.

Vor der Tür zögert sie. Was, wenn Ægir öffnet? Die Herumschleich-Strategie hat sich ja bereits als unbrauchbar erwiesen, aber kann sie warten, bis Ægir das Haus verlässt? Andererseits, warum sollte er das tun? Hannah wendet sich resigniert um und hat sich schon fast damit abgefunden, Ella gegenüber zu Kreuze zu kriechen, als sich die Tür plötzlich öffnet. Es ist Vigdis, die den Finger auf die Lippen legt, während sie die Tür vorsichtig hinter sich zuzieht. Sie flüstert.

»Es tut mir leid, dass er so explodiert ist. Das passiert zurzeit ständig.«

Hannah blickt die schuldbewusste Frau vor sich ein wenig verwundert an. Es muss schrecklich sein, wenn man seinen Sohn verliert und dann auch noch die Scherben aufsammeln muss, die der Zorn des eigenen Mannes hinterlässt. In diesem Fall war es zwar ein berechtigter Wutausbruch, aber das scheint Vigdis nicht zu wissen. Gut. Sie reden also nicht miteinander, und Ægir hat die Angewohnheit, wegen Nichtigkeiten aus der Haut zu fahren. So viel kann Hannah aus der Situation ableiten, und auch wenn sie sich ein wenig schuldig fühlt, ist das natürlich für sie von Vorteil. Es ist nicht schwer, Nachsicht zu zeigen, wenn man in Wirklichkeit selbst etwas falsch gemacht hat.

»Ist schon okay. Es war meine eigene Schuld, ich habe Thor erwähnt, und das hätte ich nicht tun sollen. Ich wollte nur kondolieren.«

Okay, sie hätte vielleicht mit der Heiligkeit nicht so dick auftragen sollen. Aber es wirkt. Vigdis ergreift Hannahs Hände.

»Ich weiß, es ist viel verlangt, aber könnten wir diesen kleinen Vorfall vielleicht einfach vergessen?«

Nichts auf der Welt wünscht Hannah sich mehr, sie nickt zustimmend, findet es jedoch trotzdem ein wenig merkwürdig. Vigdis muss ihre Gründe haben, und Hannah glaubt sie zu kennen.

»Sie kommen nicht so gut miteinander aus, Ella und Ægir …?«

Vigdis zögert kurz, nickt dann.

»Ich weiß nicht, warum, aber so war es schon immer. Ella mag ihn nicht, und ... Na ja, Auftritte wie dieser machen es nicht besser.«

Hannah nickt verständnisvoll. Sie drückt Vigdis' Hände und ist überrascht, als Vigdis sie in einer vertrauensvollen Umarmung an sich zieht.

»Versprich mir, dass du dich gut um sie kümmerst.«

»Natürlich.«

Hannah sagt nicht, dass Ella hervorragend in der Lage zu sein scheint, sich um sich selbst zu kümmern. Jetzt steht sie aber noch vor einer letzten schwierigen Frage. Hannah befreit sich aus der Umarmung.

»Denkst du ... Wäre es am besten, wenn ich mich von der Beerdigung fernhalte?«

Vigdis blickt sie verwundert an.

»Wegen dieser Sache hier? Nein! Du sollst dabei sein. Solange du bei meiner Schwester wohnst, bist du ein Teil der Familie. Und nichts für ungut, aber Ægir wird sich so sehr auf andere Gäste konzentrieren, dass er dich gar nicht bemerken wird.«

Hannah nickt, versteht es jedoch nicht. Okay, Ægir ist also nicht besonders beliebt, aber dass sogar Leute zur Beerdigung seines eigenen Sohnes kommen, auf die er »sich konzentrieren« muss, klingt rätselhaft. Hannah verlässt das Trauerhaus mit einem merkwürdig siegreichen Gefühl und einer Menge neuer Fragen.

# 24

Ist es nicht irgendwie so, dass ein einziger Mord in heutigen Krimis nicht ausreicht? Sollten es nicht am besten vier oder fünf sein, damit man den Leser bei der Stange hält? Und dann gab es doch noch diesen Kniff, dass man zwischen verschiedenen Blickwinkeln wechseln und den Text wie einen schnell geschnittenen Film gestalten soll, sodass der Leser meint, die Handlung wäre spannender als sie eigentlich ist. Das sollte Hannah auf jeden Fall versuchen. Nach fünfzig Seiten ist es vermutlich an der Zeit, einen neuen Mord zu erfinden und die Perspektiven zu verflechten, damit der Leser sich nicht zu Tode langweilt. Hannah sitzt an ihrem Fensterschreibplatz und fühlt sich aufgeräumt. Sie hat es zwar nicht geschafft, Ægir irgendwelche Geständnisse zu entlocken, aber ihr Verdacht hat sich durch seine Reaktion nur bestätigt: Er verbirgt etwas. Und bis zur Beerdigung will sie herausfinden, was das ist.

*Eine Person war von dem Unglück noch stärker getroffen worden als Tores Eltern: Esther. Seit drei Jahren hatte sie mit ihm in einer Beziehung gelebt, sie waren alles füreinander gewesen. Sandkastenfreunde, bei einem Schulausflug zum Gletscher hatten sie sich zum ersten Mal geküsst und sich schließlich auf einem alten Fischkutter gegenseitig die Jungfräulichkeit genommen, mit den Möwen als Zeugen. Esther saß da, eine kalte Tasse Kaffee vor sich. Fühlte sich leer, es war ihr egal, ob sie lebte oder tot war. Sie fand weder die Kraft weiterzumachen noch ihm in den Tod zu folgen. Alles, woran sie denken konnte, war Rache. Sie wusste, wer der Mörder war. In ihren Gedanken plante sie, wie sie durch das Schlafzimmerfenster einsteigen würde. Sie wusste, dass es immer offen stand, wenn er schlief. Sie würde sich hineinschleichen wie eine Katze, sich lautlos bis zum Bett bewegen. Aber kurz bevor sie ihm das Messer in die Brust rammte, würde sie sich zu erkennen geben. Sie wollte, dass er ihr in die Augen sah und wusste, was mit ihm geschah, wusste, dass sie seinen Mord an ihrem Geliebten nicht akzeptierte. Und sie würde damit durchkommen, da war sie sich sicher. Sie hatte sich bereits das perfekte Alibi ausgedacht.*

Hannah blickt auf, zufrieden mit sich selbst. Diese Krimischreiberei macht ihr tatsächlich Spaß. Weil es keine richtige Literatur ist, gibt es keinen Druck. Hannah hat sich in ihrer künstlerischen Entfaltung noch nie zuvor so frei gefühlt, hat noch nie zuvor so viele Wörter in so kurzer Zeit geschrieben. Es sieht tatsächlich so aus, als würde sie gerade ihre eigene These beweisen, dass jeder Idiot innerhalb eines Monats einen Krimi schreiben kann. Dieser Gedanke macht sie noch ein Stück zufriedener. Sie bekommt Lust, Bastian anzurufen. Erst beim zweiten Versuch hebt er ab.

»Nur weil ich in Island bin, brauchst du nicht zu denken, dass du mich ganz los wärst.«

»Hannah! Wie schön, von dir zu hören. Ich war gerade mitten in einem Abendessen. Wie läuft es?«

»Abendessen mit wem? Es läuft supergut! Ich hab fünfundfünfzig Seiten geschrieben. Und jetzt fange ich an, mehr Perspektiven einzubauen, ich bin auf einem guten Weg, die neue skandinavische Krimikönigin zu werden.«

»Du fängst erst nach fünfundfünfzig Seiten an, die Perspektiven zu verflechten? Eigentlich solltest du alle Blickwinkel des Buches auf den ersten zwanzig Seiten eingeführt haben.«

»Wer sagt das, ist das eine Regel? Mit wem isst du zu Abend?«

»Na ja, was heißt Regel. Es ist halt einfach üblich.«

»Üblich? Was ist denn mit dir los? Ich rufe mit guten Nachrichten an, ich bin mit dem Krimi schon weit gekommen, und du fängst sofort an, mich nur zu kritisieren, und weigerst dich, mir zu erzählen, mit wem du zu Abend isst!?«

Schweigen im Hörer. Ein unbehagliches Gefühl steigt in Hannah auf.

»Hallo. Bist du noch da?«

Jetzt wird sie langsam wirklich nervös. Bastian verbirgt nie etwas vor ihr.

»Ist das Projekt Scheib-einen-Krimi-in-einem-Monat abgesagt worden, ohne dass ich Bescheid bekommen habe, oder was?«

Nervöses Lachen am anderen Ende der Leitung.

»Nein, nein, natürlich nicht. Verdammt.«

Hannah kann das Geräusch einer Tür hören, die sich öffnet, Straßenlärm, Bastian, der sich eine Zigarette anzündet. Er ist rausgegangen, weg von wem?

»Ich pack das hier nicht. Du sagst jetzt, mit wem du da rumhängst und zu Abend isst, sonst geh ich raus und stürze mich in eine Gletscherspalte.«

Bastian zögert, im Hintergrund Polizeisirenen. Das ist seltsam. Hannah ist erst seit wenigen Tagen in Island, und trotzdem hat sie schon die alltägliche Geräuschkulisse der Einsatzfahrzeuge in Kopenhagen vergessen. Dort hört man sie so häufig, dass ihre Arbeit von den Sirenen nicht beeinträchtigt wurde. Hier oben hat sie noch keine einzige Sirene gehört, auch wenn die Verbrechensdichte hier die Einwohnerdichte zu übersteigen scheint. Ist Bastian vielleicht mit einer Frau unterwegs?

»Bist du auf einem Date, ist es das?«

»Nein. Ich bin nur gerade was trinken mit ...«

»Mit wem?«

Wieder Schweigen im Hörer. Tiefer Seufzer, vermutlich wirft er seine Zigarette weg.

»Jørn J.«

»Entschuldige, was hast du gesagt?«

In Hannahs Ohren summt es, aber es ist keine Störung in der Leitung.

»Ich weiß schon, das klingt etwas merkwürdig, aber er ist wirklich ein feiner Kerl.«

»Feiner Kerl?«

Hannahs Mund wird ganz trocken.

»Ja, also ... Wir haben uns nach der Buchmesse unterhalten, und ...«

»Was zum Teufel soll das heißen? Dass du auf der Buchmesse Jørn-fucking-Jensen aufgesammelt hast, ohne mir was zu sagen, und ihm die ganze Zeit lang in den Arsch gekrochen bist?«

»Hannah, entspann dich, verdammt noch mal! Es sind doch nur ein paar Bier und ein Abendessen.«

»Ein paar Bier und ein Abendessen!? Das IST ein Date! Ein Date im Männerclub, bei dem ihr plant, wie ihr die Frau loswerdet ...«

»Hannah, jetzt bist du auf einem feministischen Holzweg.«

»Fick dich, Bastian.«

Hannah legt auf, schleudert das Telefon wütend aufs Bett. Was ist das für ein Komplott? Haben sie etwa schon die ganze Zeit hinter ihrem Rücken diese Sache geplant? Nein, keine Paranoia jetzt, es war ja ihre eigene Idee. Aber warum muss sich Bastian plötzlich mit ihrem Erzfeind treffen? Was verbindet sie, was ...? Oh nein. Das kann nur eines bedeuten: Bastian hat den Glauben an ihr Projekt verloren! Er bereitet schon den Boden für eine Zusammenarbeit mit ihrem schlimmsten Konkurrenten vor. Das ergibt einen Sinn. Jørn passt genau ins Profil von Bastians anderen »Autoren«. Bastian hat nur an Hannah festgehalten, weil es ein gewisses Prestige mit sich bringt, eine seriöse, anerkannte Schriftstellerin zu verlegen. Aber jetzt, wo sie sich gerade ihr eigenes Karrieregrab schaufelt, versucht Bastian, den Feind hinter die Linien des Verlags zu locken. Verdammtes Kapitalistenschwein! Hannah unterdrückt einen Aufschrei, sieht, dass auf ihrem Telefon eine SMS aufleuchtet. Gereizt greift sie danach, sie kommt von Bastian.

*Nimm es nicht so persönlich. Du kannst beruhigt sein, ich bin immer noch dein Lektor. Ich bin auf deiner Seite. Jørn ist wirklich okay, wenn man ihn erst einmal kennenlernt. Er hat sogar angeboten, dir ein paar Krimikniffe zu verraten …*

»Ahhhh!«

Hannah schmettert das Telefon gegen die Wand, der Bildschirm bekommt Risse, als er wie ein abgefeuertes Projektil auf den Boden knallt. Das darf doch verdammt noch mal nicht wahr sein! »Krimikniffe«!? Hannah brüllt in ihr Kopfkissen, reißt daran, tritt gegen das Bett.

»Au, verdammt!«

Sie tritt noch einmal zu.

Als Ella einen Moment später in der Tür steht, hockt Hannah mit einem blutenden Zeh auf dem Boden und schluchzt, während Daunen aus dem zerrissenen Kissen über ihr durch die Luft schweben wie der letzte Staub nach der Apokalypse.

»Absurd. Das ist völlig absurd.«

Hannah sitzt auf dem Sofa, zugleich angespannt und resigniert, den Fuß auf einem Stuhl ausgestreckt. Ella ist dabei, ihn zu verbinden.

»Au!« Hannah windet sich.

Ella umfasst das geschwollene Fußgelenk mit sanfterem Griff.

Scheiße. Sie wird die nächsten Tage herumhumpeln müssen.

»Illoyalität ist das Schlimmste für mich.«

Ella blickt zu ihr auf, nickt. Wirkt, als würde sie ihr zustimmen. Sie legt den Fuß vorsichtig auf dem Stuhl ab. Hannah schenkt ihr ein dankbares Lächeln.

»Danke. Und entschuldige, dass ich mich so aufführe. Es kotzt mich nur so unglaublich an.«

Ella kommt mit einer dampfenden Tasse Kaffee, reicht sie Hannah, setzt sich ihr gegenüber. Schreibt auf die Rückseite eines Briefumschlags.

*Was nun? Du gibst das Buch doch nicht auf?*

»Nein, verdammt noch mal! Entschuldige, ich fluche so viel. Aber es ist wirklich so eine Scheiße.«

Hannah pustet in den Kaffee, starrt vor sich hin. Ella tut dasselbe. Plötzlich schämt sich Hannah.

»Es tut mir leid. Ich weiß, dass das im Vergleich zu deiner Situation kein echtes Problem ist.«

Ella schreibt.

*Wir haben alle unsere Probleme. Meine machen deine für dich nicht kleiner.*

Hannah nickt, ist sich aber nicht sicher, ob sie zustimmt. Jetzt, wo ihr Fuß verbunden ist und sie Kaffee in der Tasse hat, kommen ihr ihre verletzten Gefühle, verglichen mit dem Mord an Ellas Neffen und dem Anschlag auf deren Haus, bedeutungslos vor. Aber mit diesem Mist werden sie sie ganz sicher nicht kleinkriegen! Es wird Jørn J. nicht gelingen, sie zum Aufgeben zu bringen, wenn es das ist, worauf er aus ist, und sie wird verdammt noch mal auch nicht zulassen, dass er sich mit seinen lächerlichen Krimikniffen einmischt. Ihr Puls steigt wieder. Im Fuß pocht es. Zusammenreißen, kein Kontakt mehr zu Bastian, allein zurechtkommen und beweisen, dass sie diesen Krimi schreiben kann und dass sie ihn *gut* schreiben kann! Ohne seine und Jørns Hilfe. Das ist der Plan. Hannah ist enttäuscht von Bastian und wirklich verletzt. Dass er auf rein fachlicher – oder vielleicht eher geschäftlicher – Ebene mit Jørn flirtet, ist eine Sache, aber dass er ihr Vertrauen als Freund missbraucht hat, ist etwas ganz anderes. Hannah hat immer geglaubt, dass auch Freundschaften der unvernünftigen Eifersuchtslogik einer Paarbeziehung folgen: Wenn es jemanden gibt, den man aus bestimmten, berechtigten Gründen nicht mit seinem Partner oder Freund zusammen sehen will, dann hat man auch das verdammte Recht zu erwarten, dass das nicht geschieht. Ob Viktor wohl Margrét verboten hat, sie zu treffen? Hannah schielt zu ihrem zerstörten Telefon hinüber. Ella hat versucht, es mit einem Stück Tesafilm zu reparieren, aber es lässt sich trotz wiederholter Versuche nicht einschalten. Na ja, auch egal. Margrét hat nicht einmal ihre Nummer, und mit Bastian will sie nicht mehr sprechen, also braucht sie gar kein Telefon.

# 25

Vor dem Schlafengehen kommen weitere drei Seiten aus Esthers Perspektive zustande, auf denen ein außerordentlich brutaler Racheakt geplant und ausgeführt wird. Tatsächlich müssen in Hannahs Krimi noch zwei weitere Personen im Laufe ebendieser drei Seiten dran glauben: Den einen stellt sie sich mit Jørns Gesicht vor, der andere hat Bastians wohlbekannte Züge, beide werden erstochen. Die reinste Katharsis! Das Schreiben hat ihr Lust auf einen Drink gemacht, aber im Koffer sind nur noch leere Flaschen. Hannah schaut auf die Uhr. Fast Mitternacht. Es ist zu weit (und zu erbärmlich!) mit einem angeschlagenen Zeh ins Dorf zu hinken. Ella ist ins Bett gegangen, und Hannah kommt auf den Gedanken, dass die Chance, etwas Alkoholisches im Haus zu finden, vielleicht nicht gleich null ist. Sie hat hier zwar bisher weder Wein noch Bier oder Schnaps gesehen, aber sie hat ja auch nicht danach gesucht. Angespornt von dem Gedanken humpelt sie die Treppe hinunter. In der Küche: nichts. Wohnzimmer: nichts. Hannah stöhnt genervt auf und lässt sich auf einen Stuhl fallen, nachdem sie auch den letzten Küchenschrank sowie alle denkbaren Aufbewahrungsorte im Wohnzimmer durchsucht hat. Sie denkt nach. Der Fuß pocht. Der Holzschuppen? War da draußen was? Hannah erinnert sich nicht, etwas anderes als Brennholz und Werkzeug gesehen zu haben. Gibt es hier einen Keller? Nein, soweit sie weiß, nicht. Und es wäre wohl auch zu optimistisch, auf einen Weinkeller unter diesem ländlichen Arbeiterhaus zu hoffen. Aber ein Keller für selbstgebrannten Schnaps vielleicht? Okay. Tief einatmen, sei jetzt mal fünfzig Prozent weniger verzweifelt. Hannah sitzt da und fühlt sich jämmerlich, gerade beschließt sie, dass sie gar keinen Alkohol braucht, als ihr Ellas Arbeitszimmer einfällt. Sie ist schon mehrmals daran vorbeigelaufen, es liegt zwei Türen von ihrem eigenen Zimmer entfernt und es sah darin jedes Mal gleich langweilig aus: ein kleiner Schreibtisch mit einem Stuhl, ein Regal mit Büchern, alles von Staub bedeckt und in eine Aura von Stille gehüllt, die Hannah an ein Museum erinnert. Könnte es in diesem Zimmer eine kleine Flasche Schnaps geben? Plötzlich schmerzt der Fuß gar nicht mehr so sehr, und sie kann sogar fast die Treppe hinaufrennen.

Zu ihrer Überraschung ist die Tür abgesperrt. Verdammt! Warum denn das? Es muss ein Versehen sein. Ella hat nicht einmal ein Schloss an der Badezimmertür, was schon zu ein paar unangenehmen Situationen geführt hat. Und die Haustür war bis zu der Schießerei auch immer unverschlossen gewesen. Hannah holt einen Brieföffner aus ihrem Zimmer und beginnt wie ein Einbrecher im Türschloss herumzustochern. Das Schloss ist, gelinde gesagt, unkooperativ, und als der Brieföffner zerbricht, hat sich Hannahs Verlangen nach einem Drink verdoppelt. Sie flucht lautlos, ist plötzlich überzeugt davon, dass hinter der Tür Alkohol versteckt sein *muss*. Der Gedanke steigert sich bis zur Besessenheit, und sie kämpft sich zum Holzschuppen hinaus, um einen dicken Schraubenzieher zu holen. Nach weiterem Gestochere im Schlüsselloch sieht sie ein, dass es hoffnungslos ist. Entschlossen schiebt Hannah den Schraubenzieher zwischen Tür und Rahmen, dreht, legt die Schulter an die Tür und hustet laut, während sie sich dagegenstemmt und sie krachend aufbricht. Sie lauscht einen Augenblick, das Haus bleibt still. Ella hat offenbar nichts gehört. Hannah schleicht sich in das Büro und macht das Licht an. Als Erstes untersucht sie einen Einbauschrank, doch darin befinden sich nur alte Kleider, die aussehen, als würden sie seit Jahrzehnten unbenutzt dort liegen. Dann durchforstet sie die Regale, auf denen sich ein paar Sagas und Lexika tummeln, zusammen mit einigen Rezeptheftchen, wie sie manchmal Frauenzeitschriften beiliegen. Ganz unten reihen sich verschiedene Ordner mit Zetteln aneinander, vermutlich Rechnungen, und dazwischen etwas, das aussieht wie ein Fotoalbum. Hannah zieht es heraus. Es muss seit mindestens zwanzig Jahren dort stehen, unberührt, es ist fast mumifiziert von Staub. Vorsichtig trennt sie die Seiten voneinander, sie sind aus brauner Pappe, zwischen den Fotos liegt Pergamentpapier. Fast ehrerbietig hebt sie es ab; Schwarz-Weiß-Fotos von kleinen Kindern vor einem Haus, das Hannah als Ellas wiedererkennt – jedoch mit einem Anbau (einer Scheune?), die in der Zwischenzeit abgerissen worden sein muss. Ein Mädchen posiert mit verstrubbeltem Haar, im Arm hält sie ein Baby. Ella mit der neugeborenen kleinen Schwester Vigdis? Hannah blättert weiter, und auf den Fotos im Album vergehen die Jahre, die Mädchen werden größer, Ella wird konfirmiert, und dann folgen einige Seiten, auf denen nur eins der Mädchen zu sehen ist. Vigdis. Dann ein einzelnes Bild mit beiden zusammen. Ella ist jetzt eine junge Frau. Und danach erscheint wieder nur Vigdis auf den Fotos – von hier an nur sie, bis die Schwarz-Weiß-Fotos plötzlich abbrechen, wie bei einem halbfertigen Ausdruck aus einem Drucker, dem die Tinte ausgegangen ist. Hannah wendet die leeren Seiten um, während sie an die wenigen Fotos ihrer eigenen Kindheit denkt. Die Dokumentation ihres Aufwachsens endet bereits mit ihren frühen Teenagerjahren, von da an gibt es keine visuelle Hilfestellung mehr, um das Gedächtnis zu manipulieren, nur gelebtes Leben. Manchmal kommen Hannah tatsächlich Zweifel, was sie eigentlich gemacht hat, vom dreizehnten bis zum zwanzigsten Lebensjahr. Aber sie ist sowieso nie der Typ gewesen, der sich hinsetzt und an einem Fotoalbum herumbastelt. Beim Gedanken an all die Bilder der schrecklichen Familie ihrer Schwester, eingeklebt in hässliche Alben, die sie im Lauf der Zeit bewundern musste, seufzt

Hannah laut. Aber warum verschwindet Ella für, wie es aussieht, ein paar Jahre? Hannah blättert das Album noch einmal durch, versucht, etwas zu entdecken, das sie beim ersten Mal nicht gesehen hat. Warum ist Ella in ihrer Teenagerzeit einige Jahre weg? Kamerascheu, Internat? Gab es die damals auch in Island? Hannah geht die Bilder ein drittes Mal durch. Zwischen dem letzten Bild vor der Lücke bis zum Beginn der nächsten Etappe hat sich etwas an Ellas Blick verändert: Er wirkt leer. Hannah blättert bis zum Ende, erkennt jetzt das Muster, das sie vorher übersehen hat: Auf den Kindheitsbildern strahlt Ella auf allen Fotos, auf den Jugendbildern kommt kein einziges Lächeln vor. Hannah schüttelt den Kopf, sie ist ja selbst nicht gerade ein Sonnenschein, wenn es um Porträts geht. Hannah darf nicht vergessen, Ella ein bisschen nach ihrer Vergangenheit zu fragen. Ihr fällt auf, dass sie sehr wenig über ihre Gastgeberin weiß. Sie stellt das Album zurück und sucht weiter.

Die Schreibtischschubladen bergen weder einen Flachmann noch andere scharfe Sachen, doch die unterste ist verschlossen. Hannah wird von Neugierde überwältigt, und dieses Mal ist es einfacher, das Schloss aufzubekommen: Nach einer leichten Drehung mit dem abgebrochenen Brieföffner gleitet die Schublade auf. Mappen. Hannah schaut sie enttäuscht durch; Versicherungspapiere. Gerade will sie die Schublade wieder schließen, frustriert über ihre misslungene Jagd nach Alkohol, da stößt ihre Hand auf etwas Hartes unter den Mappen. Sie zieht eine kleine Zuckerdose aus Porzellan heraus. Merkwürdiger Ort, um so etwas aufzubewahren. Sie hebt den Deckel ab. In der Schale liegt ein Gegenstand: eine Halskette. Vorsichtig nimmt Hannah die Kette in die Hand, sie sieht nicht besonders wertvoll aus, wahrscheinlich ist sie nicht einmal aus einem Edelmetall – höchstens versilbert, aber eher ein billiges Souvenir, wie man es auf einem Markt kaufen kann. Die grobgliedrige Kette ist gerissen und hat einen Anhänger, dessen Bedeutung zur Abwechslung leicht zu interpretieren ist: ein Thorshammer. Hannah vermutet, dass das Versteck dieses eher schäbigen Schmuckstücks in der Zuckerdose und in einer abgesperrten Schublade bedeutet, dass es einen gewissen Erinnerungswert hat. Denn warum sollte Ella es sonst so sorgsam verbergen, während ihre großen Goldringe frei zugänglich im Badezimmer liegen? Hannah legt die Kette zurück und macht die Schublade zu, es gelingt ihr sogar, sie wieder abzuschließen. Die Tür kann sie leider nicht auf dieselbe Weise in Ordnung bringen; der Türrahmen ist dort, wo sie den Schraubenzieher angesetzt hat, etwas beschädigt, und sie sammelt ein paar Holzsplitter vom Boden auf, um die Spuren ihres Vandalismus zu verwischen. Hoffentlich wird Ella nichts bemerken.

Hannah starrt noch lange in die isländische Dunkelheit, bevor sie in einen unruhigen Schlaf fällt. Ihre Träume in dieser Nacht sind wie ein Güterzug voller Erinnerungen, die nicht die ihren sind, sich aber vor fünfzig Jahren in diesem Haus abgespielt haben.

# 26

Am nächsten Morgen pocht der Zeh, als säße ein kleiner Troll darin, der sich hinaushämmern will. Hannah vergisst einen Moment, dass ihr Handy kaputt ist, und seufzt, als sie erfolglos versucht es einzuschalten. Wie viel Uhr es wohl ist? Sie humpelt zum Fenster und zieht den Vorhang zur Seite. Das graue Wetter sieht aus, als wollte es den Tag auf Abstand halten.

Auf dem Weg zur Toilette zuckt Hannah zusammen: Die Tür zum Arbeitszimmer ist weit geöffnet, und mitten im Raum steht Ella und starrt sie finster an. Es ist das erste Mal, dass Hannah erlebt, dass ihre Gastgeberin wütend auf sie ist. Ellas eisiger Blick trifft sie wie ein Schlag. Hannah schrumpft zusammen. Räuspert sich. Lügt.

»Ich dachte, ich hätte heute Nacht jemanden dort drinnen gehört.«

Hannah späht verstohlen auf den Türrahmen.

»Ich hatte Angst, dass die zurückgekommen sind. Die, die geschossen haben. Und weil ich keinen Schlüssel hatte, hab ich die Tür aufgebrochen. Um sie zu verjagen.«

Ellas Blick ist wie ein Lügendetektor. Hannah kann sich selbst kaum zuhören. Oh Gott.

»Es tut mir leid, ich habe echt Mist gebaut. Ich hab total verzweifelt nach einem Drink gesucht und dachte, da drinnen wäre vielleicht was. Ein Schnaps oder so. Bescheuert, ich weiß.«

Ella sieht aus, als würde sie sich fragen, ob sie Hannah glauben soll. Ein Augenblick vergeht. Dann scheint sie zu dem Schluss zu kommen, dass die Erklärung erbärmlich genug ist, um wahr zu sein. Aber auf die Wahrheit folgt nicht immer Vergebung. Ella schaltet das Licht aus, zieht die Tür hinter sich zu und sperrt demonstrativ ab. Sie wirft Hannah einen vernichtenden Blick zu.

»Ich bezahle natürlich die Reparatur. Entschuldige.«

Ella antwortet nicht, doch während sie die Treppe hinuntergeht, sagt sie etwas auf Isländisch. Hannah meint, ein paar Schimpfwörter heraushören zu können. Sie bleibt einen Moment stehen. Peinlich, so suchtgesteuert zu sein, dass sie eine abgeschlossene Tür aufgebrochen hat, aber noch peinlicher, dass sie das Vertrauen ihrer Gastgeberin missbraucht hat. Verdammt. Als Hannah kurz darauf unter der Dusche steht und versucht, sich von ihren Sünden reinzuwaschen, kann sie es sich nicht verkneifen, darüber zu spekulieren, warum Ella nicht nachsichtig über ihren kleinen Fauxpas hinwegsieht. Ja, es ist natürlich ärgerlich und frustrierend, wenn einem eine Tür aufgebrochen wird, aber die Ella, die Hannah bisher kennengelernt hat, würde an einem guten Tag nur ein bisschen darüber lachen und sie dann reparieren lassen. Aber es scheint, als wäre es nicht der beschädigte Türrahmen, der Ella am meisten getroffen hat. Eher die Tatsache, dass Hannah in ihrem Arbeitszimmer gewesen ist. Versteckt sie vielleicht irgendetwas dort drinnen? Hannah dreht das kalte Wasser auf, spült ihre Grübeleien mit einem kleinen Aufschrei weg. Das Einzige, was sich in diesem Zimmer verbirgt, ist eine verstaubte Vergangenheit.

Hannah lässt das Frühstück ausfallen. Sie hat weder Lust, Ellas Wut und Enttäuschung zu spüren zu kriegen, noch, sich weiter erklären zu müssen. Mit einem feigen »Bis bald« huscht sie mit ihrem Computer unter dem Arm und dem Vorhaben im Kopf, einen Schreibtag in der Bar einzulegen, aus der Tür. Wie sehr sie auch den Drang verspürt, aus dem Haus zu kommen, sie darf nicht noch einen weiteren Tag verstreichen lassen, ohne an dem Krimi zu arbeiten. Sie hat die naive Hoffnung, ihre Effektivität steigern zu können, wenn sie an einem öffentlichen Ort schreibt, und vielleicht zusätzlich noch Neuigkeiten über den Mord an Thor aufzuschnappen.

Im Bragginn bestellt sie sich eine Tasse Kaffee, etwas geröstetes Brot und ein weichgekochtes Ei. Weil sie der erste Gast ist, beschließt sie, sich an einen der Tische zu setzen, und hofft, dass die Stammgäste erst später erscheinen. Der Vormittag ist nicht gerade ihre beste Zeit, um ins Schreiben zu kommen, also ordert sie einen kleinen Schuss Whisky zum Kaffee, um ihren Kreislauf und die Kreativität in Schwung zu bringen. Isoliert durch einen Geräusche unterdrückenden Kopfhörer bringt Hannah im Laufe einer Stunde ein paar Seiten zustande, und als die ersten Fischer im Ruhestand eintreffen, wechselt sie für eine Luftveränderung an die Bar. Sie bestellt noch einen Kaffee mit Schuss und versucht, Lederweste ins Plaudern zu bringen. Sie beginnt mit ein bisschen Smalltalk.

»Vormittags ist hier nicht so viel los, was?«

Lederweste zuckt mit den Schultern, blättert in einer Zeitung.

»So hab ich ein bisschen Zeit, die hier zu lesen.«

Hannah ist sich nicht sicher, ob das heißt, dass er jetzt am liebsten in Ruhe gelassen werden will. Aber ihre Neugierde siegt. Ihr kommt der Gedanke, dass man die Leute manchmal mit ein bisschen Tratsch ködern muss, um welchen zurückzubekommen.

»Ich weiß nicht, ob du es schon gehört hast, aber wir hatten ja neulich ein kleines Schockerlebnis. Oder eher ein großes. Jemand hat das Haus angegriffen.«

Lederweste hebt den Blick von der Zeitung. Okay, er hat also noch nichts von dem nächtlichen Angriff auf Ellas Haus gehört. Hannah richtet sich auf, sie hat einen Joker gespielt. Sie wirft ihm noch einen Happen hin.

»Irgendwer hat mitten in der Nacht ins Fenster geschossen. Super unheimlich.«

Sie versucht, erschüttert auszusehen, und es wirkt. Die Zeitung wird zusammengefaltet und beiseitegelegt. Hannah hat seine volle Aufmerksamkeit.

»Jemand zu Schaden gekommen?«

Die Barmannbesorgnis scheint echt zu sein. Hannah schüttelt den Kopf.

»Nur ein zerbrochenes Fenster und ein paar Löcher in der Wand. Es wirkte eher wie ein Versuch, uns zu erschrecken, als uns wirklich zu verletzen. Aber trotzdem ziemlich unheimlich.«

»Und ihr wisst nicht, wer es war?«

Der Barmann mustert Hannah besorgt. Sie schüttelt den Kopf und hebt resigniert die Arme.

»Ich kann mir wirklich nicht vorstellen, dass Ella irgendwelche Feinde hat, die ihr Böses wollen.«

»Wieso denkst du, dass sie das Ziel war?«

Hannah rutscht etwas unbehaglich auf ihrem Hocker herum. Was meint er damit? Dass sie selbst das Ziel war?

»Du glaubst doch wohl nicht, dass jemand darauf aus war, mich zu treffen?«

Lederweste zuckt mit den Schultern. Wendet sich dann einem anderen Gast zu, der Frau mit dem Hund. Hannah nimmt einen großen Schluck von ihrem Kaffee-Whisky. Ist sie etwa wirklich schon so kurz davor, den Mörder zu entlarven? Hannah hat genug Ahnung von Krimis, um zu wissen, dass das Leben des Ermittlers immer in Gefahr gerät, wenn die Hütte brennt. Aber es ist trotzdem eher absurd, denn sie ist von einer Lösung des Falles ja noch meilenweit entfernt. Ægir ist bisher ihr einziger Verdächtiger. Und in diese Sackgasse ist sie einmal zu oft gelaufen. Sie leert die Tasse – was, wenn man tatsächlich ihr Angst einjagen wollte und nicht Ella? Weil sie eine scharfsinnigere Ermittlerin ist als Viktor? Hannah grinst ein bisschen, okay, eine so hohe Meinung über ihre eigenen detektivischen Fähigkeiten hat sie nun auch wieder nicht. Aber warum dann die Schüsse? Hat Viktor vielleicht etwas damit zu tun? Ein Schauer läuft ihr über den Rücken, jetzt ist der richtige Zeitpunkt, sich mit Verschwörungstheorien zurückzuhalten. Sie muss neu denken.

Die Frau mit dem Hund macht nicht gerade einen entgegenkommenden oder dankbaren Eindruck, als Hannah zu ihr hinübergeht, zwei Kaffee in den Händen balancierend, mit einem verschmitzten Lächeln im Gesicht, das einladend wirken soll, sie jedoch vermutlich eher wie eine Idiotin aussehen lässt.

»Hi. Entschuldigung, wenn ich mich aufdränge, aber ich hab bemerkt, dass wir beide hier allein herumsitzen und Kaffee trinken, und da dachte ich ... Ja, dass wir das vielleicht zusammen tun könnten.«

Die Frau blickt Hannah ausdruckslos an, die sich mit den beiden Kaffeetassen in der Hand jetzt genauso bescheuert fühlt, wie sie aussehen muss. Sie versucht es wieder mit dem Idiotinnenlächeln.

»Ich sehe, du hast schon reichlich Kaffee in der Tasse. Dumm von mir ...«

Hannah gehen die Worte und die Würde aus. Sie will sich gerade abwenden, als die Hundefrau die eine Tasse entgegennimmt und auf den Barhocker neben sich zeigt. Hannah zögert einen Moment, setzt sich dann.

»Mir ist dein Hund aufgefallen. Er ist so süß.«

Hannah schaut den Hund an und hofft, dass ihre Lüge nicht allzu leicht zu erkennen ist. Er sabbert. Wenn sie ihn jetzt nur nicht streicheln muss. Was es wohl für einer ist? Er blickt mit Plüschtieraugen zu ihr auf, vielleicht ist es eine Art Hirtenhund? Die Frau gießt den Kaffee aus Hannahs Tasse in ihre eigene um und trinkt vorsichtig. Ihre Hände haben etwas Ruhiges an sich, das fast unheimlich ist – ein Selbstvertrauen, das Hannah nervös macht. Sie betrachtet ihre neue Barfreundin. Von Nahem wirkt sie gar nicht wie die Alkoholikerin, für die Hannah sie gehalten hat.

»Ich komme immer hierher, um meinen Kaffee zu trinken.«

Die Hundefrau redet, als hätte sie Hannahs Gedanken erraten.

»Ich auch.«

Hannah fühlt sich blöd. Was für ein schlechter Start einer neuen Bekanntschaft, mit jedem einzelnen Satz zu lügen.

»Ich bin nur zu Besuch, also kenne ich nicht so viele Menschen hier. Ich heiße Hannah.«

Die Hundefrau blickt sie an.

»Du wohnst bei Ella, oder?«

»Ja. Kennst du sie?«

Die Hundedame nickt. Natürlich.

»Ich nehme an, du hast von dem Mord gehört. Tragisch.«

Die Hundefrau wendet sich zu Hannah.

»Glauben sie, dass es Mord war?«

Oh nein! Es ist natürlich nicht allgemein bekannt, dass Thors Tod als Mordfall behandelt wird. Hannah beißt sich auf die Zunge. Sie will die Aussage zurücknehmen, aber das Wort Mord lässt sich nur schwer abschwächen.

»Todesfall, meine ich. Thors Tod. Ich hab natürlich keine Ahnung, ob es ein Verbrechen war. Aber ich denke, dass sie das immer sofort untersuchen.«

Das immer sofort untersuchen? Sie muss dieses Gespräch so schnell wie möglich beenden. Wie schafft sie es bloß, so tölpelhaft zu sein, dass sie eine Person anspricht, um ihr Informationen zu entlocken, und stattdessen selbst redet wie die letzte Plaudertasche? Na ja, es muss doch noch irgendetwas geben, was sie aus diesem missglückten Versuch herausholen kann. Die Hundedame stiert mit leerem Blick vor sich hin, als hätte der Hinweis auf einen möglichen Mord sie in eine andere Welt versetzt, was vermutlich ganz natürlich ist. Wer würde mit einem Mörder im Dorf keine Angst bekommen?

»Hast du Thor gekannt?«

Hannah versucht, ihre Gesprächspartnerin aus ihrer Nachdenklichkeit herauszuholen. Es gelingt. Die Hundedame schaut sie an, jetzt mit einem unbestimmbaren Ausdruck in den Augen. Furcht? Sie schüttelt den Kopf.

»Nicht richtig. Aber er wirkte wie ein netter junger Mann. Eine Schande, dass er so jung sterben musste.«

Hannah spürt plötzlich etwas Nasses an ihrem Schienbein, sie blickt hinunter und sieht, wie der Hund sein unappetitliches, sabberndes Maul an ihrem Hosenbein abwischt. Er schaut zu ihr auf, bettelnd, winselt ein wenig. Hannah zieht das Bein zu sich, die Besitzerin bemerkt, was das Tier macht, ruckt an der Leine.

»Rex, nein! Tut mir leid.«

»Ist okay.«

Hannah stellt das Idiotenlächeln wieder an, ist sich sicher, dass sie aussieht wie ein Sittenstrolch, der gleich ein Kind in seinen Einkaufswagen werfen will. Unglücklicherweise steigt die Hundedame jetzt von ihrem Stuhl und zerrt an dem Hund.

»Danke für den Kaffee. Und entschuldige das Gesabber.«

»Kein Problem.«

Hannah lächelt den Hund an, da kommt sie auf einen Gedanken.

»Übrigens, nur eine kleine Sache ... Ich weiß, das ist eine etwas merkwürdige Frage, aber hast du hier im Ort vielleicht jemanden mit einer Wunde am Hinterkopf gesehen ... Von einem Schlag mit einer Flasche?«

Die Hundefrau blickt Hannah an, als wäre sie offenkundig geistesgestört.

»Warum?«

»Es ist nur ... Vergiss es.«

Hannah gibt auf. Doch da tritt die Hundefrau einen Schritt näher, flüstert.

»Glaubst du, jemand mit einer solchen Wunde könnte etwas zu tun haben mit ...?«

Hannah nickt vorsichtig. Will nicht noch mehr über ihren Mordverdacht preisgeben, aber trotzdem an der Sache dranbleiben.

»Der obdachlose Typ. Er hat eine große Beule hinten am Kopf.«

Die Hundedame sieht sie mit ernstem Blick an.

»Gísli?«

Hannah ist überrascht, kann das wirklich sein? Die Hundedame zögert, nickt dann. Aber bevor Hannah noch weiterfragen kann, ist die Frau mitsamt ihrem Hund auch schon zur Tür hinaus. Hannah bleibt sitzen. Erst jetzt fällt ihr ein, dass sie die Frau gar nicht nach ihrem Namen gefragt hat.

# 27

Gísli ist natürlich nicht in seinem Unterschlupf. Hannah hat noch einen weiteren Kaffee-Whisky getrunken, bevor sie hergekommen ist, denn was, wenn Gísli der Mörder ist? Mit diesem Gedanken kann Hannah sich nur schwer anfreunden. Möglicherweise ist ihre Angst deshalb so gering – denn Gísli hat sie irgendwie nicht auf ihrem Radar für Menschen, die zu einem Mord fähig wären. Aber vielleicht wäre jeder dazu imstande, einen Mord zu begehen, wenn bestimmte Umstände es erfordern? Und Hannah kann nicht ausschließen, dass das bei Gísli an jenem Abend der Fall war: Er trifft Thor, sie geraten miteinander in Streit, vielleicht in eine Schlägerei. Irgendwie kommt es dazu, dass Thor Gísli mit der Wodkaflasche schlägt, und im Gegenzug schlägt Gísli Thor mit etwas Stumpfem in den Nacken. Thor stürzt ins Meer, Gísli bekommt Panik, drückt dessen Kopf unter Wasser, bis der leblose Körper nicht mehr zappelt. Von Schuldgefühlen geplagt, geht er daraufhin ins Bragginn und betrinkt sich bis zur Besinnungslosigkeit. Kehrt an den Tatort zurück, sieht dann aber, dass Ægir gerade den Toten aus dem Wasser zieht. Alles passt, fast etwas zu gut. Hannah hat irgendwo gelesen, dass viele Mörder auch selbst die Polizei rufen, nachdem sie ihr Opfer niedergemetzelt haben. Wenn es stimmt, dass Gísli eine Wunde von einer Wodkaflasche hat, dann ist er höchstwahrscheinlich der Täter. Bei diesem Gedanken breitet sich eine große Traurigkeit in ihr aus.

Sie betrachtet die Wellen, die gegen die Steine schlagen, während sie mit angezogenen Beinen in Gíslis kleinem Königreich hockt und wartet. Ein Gefühl steigt in ihr auf, oder eher eine Sehnsucht. Die Sehnsucht danach, dass Margrét neben ihr sitzt und mit ihr gemeinsam aufs Meer hinausblickt. Ihr wird seltsam warm bei dem Gedanken. Sie stellt sich eine gemeinsame Nacht im Unterschlupf vor, sie beide, ineinander verflochten, mit dem Wind ...

»Ich liebe Besuch!«

Hannah schreckt zusammen, verlegen über ihre Fantasie, als wäre diese für andere sichtbar. Gísli streckt sein fröhliches Gesicht zu ihr herein. Es wirkt nicht wie das Gesicht eines Mörders, aber wie sieht so ein Mörder eigentlich aus? Vielleicht lächelt er wie Gísli, vielleicht hat er freundliche Lachfalten um die Augen und vielleicht kann man einen schelmischen und zugleich fürsorglichen Zug um den Mund erkennen, so wie bei dem Mann vor ihr. Hannah spürt, wie ihr Puls sich beschleunigt, während sie versucht, ruhig und gefasst auszusehen.

»Ich wollte nur kurz schauen, wie es dir nach neulich Abend geht.«

»Danke. Das ist süß von dir.«

Gísli setzt sich neben sie, er scheint aufrichtig gerührt zu sein, dass sie sich Gedanken über ihn macht. Er wühlt in einer Tüte herum. Zieht zwei Bierdosen heraus, reicht Hannah eine davon. Sie schüttelt den Kopf, so weit geht ihre Abhängigkeit vom Alkohol dann doch nicht, dass sie Sprit von einem Lumpenmann schmarotzen würde.

»Es nagt an mir.«

Gísli öffnet mit der linken Hand die Bierdose, blickt aufs Meer hinaus. Hannah betrachtet ihn aufmerksam, das Blut rast noch immer in Expressgeschwindigkeit durch ihre Adern. Sie versucht, ruhig zu atmen. Will er ein Geständnis ablegen?

»Bilder von Ægir, wie er Thor aus dem Wasser zieht. Sie kommen immer wieder zu mir zurück, und dann fühle ich mich unwohl. Und traurig.«

Okay, ein Geständnis wird hier wohl nicht mehr kommen. Hannah mustert Gísli. Könnte er irgendwo eine Wodkaflaschenwunde haben? Das ist schwer zu sagen, denn er hat seine Mütze tief über beide Ohren heruntergezogen. Hannah hält die Hände über ihre eigenen Ohren.

»Mir frieren gleich die Ohren ab.«

Gísli schaut sie an.

»Du solltest eine Mütze anziehen. Island im November ohne Kopfbedeckung ist ... dumm.«

»Ich weiß, ich hab sie zu Hause vergessen.«

»Soll ich dir meine leihen?«

»Ich will sie dir nicht wegnehmen.«

Doch bevor Hannah noch mehr sagen kann, hat Gísli seine Mütze schon abgenommen und sie auf Hannahs verfrorenen Kopf gesetzt. Sie stinkt, Hannah versucht, nicht daran zu denken und auch nicht an die ganzen Bakterien, die gerade von Gíslis Kopfhaut auf ihre übertragen werden. Sie kann sich nicht überwinden, ihn anzusehen, es war fast zu einfach, ihm seine Kopfbedeckung abzuluchsen, seine Freundlichkeit lässt sich viel zu leicht ausnutzen.

»Besser?«

Hannah nickt, lächelt.

»Danke.«

Sie wendet sich zu ihm um, nimmt seinen Kopf in den Blick. Das Haar ist verfilzt, auf eine Art, bei der nur noch eine Schere Abhilfe schaffen kann. Es klebt an seiner Kopfhaut, doch Hannah kann auf den ersten Blick keine Wunde oder Beule erkennen. Sie muss eine Ausrede finden, auch die andere Seite seines Kopfes zu betrachten. Sie steht auf, streckt die Arme dem Wind entgegen, der wild übers Land fegt.

»Oh! Diese frische Luft ist einfach wundervoll!«

»Du frierst nicht mehr?«

Hannah schlingt die Arme um sich, etwas zu naiv beglückt, etwas zu selig. Als hätte sie gerade erst entdeckt, dass es Wind und Wetter gibt.

»Wir Stadtmenschen haben ein seltsames Verhältnis zur Natur. Wir lieben und hassen sie gleichzeitig. Es ist wie bei einem schwierigen Date: Einerseits wollen wir es unbedingt, aber wir wissen nicht, was wir dafür anziehen sollen.«

Gísli lächelt. Nimmt einen Schluck von seinem Bier.

Hannah kehrt zum Unterstand zurück, setzt sich lässig auf Gíslis andere Seite. Sie sieht ihn an, tastet seinen Kopf mit ihren Blicken nach Mordspuren ab. Kann nichts entdecken. Sie atmet tief ein, muss sich vor ihrem nächsten Schritt kurz sammeln, dem Schritt, den sie eigentlich gern vermeiden würde. Dann streicht sie über sein Haar.

»Du hast tolles Haar.«

»Wirklich?«

»Wirklich. Man kann sehen, dass es dick und schön ist, aber es könnte gut einen …«

»Einen Frisör gebrauchen?«

Hannah nickt. Schließt die Augen und untersucht Gíslis Kopfhaut, versucht, es wie eine freundschaftliche Geste wirken zu lassen, lässt ihre Hand über seinen Scheitel fahren, nichts, nur verfilztes Haar, keine Beulen – aber da! Am Hinterkopf ist etwas; eine kleine Erhebung und eine Stelle, die sich anfühlt wie eine Wunde. Sie fühlt noch einmal nach, vorsichtig, damit es nicht wehtut. Im selben Moment greift Gísli nach ihrem Handgelenk.

»Tut mir leid, aber du hast da wohl was missverstanden.«

Sein lächelndes Gesicht ist durch eine andere Miene ersetzt worden, die Hannah nicht deuten kann.

»Entschuldige, ich wollte nicht …«

Gísli nimmt ihre Hand aus seinem Haar, hält sie jedoch immer noch fest.

»Ich bin nicht … Ich bin vielleicht jahrelang nicht mehr mit einer Frau zusammen gewesen, aber du bist nicht, also … nicht mein Typ.«

Hannah versucht, ein Lächeln zu unterdrücken. Gísli glaubt, sie wollte ihn anmachen! Und: Er weist sie ab. Okay. Hannah steht auf, teils erleichtert, teils aufgeregt, weil sie tatsächlich den Beweis gefunden hat, nach dem sie gesucht hatte. Sie nimmt die Mütze ab, reicht sie Gísli.

»Danke. Und entschuldige.«

Ohne einen weiteren Abschied entfernt sie sich rasch vom Unterschlupf, von Gísli, vom Meer, dem Wind und all den gemischten Gefühlen, die die Situation hervorgerufen hat. Sie muss ihren gerade bestätigten Verdacht an Viktor weitergeben, und das so schnell wie möglich.

Das Auto steht nicht auf dem Hofplatz, also ist Viktor vermutlich nicht zu Hause. Hannah zögert einen Augenblick. Nicht, dass Margrét jetzt glaubt, sie sei ihretwegen gekommen. Doch sie irrt sich: Viktor öffnet die Tür, nicht Margrét. Hannah wird zugleich von Erleichterung wie Enttäuschung übermannt, was einen eigenartigen Ausdruck auf ihrem Gesicht hervorgerufen haben muss, denn Viktor schaut sie besorgt an.

»Alles in Ordnung? War wieder jemand am Haus und hat geschossen …?«

Viktor greift bereits nach seiner Jacke. Hannah hält ihn zurück.

»Nein nein, alles gut … Ich komme nicht wegen des Angriffs. Aber ich glaube, ich weiß, wer Thor umgebracht hat.«

Viktor wirkt überrascht, er mustert Hannah, sie spürt ein gewisses Misstrauen, vielleicht weil der vormittägliche Whisky noch immer leicht in ihrem Atem hängt? Doch dann bittet er sie in sein Büro. Wortlos bietet Viktor ihr Kaffee an, sie nickt zustimmend und räuspert sich, bevor sie mit ihrer Erklärung beginnt.

»Ich weiß, es ist ein bisschen schwer zu glauben, aber diese Flasche, die ich gefunden habe …«

Hannah sieht, dass Viktor bereits zu einem Einwand ansetzt, er ist es wohl leid, von dieser Flasche zu hören, aber bevor er sie unterbrechen kann, fährt sie mit ihrem Bericht fort.

»Mir ist schon klar, sie war nicht die Mordwaffe. Aber ich glaube … Ich glaube, dass Thor den Mörder damit geschlagen hat, zur Selbstverteidigung. Das Blut war ja frisch. Und ich hab die Sache ein bisschen untersucht.«

Viktors Augenbrauen schnellen nach oben, das hört ein gestresster Polizist mit einem Mordfall am Hals nicht gern. Eine weitere zivile Einmischung.

»Ich dachte, wenn ich denjenigen finde, der eine Beule am Hinterkopf hat, dann habe ich den Mörder. Und jetzt habe ich jemand mit genau so einer Verletzung entdeckt.«

Sie legt eine dramatische Pause ein.

»Gísli.«

Viktor verschränkt die Arme. Kneift die Augen zusammen, auf seiner Stirn bildet sich eine Falte.

»Und wie hast du es geschafft, Gíslis Kopf nach genau so einer Verletzung abzusuchen?«

»Ich hab ihn angefasst.«

»Du hast ihn angefasst?«

Die Stirnfalte verdoppelt sich. Als hätte Hannah gerade gesagt, sie hätte den Obdachlosen befummelt. Was sie ja auch getan hat.

»Ich weiß, das klingt ein bisschen eigenartig, aber, also … Es ist mir gelungen, seinen Kopf abzutasten. Und ich hab es gesehen und gefühlt: die Beule, die Wunde und das eingetrocknete Blut.«

Viktor wirkt, als wünschte er, sie wäre nie mit dieser Information zu ihm gekommen. Vermutlich, weil er dazu verpflichtet ist, einer solchen Anklage nachzugehen. Er seufzt und Hannah hat fast Mitleid mit ihm.

»Gísli hat eine traurige Vergangenheit, geriet immer wieder in

Barschlägereien. Wenn er sehr betrunken ist und einen schlechten Tag hat, wird er manchmal ziemlich ... Tja, nicht mehr ganz der nette Mensch, der er sonst ist, wenn er nur ein bisschen betrunken und ein bisschen deprimiert ist.«

»Ein bisschen deprimiert?«

Das klingt nicht wie der Gísli, den Hannah bisher kennengelernt hat. Aber umso wahrscheinlicher, dass er zu Gewalttaten mit Todesfolge fähig ist. Etwas in ihr windet sich bei dem Gedanken.

»Aber das müsste doch ziemlich leicht zu beweisen sein, oder? Ich meine, wenn das Blut an der Flasche mit Gíslis DNA übereinstimmt ...«

Viktor wägt die Situation ab. Dann nickt er.

»Ich werde der Sache nachgehen. Aber das ist jetzt meine letzte Warnung: Du musst damit aufhören, meine Arbeit machen zu wollen, sonst bin ich gezwungen, dich an deiner zu hindern.«

»An meiner zu hindern?«

»Ich kann veranlassen, dass du weggeschickt wirst.«

Hannah blickt Viktor skeptisch an.

»Du kannst mich zurück nach Dänemark schicken?«

»Nein, das meine ich nicht. Ich kann dich wegen Einmischung in die Polizeiarbeit vor Gericht bringen.«

Hannah schaut ihn an, sprachlos. Sie kommt mit entscheidenden Informationen zu ihm, und er wirft ihr zum Dank eine solche Drohung an den Kopf. Ohne ein weiteres Wort führt Viktor sie zum Ausgang und schließt die Tür hinter ihr.

# 28

Auf einem Zettel wird Hannah mitgeteilt, dass Ella nicht zu Hause ist, sondern bei Vigdis, was Hannah erleichtert und zugleich traurig macht. Sie beschließt, ihre Untaten der Nacht auszubügeln, indem sie den Türrahmen repariert. Draußen im Schuppen müssten noch ein paar Holzteile liegen. Nach ein bisschen Herumkramen hat sie etwas gefunden, das passend scheint, und in einer kleinen Schachtel ein paar Nägel entdeckt, die eine brauchbare Größe haben könnten. Wieder fehlt ihr ein Hammer und sie holt erneut die Spitzhacke aus dem Wohnzimmer. Mit einer für sie selbst überraschenden Geschicklichkeit gelingt es ihr, den Türrahmen so zu reparieren, dass er aussieht – na ja, vielleicht nicht wie vorher, aber zumindest wie ein Türrahmen. Und die Tür lässt sich nun ordentlich schließen. Hannah saugt die Holzspäne weg, wirft einen letzten Blick in das geheime Zimmer, bevor sie die Tür zumacht und sich schwört, Ellas Vertrauen nie wieder zu missbrauchen. Heute Abend wird sie etwas kochen und sich von ihrer weniger hässlichen Seite zeigen. Es ist bereits wieder dunkel geworden, als Hannah sich draußen auf die Treppe vor der Haustür setzt und eine Kippe anzündet. Plötzlich hat sie einen Anflug von schlechtem Gewissen; eben war sie sich noch sicher, dass Gísli der Mörder ist, aber was, wenn sie sich getäuscht hat? Und wenn die DNA des Bluts auf der Flasche gar nicht mit seiner übereinstimmt, man aber Bereitschaft und Haare für einen solchen Vergleich von ihm verlangt hat, was ihn zu einem Verdächtigen macht und sein Gefühl der Isolation von der örtlichen Gesellschaft sicher noch verstärkt? Andererseits ist der gegenteilige Gedanke fast noch schlimmer: dass der nette Dorftrottel ein Mörder ist. Hannah läuft es kalt den Rücken hinunter. Wenn ihre eigene Theorie mit der Wirklichkeit übereinstimmt, kann ihr Kontakt zu Gísli sie dann in Gefahr bringen? Vielleicht ist es sowieso gut, den Ball flach zu halten, bis die Sache aufgeklärt ist. Damit sie nicht selbst im Gefängnis landet oder noch schlimmer: auf dem Friedhof.

Glücklicherweise quellen die Küchenschränke regelrecht über vor Vorräten, sodass Hannah weder einzukaufen noch eine nukleare Katastrophe zu fürchten braucht. Es sind so viele Lebensmittel da, dass Ella vermutlich überleben könnte, wenn Island zwei bis drei Jahre lang von der Außenwelt abgeschnitten wäre. Hannah kocht das Haus- und Hofgericht ihrer vielen Jahre als Single-Essenspfuscherin, das einzige Gericht, das sie zubereiten kann: Nudeln mit Tomatensoße. Als sie im Topf mit den Dosentomaten und den Kräutern rührt, fühlt sie sich ungewohnt heimisch und merkwürdig sicher. Sie probiert und ist mehr als zufrieden – okay, ein Schuss Rotwein könnte nicht schaden, aber sie hat genug davon, das Haus nach Derartigem zu durchsuchen. Beinahe gut gelaunt deckt sie den Tisch und zündet sogar eine Kerze an. Es ist jetzt vollkommen dunkel, der Kamin bekommt auch etwas Brennholz und ein Streichholz. Hannah setzt sich hin und wartet, jetzt kann es nicht mehr lange dauern, bis Ella nach Hause kommt. Als die Uhr halb neun anzeigt, sehen die Spaghetti nach dem aus, was sie sind: ein billiges und matschiges Gericht. Und kalt sind sie auch. Hannah läuft zum zwanzigsten Mal um den Tisch herum, wirft wieder einen Blick auf das Festnetztelefon, diesmal greift sie danach. Sie blättert in Ellas kleinem Adressbuch, es ist schrecklich viel durchgestrichen, deshalb braucht sie ein paar Durchgänge, um die gesuchte Nummer zu finden. Vigdis nimmt selbst ab, glücklicherweise. Hannah weiß ehrlich gesagt nicht, was sie getan hätte, wenn es ihr Mann gewesen wäre. Das Gespräch dauert nur kurz.

Vigdis sagt, Ella sei vor mehreren Stunden bei ihr weggefahren. Hannah legt mit einer nervösen Unruhe im Bauch auf. Vor mehreren Stunden? Was in aller Welt hat sie dann gemacht? Plötzlich fällt Hannah auf, dass sie Ellas Handynummer gar nicht weiß. Seltsam, denn sie hat selbst gesehen, dass Ella ein Handy besitzt, sogar ein ziemlich modernes. Warum hat sie nicht daran gedacht, Vigdis nach der Nummer zu fragen und dort anzurufen? Hannah lässt das Essen stehen, nimmt ihren Mantel und öffnet die Haustür. Sie ist noch nicht ganz draußen, da tauchen die Scheinwerfer von Ellas Auto auf dem Hof auf. Hannah bleibt stehen wie eine besorgte Mutter, während sie ihrer Gastgeberin beim Aussteigen zusieht.

»Wo warst du?«

Ella antwortet nicht, geht einfach an Hannah vorbei; es liegt etwas in ihren Augen, eine Wut, die vorher noch nicht da war. Hannah blickt ihr nach. Kann sie wirklich immer noch sauer wegen der Sache mit dem Türrahmen sein? Sie läuft Ella hinterher ins Haus.

»Ich hab den Türrahmen repariert, oder es jedenfalls versucht, es ist natürlich nicht wie …«

Aber Hannah kommt nicht dazu, ihren Satz zu beenden, Ella schreibt auf einen kleinen Zettel.

*Ich gehe ins Bett.*

Und bevor Hannah ihr das Matschgericht zeigen kann, ist Ella in ihrem Schlafzimmer verschwunden. Nach kurzem Überlegen setzt Hannah sich hin und isst die kalten Nudeln. Im Kamin verlöscht allmählich das Feuer, und Hannah weiß nicht recht, ob sie besorgt oder neugierig sein soll – oder befürchten muss, aus ihrer Unterkunft geworfen zu werden. Schließlich kommt sie zu dem Schluss, dass es vielleicht am besten ist, sich gar keine Gedanken mehr zu machen. Gewissheit wird sie ohnehin erst morgen bekommen.

Etwas zu schreiben ist jetzt unmöglich, also legt Hannah sich – ihrer inneren Uhr zufolge Lichtjahre zu früh – ins Bett. Doch der Schlaf lässt auf sich warten, nach einiger Zeit holt sie die Saga heraus, versucht, die Stelle zu finden, bis zu der sie gekommen ist. Sie ist ein wenig von sich selbst überrascht, als sie vierzig Minuten später das Buch weglegt, sie hat es fertig gelesen. Es war tatsächlich spannender, als sie gedacht hatte. Genau das richtige Maß an Drama, dabei unterhaltsam und vielleicht sogar ... zum Nachdenken anregend. Sein Wort zu halten. Immer wieder die gleichen Fehler zu machen, ist der Mensch wirklich so dumm? Hannah findet keine Antwort darauf, bevor sie einschläft.

*Der Kommissar kratzte sich am Bart, jetzt stand er mit drei Morden da, und die beiden letzten waren auf den ersten Blick nicht einfacher aufzuklären als der erste. Seine Haupttheorie war natürlich, dass der Mörder derselbe gewesen sein könnte. Doch die Methode war so deutlich anders, dass das eigentlich schwer vorstellbar war. Der erste war eher auf raffinierte Weise ausgeführt worden, ein Schlag auf den Hinterkopf mit einem stumpfen Gegenstand und das Opfer ins Meer gestoßen; die anderen beiden, grausame Messermorde, waren in den jeweiligen Wohnungen der Opfer begangen worden. Es mussten zwei verschiedene Mörder sein. Aber wenn in seinem kleinen Dorf gleich zwei Mörder frei herumliefen, wie sollte dieses Dorf dann jemals wieder werden wie zuvor?*

Hannah schnalzt zufrieden mit der Zunge. Früh ins Bett gehen und zum Schreiben zeitig aufstehen ist eigentlich gar kein so schlechter Schriftstellercocktail, jetzt, wo Rotwein und sich die Nächte um die Ohren hauen nicht infrage kommen. Sie horcht ein bisschen auf den Rest des Hauses. Ellas morgendliches Rumoren klingt wohlbekannt, und wenn die Erinnerung an ihren flammenden Blick am Abend zuvor nicht wäre, könnte Hannah fast glauben, alles sei wie immer. Vielleicht ist der Vortag ja irgendwie gestrichen worden. Hannah öffnet das Fenster, ein paar seltene

Novembersonnenstrahlen dringen herein. Sie nimmt einen tiefen Atemzug, ja, die Luft ist hier wirklich frischer.

Es ist tatsächlich, als hätte Ella alles vergessen, was es vom Vortag zu vergessen gibt. Sie schenkt Kaffee ein, als Hannah sich auf der Treppe zeigt, und auf dem Tisch stehen frisch gebackene Brötchen. Ella lächelt. Hannah wünscht ihr einen guten Morgen, prüft die Situation. Es scheint alles in Ordnung zu sein. Ellas milde Stimmung wirkt echt.

»Gestern Abend. Was hast du da gemacht?«

Ella blickt Hannah fragend an. Schreibt dann.

*Bei Vigdis.*

»Und danach?«

Ella fügt einen Satz hinzu.

*Den ganzen Abend.*

Hannah will schon widersprechen und von ihrem Anruf bei Ellas Schwester erzählen, doch irgendetwas hält sie zurück. Die gute Stimmung könnte zerbrechlich sein, es gibt keinen Grund, sie zu zerstören. Es ist nicht undenkbar, dass Hannah Vigdis missverstanden hat; dass Ella zehn Minuten vor ihrem Anruf dort abgefahren ist und nicht mehrere Stunden. Sie essen schweigend ihre Brötchen. Ella liest Zeitung, Hannah schreibt ein bisschen in ihr Notizbuch. Sie hat eine Idee für eine Wendung in ihrem Krimi; es soll ein Pferd darin vorkommen. Wie in der Saga soll es ein Pferd geben, auf dem niemand reiten darf, das aber von einem der Verdächtigen gestohlen wird, der sich darauf davonmacht. Davon – aber wohin? Hannah klickt mit dem Kugelschreiber, eine nervige Gewohnheit, Ella hebt die Augenbrauen, Hannah sieht es über den Rand der Zeitung hinweg.

»Entschuldige, ich hatte gerade eine Idee. Die letzten paar Tage waren etwas … ungewöhnlich. Aber ich dachte, ob ich nicht … Ich hab ja noch gar nichts von der Umgebung gesehen. Und ich hätte eigentlich Lust, ein bisschen in die Natur rauszukommen. Auf einem Pferderücken.«

Ella schaut sie an, als hätte sie nicht ganz verstanden. Oder sie versucht, sich Hannah auf einem Pferd vorzustellen. Vermutlich letzteres, denn die alte Dame erlaubt sich ein Lächeln. Nickt dann.

»Farðu þangað. Það er best.«

Eine Adresse wird niedergeschrieben, und Hannah nimmt sie dankbar an.

»Haben die heute geöffnet, glaubst du?«

Ella nickt. Hannah bedankt sich für das Frühstück, hilft beim Aufräumen und Abwaschen. Das Duschen lässt sie weg. Warum sollte man frisch gewaschen sein, wenn man auf dem Weg in einen Pferdestall ist? Sie spürt, dass sie sich auf den kleinen, spontanen Ausflug freut, und als sie Ellas alten Jeep startet, den sie zu diesem Zweck ausleihen darf, tut sie das mit einer gewissen Spannung.

Der Ort ist einfach zu finden. Außer einer sehr genauen Wegbeschreibung von Ella helfen auf der Strecke auch die vielen Hinweisschilder. Doch als Hannah vor Guðmundurs Pferdehof vorfährt, erschrickt sie so sehr, dass sie ungewollt eine Vollbremsung hinlegt. Sie blickt durch das schlierige Autofenster, traut ihren Augen kaum. Das kann nicht sein. Er *kann* es nicht sein.

# 29

Hannah bleibt eine Weile im Auto sitzen, würde am liebsten umkehren, rückwärts wegfahren, sich unauffällig davonschleichen. Aber irgendetwas, entfacht von Wut und Neugierde, drängt sie zu bleiben. Sie atmet tief ein, und weil sie nicht weiß, was sie als Nächstes tun soll, beschließt sie, sich der Situation zu stellen. Scheiß drauf, er soll nicht herkommen und sich in ihrem Revier breitmachen.

Er lächelt, als er sie sieht, als hätte er erwartet, dass sie – just heute – auch hier auftauchen würde. Als wären sie verabredet. Seine glänzend weißen gebleichten Zähne sehen unecht aus, als er sie mit einem breiten, falschen Lächeln entblößt. Hannah erstickt fast beim Anblick von Jørn-fucking-Jensen.

»Was zum Henker machst du hier?«

»Oh, danke für die nette Begrüßung! Ich freue mich auch, dich zu sehen.«

»Nein, ich meine es ernst. Was zum Teufel tust du hier?«

Hannah geht auf Jørn zu wie eine Hausbesitzerin, die einen Eindringling verjagen will. Sie wirft einen kritischen Blick auf ihn. Er trägt Reitstiefel, praktische Hosen, eine Outdoor-Jacke einer teuren norwegischen Marke. Mit dem Reithelm unter dem Arm wirkt er, als hätte er sich für die Wirklichkeit verkleidet.

»Ich hatte solche Lust, auf Islandponys zu reiten. Ich bin nicht mehr geritten, seit ich ein Junge war.«

»Es gibt in Dänemark auch Pferde.«

»Aber keine so schöne Natur. Ich bin hier, um für mein neues Buch zu recherchieren. Und ich bin jetzt schon absolut inspiriert, ich meine – schau dich doch mal um! Das ist doch einfach klasse!«

Jørn breitet die Arme aus. Wie ein Dichter, der eine Wahrheit entdeckt hat, die er mit dem Pöbel teilen will. Hannah wird ein wenig schwindelig.

»Du siehst saublöd aus in den Klamotten.«

Hannah schlägt sich in Gedanken gegen die Stirn. Das hätte sie nicht sagen sollen, sondern: Du bist gekommen, um mein Projekt zu versauen, um Sand in mein Schreibgetriebe zu werfen, um mich zu provozieren und mir die Motivation zu rauben.

»Es kann ja nicht jeder so elegant sein wie du.«

Jørn lächelt erneut. Hannah wird klar, wie bescheuert sie selbst in den alten Klamotten aussehen muss, die sie sich von Ella geliehen hat. Sie windet sich etwas in dem viel zu großen Wollpulli, der unter der zerschlissenen und etwas zu engen Wachsjacke kratzt.

»Wo ist Bastian?«

Jørn schaut sie überrascht an.

»Ich hab schon erfahren, dass ihr Busenfreunde geworden seid. Weiß er, dass du hier bist?«

Jørn zögert kurz. Dann nickt er.

»Es war sogar seine Idee. Er dachte, es könnte dich vielleicht motivieren, mich zu sehen. In dir einen teuflischen Willen wecken, die Wette zu gewinnen, wenn du mein saublödes Gesicht siehst.«

Verdammt. Warum muss er jetzt so selbstzufrieden sein, dass er sogar Selbstironie an den Tag legt? Und warum zur Hölle muss Bastian sie so gut kennen, dass er weiß, was bei ihr wirkt? Die zentrale Frage ist jedoch eigentlich eine ganz andere: Warum in aller Welt lässt sich Jørn J. auf diesen ziemlich raffinierten Trick ein, wenn er weiß, dass es Hannah dabei helfen könnte, ihren eigenen Krimi zu schreiben? Oder ist ihm vielleicht tatsächlich nicht klar, welche Rolle er dabei spielt? Kaum hat Hannah diesen Gedanken zu Ende gedacht, zeigt ihr Jørn, dass sie recht hat.

»Bastian meinte, es könnte dir vielleicht auch etwas bringen, wenn ich dir ein bisschen helfe. Dir ein paar Tipps gebe und so.«

»Ein paar Tipps?«

»Wenn du zum Beispiel nicht weiterkommst.«

Bastian weiß genau, dass sie sich lieber mit einem stumpfen Brotmesser in den Arm schneiden würde, als Krimiratschläge von Jørn anzunehmen. Aber Jørns Theorie verrät ihr zwei Dinge über ihn, erstens: Er kann sich in seinen wildesten Fantasien nicht vorstellen, dass sie in der Lage ist, das Projekt durchzuführen. Und zweitens: Er ist gekommen, um ihre Niederlage aus der Nähe zu beobachten, um sich an ihrer Erbärmlichkeit zu laben. Nein, auf gar keinen Fall, den verdammten Gefallen wird sie ihm nicht tun! In diesem Moment hasst sie ihn mehr denn je, wie er dasteht, mitten in einem Reitstall, mit hundert Millionen auf seinem Konto und einem granitfesten Glauben an sich selbst als Retter der Literatur. Ein Mann – sicher der Eigentümer des Reitstalls – kommt mit einem Pony am Zügel, das viel zu kurzbeinig und pummelig aussieht, um einen erwachsenen Menschen tragen zu können. Jørn zieht seinen Helm fest und steigt auf das kleine Pferd, ohne Hilfe. Seine Füße erreichen fast den Boden. Scheiße, sieht er bescheuert aus.

»Wenn du Lust hast, können wir zusammen raus in die Natur? Ich hab mir einen eigenen Guide besorgt, du kannst umsonst mitkommen.«

»Danke, aber ich würde lieber sterben, als zusammen mit dir herumzureiten.«

»Ich dachte mir schon, dass du das sagen würdest.«

Jørn tippt sich an den Helm, eine Geste, die sicher cool und adelsmannmäßig aussehen soll, die ihn aber nur noch alberner wirken lässt. Als er das Pferd wendet und in leichtem Trab davonreitet, hüpft er auf dem Rücken des Ponys auf und ab wie Ellas Elvis-Figur in der Windschutzscheibe. Hannah hat noch nie in ihrem Leben etwas so unglaublich Nervendes gesehen.

Nach einem längeren Gespräch mit dem Besitzer des Stalls bekommt Hannah ein braunes und grundsolides Pferd in Kindergröße angeboten. Sie zögert etwas, bevor sie versucht, auf seinen Rücken zu steigen. Sie hat noch nie zuvor auf einem lebendigen Tier gesessen, und es kommt ihr ein bisschen übergriffig vor. Doch dann siegt die Vernunft über den scheinheiligen Unsinn: Es liegt ja in der Natur des Pferdes, als Transportmittel für den Menschen zu dienen. Und was Jørn kann, kann sie schon lange. Hannah nimmt die Zügel, steckt den einen Fuß in den Steigbügel und schwingt sich hinauf. Überraschend unproblematisch. Allerdings wirft sie einen besorgten Blick zu der Großfamilie aus Schweden hinüber, mit der sie die geführte Tour machen soll. Typisch, das erste Mal, dass sie tatsächlich auf andere Touristen stößt, ist, wenn sie selbst beschlossen hat, sich wie einer zu verhalten. Die Kinder haben die Pferde schon unruhig gemacht, schnaubend laufen sie im Kreis auf dem Hofplatz herum, und die antiautoritären Erziehungsversuche der Eltern sind offensichtlich wirkungslos. Hannah beschließt, sich in der Gruppe ganz hinten zu halten. Sie will nicht aufgrund des Pferdeblutrauschs irgendwelcher schwedischer Kinder abgeworfen werden. Vorsichtig strafft sie die Zügel und beugt sich vor, um ihrem Pony einen Klaps zu geben, ein Vertrauensangebot, verbunden mit dem Wunsch nach einem friedlichen Ritt. Doch im selben Moment wird die Gruppe von dem isländischen Guide – ein Mann um die fünfzig mit wettergegerbtem Gesicht und einer Haarpracht, die den Schweifen der Pferde Konkurrenz macht – in Bewegung gebracht, und Hannahs braune Stute stürmt nach vorn. Hannah klammert sich an das Tier. Der Helm, der viel zu groß ist, rutscht ihr in die Stirn, und sie kann nichts mehr sehen. Als sie an dem Guide vorbeitrabt, kann sie gerade noch eine Bemerkung auffangen.

»Du hast das Leitpferd.«

Hannah ruft sich seine einleitenden Erklärungen über das Pferd als Herdentier mit einem fest verankerten Fluchtinstinkt in Erinnerung und bereut augenblicklich ihre törichte Idee einer Reittour. Sie sieht ihren eigenen Tod vor sich; vom Pferd abgeworfen und zu Tode getrampelt von der schwedischen Familie, die einfach über sie hinwegtrabt, sodass die Hufe ihren Körper in Stücke reißen. Doch gerade als sie ihren Gedanken zu Ende gedacht hat, wechselt das Pferd vom Trab in eine langsamere Gangart und schreitet plötzlich ruhig dem weiten Horizont entgegen. Hannah blickt sich nervös um, sie reitet voraus, direkt hinter ihr der lächelnde Guide mit dem Pferdeschwanz und nach ihm die Großfamilie. Sie versucht sich zu entspannen, jetzt muss sie nur noch eins mit der Natur werden.

Es *ist* schön. Auch wenn die Spätherbstkälte ihr in die Wangen, Finger und Füße beißt, ist Hannah von den vielen Gelbtönen der Landschaft verzaubert, ob sie will oder nicht. Flecken aus Grün, Braun und Rot rufen fast schon einen Geschmack von Erde im Mund hervor. Der Himmel schimmert bläulich mit zerfließenden grauen Wolken, und es scheint, als würde etwas mehr Schnee auf den Berggipfeln liegen. Hannah rutscht ein wenig im Sattel herum. Die braune Stute schreitet langsam und ruhig dahin, doch es ist trotzdem eine größere Beweglichkeitsübung für ihren mittelalternden Körper, auf dem Pferd zu sitzen. Sie ist froh, nur die kurze Tour gebucht zu haben. Hannah saugt die klare und frische Luft tief in ihre Lungen ein, versucht sich die Umgebung zu eigen zu machen, zu spüren, wo sie ist. Das hilft ein bisschen. Das Pferd geht schaukelnd weiter, sie bemüht sich, seinen Bewegungen zu folgen. Sie atmet aus. Fühlt sich eine Spur leichter. Vielleicht sollte sie sich einfach nicht ärgern lassen, über der Situation stehen. Mit dem Buch geht es voran, wenn sie jetzt einfach bei der Sache bleibt und sich nicht ablenken lässt, kann es sein, dass Jørn schnell wieder nach Hause fährt. Vielleicht muss sie ihn überhaupt nicht mehr sehen. Der Gedanke erleichtert sie etwas. Das Dorf ist zwar nicht besonders groß, aber sie kann in den nächsten Tagen zu

Hause bleiben. Die Bar und andere öffentliche Orte meiden. Vergessen, dass Jørn da ist. Ja, so will sie es machen. Sie wird sich nicht von ihm nerven lassen, er darf nicht der Sandsturm in ihrem fast schon gut laufenden Krimigetriebe werden.

Sie haben jetzt einen kleinen Wasserlauf erreicht, und das Pferd hält instinktiv inne. Hannah dreht sich zu dem menschlichen Pferdeschwanz um. Er nickt.

»Einfach weiter.«

»Weiter?«

»Ganz ruhig, du wirst nicht nass. Das Pferd ist daran gewöhnt.«

Hannah blickt skeptisch auf das strömende Wasser, das bestimmt eiskalt ist. Doch bevor sie noch etwas tun kann, schnalzt Pferdeschwanz mit der Zunge, und das Pferd beginnt ins Wasser hineinzuwaten. Hannah stößt einen klitzekleinen Schrei aus, klammert sich an das Pferd, das davonplatscht, sodass ihre Beine nass werden. Der Helm ist ihr wieder über die Augen gerutscht. Sie hört die schwedischen Kinder hinter sich lachen. Mitten im Bach bleibt ihr Pferd stehen. Hannah schiebt den Helm hoch und blickt sich nervös um, was ist denn jetzt? Der Rest der Schar wartet immer noch am Ufer, Hannah wendet sich ungelenk zu ihnen um.

»Ist das wirklich der richtige Weg?«

»Ja, ja, du musst einfach den Bach überqueren.«

Hannah schaut nach vorn. Bis zur anderen Seite scheint es ihr recht weit zu sein. Warum kommen die anderen nicht ins Wasser, wenn es der richtige Weg ist? Sie blickt erneut zurück, hebt die Arme, Pferdeschwanz signalisiert ihr, dass sie weitergehen soll. Hannah stupst dem Pferd vorsichtig ihre Fersen in die Flanken und versucht es mit ein paar Hüa, Hüa, aber das Pferd rührt sich nicht vom Fleck. Ihre nassen Beine werden langsam kalt, sie will am liebsten so schnell wie möglich aus dem Wasser raus.

»Fester!«

Der Guide ruft vom Ufer her.

»Du musst fester treten!«

Es fällt Hannah nicht leicht, das Pferd fester zu treten, aber sie spreizt trotzdem beide Beine von seinem Bauch ab und rammt dann die Fersen in die Flanken des Tiers. Und mit einem Mal setzt sich das Pferd so abrupt in Bewegung, dass Hannah das Gleichgewicht verliert, nach hinten kippt, wobei ihr die Zügel aus den Händen gleiten und sie mit einem gewaltigen Platschen ins Wasser fällt. Argh! Es ist eiskalt! Einen Moment lang fürchtet sie, sterben zu müssen, sie strampelt mit Armen und Beinen, ihre Füße finden jedoch schnell Halt auf dem flachen Grund. Das Eiswasser strömt ihr unter die Kleidung. Am Ufer schütten die schwedischen Dreckskinder sich aus vor Lachen, während ihre Eltern vergeblich versuchen, sie zum Schweigen zu bringen. Pferdeschwanz ist bereits heroisch auf dem Weg zu ihr. Hannah gelingt es, sich aufzurichten, sie ist den Tränen nahe. Dann fällt ihr das Pferd ein, sie blickt sich nach ihm um und sieht, dass es die andere Seite erreicht hat. Aber es ist nicht allein. Neben ihm steht ein zweites Pferd, auf dessen Rücken ein anderer isländischer Guide sitzt, und an ihrer Seite entdeckt Hannah einen weiteren Reiter. Jørn J. Er hebt die Hand.

»Beweg dich! Es ist wichtig, dass du dich bewegst, damit du nicht unterkühlst und stirbst!«

# 30

Die Zähne hören nicht auf zu klappern. Es ist, als wolle ihr Körper den Schrecken nicht loslassen. Hannahs Haut ist brennend heiß, Schweißtropfen laufen ihren Körper herunter. Sie sitzt in ein Handtuch gewickelt in einer Sauna auf dem Reiterhof. Die Tür geht auf. Pferdeschwanz streckt ihr seine Hand entgegen, eine Flasche Whisky ist darin. Hannah war noch nie so froh, einen Mann mit einem etwas zu kleinen Lendenschurz und einem etwas zu langen Pferdeschwanz zu sehen. Sie kann nicht anders, als zu nicken. Er kommt herein, schließt die Tür hinter sich. Setzt sich neben sie, beißt den Korken von der Flasche, reicht sie ihr. Hannah nimmt sie entgegen, trinkt einen ordentlichen Schluck. Spürt, wie die Flüssigkeit ihr Inneres verbrennt. Der Guide nimmt auch einen Schluck. Steckt den Korken wieder in die Flasche.

»Geht es dir besser?«

Hannah nickt, mit Alkohol im Blut fühlt sich alles etwas besser an.

»Das ist bisher wirklich noch nie passiert. Du bekommst natürlich dein Geld zurück.«

Hannah schüttelt den Kopf, das Geld ist ihr egal. Von der Demütigung kann man sich sowieso nicht freikaufen. Sie kneift die Augen zusammen, versucht, den Anblick von Jørn am anderen Ufer zu vergessen. Alles in ihr brennt. Das Zittern ihres Körpers ebbt ab. Ihr kommt ein Gedanke, sie wendet sich an Pferdeschwanz.

»Wusste er, dass ich herkommen würde?«

»Der andere dänische Schriftsteller?«

»Er ist kein Schriftsteller, er ist ein Franchise-Schreiberling.«

Hannah tut es ein bisschen leid, dass sie so brüsk geantwortet hat. Pferdeschwanz kann ja nichts dafür.

Die Hitze des Ofens zeichnet kleine Schweißtropfen auf die Haut des isländischen Guides, er starrt vor sich hin, überdenkt seine Antwort. Dann nickt er. Wendet den Blick zu Hannah.

»Ist er dein Liebhaber oder so was? Er schien sich sehr zu freuen, dich zu sehen.«

Hannah schnaubt. Liebhaber? Sie nimmt einen weiteren Schluck Whisky. Er schmeckt bitterer als zuvor.

»Dein Feind?«

Pferdeschwanz schnappt Hannah die Flasche aus der Hand, während er fragt. Hannah schließt die Augen, lässt den Whisky unter der Haut brennen.

»Ich hasse alles an ihm. Ich hasse die Art, wie er lächelt, ich hasse den Klang seiner Stimme, und ich hasse alles, wofür er steht. Ich hasse es, dass er sich selbst ›Schriftsteller‹ nennt, ich hasse seine Bücher, und ich hasse es, dass die Leute sie lesen und ihn mögen. Ich hasse seinen Erfolg.«

Hannah öffnet die Augen, es ist fast dunkel in der Sauna. Sie fühlt sich erleichtert wegen ihrer ungewohnten Ehrlichkeit. Pferdeschwanz steht auf, gießt Wasser auf den Ofen, nimmt den kleinen Lendenschurz ab, schwingt das Handtuch, eine Hitzewelle frisst sich in ihre Körper. Er setzt sich wieder, lehnt sich zurück. Sie atmen die heiße Luft ein.

»Früher war ich auch neidisch auf den Erfolg anderer Leute. Ich hab viel Zeit damit verbracht, mich darüber zu ärgern, dass weniger talentierte Menschen Chancen erhielten, von denen ich nur träumen konnte.«

Hannah schaut ihn an.

»Für was?«

»Schauspielerei.«

Hannah nickt.

»Was hat dich dazu gebracht, sie nicht mehr zu hassen?«

Pferdeschwanz zögert. Er blickt ins Feuer.

»Nichts, ich tue es immer noch.«

»Aber du hast mit der Schauspielerei aufgehört.«

Er nickt.

Der Heimweg scheint eine Ewigkeit zu dauern. Der Jeep holpert über den Kiesweg, es wird langsam dunkel, auch wenn es sich anfühlt, als hätte der Tag gerade erst begonnen. Hannah schaltet das Fernlicht ein. Sie war schon immer ein Nachtmensch, aber die vielen Variationen der Dunkelheit der Tage hier gehen ihr allmählich auf die Nerven. Hoffentlich bekommt sie keine ausgewachsene Winterdepression, bevor dieses Buch fertig ist. Hannah hat nicht sonderlich viel Inspiration von den Pferden mitgenommen. Sie stellt irritiert fest, dass Jørns Sabotage nicht nur ihre Motivation beeinträchtigt, sondern auch ihre Recherche. Aber in einem fühlt sie sich bestätigt – das Motiv Rache muss in ihrem Krimi vorkommen. Rache in allen Formen, die man sich vorstellen kann. Aber vielleicht muss sie auch langsam entscheiden, wer der Mörder ist, denn es sollten ja noch ein paar weitere Verdächtige auftreten, bevor es richtig spannend wird. Sie fährt etwas schneller, will nach Hause und einen Mörder erfinden.

*Gründliche Vernehmungen aller Anwohner hatten kein neues Licht auf den Fall geworfen, es war, als wäre ein kollektives Vergessen ausgebrochen, was die Nacht von Tores Mord betraf. Und auch über die grausame Ermordung seines Vaters und seiner Mutter schwieg sich die Dorfgemeinschaft aus. Der Kommissar selbst war in dem Ort geboren worden und aufgewachsen, er kannte alle, und indem er ihr Verhalten beobachtete, sollte er eigentlich herausfinden können, wer der Mörder war. Hatte sich jemand verändert, sich neue Gewohnheiten zugelegt, war von den alten abgewichen? Er kratzte sich den Bart, vielleicht konnte man von einigen von ihnen DNA-Proben nehmen? Nur um zu sehen, ob dann endlich jemand zu reden an-*

*finge. Aber das würde auch eine Menge sinnlose Gerüchte und Verleumdungen hervorbringen, da musste er vorsichtig sein.*

Hannah blickt auf, kommt plötzlich auf den Gedanken, dass sie nicht weiß, ob die Wirklichkeit Modell für ihren Krimi steht oder ob ihr Krimi vielleicht einfach der Wirklichkeit vorgreift. Es ist jedenfalls keine schlechte Idee, zu schauen, ob jemand im Dorf sich auf einmal merkwürdig verhält. Jemand, der sich auf Abstand hält oder vielleicht sogar das Dorf verlassen hat? Diese Spur will Hannah morgen verfolgen, doch zuerst muss sie etwas tun, das sie schon den ganzen Abend vor sich hergeschoben hat. Sie nimmt das neue Telefon, das sie auf dem Heimweg erworben hat. Der örtliche Kaufmann hat es ihr verkauft und ihr geholfen, es mit einer Prepaid-Karte zum Laufen zu bringen. Sie erreicht Bastian nicht und nach drei vergeblichen Anrufen hintereinander gibt Hannah auf. Fuck him! Sie betrachtet das Telefon, als wäre es ein verräterischer Mitverschwörer, und wird sich ihrer Sache immer sicherer: Bastian hat wahrscheinlich die Gelegenheit genutzt, um sie loszuwerden. Der Kritikererfolg ihres letzten Buchs liegt lange zurück, und er steckt viel Zeit und Energie in jemanden, der im Grunde genommen nur eine Belastung ist. Natürlich hat er ihre verrückte Idee, einen Krimi zu schreiben, aufgegriffen, für gut befunden und ihr dringend nahegelegt, sie umzusetzen. Nur nicht mit dem Ziel, dass sie tatsächlich einen Krimi vollenden soll, sondern damit sie selbst ihre eigene Schriftstellerkarriere beenden kann. Er wird frei, kann sich auf andere, vielversprechendere Autoren konzentrieren. Aber würde er das wirklich tun, er, der sie schon seit so vielen Jahren kennt, er, den sie ihren Freund nennt? Vielleicht hält Freundschaft nicht ewig, vielleicht kann man von einem Menschen wie Hannah genug kriegen. Hannah schluckt einen Kloß im Hals hinunter. Wenn sie der Typ wäre, der weint, würden ihr die Tränen jetzt nur so über die Wangen laufen. Sie versucht, sich auf den Gedanken einzulassen, prüft ihn aus einem anderen Blickwinkel, will ihn mit ihrem rationalen Geist abweisen, aber es hilft nichts. Er sitzt fest. Langsam gewinnt die Wut die Oberhand über das Selbstmitleid. Es soll verdammt noch mal nicht wahr sein! Damit soll er nicht durchkommen, er kann sie nicht einfach verschrotten und dann auf Jørn J. setzen. Sie wird diesen Krimi machen, und wenn es das letzte Buch wird, das sie schreibt.

Hannah zittert noch immer, als sie ihre Jacke nimmt und Ella verkündet, dass sie einen Abendspaziergang machen will. Ella, die vor dem Kamin sitzt und etwas auf einen Block schreibt, blickt auf. Winkt Hannah zu sich. Hannah zögert, sie hat gerade keine Zeit für so was. Doch sie gehorcht.

»Was denn, gibt es irgendein Problem?«

Ella notiert etwas auf ihrem Block. Hannah tritt von einem Bein aufs andere. Liest. Spürt ein Ziehen in der Magengrube. Liest dann noch einmal.

»Hat Margrét angerufen? Mich?«

Ella nickt.

»Weswegen?«

Ella schüttelt den Kopf, wendet sich wieder dem Block zu. Hannah betrachtet sie unentschlossen. Dann blickt sie ihr über die Schulter.

»Was schreibst du?«

Ella kritzelt etwas, hält es Hannah vor die Augen, damit sie es lesen kann. *Rede für Thors Beerdigung.* Der Abend ist klirrend kalt, als Hannah die Tür hinter sich zuwirft und in die Dunkelheit hinausgeht.

# 31

Vor Viktors und Margréts Haus angekommen, atmet Hannah tief ein. Was Margrét wohl von ihr will? Die Tür geht auf, bevor sie sich zum Anklopfen überwunden hat. Margrét blickt sie an, als hätte sie den ganzen Abend nichts anderes getan, als auf Hannah zu warten. Eine ungewohnt angespannte Energie geht von ihr aus, Hannah lächelt, doch ihr Gruß wird nicht erwidert. Ohne ein Wort zu sagen, macht Margrét ihr Platz, sodass Hannah ins Haus kommen kann. Hannah tritt ein, blickt sich etwas nervös um.

»Viktor?«

»Nicht da.«

Hannah betrachtet Margrét, die in einer Schublade herumkramt. Sogar in einer alten Jeans und einem zerschlissenen T-Shirt ist sie hübsch, doch es ist unmöglich, ihrem Gesicht etwas abzulesen. Hannah hat Lust, Margréts Hand zu nehmen, Margrét zu küssen, sie auf den Boden zu werfen, gleich hier in der Diele, ihr die Kleider vom Leib zu reißen, ihre Haut zu spüren ...

»Komm.«

Margrét unterbricht ihre Gedanken. Aber es ist keine Einladung zu erotischen Handlungen, es ist ein entschlossener und kühler Befehl. Eine Order. Margrét geht mit festen, zielstrebigen Schritten durchs Haus. Hannah ist verwirrt, wohin wird sie geführt? Sie wagt nicht zu fragen, folgt ihr nur. Margrét öffnet eine verschlossene Tür, den Schlüssel hat sie an einem kleinen Bund. Hannah ist ihr direkt auf den Fersen. Margrét schaltet das Licht an, und Hannah erkennt nun Viktors Büro oder die Polizeiwache. Es wundert sie, dass es einen direkten Zugang vom Haus aus gibt, andererseits versteht sie, dass Viktor Besucher nicht auf diesem Weg hereinführt. Sie über den Hofplatz zu treiben, wirkt offizieller. Margrét durchquert mit drei Schritten das kleine Büro, sperrt dann eine andere Tür auf. Hannah bleibt stehen. Im Raum hinter der Tür sitzt Jonni auf seinem Bett, er blickt zu Hannah auf. Halb Mensch, halb Gespenst.

»Du hast zehn Minuten, bis Viktor zurückkommt.«

Margrét deutet mit einem Nicken zu Jonni hinein, und Hannah begreift jetzt, dass sie gerade das größte Geschenk für ihre Ermittlung bekommen hat. Ein inoffizielles Interview mit dem Hauptverdächtigen.

Margrét bleibt im Zimmer, macht eine aufmunternde Geste in Jonnis Richtung. Die Tür hat sie offen gelassen, ist sich scheinbar sicher, dass er nicht flüchten wird. Sie sagt etwas auf Isländisch. Jonni nickt vage. Sieht zu Boden.

»Du kannst ihn alles fragen, was du willst.«

Hannah zieht sich einen Stuhl heran und setzt sich vor Jonni. Versucht, einen vertraulichen Rahmen zu schaffen.

»Du warst mit Thor an dem Abend zusammen, an dem er gestorben ist?«

Jonni nickt.

»Und ihr habt euch gestritten?«

Jonni schaut etwas unsicher zu Margrét hinüber, doch sie nickt auffordernd. Hannah bekommt Mitleid mit dem jungen Mann, der in seiner Trainingshose und seinem etwas zu großen schwarzen T-Shirt eigentlich eher wie ein Junge aussieht.

»Ja, wir haben uns gestritten. Aber ich hab ihn nicht umgebracht.«

»Das weiß ich.«

Streng genommen kann Hannah das ja gar nicht sicher wissen, aber ihr Bauchgefühl sagt ihr, dass Jonni unschuldig ist.

»Aber warum bist du dann mit einem Jagdgewehr bei seinen Eltern aufgetaucht?«

Jonni starrt zu Boden. Es wirkt, als wäre er den Tränen nahe. Er zögert. Hannah lässt ihm Zeit.

»Wir … Thor und ich waren ein Paar.«

Jonni hebt den Kopf. Hannah begegnet seinem Blick. Plötzlich sieht die Welt vollkommen anders aus. Puzzleteile fallen an ihren Platz. Lederweste in der Bar, der meinte, dass Thor anders war als die anderen jungen Männer. Margréts Zögern bezüglich der Frage, wie gut sie Thor kannte. Jonnis Hass auf Ægir, der nicht wirkt wie ein Mann, der begeistert darüber wäre, dass sein einziger Sohn homosexuell ist. Hannah würde sich am liebsten selbst dafür ohrfeigen, dass sie so schwer von Begriff gewesen ist; darauf hätte sie doch schon längst kommen müssen! Trotz ihrer eigenen, wie sie es nennen würde, fließenden Sexualität, ist sie oft blind dafür, dass ihre Mitmenschen etwas anderes als heterosexuell sein könnten. Vielleicht, weil die Welt so eingerichtet ist, als wären alle Menschen es. Sie versucht die Irritation über ihren persönlichen blinden Fleck beiseitezuschieben, und kehrt zu dem Gedanken an Ægir zurück – war er etwa an jenem Abend der Anlass für den Streit zwischen den beiden Jungs gewesen? Hannah braucht nicht einmal zu fragen.

»Ægir wollte, dass Thor mit mir Schluss macht. Er hatte es gerade rausgefunden – an dem Abend.«

»Und hat er es getan – hat er mit dir Schluss gemacht …?«

Jonni zuckt nervös zusammen. Schüttelt dann den Kopf.

»Aber er war total außer sich. Sagte, dass er nicht weiß, was er tun soll. Sein Vater hatte ihn rausgeschmissen, und das hat ihn völlig in Panik versetzt. Thor war total eng mit seinen Eltern.«

Hannah nickt.

»Einzelkind. Ein Wunder.«

Jonni kämpft mit den Tränen. Margrét blickt auf ihre Armbanduhr. Hannahs Gehirn schlägt Funken, sie hat tausend Fragen, aber keine Zeit, sie alle zu stellen. Sie muss die wichtigsten auswählen. Über die Mordnacht.

»Was ist dann passiert? Nach eurem Streit?«

Jonni zuckt mit den Schultern.

»Wir ... Ich hab gesagt, dass ich finde, wir sollten zusammen nach Reykjavík gehen. Studieren, eine Ausbildung machen, whatever ... Einfach zusammen sein, weit weg von diesem Drecksloch. Aber das wollte Thor nicht ... er wollte bleiben. Den Fischereibetrieb seines Vaters übernehmen, so bescheuert ... Er, Fischer? Er kann noch nicht mal schwimmen!«

Jonni wischt eine Träne von seiner Wange. Sieht aus wie jemand, der alles verloren hat. Hannah würde am liebsten einen Arm um ihn legen, sagen, dass alles gut werden wird. Doch auch ihr fällt es schwer, für ihn einen Ausweg aus der Situation zu sehen.

»Er war bei dir zu Hause, aber ist dann gegangen?«

Jonni nickt.

»Er war sauer, ich war sauer. Ich wollte ihm hinterherlaufen ... Aber ich hab auch gehofft, dass er von einem Auto überfahren wird. Wie verrückt ist das?«

Jonni hebt den Kopf. Hält Hannahs Blick fest.

»Ich hab ihn in dieser Nacht geliebt und ich hab ihn gehasst. Was auch immer passiert ist, es ist meine Schuld. Ich hab ihn dazu gebracht, dass er sich so verhalten hat.«

Margrét unterbricht ihn.

»Es ist nicht deine Schuld.«

Jonni schaut sie an. Er sagt etwas auf Isländisch. Sie antwortet ihm. Hannah blickt auf die Uhr und versucht verzweifelt, den Gesprächsfaden wieder aufzunehmen.

»Hast du irgendeine Idee, wer ihn ermordet haben könnte? Sein Vater?«

Jonni schüttelt den Kopf.

»Das glaub ich nicht ... Ich meine, jeder weiß, dass Ægir wirklich wütend werden kann. Aber er hat Thor geliebt ...«

Margrét macht einen Schritt auf Hannah zu.

»Du musst jetzt gehen.«

Hannah zögert, ist noch nicht fertig mit Jonnis Befragung. Aber Margrét insistiert.

»Viktor kann jeden Moment zurück sein. Und er darf dich nicht hier finden – schon wieder.«

Hannah spürt einen kleinen Stich, die Art, in der Margrét das sagt, erinnert sie an jenen Abend. Als wäre er ein Fehler gewesen. Sie nickt.

»Danke, Jonni. Ich hoffe, du kommst bald hier raus.«

Zu Hannahs großer Enttäuschung bittet Margrét sie nicht wieder ins Haus, sondern lässt sie zu Viktors Bürotür hinaus. Hannah bleibt in der Tür stehen. Will etwas sagen, weiß aber nicht, was.

»Danke, dass du das für mich tust.«

»Ich hab es nicht für dich getan, sondern für ihn. Je mehr Leute die Wahrheit kennen, desto besser ... Vielleicht kannst du irgendetwas Gutes daraus machen. Aber jetzt musst du gehen.«

Hannah sieht Margrét an, versucht, ihre Enttäuschung zu verbergen. Margrét hat ihre Affäre überhaupt nicht erwähnt, ist unmöglich zu durchschauen – bereut sie das Ganze, hat sie es schon verdrängt, will sie es nie wieder tun? Hannah spürt ein brennendes Verlangen, sie zu küssen, wie sie da in der Tür steht, halb drinnen, halb draußen. Doch sie will nicht riskieren, den Zugang, den sie gerade zu Jonni erhalten hat, zu zerstören. Will nicht weiter auf bloße Vermutungen angewiesen sein. Deshalb reißt sie sich zusammen, tritt mit aller Selbstbeherrschung, die sie aufbringen kann, auf den Hofplatz. Doch sie ist noch nicht ganz aus der Tür, da hält Margrét sie auf, zieht sie an sich und küsst sie. Intensiv. Als würde keine von ihnen jemals wieder einen anderen Menschen küssen. Hannah implodiert beinahe. Doch dann lässt Margrét sie los.

»Vielleicht solltest du dir ein neues Telefon zulegen.«

Hannah blickt sie fragend an.

»Du hast versucht, mich anzurufen ...?«

»Besorg dir einfach ein neues Telefon. Ich kann nächstes Mal nicht wieder eine Nachricht bei Ella hinterlassen.«

Hannah nickt. Es fällt ihr schwer, nicht zu lächeln. Sie holt ihr Notizbuch aus der Tasche. Schreibt blitzschnell ihre neue Nummer auf. Reißt die Seite heraus und reicht sie Margrét.

»Ich hab schon eins gekauft.«

Hannah wirft Margrét einen letzten Blick zu, dreht sich um und geht. Doch dann fällt ihr noch etwas ein.

»Was hat Jonni vorhin auf Isländisch zu dir gesagt?«

Margrét zögert.

»Er hat mir erzählt, was er zu Thor gesagt hat. Kurz bevor er an dem Abend ging.«

»Was war es?«

»Ich hasse dich.«

Hannah schluckt. Verdammt. Die letzten Worte zu seinem Geliebten, bevor Thor ermordet wird.

Sie geht nach Hause, mit pochendem Herzen, einem Kuss auf den Lippen und dem Gefühl, dass alles viel, viel komplizierter ist, als sie dachte.

# 32

*Kommissar Axelson kratzte sich am Bart, völlig überwältigt von den Ereignissen der letzten Tage und den vier Morden, die er jetzt aufklären sollte. Die junge Esther verhielt sich in seinem Gewahrsam wie ein wildes Tier in einem Käfig. Sie hatte ihren Schwiegervater in kleine Stücke zerhackt, war jedoch noch minderjährig – wie ging man damit um? Es waren einige Techniker aus Reykjavík hier gewesen, und nun musste er sich auch noch mit seinem lästigen Rivalen von der Polizeischule herumschlagen, der damals in der Großstadt geblieben und inzwischen zum Ermittler aufgestiegen war. Pétur war schon immer ein arroganter Dreckskerl gewesen, und dass er sich gerade im Dorf aufhielt, um bei der Aufklärung der Morde zu helfen, war kaum auszuhalten. Axelson war fest entschlossen, ihn mit allen Mitteln aus den Ermittlungen herauszuhalten, selbst wenn das bedeutete, dass die Morde unaufgeklärt blieben. Immer noch besser, als wenn dieser aufgeblasene Idiot von Pétur wieder einmal alle Lorbeeren für sich einheimsen würde.*

Hannah hält inne, scrollt etwas im Text zurück. Allmählich beginnt er einem Buch zu ähneln. Aber arbeitet sie konzentriert genug? Oder lässt sie sich zu sehr von den Gefühlen beherrschen, die sich ihr im wirklichen Leben aufdrängen? Wieder wird ihr klar, dass sie keine Ahnung hat, wie das Ganze enden soll, wer der Mörder ist. Momentan fließt die Handlung einfach in verschiedene Richtungen, sie muss sich stärker auf den Plot konzentrieren. Muss strukturierter arbeiten. Mit einem leichten Klopfen auf den Boden der Packung fischt sie die letzte Zigarette heraus, zündet sie an, ohne das Fenster zu öffnen. Draußen ist es zu windig, und sie hat Angst, dass der Rahmen auseinanderbricht, nachdem er sich zuletzt beinahe aus den Angeln gelöst hätte. Sie hat noch nie so tiefgehend über ihren Schreibprozess als solchen reflektiert. Von außen betrachtet, würde man ihn wohl als intuitiv bezeichnen oder in romantischeren Zeiten als von göttlicher Inspiration gesteuert, aber sie glaubt nicht an den Künstler als erhabenes Genie mit direkter geistiger Verbindung zu Gott. Andererseits glaubt sie auch nicht daran, dass die Schreibkunst durch das Studieren von Theorien der Belletristik oder durch handwerkliche Analysen von Handlung und Stilmitteln erlernt werden kann. Aber woran glaubt sie dann eigentlich? Auf jeden Fall an ihren eigenen Sinn für Ästhetik, an ihr psychologisches Verständnis, an ihre Einsicht in das menschliche Leben. Aber verdammt noch mal. Sie hat ja nicht einmal sonderlich viel Einsicht in ihr eigenes Leben. Vielleicht ist das der Grund, weshalb sie schreibt. Dass sie auf diese Art versucht, einen Sinn zu finden. Sie steht auf, ist rastlos. Schüttelt die Beine, geht um das Bett, die einzige Route, die das kleine Zimmer zulässt. Ihr Blick bleibt an dem Bild der Jungfrau Maria hängen. Wie kann man so ruhig und zen-mäßig aussehen, wenn der einzige Sohn auf brutale Art und Weise gekreuzigt worden ist? Und dann ist es nicht einmal bloß der eigene Sohn, sondern der Sohn Gottes, der ... Holy shit! Die Erkenntnis trifft sie wie ein Blitz aus heiterem Himmel. Warum ist sie nicht früher darauf gekommen? Vielleicht ist es für die Ermittlung nicht von Bedeutung, aber nichtsdestotrotz ein Puzzleteil, das das Gesamtbild verändern könnte! Gottes Sohn, Ægirs Sohn. Der erst nach vielen Ehejahren zur Welt kam. Gerade als Vigdis Anfang vierzig war und kaum mehr Hoffnung bestand ... Was, wenn Thor gar nicht Ægirs leiblicher Sohn war? Hannahs Herz schlägt schneller. Sie ist nicht sicher, was genau es bedeuten würde, sie hat nur das Gefühl, dass es wichtig ist. Sie muss Ella fragen. Auch wenn die nach Hannahs Einbruch ins Arbeitszimmer nicht gerade gut auf sie zu sprechen ist. Mit rasendem Puls eilt sie ins Wohnzimmer hinunter, hofft, dass Ella noch nicht ins Bett gegangen ist.

Ella mustert sie mit einem undurchdringlichen Blick, und Hannah fühlt sich unwohl. Sie reibt mit den Handflächen über die stoffbezogenen Armlehnen des Sessels. Sitzt ganz vorne auf der Kante, gleichermaßen gespannt auf Ellas Antwort und von Reue geplagt, die Frage überhaupt gestellt zu haben. Sekunden vergehen, messen die Stille. Hannahs Blick schweift zu dem neuen Fenster hinüber, das das Wohnzimmer beinahe wirken lässt, als hätte dort nie eine Schießerei stattgefunden. Nur die Elefanten zeugen von einer gewissen Unordnung, sie sind überall dort gelandet, wo gerade Platz war, und wirken im Wohnzimmer wie eine willkürliche Invasion. Hannah räuspert sich, vielleicht hat Ella die Frage nicht verstanden? Sie überlegt, ob sie sie wiederholen oder die Gelegenheit nutzen soll, zurückzurudern. Aber dann beugt Ella sich vor, nimmt ein Stück Papier und schreibt etwas auf. Hannah wartet gespannt.

*Ægir ist gans sicher Vater von Thor. Vigdis war die, die viele Jahre lang nicht konnte. Es war Glück, als sie entlich shwanger wurde.*

Hannah liest zwischen Enttäuschung und Misstrauen schwankend den Zettel. Bezwingt den Drang, Ellas Schreibfehler zu korrigieren. Überlegt, weitergehende Fragen zu stellen. Wie viel Unverfrorenheit darf sie sich erlauben?

»Aber es wird ja oft behauptet, dass die Frau diejenige ist, die nicht kann, obwohl in Wirklichkeit die Spermienqualität des Mannes zu schlecht ist. Und ich denke, dass ein Mann wie Ægir nicht freiwillig zum Arzt gehen und Zweifel über seine Fortpflanzungsfähigkeit einräumen würde. Obwohl er viel älter als Vigdis war, und …«

Eine sehnige Hand schnellt nach vorn, legt sich um Hannahs Arm, unterbricht ihren Redefluss. Ella sieht Hannah an; in ihrem Blick liegt eine gewisse Wut.

»Ægir er pabbi Þórs. Ég er alveg viss. Ég veit ekki hvert þú ætlar en þú verður að stoppa. Spurningar þínar leiða bara til vandræða.«

Hannah schaut Ella an wie ein einziges großes Fragezeichen. Es ist, als hätte Ella vergessen, dass Hannah sie nicht versteht. Dann kritzelt Ella blitzschnell etwas auf das Papier. Hannah nimmt an, es ist eine Wiederholung ihrer Worte.

*Hör die vielen Fragen auf. Du kommst in Probleme. Ich auch.*

Hannah betrachtet den Zettel. Ellas bohrender Blick zwingt sie zu einem Nicken. Doch Hannah weiß, dass die Nachricht ihren Wunsch, tiefer zu graben, nur noch verstärkt hat. Schweigend steht sie auf und geht zurück in ihr Zimmer.

Es ist noch nicht einmal hell, als Hannah mit einem Plan erwacht, von dem sie schon im Voraus weiß, dass er zum Scheitern verurteilt ist. Nichtsdestotrotz muss sie ihn ausprobieren. Sie hat den größten Teil der Nacht wachgelegen, hat spekuliert, sich herumgewälzt, rastlos den Mond angestarrt. Aber sie ist in eine Sackgasse geraten, viel zu viele Fragen, viel zu wenige Menschen, denen sie sie stellen kann. Niemand, eigentlich. Deshalb muss sie das Ganze mit jemandem durchgehen, der neutral ist, jemandem, der genau wie sie nicht aus dem Dorf ist, jemandem, der nicht in das Ganze involviert ist. Auch wenn sie es mehr als nur ungern zugibt, sie muss mit Jørn brainstormen.

Sie braucht nicht einmal zu fragen, wo er wohnt, am Tag zuvor ist sie bereits zweimal an seinem riesigen Geländemietwagen vorbeigekommen. Doch auch wenn ihr die Idee richtig erschien, als sie losgegangen ist, muss sie trotzdem vor dem großen Haus innehalten und tief durchatmen. Ihr Besuch darf *nicht* wie ein Hilferuf wirken, sondern muss wie eine freundliche kollegiale Geste aussehen. Versöhnung und all das. Hannah holt ein letztes Mal tief Luft, geht zur Tür und klingelt.

# 33

Zuerst ist er überrascht, als Nächstes natürlich skeptisch, und schließlich schleicht sich ein Lächeln auf sein gepflegtes, gesund wettergegerbtes Gesicht. Hannah muss sich anstrengen, dass ihr nichts Spöttisches über die Lippen kommt, was ihre Absichten durchkreuzen würde. Sie muss freundlich sein. Entgegenkommend. Ihm nicht ins Gesicht spucken, dann in die Eier treten und schnell weglaufen.

»Ich kann mir nichts Schöneres vorstellen, als mit dir zu brainstormen. Komm rein.«

Er öffnet die Tür ein wenig, und Hannah unterdrückt all ihre Impulse und tritt ein wie ein zivilisierter Mensch. Erinnert sich selbst daran, dass sie hier ist, weil sie etwas von ihm will. Ihn benutzen, ohne dass er es merkt. Sie hat nicht vor, auch nur ein Fitzelchen von sich selbst preiszugeben.

»Ich wollte gerade mit meinem Morgen-Yoga anfangen, hättest du was dagegen, wenn ich ein paar Übungen mache, während wir uns unterhalten?«

Es gibt nichts, wogegen Hannah mehr hätte, doch sie nickt nur.

»Natürlich. Ich bin ja diejenige, die dich stört.«

»Super. Dann mach ich kurz ein paar Sonnengrüße. Du solltest das auch mal ausprobieren – es ist wirklich gut für die Gelenkigkeit, nicht nur die körperliche, auch die geistige. Mind and body.«

Hannah betrachtet Jørn, der eine Art Jogginganzug trägt und jetzt wie ein Idiot mit über den Kopf gestreckten Armen dasteht. Sie muss zugeben, dass er dabei sehr friedvoll aussieht. Bei seinem Anblick kommt ihr ein klein wenig Mageninhalt hoch. Sie schluckt. Setzt sich auf ein Sofa, das ein bisschen schmuddelig ist. Wischt eine Brotkrume weg.

»Wer wohnt hier denn normalerweise?«

»Irgendeine Familie. Mein Agent hat das Ganze arrangiert, ich weiß also nicht viel über sie.«

»Und wo sind sie jetzt?«

Jørn beugt sich hinunter, den Hintern in die Luft gereckt. Herabschauender Hund.

»Darüber hab ich noch gar nicht nachgedacht.«

Hannah widersteht der brennenden Versuchung, zu kommentieren, dass die Familie wahrscheinlich auf dem Sofa von irgendwelchen Verwandten schläft, damit Jørn sich im Haus breitmachen kann. Ihr Blick fällt auf ein paar Spielzeuge – ob die Kinder sie wohl vermissen? Andererseits hat sie ja selbst Ellas Haus okkupiert.

»Wie lange willst du bleiben?«

Jørn hat die Position gewechselt. Nach oben schauender Hund.

»So lange ich Lust habe. Ich bin wie gesagt hier, um ein bisschen für mein nächstes Buch zu recherchieren.«

»Soll es hier spielen?«

»So weit bin ich noch nicht. Aber ich glaube, es wird in irgendeiner rauen Naturkulisse verortet sein. Irgendwas mit einem Mann und seinem Kampf gegen die beinharten Elemente, aber in Wirklichkeit ist es ein Kampf mit sich selbst. Eine Flucht vor dem Leben. Bis er durch einen Zufall die Leiche einer jungen, hübschen Frau findet, die vergewaltigt, getötet und in einen Bach geworfen wurde. Da begreift er, dass er die Frau retten muss, indem er den Mord aufklärt.«

»Wie kann er sie retten, wenn sie schon tot ist?«

Hannah mustert Jørn, der jetzt in eine Art Liegestütze hinuntergegangen ist, mit Abscheu. Er blickt auf nervtötende Weise nachdenklich vor sich hin.

»Es ist eher eine Art symbolische Rettung. Er rettet sie, indem er den Mörder findet.«

Hannah starrt ihn an, sie hat sich schon oft vorgestellt, ihm irgendetwas Scharfes in den Bauch zu rammen. Seine Eingeweide herauszuschneiden. Jetzt steht er da, die Arme wieder erhoben, die Augen geschlossen, der Körper komplett exponiert. Sie könnte es tatsächlich tun. Sie schüttelt den Gedanken ab. Zur Sache.

»Du hast wahrscheinlich gehört, was hier passiert ist? Der junge Mann, der vor ein paar Tagen ertrunken aufgefunden wurde?«

»Ja. Ein tragisches Unglück.«

Hannah zögert. Tut sie wirklich das Richtige? Doch jetzt kommt Jørn und setzt sich ihr gegenüber. Schenkt jedem ein Glas Wasser ein. Kein Weg mehr zurück.

»Es war kein Unglück. Alles deutet auf ein Verbrechen hin.«

Hannah ist sich nicht sicher, ob Jørn verstanden hat, was sie gesagt hat. Er blickt sie lange forschend an – glaubt er ihr nicht? Sie ist etwas enttäuscht darüber, dass er nicht einmal ein kleines bisschen schockiert wirkt.

»Verwendest du das in deinem Buch?«

Jørn kann sich ein Lächeln nicht verkneifen. Hannah schaut ihn verärgert an, schüttelt das Gefühl jedoch ab. Scheiß auf seine Du-bist-eine-Anfängerin-Attitüde. Sie muss ehrlich sein, wenn sie seine Hilfe will. Trotzdem lügt sie ehrenhalber ein klein wenig.

»Es geht ja nicht um eine Eins-zu-eins-Inspiration. Vieles erfinde ich selbst. Twists and turns.«

Jørn nickt, als wolle er sagen: *ganz bestimmt.*

»Und jetzt kommst du mit deinem Buch nicht weiter, weil die Ermittlungen zum Tod des armen jungen Mannes ins Stocken geraten sind?«

So. Keine Überheblichkeiten mehr. Hannah muss das Gespräch zurück auf das Wesentliche lenken. Sie trinkt einen Schluck Wasser, Jørn zieht an seinen Fingern, es ist unfassbar nervig.

»Man muss daran denken, jeden Tag alle Glieder des Körpers zu dehnen.«

Hannah erwidert nichts.

Knack, knack.

»Es gibt mehrere Verdächtige, aber irgendwie passt es nicht richtig. Irgendetwas fehlt. Eine wichtige Komponente.«

Hannah steht auf. Läuft auf und ab. Jørn folgt ihr mit den Blicken.

»Mordwaffe?«

»Stumpfer Gegenstand, wurde nicht gefunden.«

»Verdächtige?«

»Der Vater, ein homosexueller Liebhaber, ein Obdachloser, der zufällig da war, als der Tote gefunden wurde, und der eine Beule am Kopf hat, lange Geschichte.«

»Zeugen?«

»Der Obdachlose mit der Beule.«

»Motiv?«

Hannah hält inne. Scheiße, er ist gut. Warum hat sie darüber nicht nachgedacht? Jørn beantwortet seine Frage selbst.

»Beim Liebhaber Eifersucht, beim Vater Schande, beim Obdachlosen Homophobie. Alles starke Motive, wenn du mich fragst.«

Hannah setzt sich wieder hin.

»Aber du kennst sie nicht. Jonni ist freundlich und nicht eifersüchtig; der Vater hat sich vielleicht geschämt, aber seinen einzigen Sohn auch sehr geliebt, und der Obdachlose ist zu nett, um homophob zu sein.«

Jørn schüttelt den Kopf, erneut kann er sich ein Lächeln nicht verkneifen.

»Ich dachte, dein Zynismus und dein mangelndes Vertrauen in andere Menschen würden für dich in kriminalistischen Fragen von Vorteil sein. Aber in Wirklichkeit bist du ja weich wie Butter.«

»Wer behauptet, ich hätte mangelndes Vertrauen in andere Menschen?«

»Das hast du selbst gesagt. In einem Interview, in der *Politiken*, vor ein paar Jahren.«

Hannah kommt nicht umhin, sich merkwürdig geschmeichelt zu fühlen. Jørn hat ein Interview mit ihr gelesen. Gleichzeitig würde sie ihm am liebsten eine scheuern – weich wie Butter. Er spricht, wie er schreibt. Wie ein verdammtes Klischee. Sie verteidigt sich.

»Mein mangelndes Vertrauen liegt eher auf einer abstrakten Ebene. Ein Misstrauen gegenüber der Menschheit.«

Jørn schüttelt den Kopf. Macht ein abschätziges Geräusch mit den Lippen.

»Hannah, ich hätte nie gedacht, dass ich das sagen würde. Aber du bist viel, viel zu naiv, um Krimiautorin zu sein.«

Die Vorstellung, Jørn umzubringen, steht ihr nun wieder als reale Möglichkeit vor Augen, doch Hannah mobilisiert ihr gesamtes moralisches Bewusstsein und unterdrückt den Drang, ihm mit der metallenen Teekanne den Kopf zu zerschmettern. Moment! Was sind das für brutale Gedanken? Warum tauchen in ihrem Kopf Gewaltfantasien auf, sobald jemand sie nervt? Ein Gefühl von Scham und Angst breitet sich in ihrem Körper aus. Wenn sie so primitiv ist, so impulsiv in ihrer Art zu denken, ist sie dann prädisponiert, gewaltsame Überfälle zu begehen, zu töten? Und was unterscheidet sie von allen anderen potentiellen Mördern? Hannah bemerkt, dass ihre eine Hand ein wenig zittert, sie versucht es zu verbergen, doch Jørn bemerkt es.

»Entzugserscheinungen?«

Hannah schreit innerlich. Äußerlich lächelt sie aufgesetzt.

»Ich bin keine Alkoholikerin.«

»Und ich bin kein Multimillionär und habe auch kein fettes Sommerhaus in Hornbæk oder eine Beteiligung an einem schicken Rennpferd in Norddeutschland.«

Jørn lächelt Hannah an, die nicht anders kann, als sein Lächeln zu erwidern. Was zum Teufel ist das? Das war tatsächlich gar nicht schlecht gekontert. Kann sie ihn in Wahrheit ein kleines bisschen leiden? Nein! Konzentration. Sie wird ihn ausnutzen, sein vertrauensvolles Wesen melken, auf der Klaviatur seiner Selbstverliebtheit spielen und ihn dazu bringen, ihr bei der Aufklärung zu helfen, ohne dass er es merkt. Das ist der Grund, weshalb sie gekommen ist. Nicht, um Freundschaft zu schließen.

»Das mit dem Motiv. Du hast recht, dass alle drei Verdächtigen auf dem Papier starke Motive haben, aber wie gesagt, du kennst sie auch nicht. Ich glaube einfach nicht ...«

»Dass sie imstande sind, es zu tun. Das hast du schon gesagt. Aber du bist natürlich auch der Menschenkenner.«

War diese letzte Bemerkung ein verstecktes Lob oder ein scherzhaftes Necken? Hannah ist sich nicht sicher, neigt jedoch zu Letzterem.

»Du kannst mich naiv nennen, aber ich betrachte meine Überlegung als Verteidigung gegen das Klischee. An anderen Stellen zu suchen als den offensichtlichen.«

»Der schlimmste Feind des Klischees ist Recherche.«

Oh Gott, was für eine Banalität! Hat er das gerade wirklich gesagt? Hannah blickt Jørn an, es fällt ihr schwer, ihre Abscheu zu verbergen.

»Aber der beste Freund des Klischees bist offensichtlich du.«

Jørn betrachtet Hannah, sie beißt sich auf die Zunge. Verdammt. Jetzt nicht in diese Richtung abdriften. Nicht. In. Diese. Richtung. Sie beugt sich in einer versöhnlichen Geste vor. Wenn sie etwas daraus gewinnen will, so dicht bei Jørn zu sitzen, dass sie seinen Yoga-Atem riechen kann, muss sie sich ein bisschen mehr anstrengen.

»Hör mal, ich bin nicht gekommen, um blöde Sprüche zu machen. Wir mögen unsere Meinungsverschiedenheiten über die Herangehensweise an das Schreiben und das Leben im Allgemeinen haben, aber wie gesagt würde ich wirklich gern wissen, was du denkst. Und vielleicht hast du recht, dass einer der drei Verdächtigen es tatsächlich getan hat. Aber wenn wir erstmal versuchen, ein Spiel zu spielen, bei dem wir sie zunächst ausschließen, welche Spur in dieser Verbrecherjagd würden wir dann verfolgen?«

Jørn dehnt knackend seinen Nacken (würg) und kratzt sich diskret im Schritt (doppel-würg). Offensichtlich will er das Spiel mitspielen.

»Okay, ein guter Krimi beinhaltet drei wichtige Elemente: erstens eine spektakuläre und gewaltsame Einleitung, am besten ein Mord. Zweitens falsche Fährten und falsche Verdächtige und drittens … Hier wird es spannend für dich …«

Jørn macht eine so lange Pause, dass Hannah überlegt, ob er jetzt wohl mit einer Erklärung über den Sinn des Lebens daherkommt.

»Drittens …«

»Ich höre.«

»Punkt drei ist: Überraschungen.«

»Überraschungen?«

Hannah sieht ihn skeptisch an. Ist das alles?

»Was würde dich am meisten überraschen? Wenn du versuchst, darüber nachzudenken, kann es sein, dass du der Lösung näherkommst, wer Thor umgebracht hat. Oder wer der Mörder in deinem Krimi ist.«

Hannah dankt ihm für die Hilfe und steht mit dem Gefühl auf, nichts aus Jørn herausbekommen zu haben, das sie nicht auch innerhalb von zwanzig Minuten hätte googeln können. Überraschungen und Recherche. Ist das der Weg zu einer Rennpferd-Beteiligung in Norddeutschland?

In der Haustür baut Jørn sich extra breit auf, mit Armen und Beinen markiert er, dass er der König ist. Der Krimi-Yoga-Männer-König. Er sieht Hannah aufmerksam an, die spürt, dass gleich ein letzter gutgemeinter Ratschlag kommen wird. Jørns Miene wird ernst.

»Wenn ich ganz ehrlich bin, zweifle ich stark daran, dass du diesen realen Fall zu etwas gebrauchen kannst. Es können Monate vergehen, bis er aufgeklärt ist, und *wenn* er es wird, dann zeigt sich sicher, dass es nur irgendein dummes Unglück war. In meinen Augen ist es eine Sackgasse, und du solltest deine Zeit lieber darauf verwenden, ein paar gute Krimis zu lesen und die ein oder andere Fernsehserie anzuschauen, um Anregungen zu bekommen, wie man einen richtigen Krimi schreibt. Und dann sprichst du mit einem Haufen pensionierter Polizisten und liest ein paar alte Akten aus dem wirklichen Leben, und schwuppdiwupp hast du eine supergut funktionierende Kriminalgeschichte. Ach ja, und denk daran, dass die Hauptfigur nicht sympathisch sein sollte. Niemand mag eine sympathische Hauptfigur in einem Krimi.«

Hannah mustert Jørn für einen langen Moment, sie hat das Gefühl, als sähe sie ihn plötzlich als das, was er ist: ein trauriger Kopist. Dadurch empfindet sie jedoch nicht mehr Sympathie für diesen Mann, eher noch tiefere Verachtung. Sie schüttelt den Kopf, bevor sie aus dem Haus tritt.

»Du irrst dich. Die Wirklichkeit ist viel spannender als die Fiktion.«

Ihr Weg sollte sie eigentlich heimwärts führen, doch stattdessen überquert Hannah ein Feld und eine unsichtbare Grenze, die markiert, wie weit sie gehen wird, um den Mord an Thor aufzuklären.

# 34

Hannah hat das Bedürfnis, die Dinge aus einer neuen Perspektive zu betrachten, deshalb geht sie zu dem scheußlichsten Gebäude, das sie bisher im Ort gesehen hat: Olís, die örtliche Tankstelle. Abgesehen von einem sehr jungen Mädchen hinter dem Tresen ist der Laden leer. Hannah sucht die Regale mit den Augen nach etwas Alkoholischem ab, aber es gibt nur Limonade, Süßigkeiten und Hot Dogs. Da fällt ihr plötzlich ein, dass in Island nichts anderes als Leichtbier im Supermarkt verkauft wird. Wein und Schnaps findet man nur in staatlich betriebenen Geschäften. Mist, aber wenigstens ein Anlass, ein Gespräch zu beginnen. Sie schlendert zum Tresen.

»Weißt du, wo ich hier im Ort Alkohol kaufen kann?«

Hannah bemüht sich, das Mädchen hinter der Kasse anzulächeln. Sie kann kaum älter sein als sechzehn. Ist es überhaupt legal, eine Tankstelle zu bewachen, wenn man noch ein Kind ist? Das Mädchen blickt auf, von ihrem Telefon, vermutet Hannah und ist aus diesem Grund schon genervt von ihr. Sie hat keine Lust auf noch einen gelangweilten Teenager.

»Ja, da müssen Sie zum Vínbuð.«

»Ist das weit?«

»Hier ist überhaupt nichts weit.«

Das Mädchen hat den Blick bereits wieder gesenkt. Hannah will ihr gerade eine verbale Abreibung verpassen, doch da sieht sie, worauf die Aufmerksamkeit der Tankstellenwärterin gerichtet ist: ein Buch. Hannah empfindet instinktiv Sympathie für das Mädchen.

»Was liest du?«

Das Mädchen hält das Buch hoch, und Hannah hat spontan Lust, sie zu adoptieren: Sie liest *Bonjour Tristesse* von Françoise Sagan. Vielleicht gibt es ja doch noch Hoffnung für diese Welt.

*»Ich zögere, diesem fremden Gefühl, dessen sanfter Schmerz mich bedrückt, seinen schönen und ernsten Namen zu geben: Traurigkeit.«*

»Sie haben es gelesen?«

Das Mädchen betrachtet Hannah interessiert, die nickt. Ein ungewohntes Gefühl von Verbundenheit beschleicht sie; wenn sie den Moment nicht verstreichen lässt, könnte Vertrauen zwischen ihnen entstehen, das spürt sie.

»Als Teenager war es mein Lieblingsbuch … Es war tatsächlich sogar dieses Buch, das …«

Hannah ist überrascht, dass sie gerade dabei ist, etwas sehr Wahrhaftiges und Entblößendes zu sagen. Sie schämt sich bereits ein bisschen, doch das Mädchen sieht sie fragend an, und sie muss den Satz beenden.

»Es war tatsächlich dieses Buch, das mich auf die Idee gebracht hat, Schriftstellerin zu werden.«

Jetzt hat Hannah endgültig die Aufmerksamkeit des Mädchens gewonnen.

»Sie sind Schriftstellerin? Wie heißen Sie?«

»Hannah Krause-Bendix.«

Die Augen des Mädchens leuchten auf. Eine Art Wiedererkennen?

»What?! Sie sind das?«

Hannah spürt, wie ihre Wangen heiß werden, ihr Blick flackert unsicher, sie fühlt sich wie ein kleines Kind, das gelobt wird. Das Erkennen – oder besser gesagt: die Anerkennung – ihrer Person, ihrer Tätigkeit, lässt ihr Herz ein bisschen schneller schlagen, sie fühlt sich fast schwerelos. Genau das, was ihr, wie sie sich immer geschworen hatte, nichts bedeutet. Trotzdem steht sie hier in dieser scheußlichen Tankstelle in einer kleinen isländischen

Ortschaft und spürt, wie die Eitelkeit sie wie klebrige Zuckerwatte umschließt, die sie sich am liebsten einfach auf der Zunge zergehen lassen würde.

»Ich hab nur eins von deinen Büchern gelesen, *Meine Tage allein*, aber ich hab es wirklich geliebt. Wie die Hauptperson ein ganzes Jahr lang mit niemandem redet ... Das ist so emo.«

Okay, ein einziges Buch, das Tankwartmädchen ist vielleicht nicht der hingebungsvollste Fan der Welt, aber trotzdem. Hannah spürt, dass sie einen neuen Zugang zum Dorf gefunden hat. Dieser Zugang, der sich auf wundersame und nervige Weise immer wieder öffnet und schließt, und sie spürt, dass die Zeit reif ist, um die Früchte der zivilisierten Gespräche und des Fangirl-Treffens zu ernten.

»Wenn du willst, kann ich dir ein paar von meinen anderen Büchern schicken?«

»Ich verdiene nicht so superviel Geld hier, also ...«

»Nein, nein! Sie wären natürlich ein Geschenk. Ich glaube nicht, dass ich schon jemals eine so junge Leserin getroffen habe. Es wäre mir eine große Freude.«

Erstaunlicherweise fällt es Hannah gar nicht schwer, aufrichtig freundlich zu sein, und sie ist selbst verblüfft darüber, dass sie die Bücher ohne Hintergedanken angeboten hat. Der kommt jetzt allerdings nachträglich angeschlichen.

»Darf ich dich um eine Packung blaue *King's* bitten?«

Das Mädchen reicht ihr die Zigaretten über den Tresen. Hannah holt ihren Geldbeutel heraus. Versucht, es beiläufig klingen zu lassen, als sie zu dem sensibelsten aller Themen übergeht.

»Kanntest du Thor, den jungen Mann, der gestorben ist ...?«

Das Mädchen schaut sie an, von der plötzlichen unerwarteten Wendung des Gesprächs überrumpelt, doch dann nickt sie.

»Er war etwas älter als ich, aber wir hatten viele gemeinsame Freunde.«

»Also kein enger Freund?«

Das Mädchen schüttelt den Kopf. Uff.

»Also hast du keine ...«

»Keine was?«

Hannah denkt nach, muss ihre Formulierung mit Umsicht wählen.

»Du hast keine Gerüchte darüber gehört, was an dem Abend passiert ist? Ich meine, junge Leute reden, und manchmal ... ich weiß nicht. Vielleicht hat jemand etwas erfahren, womit er nicht zur Polizei gehen will ...«

Das Mädchen zuckt mit den Schultern.

»Eigentlich reden alle total viel. Aber ich ertrage es nicht so richtig zuzuhören.«

Hannah nickt. Als fände sie das vernünftig.

»Klar. Aber ... Was reden sie ...?«

Das Mädchen blickt auf. Durchschaut sie langsam, dass Hannah nur hier ist, um zu schnüffeln? Der Teenagerkopf neigt sich etwas zur Seite, Hannah fühlt sich merkwürdig entblößt.

»Wissen Sie, wofür ich Sie wirklich bewundere? Dass Sie keine Scheißkrimis schreiben wie alle anderen. Ich finde das supercool, dass Sie Bücher schreiben, die nur wir Weirdos lesen.«

Hannah lächelt. Was sagt man dazu? Jetzt kann sie ja verdammt noch mal nicht weiterfragen, und erst recht nicht von ihrem Krimiprojekt erzählen. Mist.

»Danke für die Zigaretten, Weirdo. Wir sehen uns.«

Hannah geht auf den Ausgang zu, doch als sie fast draußen ist, ruft das Mädchen ihr nach.

»Hey! Sie haben vergessen, meinen Namen und meine Adresse aufzuschreiben!«

Hannah sieht sie fragend an. Das Mädchen blickt unsicher zurück.

»Außer, Sie haben das nicht ernst gemeint mit den Büchern ...?«

Hannah schlägt sich mit der Hand vor die Stirn. Kehrt zu dem Mädchen zurück, zieht ihr Notizbuch heraus.

»Natürlich, das hätte ich fast vergessen. Du kannst sie hier notieren.«

Hannah sieht dem Mädchen dabei zu, wie es in das Buch schreibt.

»Iðunn? Das ist ein schöner Name.«

Das Mädchen, das Iðunn heißt, gibt Hannah das Notizbuch zurück.

»Tut mir leid, dass ich nicht mehr in den ganzen Gerüchten über Thors Tod drin bin. Ich weiß, dass Sie sich auf die menschliche Psychologie spezialisiert haben und dass Sie sich vielleicht von so einem Ereignis inspirieren lassen könnten ... Auf der charakterlichen Ebene.«

Hannah nickt.

»Auf charakterlicher Ebene, ja ... Genau deshalb hab ich gefragt.«

»Wenn Sie Lust haben, kommen Sie doch bei einer Party vorbei, heute Abend. Oder ... keine richtige Party, es ist eher ... Alle Jugendlichen im Dorf kommen zusammen, in Gedenken an Thor. Auf unsere Art. Ich bin sicher, Sie könnten das eine oder andere herausfinden, wenn Sie vorbeischauen würden ...«

Hannah blickt Iðunn an, würde ihr am liebsten um den Hals fallen; was für eine unerwartete Wendung für die Ermittlung!

»Ja, auf jeden Fall, das mache ich wirklich gern.«

Iðunn lächelt breit. Hannah begreift schnell, warum, als sie ihren Arm nimmt, um ihre letzte Bemerkung zu unterstreichen.

»Cool! Nur noch eine kleine Sache ... Könnten Sie zum Vínbuð gehen und uns Alkohol besorgen ...?«

# 35

Einen halben Tag, einiges nervöses Warten, einen Besuch beim Vínbuð und ein langes Nickerchen später. Kaum hat Hannah den Raum betreten, würde sie am liebsten sofort wieder gehen. Iðunn hatte recht: Vermutlich ist die gesamte Jugend von Húsafjörður in dem kleinen Keller, wahrscheinlich die Wohnung von irgendjemandem, versammelt. Sie schaut sich um. Ein ausgeklapptes Schlafsofa, das wirkt, als wäre es noch nie gemacht worden, eine Gaming-Ecke mit zwei Computerbildschirmen auf einem viel zu kleinen verstaubten Tisch, aber mit einem riesigen Bürostuhl, der eher aussieht wie der Sitz eines Raumschiffs. An den Wänden zerknitterte Plakate von Bands, von denen Hannah noch nie gehört hat, und auf dem Boden ein Durcheinander aus undefinierbarem Kram. In der Ecke eine lärmende Runde um einen Kickertisch. Hannah fühlt sich nicht nur tausend Jahre zu alt, sondern merkt auch, wie in dem engen Raum ihre Klaustrophobie erwacht, während vor ihrem inneren Auge Szenen von den todlangweiligen Privatpartys ihrer eigenen Teenagerjahre ablaufen wie aufflackernde Filmausschnitte. Offenbar merkt Iðunn ihr an, dass sie kurz davor ist, einen Rückzieher zu machen. Mit festem Griff nimmt Hannahs neue Freundin von der Tankstelle ihren Arm, als wäre sie ein Kind, das gerade vor ein Auto laufen will, und hindert sie auf diese Weise daran abzuhauen.

»Ich weiß, es ist ein bisschen komisch, weil du unsere Oma sein könntest, aber ganz ehrlich: Du bist die coolste Person hier im Raum.«

Soll Hannah sich jetzt geschmeichelt fühlen? Das Gegenteil ist der Fall, aber sie lässt sich trotzdem tiefer in die Höhle hineinziehen. Als sie das Epizentrum des Zimmers erreichen, einen kleinen Couchtisch, der aussieht, als wäre er mit einer Mischung aus Staub und Essensresten lackiert, knallt Hannah die Tüte darauf, die sie diskret mit hereingetragen hat. Lauter Beifall und Hurrarufe ertönen, als die jungen Leute entdecken, was sich darin befindet: lieblicher Weißwein und zwei Flaschen Wodka. Hannah sichert sich schnell ein Glas Wein, bevor die Getränke von eifrigen Teenagerhänden verteilt werden. Sie stürzt die Hälfte ihres Glases in einem Zug herunter und nimmt dann die Gesellschaft um sich herum in den Blick. Es sind wahrscheinlich ungefähr fünfundzwanzig Leute im Alter zwischen fünfzehn und zwanzig Jahren, und Hannah beschleicht erneut das sonderbare Gefühl, in ihre eigene Jugend versetzt worden zu sein. Vielleicht hat es etwas mit der Art zu tun, wie sie sich geben, den etwas zu aufgeregten Gesprächen, gemischt mit einer zittrigen Unsicherheit, die durch lässige Haltung und weitschweifige Gesten kompensiert werden soll. Ein Verhalten, das die Zeit zu transzendieren scheint und spezifisch zum Teenageralter gehören muss. Vielleicht liegt es auch daran, dass anscheinend die Mode aus ihrer eigenen Jugend zurückgekehrt ist, was ihr Gefühl von Zusammengehörigkeit allerdings nicht verstärkt, sondern Hannah stattdessen daran erinnert, dass Iðunn tatsächlich recht hat: Sie könnte die Oma oder zumindest die Mutter von jedem hier sein. Aus einem einzigen, aber sehr großen Lautsprecher dröhnt nun irgendwelche Indie-Rockmusik, die Hannah keiner Zeit zuordnen kann. Sie klingt alt, könnte aber im Grunde auch ganz neu sein. Männer mit E-Gitarren kommen wohl nie aus der Mode. Wie erwartet, wird sie nicht gerade von hingebungsvollen Fans umringt, aber sie ist trotzdem verwundert, dass niemand ihre Anwesenheit auch nur im Geringsten aufsehenerregend zu finden scheint. Die Leute haben kaum bemerkt, dass sie diejenige war, die großzügigerweise den Sprit mit auf die Party gebracht hat.

Aus dem Augenwinkel sieht sie, dass Iðunn bereits in ein Gespräch mit ein paar anderen Mädchen vertieft ist, und Hannah steht etwas verloren da. Aber egal, dann hat sie zumindest Zeit, sich die Personen auszusuchen, die ihrer Einschätzung nach die lohnendsten Gesprächspartner abgeben. Entgegen ihrem Instinkt wählt sie nicht einen der linkischen Wächter der dunklen Ecken, sondern sucht sich stattdessen einen Kerl aus, der mitten in der Menge steht und wie ein Stand-up-Comedian in einem sehr kleinen Club die Leute in seiner Umgebung unterhält. Er ist breitschultrig oder vielleicht auch nur gut durchtrainiert, Hannah kann es nicht genau erkennen, aber er könnte durchaus einer der Jungs sein, die an dem Tag, als sie Thor begegnet ist, auf dem Fußballfeld waren. Er hat kräftiges dunkelblondes Haar, das an den Seiten kurzgeschnitten ist, und seine Gesichtszüge sind harmonisch, ohne ausgesprochen hübsch zu sein. Doch alles in allem wirkt er wie jemand, mit dem man bereitwillig den neuesten Klatsch teilt und von dem man gern ein Lob erntet. Hannah wartet, bis er aufs Klo geht, dann schlägt sie zu. Tut so, als stünde sie in der Toilettenschlange, und fängt ihn auf seinem Weg zurück zur Party ab.

»Cooles T-Shirt.«

Hannah versucht, einen Ton in angemessenem Abstand zu den beiden Rollen zu treffen, nach denen sie sich hier fühlt: Muttertyp und Pädophile. Der Kerl mustert sie, versucht offenbar, sie in seine Welt einzuordnen. Doch ohne Erfolg.

»Wer bist du gleich noch mal …?«

Hannah ist auf Skepsis vorbereitet, streckt ihm lächelnd die Hand hin und hofft wirklich, dass er sich nach dem Toilettenbesuch die Hände gewaschen hat.

»Hi, ich heiße Hannah, ich bin eine Freundin von Thor.«

Der Kerl reicht Hannah eine schlaffe, feuchte Hand und blickt sie skeptisch an. Sie schwächt ihre Lüge ein wenig ab.

»Oder Freundin von Ella, genauer gesagt, der Schwester von Thors Mutter …«

Wieder ein sehr berechtigter skeptischer Blick. Hannah versucht es ein letztes Mal, die kleinste Lüge.

»Ich bin eine Freundin der Familie. Eine entfernte Verwandte aus Dänemark.«

Cool-Frisur nickt, aber nicht, als würde das Ganze für ihn jetzt hundertprozentig Sinn ergeben.

»Und sie wollten gern, dass ich ... Also, die ganze Familie ist natürlich sehr traurig, und sie haben mich gebeten, ein paar Beiträge über Thor zu sammeln. Für die Grabrede.«

Hannah würde sich am liebsten selbst einen kräftigen Schlag auf den Kopf geben, aber irgendeine Ausrede braucht sie.

»Und warum glaubst du, ich hätte was zu sagen ...?«

»Du kanntest ihn, oder?«

»Das ist ein anderes Thema.«

Der Kerl lehnt sich jetzt gegen den Türrahmen. Flirtet er mit ihr? Jedenfalls hat sie seine Aufmerksamkeit gewonnen, so weit, so gut. Hannah geht noch einen Schritt auf ihn zu. Dem Typen scheint das zu gefallen.

»Du brauchst nicht tausend lobende Worte über ihn runterleiern, wenn du keine Lust hast. Aber wenn es irgendwas gibt, das deiner Meinung nach erwähnt werden sollte ...«

»Was krieg ich dafür?«

»Was?«

Der Typ beugt sich zu Hannah vor, starrt direkt auf ihre Brüste, unverkennbar betrunken. Das macht es Hannah schwer, die Dumme zu spielen.

»Vergiss es. Ich finde jemanden, der ihn besser kannte.«

Hannah wendet sich ab, um zurück zur Party zu gehen, wird aber von einem durchtrainierten jungen Arm zurückgehalten.

»Warte! Was, wenn ich dir sage, dass ich Thor an dem Abend, an dem er gestorben ist, gesehen habe ...?«

Hannah spannt alle Muskeln an. Mustert ihr Gegenüber. Hat sie ihn unterschätzt? Treibt er ein schlaueres Wissen-gegen-sexuelle-

Leistungen-Spiel, als sie dachte? Sie geht davon aus, dass er blufft, zieht ihren Arm weg.

»Viel Glück mit einem Mädchen in deinem Alter.«

Hannah lässt ihn stehen, doch hinter ihr ertönt ein verzweifelter Laut, der letzte Versuch des Teenagers, um Aufmerksamkeit zu ringen. Hannah erstarrt, hat sie richtig gehört? Sie dreht sich um. Der Kerl nickt, der lüsterne Blick ist verschwunden. Für einen Moment wirkt er nüchtern und aufrichtig.

»Ich meine es ernst. Ich hab Thor an dem Abend heimgehen sehen. Und dann hat ein Auto angehalten und ihn mitgenommen.«

Hannah starrt ihn an.

»Wie heißt du noch mal?«

Hannah kann gar nicht schnell genug von der Teenagerparty wegkommen, und das aus gutem Grund: Während ihrer kleinen Unterhaltung in der Toilettenschlange ist der Alkohol im Blut der Jugendlichen angelangt. Der Raum hat sich inzwischen in eine Hüpfburg voller nackter Oberkörper verwandelt, alles springt und wogt zu Neunzigerjahre-Grunge durcheinander, der Text wird lauthals mitgegrölt. Sie versucht, sich durch die schwankende Masse aus Armen, Beinen und schweißigem Alkoholdunst zu kämpfen, ist schon kurz davor zu geloben, selbst nie wieder etwas zu trinken. Sie wird eine Weile hin und her geschubst und landet schließlich zwischen einem Kerl und einem Mädchen, die in einem offenbar selbsterfundenen Tanz aufeinander zu springen. Hannah bekommt Atemnot, würde am liebsten um sich schlagen. Wie viele Teenager können sich denn auf zwanzig Quadratmeter quetschen? Sie signalisiert, dass sie rauswill, doch jetzt ist sie von allen Seiten eingekesselt. Ihr rettender Engel ist ihr aufgepumpter Toilettenfreund, der auch zurück auf die Party gefunden hat, sie plötzlich an der Hand packt und aus einer Situation herausreißt, die sich zu einem unfreiwilligen Dreier zu entwickeln droht. Er schreit ihr über Kurt Cobains Stimme hinweg ins Ohr.

»Ich hätte nicht gedacht, dass du der Tanztyp bist!«

Er lächelt sie an, macht ein paar linkische Tanz-Moves. Hannah setzt eine Miene auf, als hätte sie ihn nicht gehört und hebt mit einer entschuldigenden Geste die Arme. Sie ist so weit durch das Dancefloor-Fegefeuer gedrungen, dass der Ausgang nun vor ihr liegt. Doch als sie gerade nach der Türklinke zur Freiheit und der Möglichkeit der Verfolgung einer neuen Spur greifen will, versperrt Iðunn ihr den Weg.

»Du kannst doch jetzt nicht gehen!«

Hannah überfällt der Anflug eines schlechten Gewissens, weil sie nicht daran gedacht hat, sich von ihrer neuen Freundin zu verabschieden. Sie versucht, einen fiebrigen Eindruck zu vermitteln.

»Es geht mir nicht so gut, ich brauche ein bisschen frische Luft.«

»Perfekt. Wir sind gleich bereit für die große Zeremonie.«

Hannah starrt sie verständnislos an.

»Zeremonie?«

»Für Thor. Nimm einfach das hier.«

Bevor sie noch etwas sagen kann, hat Iðunn ihr zwei Flaschen Spiritus aufgeladen, und jetzt bemerkt Hannah, dass Iðunn sich einen Packen hellgrüner Pappstücke unter den Arm geklemmt hat. Hinter ihr steht ein zweites Mädchen mit ein paar Stiften in der einen und Streichhölzern in der anderen Hand.

»Brennen wir jetzt irgendwas nieder?«

Iðunn lächelt.

»Ganz genau.«

# 36

Im Laufe weniger Minuten hat sich die Party auf wundersame Weise unter den sternklaren Nachthimmel verlagert. Als hätte eine unsichtbare Kraft alle auf einmal nach draußen gezogen – vielleicht hat aber auch nur jemand die Musik ausgemacht. Hannah erschaudert vor Kälte, während sie sich umschaut. Die Energie der Jugendlichen wirkt etwas gedämpft unter Daunenjacken und Mützen, aber offenbar wissen alle, was geschehen wird, und halten eine Weile ehrfürchtig inne. Iðunn scheint die Leiterin der Aktion zu sein, sie nimmt Hannah die Spiritusflaschen ab und leert sie sorgfältig über einen großen Haufen aus verschiedenem Brennmaterial: altem Holz, Möbeln und ein paar Ästen. Hannah kommt ein Gedanke. Sollte sie als einzige Erwachsene die betrunkenen Jugendlichen daran hindern, Dinge in Brand zu setzen? Aber sie kann sich nicht überwinden, etwas zu sagen, denn es ist, als sollte sie eigentlich überhaupt nicht hier sein. Als würde etwas geschehen, von dem sie kein Teil ist, sondern das sie nur von außen betrachten kann. Jemand zündet ein Streichholz an. Es setzt die Holzstücke sofort in Brand. Ein weiteres wird entzündet, und noch eines. Das Feuer greift schnell um sich, und bald lodern die Flammen so hoch wie bei einem Wintersonnwendfeuer. Iðunn stellt sich davor, hält den Stapel hellgrüne Pappe in die Höhe und spricht mit erhobener Stimme in die Nacht.

»Eitt á mann.«

Hannah blickt sich etwas verwirrt um. Versucht, den Ereignissen zu folgen, und sieht sich nach den Jugendlichen um, die gerade alle ein Stück Pappe und einen Stift bekommen und zu schreiben beginnen. Einige reden gedämpft miteinander. Manche lächeln, andere sind offensichtlich berührt. Aber es wird nicht herumgealbert. Iðunn kommt auf Hannah zu.

»Jeder schreibt einen Gruß an Thor, und dann wirft man ihn ins Feuer. Und dann ... Ja, dann hoffen wir, dass er irgendwo da draußen sitzt und sie bekommt.«

Hannah nickt. Beobachtet die Jugendlichen. Ein kleiner Kloß bildet sich in ihrem Hals, während nach und nach die ersten Karten ins Feuer geworfen werden.

»Willst du nicht auch eine schreiben?«

Hannah schaut Iðunn überrascht an.

»Ich? Ich kannte ihn doch gar nicht.«

»Wenn ich Thor wäre, wäre ich absolut überglücklich, nach meinem Tod einen Gruß von dir zu bekommen.«

Hannah versucht, das leicht Bizarre an dem Kompliment zu ignorieren, aber natürlich: Was kann es schon schaden, eine Karte zu schreiben? Sie nickt, nimmt Papier und Stift entgegen. Denkt einen Augenblick nach. Es ist noch nie ihre Stärke gewesen, irgendeinen kurzen Gruß an andere zu schreiben, alles daran widerstrebt ihr. Ihr ganzes Erwachsenenleben lang hat sie jedes Jahr an ihrem Geburtstag eine Karte von ihren Eltern bekommen. Immer stand das Gleiche darauf. Bis zu dem Jahr, in dem sie keine Karte mehr erhielt. Sie wusste ja, dass ihre Mutter sie geschrieben hatte und dass ihr Vater die Tradition nach deren Tod nicht aufrechterhalten konnte. Hannah wird klar, dass sie die dummen Karten in den letzten vier Jahren tatsächlich vermisst hat. Sie beißt in das Ende des Stifts. Was schreibt man jemandem, der tot ist und den man nicht gekannt hat? Sie setzt den Stift aufs Papier.

*Lieber Thor. Es tut mir leid, dass dein sprudelndes Leben viel zu schnell enden musste. Auch wenn es vielleicht jetzt keine Rolle mehr für dich spielt, hast du viele inspiriert – besonders mich.*

Hannah hält inne. Beeilt sich dann, etwas hinzuzufügen.

*Ich werde deinen Mörder sicher finden.*

Sie faltet die Karte, wirft sie ins Feuer. Sie sieht, wie die Flammen sie ergreifen und ihr Versprechen verzehren.

»Bist du immer noch hier?«

Hannah erkennt die Stimme wieder, dreht verwundert den Kopf und sieht zu ihrer Verblüffung Jonni mit einer grünen Karte in der Hand neben sich stehen. Was macht er hier? Es ist erst einen Tag her, dass sie ihn hinter Gittern besucht hat.

»Bist du ...?«

»Ich bin freigelassen worden. Nicht ausgebrochen, falls du das denkst.«

»Aber wirst du immer noch ... äh, verdächtigt?«

Jonni zuckt mit den Schultern, als wüsste er es nicht. Hannah stellt jedoch fest, dass er froh zu sein scheint, zurück in der Freiheit zu sein. Im orangefarbenen Schein des Feuers wirkt er fast wie ein gewöhnlicher Teenager. Sie beißt sich auf die Lippe, es gibt so vieles, was sie ihn gern fragen würde, doch etwas hält sie zurück. Gerade heute sollte er wohl einfach mit seinen Freunden zusammen sein dürfen und endlich seine Trauer ausleben können. Es muss unerträglich gewesen sein, damit allein in der Ausnüchterungszelle zu sitzen. Der Wind ändert seine Richtung und bläst Hannah Rauch ins Gesicht, sie tritt ein wenig zurück. Erschaudert in der klirrenden Kälte, folgt mit dem Blick den aufsteigenden Flammen, dann dem Rauch, der hinauf zu den Sternen verschwindet. Ein ungewohnter Anflug von Sentimentalität ergreift sie – ob Thor wohl auf irgendeine metaphysische Art die letzten grünen Grüße empfängt? Sie wundert sich über sich selbst. Wo kommt das auf einmal her? Noch vor wenigen Tagen hätte sie diese Zeremonie mit einem höhnischen Lachen als pathetisch und rührselig abgetan, doch jetzt hat sie den Eindruck, dass sie Ruhe vermittelt und einen Sinn ergibt. Nicht nur für die Jugendlichen, sondern auch für sie. Hannah erlaubt sich selbst, sich auf den Moment einzulassen. Um sie herum halten sich viele in den Armen, manche weinen. Sie betrachtet Jonni. Iðunn und das Mädchen mit den Streichhölzern stehen links und rechts von ihm, haben jede einen Arm um ihn gelegt. Wieder spürt Hannah diesen sonderbaren Hauch von Hoffnung für die Zukunft, nicht unbedingt für sich selbst, sondern für die, die nach ihr kommen werden. Sie hat das Gefühl, dass jetzt der richtige Zeitpunkt zum Gehen ist. Langsam tritt sie vom Feuer zurück, und als sie sich weit genug entfernt hat, läuft sie zum ersten Mal seit Tagen ruhigen Schrittes in Richtung Dorf.

Hannah kann sich nicht überwinden, auf direktem Weg nach Hause zu gehen, sie *muss* die neuen Erkenntnisse an Viktor weitergeben. Nicht nur weil sie gern sein Gesicht sehen will, wenn sie ihm eine so entscheidende Information bringt, sondern auch weil es fast schon ihre Bürgerpflicht ist, ihm von dem Wagen zu berichten. Hannah versucht, sich die Details in Erinnerung zu rufen, die der Toilettenschlangentyp ihr über Modell und Aussehen berichtet hat, zugleich unterdrückt sie lustvolle Gefühle bei dem Gedanken, Margrét zu sehen, als sie wenig später bei der Ordnungsmacht anklopft.

»Es ist nach Mitternacht.«

Die Ringe unter Viktors Augen sind so dunkel, dass sie wirken wie aufgemalt. Das Haar steht in alle Richtungen ab, und zum ersten Mal sieht Hannah ihn unrasiert, aber es ist trotzdem deutlich, dass sie ihn nicht geweckt hat. Diesmal ist er sogar in Uniform.

»Ich hab eine sehr wichtige Information.«

»Ich hatte dich gebeten, dich ganz aus den Ermittlungen herauszuhalten.«

»Ich hab gerade Jonni getroffen. Wird er nicht mehr verdächtigt?«

»Halt dich fern.«

Viktor schließt die Tür, doch Hannah kann gerade noch einen Fuß in den Spalt stecken. Viktor schaut sie müde an. Nicht mehr wütend, nur müde.

»Wusstest du, dass an dem Abend, als Thor ermordet wurde, jemand gesehen hat, wie er in ein Auto gestiegen ist?«

Hannah bemerkt ein überraschtes Zucken in Viktors Gesicht.

»Schwarz oder dunkelblau, ein Geländewagen. Einer von Jonnis Freunden hat es beobachtet. Er hatte sich in der Nacht rausgeschlichen, um mit ein paar Freunden Pot zu rauchen – deswegen hat er bis jetzt noch niemandem davon erzählt. Aber er hat Thor an dem Abend beobachtet. Und ist sicher die letzte Person, die ihn lebend gesehen hat. Bis auf den Mörder natürlich.«

»Vorausgesetzt, dein sogenannter Zeuge sagt die Wahrheit. Wie heißt er?«

»Natürlich sagt er die Wahrheit.«

»Name?«

»Ich hab ihm versprochen, ihn nicht zu verraten.«

»Gute Nacht, und bleib weg.«

Viktor schlägt die Tür gegen Hannahs Fuß, und sie muss all ihre Selbstbeherrschung aufbringen, um nicht zu schreien.

»Er heißt Stefan! Stefan Haraldsson.«

Die Tür öffnet sich gerade so weit, dass Hannah ihren pochenden Fuß herausziehen und sich hinter dem Mann im zerknitterten Polizeihemd mit ins Haus drängen kann.

Wieder sitzt Hannah auf dem braunen Ledersofa, doch dieses Mal wird ihr weder Rotwein noch Sex angeboten. Viktor hat sich ihr gegenüber auf einem Stuhl niedergelassen, er sieht aus, als würde er darum kämpfen, das letzte bisschen Fassade, alles im Griff zu haben, aufrechtzuerhalten. Vergeblich.

»Das Ergebnis der DNA-Probe von der Flasche ist gekommen. Das Blut ist ganz sicher nicht Jonnis, aber die Fingerabdrücke sind tatsächlich von Thor.«

Viktor zögert. Nimmt Anlauf für das Eingeständnis.

»Ich denke also, du hast recht. Thor hat möglicherweise seinen Angreifer mit der Flasche geschlagen. Wir hatten nicht genügend

Beweise, um Jonni in Gewahrsam zu behalten, und sein Anwalt hatte viele gute Argumente, ihn trotz der Drohungen Ægir gegenüber freizulassen. Dass er so jung ist, von der Trauer beeinträchtigt war, keine Vorstrafen hat und das alles ... Also ... Tja, jetzt haben wir eigentlich gar nichts mehr. Außer der Flasche.«

»Und dem Wagen.«

Hannah versucht aufmunternd zu klingen. Verspürt trotz allem eine gewisse Freude darüber, dass es ihr gelungen ist, sich wieder ins Zentrum der Ermittlung zu manövrieren.

»Wir suchen nach Gísli. Um zu überprüfen, ob das Blut auf der Flasche von ihm stammt.«

»Er ist also ein Verdächtiger?«

»Wir suchen nach ihm.«

Viktor hält einen Moment inne. Sein letzter kleiner Rest Widerstand scheint zusammenzubrechen.

»Oder besser gesagt: Ich suche nach ihm. Nicht, dass ich Unmengen von Kollegen hätte, die mir helfen. Bis auf den Rechtsmediziner und das Labor in Reykjavík bin ich auf mich allein gestellt.«

»Können sie nicht jemanden hierherschicken, um dich zu unterstützen?«

»Sie haben nicht die Mittel dafür, es sei denn, es wäre hundertprozentig sicher, dass es wirklich Mord war.«

Hannah blickt ihn erstaunt an.

»Und das ist es nicht?«

»Ist dir eigentlich klar, wie viele Menschen in diesem Land jedes Jahr aufgrund der Naturgewalten sterben? Betrunkene, die erfrieren, Fischer, die ins Meer stürzen. Es ist viel einfacher für alle, so etwas als Unfall zu registrieren.«

»Und was ist mit dem rechtsmedizinischen Gutachten?«

»Ich warte immer noch auf die letzten Ergebnisse. Die Beule an seinem Kopf ... Nichts deutet darauf hin, dass er nicht einfach gefallen und auf einen Stein aufgeschlagen ist.«

»Aber du sagtest, er hätte Male an den Schultern, weil er unter Wasser gedrückt worden ist.«

»Male, die laut den Rechtsmedizinern auch anders entstanden sein könnten als durch Gewalteinwirkung. Wir haben immer noch keinen eindeutigen Beweis.«

»Aber die Ergebnisse, auf die du noch immer wartest. Worum geht es da?«

Viktor zögert. Er hat ihr bereits viel zu viel erzählt, aber offensichtlich fehlt ihm jemand, mit dem er seine Gedanken teilen kann. Hannah braucht nichts zu sagen, um ihn zu animieren, Stille und Geduld sind völlig ausreichend.

»Ob etwas in seinem Blut war.«

»Alkohol und Drogen?«

Viktor nickt.

»Wir wissen, dass Jonni und er beide betrunken waren. Aber Thor war keiner, der Drogen genommen hätte. Also wenn etwas da ist ... Dann kann es sein, dass noch jemand anderes mit im Spiel war.«

Hannah denkt nach. Das alles hört sich an wie verzweifelte Hoffnungen, die in so viele verschiedene Richtungen gehen, dass sie schwer zusammenzubringen sind: Der Obdachlose, der nicht obdachlos ist, aber ganz sicher ein armer Alkoholiker, ist der einzige Verdächtige in einem Fall, in dem das Opfer vielleicht, vielleicht aber auch nicht, bevor ihn sein grausames Schicksal ereilte, irgendwelche Drogen eingenommen hat. Davor hatte der junge Mann eine Mitfahrgelegenheit in einem Auto, das ganz sicher nicht dem Obdachlosen gehört, und er hat seinem Mörder vermutlich eine Flasche gegen den Schädel geschlagen, im Rausch oder nicht. Hannah weiß, dass Muskel-Stefan möglicherweise lügen könnte, aber er wirkte ziemlich glaubwürdig oder auch einfach zu dumm, um aus dem Stegreif eine solche Lüge zu erfinden. Allerdings scheint die Information über den Wagen Viktor nicht im Geringsten zu helfen, eher im Gegenteil.

»Ich weiß, das ist kein großer Trost, aber wenn du jemanden brauchst, mit dem du den Fall diskutieren kannst, dann gib Bescheid … Ich meine es ernst. Ich will dich wirklich nicht belästigen, aber vielleicht gibt es einen Grund dafür, warum ich ein paar Dinge herausfinden konnte.«

Viktor betrachtet sie.

»Die Flasche. Das Auto. Aus irgendeinem Grund scheint es so zu sein, dass sich die Leute mir gegenüber auf eine andere Art öffnen. Vielleicht, weil ich von außen komme. Oder vielleicht, weil sie denken, ich wäre zu dumm, um die Puzzleteile zusammenzufügen.«

Viktor lächelt. Blickt Hannah forschend an. Als hätte er sie durchschaut.

»Oder vielleicht, weil du freundlicher und vertrauenerweckender bist, als du selbst zugeben möchtest.«

Hannah rutscht ein bisschen auf dem Sofa herum, unangenehm berührt. Steht auf, um sich neu zu sortieren.

»Ich meine es ernst. Wenn du denkst, es könnte in irgendeiner Form hilfreich sein, mich miteinzubeziehen, dann will ich dir wirklich gern helfen. Ohne dir im Weg zu stehen oder das Gesetz zu brechen.«

»Auch ohne heimlich in meinem Garten herumzuschleichen?«

Hannah fröstelt. Ihre unglückliche Gartenrunde hatte sie erfolgreich verdrängt, aber es ist nicht die Erinnerung daran, die ihr Gänsehaut verursacht. Es ist der Gedanke daran, was Viktor eigentlich mit »heimlich herumschleichen« meint.

# 37

Hannah verlässt Viktor freudig erregt darüber, dass ihr die Rolle einer inoffiziellen Ermittlungspartnerin zugewiesen wurde, gemischt mit dem diffusen Gefühl, dass sie stärker auf der Hut sein muss. Als sie eine halbe Stunde später unter ihre kalte Bettdecke kriecht, dreht sich in ihrem Kopf alles auf eine Art, wie sie es sonst nur erlebt, wenn sie sehr betrunken ist. Wenn die Gedanken übereinander stolpern und das Gehirn keine Ordnung oder Verbindungen mehr schaffen kann, die weit genug reichen, um einen Zusammenhang herzustellen. Plötzlich piepst und leuchtet ihr Telefon, sie spürt ein Ziehen in der Magengrube – vielleicht eine Nachricht von Margrét? Sie nimmt das Handy vom Nachttisch, und ihre Enttäuschung könnte nicht größer sein: Es ist Jørn. Er will sich nur für das gute Gespräch bedanken und sie daran erinnern, dass sie jederzeit zu ihm kommen kann, wenn sie Hilfe braucht. Vielleicht hat sie auch Lust, gemeinsam Ausflüge in die Umgebung zu machen und für ihre jeweiligen Bücher zu recherchieren? Sein Geländewagen kommt überall hin. Jørns Nachricht endet mit einem bescheuerten Auto-Emoji. Hannah antwortet nicht, sondern stellt das Telefon auf lautlos, schließt die Augen und versucht, Jørn zu vergessen. Der Schlaf kommt schnell und ist tief, und zu ihrer eigenen Überraschung wacht sie am nächsten Morgen um Punkt sieben Uhr auf und fühlt sich so frisch und ausgeruht wie noch nie zuvor in ihrem Erwachsenenleben. Ella ist noch nicht aufgestanden, als Hannah Kaffee aufsetzt und ein bisschen Brot röstet. Banale Handlungen, aber sie geben ihr ein Gefühl von Lebenskraft. Von Kontrolle. Sie setzt sich an den Esstisch und nimmt einen herzhaften Bissen Marmeladenbrot, spült mit dem heißen Kaffee nach und beginnt, an ihrem Krimi weiterzuschreiben.

*Der Alarm hatte nicht ausgelöst, als Esther aus dem Gefängnis ausgebrochen war, und daher vergingen einige Stunden, bis Axelson entdeckte, dass sie verschwunden war. Stunden, in denen sie Zeit gehabt hätte, sich selbst zu schaden oder noch schlimmer: neue Verbrechen an anderen zu begehen. Während er in seinem Wagen herumfuhr und nach ihr suchte, versuchte er, sich einen Reim auf alles zu machen. Sie hatte den Vater ihres Freundes getötet, aber hatte sie auch ihren Freund umgebracht? Das ergab keinen Sinn, sie hatten sich so sehr geliebt. Axelson kratzte sich seinen langen Bart, und da! Plötzlich kam ihm ein Gedanke: Es waren mehrere Mörder. Ein Schauer lief ihm den Rücken hinunter; mit einem Mal war nicht nur eine gefährliche junge Frau auf freiem Fuß, sondern auch ein Komplize. Vielleicht wollte Esther sich mit dieser Person treffen? Vielleicht wollten sie gemeinsam weitere Morde planen? Er hatte den Gedanken kaum zu Ende gedacht, da fiel ihm auf, dass alles viel mehr Sinn ergab, wenn zwei Mörder im Spiel waren. Es erklärte Esthers Alibi, es erklärte die mysteriösen Nachrichten auf ihrem Telefon, und vor allem erklärte es, weshalb es ihr gelungen war, mit einem von außen aufgebrochenen Schloss aus der Zelle zu entkommen. Rumms! Ein lautes, krachendes Geräusch unterbrach Axelsons Überlegungen, dann wurde ihm schwarz vor Augen. Er nahm nicht einmal mehr das Auto wahr, das frontal in seinen Wagen hineingefahren war.*

Hannah schiebt sich die Lesebrille in die Stirn, zufrieden mit sich selbst. Jetzt gibt es auch noch einen Autounfall, das ist sicher gut, für den Fall, dass das Buch einmal verfilmt wird. Und das wird es bestimmt, es ist ja ein Krimi. *Piep.* Hannah blickt auf ihr Telefon und dann noch ein weiteres Mal, will sichergehen, dass sie sich nicht getäuscht hat. Nein. Es ist eine Einladung von Margrét zu einem Treffen in dem Teil der isländischen Wildnis, der Hannah am meisten Respekt einflößt: am Fuß des Gletschers. Oder vielleicht gibt es auch einen Ort, der noch schlimmer wäre – wenn sie tatsächlich auf den Gletscher hinaufklettern sollten. Hannah denkt über ihre Antwort nach, aber eigentlich besteht gar kein Zweifel. Sie schafft es nicht mehr, »Ja« zu tippen, weil Ella in diesem Augenblick in die Küche kommt und sie mit einem forschenden Blick unterbricht.

»Kaffee?«

Ella nickt und setzt sich, Hannah schenkt ihr eine Tasse ein. Lächelt.

»Keine Sorge, ich bin nicht verrückt geworden, ich hab nur heute Nacht gut geschlafen. Vielleicht bin ich allmählich dabei, einigermaßen normal zu funktionieren.«

Ella nickt, aber es ist keine Spur eines Lächelns in ihrem Gesicht zu finden. Hannah fällt ein, dass am nächsten Tag die Beerdigung ist, das muss sie sehr belasten. Sie schämt sich, dass sie das vergessen und nur an ihren eigenen Schlaf gedacht hat. Die neue Lebenskraft-Hannah blickt ihre Gastgeberin mit aufrichtigem Mitgefühl an.

»Alles bereit für morgen?«

Ella nickt. Findet einen Papierfetzen. Schreibt.

*Ich fahre heute zu Vigdis, helfe bei den letzten Dingen.*

»Soll ich mitkommen?«

Ella schüttelt den Kopf.

»Ich meine es ernst, ich helfe gern. Wenn es irgendetwas gibt, das ich tun kann.«

Hannah lügt nicht, sie meint es wirklich so. Selbst wenn es bedeuten würde, dass sie nicht mit Margrét auf Gletschertour kann. Ella schreibt schnell und energisch.

*Danke, aber will lieber selbst.*

Hannah schiebt Ella den Korb mit geröstetem Brot hin, doch sie hebt die Hand, fast als würde sie es als Zumutung empfinden, etwas angeboten zu bekommen. Hannah betrachtet ihre Arme, sie sehen aus wie zwei dünne Äste mit bröckeliger Rinde. Ella wirkt stark gealtert. Eingefallenere Wangen, dünneres Haar, alles im Lauf der letzten Tage. Thors Tod hat sie wirklich sehr mitgenommen, und Hannah kommen plötzlich Geschichten über Menschen in den Sinn, die unmittelbar nach dem Tod ihres Geliebten erkranken und sterben. Doch das ist wohl eher bei Lebenspartnern oder Kindern der Fall, Hannah hat noch nie von jemandem gehört, der an der Trauer um seinen Neffen zugrunde gegangen wäre. Aber wenn Thors Tod nicht der eigentliche Grund dafür ist, dass Ella ihren Lebensmut verliert, was könnte sie dann so sehr treffen? Hannah schmiert ein Stück Brot für Ella, bevor sie nach oben verschwindet, um ein Bad zu nehmen. Als sie eine halbe Stunde später wieder herunterkommt, hat Ella das Essen nach wie vor nicht angerührt, und ihre Tasse ist noch immer voll mit Kaffee. Der sicher genauso kalt ist wie Ellas Blick ins Leere.

# 38

Ein kraftvolles Gefühl pulsiert durch Hannahs Adern, während sie in Richtung Gletscher marschiert. Sie hat versucht, ihr Aussehen so ansprechend zu gestalten, wie es bei einer Wolle-über-Wolle-Kleidungstechnik möglich ist. Frisch gewaschenes Haar und etwas Mascara, mehr stand ihr nicht zur Verfügung. Bis zum Fuß der riesigen Eisscholle ist es noch ein Stück, und unterwegs hat Hannah Zeit, sich einige Hoffnungen über den Verlauf dieses Treffens mit Margrét zu machen. Es gibt sicher einen Grund dafür, dass sie sich gerade dort mit ihr treffen will und nicht irgendwo im Ort. Hannah lächelt. »Im Ort.« Eigentlich ist es nur eine Ansammlung von Schuppen auf einem Feld am Meer. Sie atmet tief ein, gleich ist sie da. Noch kann sie Margrét nicht sehen. Hannahs Gedanken kreisen um alle vorstellbaren Beweggründe, die Margrét vielleicht gehabt haben könnte, sie hierher einzuladen. Eigentlich fällt ihr nur ein Grund ein, und der verschafft ihr ein warmes Gefühl unter all ihren Wollpullovern. Doch als sie Margrét nach ein paar weiteren Schritten endlich entdeckt, sacken ihre Schultern in enttäuschter Desillusionierung herunter. Margrét ist nicht allein. Sie hat alle Kinder mitgebracht. Für den Bruchteil einer Sekunde erwägt Hannah umzukehren, aber es ist zu spät. Eins der kleinen Schneeanzugmonster hat bereits auf sie gezeigt. Hannah winkt und lächelt, geht zu ihnen. Die Kinder – vier insgesamt, ihrer Schätzung nach drei bis vier Jahre alt – springen auf Steinen herum, die genauso glatt aussehen wie der Gletscher, der hinter ihnen seine Zunge herausstreckt. Hannah blickt zu dem Eis hinauf, es sieht noch furchteinflößender und schwarzfleckiger aus, als sie es sich vorgestellt hatte. Sie muss jedoch zugeben, dass es ein toller Spielplatz ist. Nicht großartig ausgestattet, doch die Kinder scheinen Spaß zu haben, wie sie da wie kleine Trolle herumlaufen und Steine sammeln. Wenn nur keines von ihnen hinfällt und sich ernsthaft verletzt. Hannah würde nicht damit klarkommen, bei einem gebrochenen Kinderfuß Erste Hilfe leisten zu müssen.

»Schön, dass du kommen konntest.«

Margrét, der es tatsächlich gelingt, in ihren warmen und praktischen Klamotten gut auszusehen, sitzt auf einem Stein und raucht eine Zigarette. Hannah geht zu ihr, bleibt jedoch aufrecht vor ihr stehen.

»Ist ja nicht so, dass ich eine Million anderer Dinge zu tun hätte. Außer ein Buch fertig zu schreiben.«

»Und einen Mord aufzuklären.«

»Und einen Mord aufzuklären.«

Hannah fragt sich, ob Margrét weiß, dass Viktor ihr inzwischen die Erlaubnis gegeben hat, an den Ermittlungen teilzunehmen. Vielleicht will Margrét deshalb mit ihr reden? Hannah streckt ihre Fühler aus.

»Ich weiß schon, das ist alles ein bisschen kompliziert, dass ich die ganze Zeit versuche, mich bei den Ermittlungen aufzudrängen. Mich Viktor aufzudrängen, wo wir … Na ja, ich weiß nicht, ob er etwas gesagt hat, aber wir haben jetzt abgesprochen, dass ich herumschnüffeln darf. Ihm zuarbeiten. Im Gegenzug teilt er sein Wissen mit mir. Inoffiziell natürlich.«

»Wir sind verheiratet. Glaubst du, wir reden nicht miteinander?«

Margrét sieht Hannah durchdringend an, es ist, als spiegele sich der Gletscher in ihren Augen. Liegt etwas Spöttisches in diesem Blick oder bildet sich Hannah das nur ein?

»Ich weiß es nicht … Wie viel redet ihr denn miteinander? Über die Arbeit, über … über das Ganze.«

Margrét lächelt.

»Ich hab nichts von uns erzählt, falls dir das Sorgen macht.«

Hannah spürt, wie sich Erleichterung in ihrem Körper ausbreitet. Nicht nur, weil ihre Affäre immer noch ein wohlgehütetes Geheimnis ist, sondern auch, weil Margrét jetzt zum ersten Mal ausspricht – bestätigt –, dass überhaupt etwas zwischen ihnen ist. Das fühlt sich bedeutsam an.

»Genau darüber wollte ich mit dir reden.«

Das Gefühl von Bedeutsamkeit sickert aus ihrem Körper. Natürlich ist es das. Sie hat Hannah hier heraus in die Wildnis geschleppt, um eine Affäre zu beenden, die noch gar nicht richtig begonnen hat; vor den Augen dieser unbedarften Kinder, damit das Ganze ungefährlich und unschuldig und alltäglich beendet wird und sich auflöst wie Schneeflocken auf warmem Asphalt. Hannah nickt. Will der Demütigung einer Zurückweisung gerne entgehen.

»Mehr brauchst du gar nicht zu sagen. Ich verstehe, dass die Situation viel zu kompliziert ist. Für mich war es auch nur Zerstreuung. Dumme Zerstreuung. Ich hoffe, ich habe nichts zerstört.«

Margrét nickt.

»Für mich ist Zerstreuung nicht unbedingt etwas Schlechtes. Und es ist nicht das erste Mal, dass ich … sie suche, wenn du verstehst, was ich meine. Sie bietet sich hier nur nicht so oft.«

Hannah schaut sie an. Ihr fällt etwas ein, was sie sie schon länger fragen wollte.

»Hat Thor sich dir eigentlich anvertraut, wegen seiner Beziehung zu Jonni? Ich meine, weil du so zweideutig klangst, als ich gefragt habe, wie gut du ihn kanntest …?«

Margrét nickt. Blickt Hannah dann etwas genervt an.

»Mann, jetzt setz dich doch mal hin! Du frierst dir schon nicht den Hintern ab, ich hab eine Decke.«

Hannah wird klar, dass sie wie eine Salzsäule dasteht. Margrét macht Platz auf dem Stein, Hannah setzt sich neben sie.

»Habt ihr denn eine Art Abmachung, oder wie …? Du und Viktor?«

Margrét schnaubt.

»Eine Abmachung, dass ich ihn nicht begehre, aber dass er süß und lieb und ein toller Partner ist und dass das Leben – so im Allgemeinen – gar nicht so schlecht ist, wenn man sich nur hier und da die Freiheiten nimmt, die es erträglich machen? Ist es das, was du mit Abmachung meinst?«

Hannah hat noch nie etwas so Reaktionäres gehört, und sie muss sich sehr zusammenreißen, um nicht in einen langen Monolog darüber zu verfallen, wie wichtig es ist, im Einklang mit der eigenen Natur zu leben. Wie kann Margrét sich mit einem halben Leben zufriedengeben? Hannah betrachtet sie.

»Warum …? Du könntest nach Reykjavík ziehen, mit jemandem zusammen sein, den du nicht hintergehen musst. Du könntest alles haben, was du hier hast, aber ohne eine Lüge zu leben.«

Hannah hört selbst, wie hochtrabend das klingt, aber alles in allem sind das die Tatsachen. Margrét scheint jedoch von Hannahs Urteil über ihr Leben nicht sonderlich beeindruckt zu sein. Vermutlich hat sie solche Gedanken selbst schon hundertmal gehabt. Margréts Blick wandert zu den spielenden Kindern.

»Das hier. Ein sicheres und gutes Leben, in dem wir alles haben, was wir brauchen. Materiell und geistig. Die Natur, die Gemeinschaft. Man ist Teil von etwas. Ich bin Teil von etwas. Ich bin die Frau des Polizisten, eine Tagesmutter, auf die sich die Leute verlassen. Meine Kinder atmen frische Luft, gehen jeden Abend satt, geborgen und zufrieden ins Bett. Wenn ich alt werde, ist jemand da, der für mich sorgt, wenn ich sterbe, trauert jemand um mich.«

Hannah sieht Margrét an. Meint sie das wirklich ernst?

»Wenn du stirbst? Ist es das, was du dir wünschst – dass du eine schöne Beerdigung haben wirst und das ganze Dorf kommt, um dich zu ehren, weil du ein gutes und anständiges Mitglied der Gesellschaft warst? Jemand, der immer dafür gesorgt hat, dass alles so geblieben ist, wie es war, dass alle es schön und ruhig und unproblematisch hatten?«

»So was in der Art.«

»Aber es können doch trotzdem Katastrophen passieren. Schau dir zum Beispiel Thor an.«

»Das hast du missverstanden. Es ist nicht die Katastrophe, die mir Angst macht. Es ist das lange, zähe Leben, das unendlich einsam sein kann, wenn man zu sehr dagegen ankämpft.«

»Aber mit einem solchen Leben riskierst du ja gar nichts.«

»Und was riskierst du?«

Margrét wirft ihr einen Blick zu, bei dem Hannah sich dumm fühlt.

»Und im Übrigen, wenn ich nichts riskiere, was mache ich dann hier zusammen mit dir?«

Das ist ein Argument, dem Hannah nur schwer widersprechen kann, trotzdem fällt es ihr schwer zu akzeptieren, dass Margrét offenbar so zufrieden mit ihrem Leben ist. Aber andererseits: Vielleicht ist die Tatsache, dass Hannah selbst nie irgendwelche Kompromisse eingegangen ist, der Grund dafür, dass sie ein ständiges Gefühl der Einsamkeit begleitet. Sie schüttelt den Gedanken ab. Lieber einsam als unfrei. Eigentlich will Hannah weiterfragen, Margréts Weltbild herausfordern, sie über Details zu Viktor und ihrem Zusammenleben aushorchen und erfahren, wovon Margrét geträumt hat, als sie jung war. Stattdessen erkundigt sie sich, wie die Kinder heißen, ob sie oft hierher zum Gletscher kommen und wie man sich eigentlich in der Gesellschaft von Wesen, die nicht richtig sprechen oder allein auf die Toilette gehen können, den ganzen Tag die Zeit vertreibt. Hannah erfährt, dass Margrét ihr ganzes Leben in Húsafjörður verbracht und alle ihre Freunde und ihre ganze Familie hier hat. Darin liegt wohl auch ein gewisser Wert.

Auf einmal spürt Hannah etwas Kaltes im Nacken, was schnell an ihrem Rücken hinunterrutscht. Ein langer Moment verstreicht, bis ihr aufgeht, dass die Kinder sich von hinten angeschlichen und ihr einen Schneeball in den Kragen gesteckt haben. Hannah springt auf, beginnt mit allerlei Verrenkungen zu hüpfen und zu tanzen, um den Schnee aus ihrer Bluse zu bekommen.

»Argh! Es ist so kalt, ich sterbe!«

Die Kinder lachen, dass sie fast aus ihren Schneeanzügen platzen. Hannah gelingt es, den Eisklumpen unter ihren vielen Schichten herauszufischen, doch das kalte Wasser klebt noch immer an ihrem Rücken. Am liebsten würde sie die kichernden Schneeanzüge zur Hölle schicken, doch als sie bemerkt, dass Margrét ebenfalls lacht, sieht sie sich selbst plötzlich von außen und denkt, dass sie gerade eine banale, komische Figur abgibt. Eine, die genauso vorhersehbar reagiert wie Regen, der aus einer schwarzen Wolke fällt. Sie beschließt, sich selbst, Margrét und die kleinen Nervensägen zu überraschen, läuft zum Gletscher, kratzt eine Handvoll Schnee zusammen und beginnt die Kinder zu jagen.

»Grrr! Das werdet ihr mir büßen!«

Auch wenn die Kinder sie nicht verstehen, kreischen sie begeistert und rennen in alle Richtungen davon, sodass Hannah nicht einmal so zu tun braucht, als wäre sie schlecht im Fangen, um sie nicht zu kriegen. Schließlich muss sie aufgeben und ein bisschen Schnee auf die Kinder werfen, die dem missglückten Racheversuch erfolgreich ausweichen. Hannah kann gerade noch ausatmen, bevor ein dicker Schneeball sie mitten auf die Stirn trifft. Ein paar Meter entfernt winkt Margrét schelmisch, während die Kinder wieder fast platzen vor Lachen. Hannah bemerkt auf einmal, dass sie selbst lacht, ihr Herz schneller schlägt als sonst und ihre Wangen vor Hitze brennen. Sie kann sich nicht erinnern, wann sie das letzte Mal so gelacht hat. Wie es zwischen ihnen weitergehen soll, bleibt ungesagt, aber auf dem Rückweg nimmt Margrét plötzlich Hannahs Hand und drückt sie ein wenig. Nicht sehr stark, doch für Hannah genug, um zu wissen, dass es nicht hier und jetzt vorbei ist.

# 39

Hannah fühlt sich unruhig. Sie läuft mit Margrét und den Kindern die letzten hundert Meter bis zum Polizeihaus hinunter, es ist eigentlich ein Umweg, aber sie hat keine anderen Pläne und gleich wird der Ausflug vorbei sein. Dann weiß sie nicht, wann sie Margrét wiedersehen wird. Mit oder ohne Kinder. Sie beobachtet, wie die Schneeanzüge nach der anstrengenden Tour nun ihre letzten Kräfte mobilisieren und zum Haus rennen. Sie selbst geht ein paar Schritte hinter ihnen und denkt darüber nach, ob sie vielleicht eine Entschuldigung findet, um noch ein bisschen zu bleiben. Doch als sie sich dem Haus nähern, beschleicht Hannah ein bohrendes Gefühl, dass irgendetwas nicht stimmt. Viktors Auto ist merkwürdig geparkt, als hätte er zu früh angehalten, etwas zu weit vom Haus entfernt. Ein paar Schritte weiter sehen sie, dass beide Vordertüren offen stehen.

»Was ist hier los?«

Margrét bleibt stehen, hat dasselbe gesehen wie Hannah. Die Kinder sind jetzt kurz vor der Eingangstür, die ebenfalls offen steht. Beide Frauen verstehen die Ungereimtheit im selben Moment und rennen gleichzeitig los, um die Kinder daran zu hindern, ins Haus zu stürmen. Auf der Schwelle fängt Hannah ein Bündel Kinder in Schneeanzügen, zieht sie zurück und bemerkt Flecken auf dem Dielenboden. Blutflecken.

»Bíddu!«

Margrét steht ebenfalls mit zwei Kindern in den Armen da, kreideweiß im Gesicht. Die Kinder lachen ein bisschen, vielleicht glauben sie, es sei ein lustiges Spiel. Sie winden sich, um freizukommen. Hannah begegnet Margréts Blick, aus dem unverhohlene Angst strahlt, die Vulkanfrau wirkt plötzlich, als könne sie zersplittern wie eine zarte Eisskulptur. Etwas, das Hannah um alles in der Welt verhindern will.

»Bleib mit den Kindern hier, ich geh rein.«

Ohne ein weiteres Wort gelingt es Hannah, alle Schneeanzüge in Margréts schützende Arme zu bringen. Aus den Augenwinkeln sieht sie, wie Margrét die Schar etwas vom Haus wegtreibt, unter beruhigendem Gemurmel, das vielleicht bei den Kindern wirken mag, sie selbst jedoch offensichtlich nicht überzeugt.

»Sei vorsichtig!«

Hannah hört die Warnung kaum, sie tritt durch die Tür, die ebenfalls blutverschmiert ist. Ihr Herz pocht wie wild, als sie sich langsam in Richtung Wohnzimmer bewegt. Sie hat genug Thriller gesehen, um zu wissen, dass jetzt der Zeitpunkt wäre, an dem sie eine Waffe ziehen oder auf Verstärkung warten sollte. Doch sie hat keine Waffe, die sie schützen, und es gibt keine Verstärkung, die ihr helfen könnte. Hannah stellt fest, dass sie keine Angst hat, nur wirklich gespannt ist, was sie vorfinden wird. Sie schleicht sich zur Wohnzimmertür, erwartet das Schlimmste, tritt mit einer raschen, ruckartigen Bewegung ein und steht mitten im Raum, in dem alles ruhig und normal zu sein scheint. Abgesehen von einem umgestürzten Glas auf dem Wohnzimmertisch, von dem etwas Wasser auf den Teppich tropft. Eine gefühlte Ewigkeit lang betrachtet Hannah das tropfende Glas, doch dann hört sie ein Geräusch aus der Küche. Es läuft ihr kalt den Rücken hinunter. Erst jetzt bekommt sie Angst. Aber es gibt keinen Weg zurück, sie muss das Haus durchsuchen, muss es für die Kinder sichern, die draußen stehen, frierend und müde. Sie bewegt sich auf die Küche zu, blickt sich schnell nach einer Waffe um, nimmt einen Messingkerzenständer von einer Kommode, hält ihn hoch über ihren Kopf. Mit der Absicht, gefährlich und furchtlos zu wirken, und der ehrlichen

Bereitschaft, dem Eindringling den schweren, scharfkantigen Leuchter auf den Schädel zu donnern, betritt sie die Küche mit einem Gebrüll, das sie selbst überrascht. Es überrascht auch die Gestalt am Spülbecken, die sich erschrocken zu Hannah umdreht und mit einem gellenden Schrei ihr Gesicht bedeckt. Eine Millisekunde bevor das Adrenalin Hannahs Arme dazu bringt, einen wohlplatzierten Angriff zu starten, wird ihr klar, dass sie jemandem gegenübersteht, den sie kennt: Viktor.

Hannah lässt die Arme sinken, ihr Pulsschlag sprengt beinahe ihre Venen, verwirrt schaut sie Viktor an, der bleich und blutleer ist und versucht, seinen rechten Arm zu verbinden. Ein Lappen auf dem Tisch vor ihm ist bereits blutdurchtränkt. Der Schweiß von seiner Stirn tropft um die Wette mit dem Blut aus einer Wunde, die lang und tief aussieht. Hannah blickt sich um.

»Ist noch jemand hier? Wer hat das getan?«

Viktor schüttelt bedrückt den Kopf, wirkt, als würde er gleich kollabieren. Hannah zieht einen Stuhl heran, schafft es, ihn daraufzusetzen. Übernimmt sein Wundverbindungsprojekt, muss heftig blinzeln, damit sie nicht das Bewusstsein verliert. Blut hat sie noch nie gut sehen können, sie ist einmal in Ohnmacht gefallen, als sie einen sehr blutigen Film im Kino angeschaut hat, und selbst beim Anblick kleiner Wunden wird ihr schwindelig. Doch offenbar hält das Adrenalin sie bei Bewusstsein, während sie rasch die Mullbinde um Viktors Arm wickelt, mit der er schon selbst versucht hatte, die Blutung zu stoppen. Es muss sich um eine lange Schnittwunde handeln, vermutlich von einem Küchenmesser. Auf der Suche nach dem Messer lässt sie den Blick schweifen, doch es ist nicht zu sehen, und erneut bekommt sie Angst, dass die Person, die Viktor offenbar in seinem eigenen Haus niedergestochen hat, sich mitsamt der Waffe noch hier befindet. Sie schenkt ein Glas Wasser ein, stellt es Viktor hin. Er wirkt verwirrt, Hannah hat keine Ahnung, ob wegen der Schmerzen oder des Blutverlusts. Sie führt das Glas an seinen Mund, er trinkt gierig.

»Bist du ganz sicher, dass niemand anders im Haus ist?«

Viktor nickt.

»Ganz sicher. Er ist gegangen. Oder gerannt. Er ist jetzt weit weg.«

»Wer war es?«

Hannah stirbt fast vor Neugierde.

»Gísli. Es war Gísli.«

Die Überraschung schleicht sich auf Hannahs Gesicht, sie starrt Viktor mit offenem Mund an.

»Gísli? Bist du sicher?«

»Natürlich. Ich hab ihn selbst hergefahren.«

Die Kinder, die nicht zum Haus gehören, sind abgeholt worden, und Margrét hat ihre eigenen vor einem Zeichentrickfilm geparkt, weit weg von dem ernsten Gespräch, das nun in der Küche stattfindet. Hannah hatte die Blutspuren so weit aufgewischt, dass die Kinder ins Haus kommen konnten, ohne für den Rest ihres Lebens traumatisiert zu sein. Keins von ihnen scheint etwas von dem Ernst gespürt zu haben, der über dem Haus liegt. Viktors Wangen bekommen wieder etwas mehr Farbe, als er zu erklären beginnt.

»Das Ergebnis von der Flasche ist gekommen. Das Blut darauf stammt tatsächlich von Gísli, also hast du aller Wahrscheinlichkeit nach recht. Er war derjenige, den Thor an dem Abend niedergeschlagen hat.«

»Und war er auch derjenige, der Thor umgebracht hat?«

Viktor zuckt mit den Schultern. Zumindest mit der Schulter, die nicht von einer selbstgemachten Schlinge umwickelt ist.

»Du hast selbst gesagt, dass du nicht glaubst, er wäre imstande, ein Gewaltverbrechen zu begehen. Aber als ihm klar wurde, dass das die Theorie war, die meinem Verhör zugrunde lag, tja ... da hat es bei ihm klick gemacht.«

»Aber was ist mit dem Auto? Hat er versucht, damit wegzufahren, oder was?«

Viktor schüttelt den Kopf.

»Nein. Wie gesagt, habe ich ihn draußen bei seinem Unterschlupf gefunden und ihn gebeten, auf ein Gespräch mit zu mir zu kommen. Er war sehr widerwillig, hat die ganze Fahrt über Fragen gestellt, wirkte durch und durch nervös. Ich wollte gern in Ruhe mit ihm reden, nicht im Auto, sondern bei einer Tasse Kaffee und mit einem Tisch zwischen uns. Wollte gern sein Gesicht sehen, während er auf meine Fragen antwortet.«

»Aber ihr seid nicht so weit gekommen?«

Hannah ist ungeduldig, will alles auf einmal erfahren, weiß jedoch im tiefsten Inneren auch, dass Viktor ihr keine zufriedenstellende Erklärung bieten kann. Dass Gísli der Mörder sein soll ... Alles deutet natürlich darauf hin, aber es wirkt fast zu einfach. Oder zu traurig. Hannah kann es nicht ganz greifen, aber das hier fühlt sich nicht an wie eine Entwicklung in die richtige Richtung.

»Er hat mich so unter Druck gesetzt, dass ich ihm im Auto von der Flasche und den Proben erzählt habe. Die Theorie, dass das Blut auf der Flasche vermutlich dem Mörder gehört, brauchte ich ihm nicht zu erklären, er fühlte sich instinktiv unter Anklage. Und dann ist er zum Angriff übergegangen. Hat nach mir geschlagen, während ich gefahren bin. Ich hab es geschafft, das Auto nach Hause zu manövrieren und ihn aus dem Wagen herauszuzerren und hier reinzubringen. Es war nie meine Absicht, ihn einzusperren oder ihm Handschellen anzulegen, aber bei dem Widerstand, den er geleistet hat, sah ich keine andere Möglichkeit mehr. Ich bin nur nicht dazu gekommen.«

»Weil er ein Küchenmesser gezogen hat?«

Viktor nickt.

»Ich hab es gar nicht mitbekommen, sondern auf einmal den Stich im Arm gespürt und gesehen, dass er abgehauen ist. Ich wollte ihm nachrennen, aber es hat zu stark geblutet.«

Hannah und Margrét schauen sich an. Besorgt. Margrét ergreift das Wort.

»Es war gut, dass du ihm nicht gefolgt bist. Es klingt, als wäre er zu allem bereit gewesen, um seine Freiheit nicht zu verlieren.«

»Wir müssen ihn finden.«

»Ich hab um Verstärkung aus Reykjavík gebeten, ich kann nicht allein mit ihm fertigwerden. Erst recht nicht mit dem hier.«

Viktor deutet mit einem Nicken auf seinen Arm. Der Arzt ist auf dem Weg.

»Wann sind sie hier? Die Verstärkung.«

»So bald wie möglich. Was realistischerweise wohl in ein paar Stunden sein wird.«

Hannah schüttelt den Kopf.

»Das funktioniert doch nicht. Wenn Gísli so unter Druck steht, kann er bis dahin sich selbst oder anderen großen Schaden zufügen. Wir müssen ihn jetzt finden.«

»Wir müssen überhaupt nichts. Du bist keine Polizeibeamtin und wirst nicht rausgehen und einen Mörder mit Küchenmesser jagen.«

»Aber er ist kein ...«

»Stopp!«

Viktor erhebt die Stimme, wirkt, als mobilisiere er seine letzten Kräfte, um eine gewisse Kontrolle über die Situation zu behalten.

»Du wirst nicht nach Gísli suchen, verstanden?«

Hannah betrachtet Viktor, der Schmerz scheint nach dem Cocktail von rezeptfreier Medizin, den Margrét ihm verabreicht hat, nicht verflogen zu sein. Sie kann nichts anderes tun, als zu nicken. Im selben Moment klopft es an die Tür. Margrét geht hinaus, um dem Arzt zu öffnen, und Hannah folgt ihr, um nicht noch mehr zu stören als bisher.

Langsam bewegt sich Hannah die Straße hinunter. Alles in ihr zittert, sie kann nicht einfach nach Hause gehen und in rastloser Untätigkeit warten, sie muss etwas tun. Sie ist sich der Gefahr, Gísli gegenüberzutreten und dabei vielleicht ebenfalls das Küchenmesser zu spüren zu bekommen, vollauf bewusst. Ein Schauer läuft ihr über den Rücken bei dem Gedanken, wie die scharfe Klinge in ihr Fleisch eindringt. Nein, das kann sie nicht. Kurz erwägt sie die Möglichkeit, Jørn zu fragen, ob er mitkommt. Was auch immer sie von ihm halten mag, er ist auf jeden Fall ein großer und starker Mann, der sicher mit einem zitternden, nervösen Alkoholiker zurechtkommen würde. Allerdings – Viktor ist es schließlich auch nicht gelungen. Und was, wenn Hannah Gísli unterschätzt hat? Was, wenn er ein kaltblütiger Mörder ist, der nicht davor zurückschreckt, mehreren Menschen das Leben zu nehmen? Wenn sie so darüber nachdenkt, ist er vielleicht sogar besonders gefährlich, weil er nichts zu verlieren hat. Keinen Job, keine Familie, nichts als seine Freiheit, zu trinken und aufs Meer hinauszuschauen. Und die ist es vielleicht wert, sie bis zum Letzten zu verteidigen. Hannah schaudert erneut, spürt etwas auf der Stirn. Eine leichte, kühle Berührung. Sie blickt nach oben und sieht, dass es zu schneien begonnen hat. Große Schneeflocken fallen vom Himmel, sie setzen sich auf ihr Haar und färben ihren Mantel weiß. Nein, natürlich wird sie Jørn völlig aus dieser Sache heraushalten, natürlich wird sie nach Hause gehen und abwarten, keine weiteren Verbrechen provozieren, nicht die Heldin spielen. Sie wird nach Hause zu Ella gehen, Kaffee trinken und mit ihr über die morgige Beerdigung sprechen, ihr ihre Hilfe anbieten. In einem warmen Wohnzimmer sitzen und die Polizei ihre Arbeit machen lassen. Viktor wird sie sicher so auf dem Laufenden halten, dass sie die Ereignisse der kommenden Tage für ihr Buch verwerten kann. Gerade hat sie all diese vernünftigen Gedanken zu Ende gedacht, als sie plötzlich stehen bleibt. Vor ihr ist ein Mensch aus dem dichten Schneetreiben aufgetaucht wie ein Geist aus dem Nebel. Hannah schluckt und versucht, ihre wachsende Panik zu unterdrücken. Es ist Gísli.

# 40

Sie stehen sich gegenüber, Hannah und Gísli, abwartend, wie zwei Cowboys bei einem Revolverduell. Hannah versucht, das Messer zu entdecken, doch ohne Erfolg. Er schaut sie mit einem verletzten Blick an, oder ist es vielleicht nur der Schleier des Alkohols? Hannah atmet tief ein, um Ruhe zu bewahren. Ruft sich in Erinnerung, dass Gísli nicht unbedingt weiß, dass sie von seiner Tat erfahren hat. Vielleicht kann sie ganz normal mit ihm reden, ihn in dem Glauben lassen, dass er von ihrer Seite nichts zu befürchten hat. Dann könnte sie eventuell an ihm vorbeikommen und nach Hause gehen, ohne dass sich die Situation in eine gefährliche Richtung entwickelt. Zurückrennen ist keine Option. Das Risiko, dass er sie einholt, ist zu groß. Aber sie kann auch nicht einfach an ihm vorbeistapfen und so tun, als sei nichts. Sie versucht es mit banalem Smalltalk.

»Der Schnee ist ziemlich aus dem Nichts gekommen, oder?«

Gísli erwidert nichts. Starrt sie nur an. Bis zu ihm sind es ungefähr zehn Meter. Zu weit, um ihn richtig einschätzen zu können, und zu nah, um seine Anwesenheit zu ignorieren.

»Was machst du eigentlich, wenn es schneit? Ich meine, du kannst ja nicht draußen in deinem Unterschlupf sein, wenn es so kalt ist.«

Nichts als Schweigen zur Antwort. Der Schnee fällt jetzt dichter. Hannah kann Gísli immer schlechter sehen.

»Ich hab ja meine Wohnung.«

Ah, welche Erleichterung ... Hannah hatte seine Wohnung

nicht vergessen, aber sie hat ihn dazu gebracht, über etwas ganz Alltägliches zu reden. Also wirkt ihre Ihn-in-dem-Glauben-lassen-dass-alles-normal-ist-Strategie. Vielleicht. Vielleicht aber auch nicht, und sie spielen sich beide etwas vor. Ein Stück, in dem sie jetzt die nächste Replik liefert.

»Ich hatte deine Wohnung ganz vergessen. Ist sie weit weg?«

»Ich kann jetzt nicht dorthin.«

Gísli klingt aufrichtig frustriert. Hannah bleibt in ihrer Rolle.

»Warum nicht?«

»Ich kann es einfach nicht.«

In seiner Stimme liegt ein gewisser Trotz. Hannah weiß genau, warum er das Thema nicht vertiefen will, und hat nicht vor, diesen Punkt weiter zu strapazieren. Gerade will sie einfach an ihm vorbeigehen, als er etwas sagt, was sie überrascht und in helle Panik versetzt.

»Vielleicht kann ich mit dir nach Hause kommen?«

Hannah blickt ihn an. Hat sie richtig gehört? Ist das ein Test? Die Schneeflocken sind wie Wattebäusche, die einen Dämpfer auf die Welt legen und die Situation noch unwirklicher machen. Hannah wird klar, dass es schwierig werden könnte, überhaupt nach Hause zu kommen, wenn der Schnee weiterhin so dicht fällt. Ihre Gedanken machen sich selbstständig und sie stellt sich vor, wie Gísli ein Messer in ihren Körper rammt und die frisch gebackene Schneelandschaft von ihrem Blut verfärbt wird. Durch das Schneetreiben ist seine Miene nicht zu deuten. Sie braucht die Gewissheit, dass er nicht vorhat, Ella und sie abzuschlachten. Aber sie weiß auch, dass sie ihr Misstrauen nicht loswerden wird, ganz gleich, welchen Grund er dafür angibt, mitkommen zu wollen. Sie beschließt daher, das einzige völlig Unvernünftige zu tun. Sie lädt ihn zu sich ein.

»Na dann los, lass uns aus diesem scheußlichen Wetter rauskommen.«

Sie gehen schweigend, während Hannahs Gedanken darum

kreisen, ob sie gerade auf dem Weg in den Tod ist, mit ihrem Henker zwei Schritte hinter sich, und wie sie Hilfe bekommen kann, sobald sie zu Hause ist. Sie traut sich nicht, ihr Handy herauszuholen und jetzt jemanden anzurufen, das wäre viel zu unsicher, mit Gísli, der seinen Blick auf ihren Rücken geheftet hält. Ein eher alltäglicher Gedanke mitten in der Todesangst: Was Ella wohl sagen wird? Und was soll sie zu Ella sagen? Es gelingt ihr nicht mehr, sich etwas auszudenken, bevor sie das Haus erreichen. Hannah sieht zu ihrer Erleichterung, dass Ellas Auto draußen geparkt ist und dass drinnen Licht brennt. Schließlich muss es schwieriger sein, zwei umzubringen als eine.

»Da sind wir schon.«

Hannah versucht sich an einem verkrampften Lächeln, während sie Gísli bittet, die Stiefel draußen unter dem kleinen Vordach stehen zu lassen. In ihrem Kopf blitzt plötzlich ein neuer Titel für ihr Buch auf: *Der barfüßige Mörder.* Ganz barfüßig ist er jedoch nicht, es fällt ihr schwer, den Blick von seinen dreckigen und löchrigen Wollsocken abzuwenden, als sie über die Schwelle treten und von einer duftenden Kaminwärme und Ella empfangen werden, die mit einem besorgten Mutterblick im Eingang steht.

»Ich hab einen Gast mitgebracht, ich hoffe, das ist okay? Ich weiß nicht, ob du Gísli kennst?«

Hannah versucht, ruhig und gefasst zu wirken. Ob die anderen wohl bemerken, dass ihre Stimme ein bisschen zittert? Ella nickt, als hätte sie schon erwartet, dass Hannah einen obdachlosen lochstrumpfigen Mann mitbringt, und sagt etwas auf Isländisch, vielleicht etwas über den plötzlichen Wintereinbruch und Kaffee. Gísli folgt ihr jedenfalls in die Küche, wo Ella an der Kaffeemaschine herumzuhantieren beginnt. Hannah bleibt etwas zurück. Tastet nach dem Telefon in der Tasche, sucht nach einer Gelegenheit, rauszugehen und Viktor anzurufen. Aber soll sie Gísli wirklich mit Ella allein lassen? Was, wenn er sie überfällt und als Geisel nimmt? Aber andererseits – wenn sie nichts tut, reißt er vielleicht plötzlich das Küchenmesser heraus und sticht sie beide ab. Es ist nur eine Frage der Zeit, bis er ahnen wird, dass Hannah mehr weiß, als sie sich anmerken lässt. Hannah muss um Hilfe telefonieren. Sie entschuldigt sich auf Englisch, aus Rücksicht auf Gísli.

»Ich geh kurz auf die Toilette.«

Gísli blickt sie an – auf eine seltsame Weise? Hannah ringt um ihr Urteilsvermögen, während sie spürt, wie ihr Puls sich beschleunigt und ihre Füße sich mit schnellen Schritten auf das Badezimmer zubewegen. Scheiße, fuck! Panik breitet sich in ihr aus, als sie die Tür hinter sich schließt und ihr einfällt, dass es kein Schloss gibt. Instinktiv dreht sie den Wasserhahn auf, als könnte das irgendetwas übertönen. Drei Klicks auf dem Telefon und ein langsames Tuten in der Leitung. Komm schon! Hannah blickt nervös zur Tür. Die Sekunden verstreichen. Und endlich!

»Polizei Húsafjörður, Viktor am Apparat.«

»Ich bin's, Hannah! Er ist hier. Bei Ella.«

»Wer ist dort?«

Am anderen Ende der Leitung klingt Viktor wie der Prototyp des begriffsstutzigen Polizisten. Hannah ist verzweifelt, er sollte jetzt schon im Auto sitzen und auf dem Weg hierher sein! Sie schreit beinahe:

»Gísli ist hier!«

Im selben Moment sieht Hannah ihr eigenes Spiegelbild in der Scheibe des dunklen Fensters, doch sie sieht auch noch etwas anderes. Gísli, der in der offenen Tür steht und sie anstarrt.

Hannah setzt sich mit weichen Knien aufs Sofa, das Herz schlägt ihr bis zum Hals. Sie wagt nicht aufzusehen. Spürt Gíslis Blick auf sich, kann ihr Telefon in seiner Hosentasche erahnen. Sie hatte ihre Aussage Viktor gegenüber zurückgenommen, gesagt, es wäre nur ein Scherz gewesen. Eine ausgestreckte Hand hatte genügt und Hannah hatte Gísli ihr Telefon gereicht, ein Nicken mit dem Kopf hatte genügt und sie war ins Wohnzimmer gegangen, ruhig und normal. Kaffee und Kuchen werden auf den Tisch gestellt. Ella setzt sich Hannah gegenüber, plumpst in den gemütlichen Sessel, in seliger Unwissenheit, dass es vielleicht die letzte Tasse Kaffee sein wird, die sie jemals trinken, das letzte Stück Sandkuchen, das sie jemals essen wird. Das Sofa senkt sich tiefer, als Gísli sich neben Hannah niederlässt, sie kann ihn riechen, den scharfen Gestank des wilden Mannes, kann seine Anwesenheit spüren und fast seinen Puls hören, als wäre er ein Teil von ihr. Oder sie ein Teil von ihm. So muss sich wirkliche Angst vor einem anderen Menschen anfühlen. Hannah schluckt, starrt das viel zu große Messer an, das Ella zum Teilen des trockenen Fertigkuchens mitgenommen hat. Sie hält den Atem an, als Gísli das Messer nimmt, er zögert einen Augenblick, beginnt dann den Kuchen aufzuschneiden. Blickt er Hannah dabei in die Augen? Er klingt freundlich in seinem Stanford-Englisch.

»Möchtest du?«

Hannah wagt nichts anderes, als zu nicken. Ella plappert etwas auf Isländisch, Gísli antwortet, sie scheinen einander zu kennen und die Gesellschaft des anderen zu genießen. Vielleicht ist es nur das, denkt Hannah. Vielleicht braucht er nur ein freundliches Gesicht, ein Gespräch, Wärme in einem Schneesturm. Vielleicht ist es ihm egal, dass sie Viktor angerufen hat, er isst seinen Kuchen, trinkt seinen Kaffee und geht wieder. Vielleicht ist er gar nicht gefährlich ...

»Wenn du Ella etwas sagst, schlitze ich dich mit diesem Kuchenmesser auf.«

Gísli lächelt sie an, und Hannah wird klar, dass er weiß, dass Ella kein Englisch spricht. Er kann alles zu Hannah sagen, ohne sie zu beunruhigen. Blitzschnell kommt Hannah zu dem Schluss, dass das vielleicht ihre Chance ist, ihn zur Vernunft zu bringen, ohne dass Ella wegen der gefährlichen Situation in Panik gerät.

Hannah bemüht sich zu klingen, als spräche sie über etwas völlig Alltägliches.

»Du solltest dich bei der Polizei melden. Ich weiß, was du mit Viktor gemacht hast, und sie werden dich früher oder später finden.«

»Sie?«

»Es ist Verstärkung aus Reykjavík unterwegs. Ich weiß, dass du es nicht böse gemeint hast, dass du verzweifelt warst ...«

»Du weißt gar nichts.«

Gísli unterbricht sie. Hannah schielt verstohlen zu Ella hinüber, doch sie scheint nicht zu verstehen, worüber sie reden. Sie ist mit einem Kreuzworträtsel beschäftigt.

»Ich hab die Flasche mit deinem Blut darauf gefunden. Aber ich glaube nicht, dass du Thor umgebracht hast.«

Ella blickt zu ihnen auf. Sicher, weil sie gehört hat, dass Thors Name gefallen ist. Hannah geht erklärend ins Dänische über.

»Gísli tut das mit Thor alles sehr leid. Ich versuche ihm nur zu erklären, dass die Polizei tut, was sie kann, um herauszufinden, was an dem Abend passiert ist.«

Ella nickt, nimmt einen Schluck Kaffee. Starrt einen Moment ins Feuer, kehrt dann zu ihrem Kreuzworträtsel zurück. Als wären sie nur drei ein wenig einsame Menschen, die gemütlich zusammensitzen. Hannah versucht es noch einmal, wendet sich an Gísli.

»Um deiner selbst willen, du solltest dich stellen. Sagen, dass du Viktor niedergestochen hast, weil du unter Druck standest. Das werden alle verstehen, du bekommst eine milde Strafe. Aber je mehr Zeit vergeht, je mehr Dummheiten du machst ... Ja, dann kommt natürlich immer mehr zusammen. Du machst es nur schlimmer für dich.«

Gísli sieht sie forschend an.

»Was weißt du eigentlich über Verbrechen und Strafe?«

Hannah unterdrückt den spontanen Drang, etwas über Dostojewski zu sagen, und hebt resigniert die Arme. Schwenkt um.

»Du hast recht. Nichts. Aber dann lass mich wenigstens bitten, dass du uns nichts tust. Mir nicht, Ella nicht. Es ist nicht unsere Schuld, dass du in dieser unglücklichen Situation gelandet bist. Aber ich will dir gern helfen. Ich kann dich zur Wache fahren, wir können auch bei dir zu Hause vorbeifahren, falls du etwas holen willst?«

Gísli starrt sie weiter stumm an. Er hat noch immer seine Jacke an. Zieht er ihren Vorschlag in Betracht? Hannah bezweifelt es, es wirkt, als sei er ganz woanders. Dann sieht er sie mit einem eher bittenden als befehlenden Blick an.

»Sprit. Wo habt ihr was?«

Shit! Hannah weiß, dass sie keinen einzigen Tropfen Alkohol im Haus haben, aber sie will alles tun, um ihn zufriedenzustellen, oder vielleicht eher: um zu verhindern, dass er sich aufregt und gewalttätig wird. Ihr fallen die leeren Weinflaschen ein, die sie in ihrem Koffer versteckt hat, sie beschließt zu lügen, um ein wenig Zeit zu schinden.

»Ich hab Wein oben in meinem Zimmer. Soll ich ihn holen?«

Gísli nickt.

»Ich komme mit.«

Der Gang die Treppe hinauf dauert nur ein paar Sekunden, die ihr jedoch vorkommen wie Jahre. Hannah bereut ihr Vorhaben. Das hier ist das lahmste Ablenkungsmanöver seit Menschengedenken. In zwei Minuten findet Gísli heraus, dass sie ihn hinters Licht geführt hat und dass es nichts gibt, womit er seine gewaltbereit angespannten Alkoholikernerven beruhigen kann. Ihre Gedanken wirbeln im Kreis, auf der Suche nach einem neuen Plan – warum kommt Viktor nicht? Er muss ihre Verzweiflung am Telefon doch bemerkt haben, sollte alles darangesetzt haben herzukommen, bevor in seinem kleinen Dienstgebiet noch einmal Blut vergossen wird. Als sie ihr Zimmer betreten, wirft Hannah einen Blick aus dem Fenster, das sie offenbar nicht richtig geschlossen hat. Es ist nur angelehnt und Schnee liegt auf dem Fensterbrett. Doch zu ihrer großen Enttäuschung entdeckt sie keine Anzeichen von Autoscheinwerfern, die sich dem Haus nähern, nur schneeweiße Nacht, so weit das Auge reicht. Gísli bleibt in der Tür stehen, Hannah geht zu ihrem Koffer und kniet sich davor. Sie wühlt etwas darin herum. Wenn sie ihn nur dazu bringen könnte hereinzukommen, dann könnte sie ihn vielleicht im Zimmer einsperren, die schwere Kommode vor die Tür schieben, mit dem Jeep fliehen und Ella und sich in Sicherheit bringen.

»Weiß oder rot?«

Hannah hält zwei Weinflaschen in die Höhe und hofft, dass er nicht bemerkt, dass beide längst von Korken und Inhalt befreit sind. Die Lampe hat sie bewusst nicht eingeschaltet, damit die leeren Flaschen schlechter zu erkennen sind, nur das Licht aus dem kleinen Flur fließt weich zur Tür herein.

»Nimm beide mit.«

Hannah nickt, schluckt, richtet sich auf, bereit für die große Enthüllung ihres Schwindels. Gísli hat seinen Platz nicht verlassen, aber wenn ihr Plan gelingen soll, muss er ein paar Schritte ins Zimmer hereinkommen.

»Ist es okay, wenn ich kurz das Fenster zumache? Nur damit ich heute Nacht nicht vor Kälte sterbe.«

Hannah könnte sich selbst mit den beiden leeren Weinflaschen auf den Kopf schlagen, weil sie einem mutmaßlichen Mörder gegenüber den Tod und die nahe Zukunft erwähnt. Anfängerfehler. Gísli nickt, und sie klettert auf den Tisch, um das Fenster zu schließen. Sie tut so, als würde es klemmen, rüttelt daran. Sie wendet sich mit bittendem Blick zu ihm um.

»Könntest du vielleicht …?«

Gísli zögert einen Moment, macht dann ein paar Schritte auf sie zu. Sie lässt ihn ganz nah zu sich herankommen, er fasst mit der linken Hand an den Fenstergriff, zieht ein bisschen, leicht wie nichts. Im selben Moment knallt Hannah ihm die eine Flasche so fest gegen den Hinterkopf, dass sie das Gleichgewicht verliert. Sie muss sich an der Tischkante festhalten, verschwendet dabei wichtige Sekunden, in denen Gísli zu begreifen scheint, was geschehen ist. Gerade noch sieht sie seine gebleckten Zähne und hört seinen Schrei, da stemmt er seine Hände in ihren Rücken und stößt sie mit aller Kraft aus dem Fenster. Hannah greift nach dem Fensterbrett, doch sie rutscht ab. Ihr schießt durch den Kopf, dass dies der schlimmstmögliche Ausgang ihres schwachsinnigen Plans ist und dass sie eine Sache nicht bedacht hat: wie gefährlich ein Kampf gegen einen doppelt so starken Mann vor einem offenen Fenster ist. In den Millisekunden, die der Sturz dauert, merkt Hannah, wie sie rückwärts in den herabfallenden Schnee kippt, dann spürt sie den schmerzhaften Aufprall, landet mit dem Rücken zuerst auf dem gefrorenen Boden. Und sie nimmt noch Gíslis mörderischen Blick wahr, seine Gestalt im Fenster, bevor der Schnee ihr Gesicht bedeckt und ihr schwarz vor Augen wird. Vollkommen schwarz.

# 41

Hannah ist tot. Sie ist in eine Wolke eingehüllt, in Watte, sie ist ein großes Büschel Baumwolle, das daliegt und darauf wartet, dass jemand Wasser darauf gießt, damit seine Fasern sich in eine andere Struktur verwandeln können und es wieder lebendig wird. Ihre Augen sind wie Watte. Alles ist neblig und wollig weiß, Schatten bewegen sich wie Wirbel in einem Traum, so sieht also der Himmel aus. Ihr Mund ist auch wie Watte, sie versucht, ihn zu öffnen, etwas zu sagen, aber die Toten haben keine Stimme. Sie will sich rühren, eine Hand heben, doch ihr Arm wiegt tausend Kilo, und sie spürt ihre Finger nicht. Hat sie Füße? In Gedanken bewegt sie ihre Beine, aber sie kommt nirgendwo hin.

»Ist sie wach?«

Hannahs Ohren sind nicht mit Watte gefüllt, eine Frauenstimme dringt direkt in ihr zentrales Nervensystem. Ist das Gott, der da spricht? Sie schärft ihren Sehsinn, zwingt die Augen dazu scharfzustellen, durch den milchigen Nebel. Licht, grelles Licht in ihren Augen, Dunkelheit, als sie sie schließt. Das Licht ist fort, als sie sie wieder öffnet. Dann die Konturen einer weiß gekleideten Frau, die forschend direkt in ihre Seele blickt. Gott?

»Sie ist kurz davor.«

Hannah ist verwirrt, kurz vor was? Wieder blinzelt sie lange, und es ist, als würde jemand eine kleine Schicht Watte aus ihren Augen entfernen. Sie sieht, dass die Frau mittleren Alters ist, grauhaarig, und dass es sich bei ihrer weißen Kleidung um eine Uniform handelt. An der Uniform ist ein Namensschild befestigt. Gott braucht doch wohl kein Namensschild? Hannah versucht zu entziffern, was dort steht. Ewas mit Dr. med. Und ein Name, ein isländischer. Zwei Gedanken: Sie ist nicht tot, und sie ist im Krankenhaus. Langsam erinnert sie sich an den Sturz aus dem Fenster, Gíslis Gesicht im Fenster, die Schneeflocken, die auf ihr Gesicht fielen, als sie dalag und in den Himmel sah. Wie sie ins Krankenhaus gekommen ist und wie lange sie sich schon dort befindet, ist dagegen völlig unklar.

»Meinen Sie, sie ist bald wieder bei Bewusstsein?«

Hannah registriert eine andere Stimme, eine Männerstimme. Sie kennt sie, kann sie aber nicht einordnen. Eine Art Erkenntnis über die wirkliche Welt formt sich in ihr: Sie liegt im Krankenhaus, umgeben von Ärzten und vielleicht von anderen Menschen, die sich um ihr Wohlbefinden sorgen. Sie ist am Leben, erwacht aber erst nach und nach aus ihrer Bewusstlosigkeit. Eine zweite Erkenntnis schlägt in ihr ein: Ella! Ihre Stimme hat sie nicht gehört, sie ist nicht im Raum, und nach Hannahs Sturz war sie allein mit einem Mörder im Haus. Hannah brummt durch ihre wattierte Kehle:

»Ella ...«

»Entschuldigung, wir können Sie nicht verstehen ...?«

Die Wahrnehmung eines Menschen, der sich dicht zu ihr herunterbeugt.

»Ella?«

»Sie fragt nach Ella.«

Wieder die Männerstimme. Es ist Viktor. Jetzt spürt sie auch seine Hand auf ihrem Arm. Eine beruhigende Geste.

»Ella ist auf der Beerdigung.«

Zuerst missversteht Hannah – soll Ella begraben werden? Aber dann wird ihr klar, dass Viktor Thors Beerdigung meint und dass sie daher nicht mehr als etwa zwölf Stunden weg gewesen sein kann. Sie versucht zu sprechen, doch sie hat Sandpapier im Hals.

»Wasser ...«

Jemand versteht ihre rostige Ansage, ein Strohhalm wird zwischen ihre Lippen geschoben, sie saugt gierig. Es ist, als würde durch das Wasser die Watte von ihrem Körper genommen, wie eine dicke Decke, die weggezogen wird. Sie kann jetzt auch eine Ärztin, Viktor, dessen Oberarm dick verbunden ist, und eine Krankenschwester einigermaßen deutlich erkennen. Hannah versucht noch einmal, Kontakt zu ihrem Körper aufzunehmen, ihn zu bewegen. Aber er gehorcht nicht. Panik überkommt sie.

»Bin ich gelähmt?«

Hannah sucht verzweifelt das Gesicht der Ärztin, begegnet einem Lächeln.

»Sie hatten Glück. Sie hätten sich bei diesem Sturz den Rücken brechen können, aber Sie sind mit einer Fraktur des rechten Unterarms davongekommen. Wir mussten allerdings operieren, also ist Ihr Körper von der Narkose wohl noch immer etwas gefühllos.«

Hannah schaut an sich hinunter, erst jetzt bemerkt sie, dass sie ein weißes Patientenhemd trägt und ihr Arm eingegipst ist.

»Im Lauf der nächsten paar Stunden wird die Betäubung ganz verschwinden, und dann werden sie, denke ich, ziemliche Schmerzen haben, nicht nur im Arm, sondern überall am Körper. Den vielen blauen Flecken nach zu urteilen, wird es in den nächsten Tagen nicht gerade lustig sein, sich zu bewegen.«

»Aber ich kann mich bewegen?«

»Wie gesagt, Sie hatten großes Glück. Sobald Sie sich gesund genug fühlen, können Sie nach Hause. Aber Sie sollten es ein paar Tage ruhig angehen lassen. Ich verschreibe Ihnen etwas gegen die Schmerzen, und dann sagen Sie der Krankenschwester einfach, was Sie brauchen.«

Die Ärztin notiert etwas auf einen Zettel, im Hintergrund nickt die Krankenschwester lächelnd.

»Ich besorge etwas zu essen für Sie, und ansonsten ziehen Sie an der Schnur, wenn irgendetwas ist.«

Die Ärztin und die Krankenschwester gehen. Hannah sieht Viktor an, der sie besorgt betrachtet.

»Wie geht es dir?«

»Als wäre ich aus einem Fenster gefallen und mein Körper wäre betäubt.«

Viktor lächelt.

»Der Sturz hat dir nicht den Humor genommen.«

Sie mustert ihn. Den dicken Verband an seinem Arm.

»Und dir …?«

»Verdammt viele Stiche, aber glücklicherweise war die Wunde weniger tief, als sie auf den ersten Blick aussah. Ein guter Verband und ein paar Schmerzmittel, dann sollte der Arm bald wieder hergestellt sein.«

Hannah versucht sich aufzusetzen, spürt jetzt die Schmerzen im Körper.

»Warte!«

Viktor nimmt eine Fernbedienung, die seitlich an Hannahs Bett steckt, er drückt auf einen Knopf, das Bett bewegt sich, automatisch wird sie aufgerichtet. Als sie sich in Sitzhaltung befindet, breitet sich ein Summen in ihrem Körper aus. Es ist unangenehm, aber das Gefühl, einen Körper zu haben, den sie spüren kann, bringt ihr ein wenig Erleichterung.

»Gísli. Gísli hat mich aus dem Fenster gestoßen, und danach … Was ist dann passiert? Hat er noch jemandem etwas getan …? Ella? Sich selbst?«

Hannah kann die Verzweiflung in ihrer eigenen Stimme hören, doch Viktor blickt sie ruhig an.

»Er ist abgehauen und nirgendwo zu finden. Aber er war so freundlich, das hier zurückzulassen.«

Viktor legt Hannahs Handy auf die Bettdecke.

»Sicher, damit wir es nicht orten können.«

Hannah schaut zuerst das Telefon an und dann Viktor.

»Und was ist mit Ella?«

»Ella hat dich gefunden. Hätte sie nicht so schnell reagiert, hätte alles viel schlimmer ausgehen können. Sie hat dich ins Haus geschleppt, dich versorgt, bis der Krankenwagen kam.«

Hannah sieht ihn misstrauisch an.

»Ella hat mich reingeschleppt? Sie wiegt doch nur, was wird es sein ... achtundvierzig Kilo?«

»Wenn sie das nicht getan hätte, wärst du erfroren. Der Krankenwagen hat fast eine Stunde gebraucht, wegen des Schnees.« Hannah wird klar, dass Húsafjörður kein eigenes Krankenhaus hat.

»Wo bin ich eigentlich jetzt?«

»Gesundheitszentrum Ostisland.«

»Wie weit von Húsafjörður?«

»Eine Dreiviertelstunde. Je nachdem, wie gut die Straßen geräumt sind.«

Hannah blickt sich im Raum um, leicht verzweifelt.

»Wie viel Uhr ist es?«

Viktor schielt auf seine Armbanduhr.

»Kurz vor zehn.«

»Die Beerdigung ist um halb elf!«

Hannah schwingt bereits die Beine über die Bettkante und würde am liebsten schreien, so verdammt weh tut ihr Körper.

»Was machst du?«

Viktor hält sie mit ruhiger Hand auf.

»Wir müssen zu Thors Beerdigung.«

»Das schaffen wir nie.«

»Hast du nicht gesagt, eine Dreiviertelstunde?«

»Doch, aber mit dem Schnee und in deinem Zustand ... Wir können frühestens in eineinhalb Stunden da sein.«

Hannah nimmt all ihre Kraft zusammen, um als Gegengewicht zu den Schmerzen ein Lächeln zu bewerkstelligen.

»Meinst du nicht, du kannst das Blaulicht rausholen und so das Ganze ein bisschen beschleunigen?«

Viktor seufzt, hilft ihr aus dem Bett, in ihre Kleidung, in die Schuhe und den Mantel. Eine verdutzte Krankenschwester blickt fünf Minuten später einer dänischen Autorin mittleren Alters nach, die – gestützt auf einen Polizeibeamten – ihren schmerzenden Körper humpelnd den Gang hinunter und aus dem Krankenhaus bugsiert.

Während der ersten Minuten auf dem Weg zurück nach Húsafjörður schweigt Hannah, sie bringt nur eine vage Geste mit dem linken Arm zustande, als sie Viktor um Wasser für ihre Schmerztabletten bitten will. Der rechte Arm hängt in einer Schlinge vor ihrer Brust, er fühlt sich an wie ein Fremdkörper, der nicht zu ihr gehört. Sie betrachtet den dicken, schweren Gips.

»Wie lange muss ich den tragen?«

»Vier Wochen.«

Plötzlich trifft Hannah eine deprimierende Erkenntnis: vier Wochen! Dann wird sie es nicht mehr schaffen, dieses Buch fertig zu schreiben Sie muss ein kleines, resigniertes Grunzen von sich gegeben haben, denn Viktor blickt sie besorgt an.

»Alles okay? Ich versuche, so vorsichtig wie möglich zu fahren, aber mit dem ganzen Schnee ... Das ist gar nicht so einfach.«

»Die nächsten vier Wochen kann ich nicht schreiben. Aber das ist jetzt auch schon egal.«

Hannah blickt in den Schnee hinaus, der wie eine Decke über der isländischen Tundra liegt. Es muss ein halber Meter gefallen sein, er hat die Landschaft verändert, als befänden sie sich auf einem anderen Planeten – einem märchenhaften Ort zwischen Traum und Wirklichkeit. Einem Ort, der Hannah erneut das Gefühl gibt, in Watte eingepackt zu sein, und ihren Eindruck, zurückgehalten zu werden, noch verstärkt. Wie wenn man versucht, bei starkem Gegenwind zu laufen oder in einem Traum zu rennen, ohne vorwärtszukommen.

»Kannst du ein bisschen schneller fahren?«

»Tut mir leid, aber bei diesen Verhältnissen … Wir sollten am besten lebend ankommen.«

Dagegen lässt sich schwer argumentieren, und Hannah verzichtet darauf, ihn weiter unter Druck zu setzen. Die Straße ist weiß von einer kompakten Schneedecke, und auch wenn Viktor das Lenkrad sicher im Griff hat, fühlt es sich an, als würden sie auf einer Eisbahn fahren. Ein wenig Zeit vergeht, ein Auto kommt ihnen entgegen. Hannah dreht die Sitzheizung auf, versucht, mit der Situation ins Reine zu kommen.

»Du und Margrét seid Freundinnen geworden?«

Hannah erstarrt bei der Frage. Versucht, entspannt zu klingen, cool.

»Ja … Oder, wie man's nimmt. Ich weiß nicht, ob ich es so nennen würde.«

»Wie würdest du es denn dann nennen?«

Viktor sieht sie an. Aus mehr als einem Grund verunsichert sie das.

»Schau lieber, wo du hinfährst.«

Viktor richtet den Blick wieder auf die vereiste Straße.

»Es ist gut für sie.«

»Gut?«

»Mit anderen Erwachsenen zu reden. Den ganzen Tag mit kleinen Kindern zusammen zu sein … Dafür ist sie in gewisser Weise viel zu klug. Sie muss andere denkende Menschen um sich haben.«

»Es scheint doch, als hätte sie Spaß mit den Kindern. Und könnte gut mit ihnen umgehen.«

»Ja, aber es sollte ja nur vorübergehend sein. Während unsere eigenen klein sind. Aber jetzt weiß ich nicht … Ich hab Angst, dass sie nie mehr etwas anderes macht.«

»Was sollte sie denn sonst machen?«

»Sie ist ja ausgebildete Bibliothekarin. Darüber müsst ihr doch gesprochen haben, du warst ja ein paarmal zu Besuch?«

Hannah rutscht etwas unsicher auf dem Sitz herum. Es kommt

ihr so vor, als würde die Sitzheizung brennen. Sie stellt sie wieder aus. Wie viel weiß Viktor eigentlich?

»Es ist etwas peinlich, das zuzugeben, aber wenn ich ehrlich bin, hab ich wohl vor allem über mich geredet. Nicht so viel nach ihr gefragt ...«

Viktor lächelt.

»Das ist typisch Margrét. Sich den Mist von allen anderen anzuhören ... Ich nutze das ja selbst viel zu oft aus. Lade einfach alles bei ihr ab und vergesse zu fragen, wie es ihr eigentlich geht. Ich denke immer, sie ist zu gut für mich.«

Hannah blickt hinaus in den Schnee. Alles weiß. Was soll sie sagen?

»Ich finde, sie wirkt sehr glücklich.«

»Meinst du das ernst?«

Hannah denkt an das, was Margrét über das Gefühl der Sicherheit gesagt hat, über die Freude, etwas für jemanden zu bedeuten. Sie kann überzeugend nicken.

»Das hat sie mir zumindest gesagt. Dass sie sich wohlfühlt und sich kein anderes Leben vorstellen kann.«

Viktor nickt, als würde ihn diese Information aufrichtig freuen. Doch dann verändert sich sein Gesichtsausdruck.

»Ich weiß sehr wohl, dass du Sex mit meiner Frau hattest, aber das ist jetzt vorbei.«

Hannah sieht Viktor an, hat er das gerade wirklich gesagt ...? Er zeigt auf ihren Arm.

»Vier Wochen mit Gips. Das macht vieles viel schwieriger für dich.«

Hannah schaut aus dem Fenster, es hat wieder zu schneien begonnen. Kräftig.

# 42

Hannah kann gar nicht schnell genug aussteigen, als sie endlich vor der kleinen Dorfkirche ankommen. Den vielen Fahrzeugen nach zu urteilen, die davorstehen, muss sie bis zum Bersten voll sein. Ohne auf Viktor zu warten, hastet Hannah hinein, um den letzten Teil von Thors Beerdigung mitzuerleben. Sie betritt den Kirchenraum mitten in einem Choral, bemüht sich, diskret zu sein. Ganz hinten kann sie sich in eine eigentlich voll besetzte Bank quetschen, entschuldigend und dankend nickt sie den Leuten zu, die wie eine Großfamilie wirken. Ob sie Thor wohl persönlich kannten oder nur gekommen sind, um ihm die letzte Ehre zu erweisen? Hannah bemüht sich, nicht an das Gespräch mit Viktor oder an ihren Körper zu denken, der noch ein paar Schmerztabletten vertragen könnte. Sie versucht sich zu erinnern, wie viele sie eigentlich am Tag nehmen darf, während sie den gekreuzigten Jesus betrachtet und sich ein klein wenig mit ihm verbunden fühlt. Als sie den Hals reckt, entdeckt sie Ella zusammen mit Vigdis und Ægir in der vordersten Reihe. Sie kann nur ihre Rücken erkennen, aber stellt sich vor, wie aufgewühlt sie sich fühlen müssen, mit Thors weißem Sarg vor sich. Der Choral endet, und die letzten Orgeltöne verklingen. Ein Pfarrer stellt sich vor dem Altar in Position, hebt mit tiefer Stimme zu einer ernsten Rede an. Hannah hört zwischendurch Thors Namen heraus, doch nach ein paar Minuten gibt sie auf, verstehen zu wollen, was gesagt wird. Stattdessen betrachtet sie die Trauergäste. Im Mittelgang sind zusätzliche Stühle aufgestellt worden, das ganze Dorf scheint hier zu sein. Sie erkennt einige der Jugendlichen von der Party wieder, darunter Jonni und Iðunn, Lederweste aus der Bar sitzt ein Stück entfernt, dann die Frau mit dem Hund und eine gute Handvoll Stammgäste aus dem Bragginn. Viktor ist ebenfalls hereingeschlichen und hat in der Mitte der Kirche neben Margrét Platz genommen. In deren Nähe sitzen Jonnis Eltern und eine Reihe von Gesichtern, die Hannah hier und dort gesehen hat. Doch plötzlich bleibt ihr Blick an einem Hinterkopf hängen, der ihr nicht ganz geheuer ist. Der Kopf wendet sich zu ihr um und sie sieht ein Gesicht, mit einem Lächeln in ihre Richtung. Jørn.

Hannah vergisst jegliche Diskretion, als die Zeremonie eine Viertelstunde später endet. Thors Sarg wird aus der Kirche getragen, in einen Leichenwagen geschoben und im herabfallenden Schnee davongefahren, der das Weinen der zurückbleibenden Trauergemeinde zu ersticken scheint. Anstatt Vigdis und Ægir ihr Beileid auszusprechen – oder noch wichtiger: Ella zu umarmen –, hastet Hannah auf Jørn zu und rammt ihm ihren linken, einigermaßen gesunden Arm mit voller Kraft in den Rücken. Es kann jedoch nicht sonderlich fest gewesen sein, denn er lächelt noch immer, als er sich zu ihr umwendet. Allerdings ein besorgtes Lächeln.

»Hallo, Hannah. Wie geht es dir?«

»Was machst du hier?«

»Meinen Respekt zollen.«

»Du kanntest ihn gar nicht.«

»Ich habe so viel über ihn gehört, dass es sich anfühlt, als hätte ich ihn gekannt.«

Hannah kommt ein Verdacht. Ist Jørn hier, um ihre Inspirationsquelle für seine eigenen Recherchen zu verwenden? Der Gedanke löst eine Woge von Wut in ihr aus. Er soll verdammt noch mal die Finger von ihrer Geschichte lassen! Das hier gehört ihr.

»Zum Leichenschmaus kommst du nicht mit.«

»Ich hab gehört, was dir passiert ist. Ich bin wirklich froh, dass es nicht schlimmer ausgegangen ist.«

»Ja, sicher. Aber wie gesagt: Fahr heim und halt dich fern. Du bist nicht willkommen.«

»Du bist ein bisschen territorial-besitzergreifend geworden, was?«

Hannah schielt verstohlen zu Ella hinüber, die sie beobachtet. Sie muss zu ihr gehen. Ihr durch den Tag helfen.

»Es ist ein schwerer Tag für alle. Das Letzte, was hier jemand braucht, ist ein Fremder, der sich mitten in der Trauer aufdrängt.«

»Witzig, dass du das selbst sagst. Du kennst die Familie doch auch kaum.«

»Ich bin keine Fremde. Ich wohne bei Thors Tante, und ich war von Anfang an da.«

Jørn zögert. Blickt zu Vigdis und Ægir hinüber, die von kondolierenden Trauergästen umringt sind. Dann nickt er.

»Gut, gut, du kannst das hier ganz für dich haben. Aber pass auf, Mörder haben die Angewohnheit, bei der Beerdigung aufzutauchen.«

Jørn sieht Hannah ernst an, sie kann nicht anders, als über seine Idiotie zu lächeln.

»Wenn Gísli so dumm ist, hier aufzutauchen, dann wird er auf der Stelle festgenommen.«

Jørn lacht auf.

»Klassiker!«

Hannah schaut ihn verwirrt an.

»Wie meinst du das?«

»Ein Klassiker, zu glauben, dass die naheliegendste Person der Täter wäre. So ist es doch nie.«

Hannah wirft ihm einen skeptischen Blick zu. Ist er so in der Welt seiner eigenen Kriminalgeschichten gefangen, dass er meint, sie würden die Wirklichkeit bestimmen? Dass die Regeln für deren Handlung auch außerhalb seiner Bücher gelten?

»Entschuldige, aber ich muss gehen, du nervst mich einfach zu sehr.«

Hannah macht auf dem Absatz kehrt.

»Sag Bescheid, wenn du Hilfe brauchst, um mit deinem Arm da zu schreiben. Ich tippe wirklich schnell. Du kannst diktieren, und ich schreibe!«

Mit der linken Hand hinter dem Rücken zeigt Hannah Jørn diskret einen Stinkefinger, während sie auf Ella zugeht, um sie mit all der Fürsorge zu unterstützen, die ihr erschöpfter Körper aufbringen kann.

Zum Leichenschmaus in Thors Haus zu sein, fühlt sich merkwürdig bekannt an. Abgesehen davon, dass die Hauptperson nicht aufgebahrt im Wohnzimmer liegt, scheint es eine Wiederholung der Totenwache zu sein. Dieselben Menschen, dieselbe gedrückte Atmosphäre. Hannah steht an einem kleinen Tisch mit Getränken und versucht, sich nicht an dem heißen Kaffee zu verbrühen, während sie sich mit der linken Hand ungeschickt aus einer Thermoskanne einschenkt. Sie verschüttet nur ein klein wenig, wischt es schnell mit dem Gipsarm weg. Bereut es, als ihr einfällt, wie lange sie den Gips noch tragen muss. Sie schielt zu Margrét hinüber, die sich gerade mit Jonni unterhält, würde sich am liebsten dazustellen, aber was soll sie sagen? Hannah schiebt ein paar Kekse auf einen Teller, es gelingt ihr, den Teller auf der Schlinge zu balancieren, während sie den Kaffee in der linken Hand zu Ella hinüberbringt.

»Bitte schön.«

Ella nickt nur, nimmt den Teller entgegen, rührt die Kekse jedoch nicht an. Sie haben auf der Fahrt von der Kirche hierher nur kurz darüber sprechen können, was geschehen ist, Hannah hat sich bei Ella für ihren heroischen Einsatz bedankt, aber Ella findet nicht, dass das der Rede wert wäre. Überhaupt wirkt sie ziemlich wortkarg. Hannah überlegt, ob das an der Beerdigung liegt oder ob sie von Hannahs Sturz aus dem Fenster traumatisiert ist. Sie folgt Ellas Blick, er ist auf Ægir gerichtet, der, umgeben von einigen Trauergästen, dasteht und ein Stück Papier umklammert.

»Denkst du, er will etwas sagen?«

Ella schaut sie an.

»Also, eine Rede halten?«

Ella zuckt mit den Schultern, steht dann auf und geht. Hannah sieht ihr fragend nach.

»Salerni.«

Eins der wenigen Wörter auf Isländisch, die Hannah gelernt hat: Toilette. Eine Weile steht sie herum, verspürt Unbehagen ob der schweren Trauer, die den Raum mit Schniefen, gedämpften Gesprächen und respektvoller Selbstkontrolle erfüllt. Sie blickt sich um, denkt an Jørns Worte – ob der Mörder wohl unter den Gästen ist? Schnell schüttelt sie den Gedanken ab. Gísli ist der Täter, das haben die Probe von der Flasche und seine Überfälle auf Viktor und Hannah mit aller Deutlichkeit gezeigt. Hannah muss nicht einmal darauf warten, dass er gefasst wird, um das Ende ihres Krimis zu bekommen. Eigentlich könnte sie jetzt nach Hause gehen und ihn fertig schreiben, wenn nur der verdammte Arm nicht wäre. Sie muss einen Weg finden, zu schreiben – vielleicht ist Diktieren gar keine so schlechte Idee. Es sollte nur nicht Jørn sein. Allerdings fehlt auch noch ein Motiv für den Mord. Sie kann nur mutmaßen, welchen Grund Gísli gehabt hat, Thor umzubringen, aber sie verspürt kein Bedürfnis danach, ihn selbst zu fragen. Sie wird etwas erfinden. Es muss natürlich ein Motiv geben, der Mord darf keinesfalls nur ein Unfall sein. Sonst wäre das Ganze ja eigentlich völlig egal. Es muss eine größere moralische Frage verhandelt werden, wenn der Krimi befriedigend zu lesen sein soll. Man kann kein ganzes Buch über einen zufälligen, unbeabsichtigten Totschlag schreiben. Oder etwa doch …? Hannah denkt darüber nach, ob sie mit ihrem Krimi nicht trotz allem überraschen könnte, etwas anders machen, etwas, das die DNA des Genres selbst infrage stellt, sie in einer Zufälligkeit auflöst … Ein Verweis auf die Gleichgültigkeit der Suche nach einer Verantwortung; eine Verantwortung, die es vielleicht gar nicht gibt, eine Dekonstruktion des menschlichen moralischen Kompasses …

»Hübscher Arm.«

Hannah ist so in ihren eigenen Gedanken versunken, dass sie gar nicht bemerkt hat, dass Margrét zu ihr getreten ist. Plötzlich wird ihr unangenehm bewusst, wie zerschlagen sie aussehen muss. Sie versucht, es mit einem Witz zu überspielen.

»Was tut man nicht alles, um sein Buch nicht fertig schreiben zu müssen.«

Margrét schaut sie nur an. Ohne zu lächeln.

»Ich hab mir Sorgen um dich gemacht. Wollte mit Viktor ins Krankenhaus, aber die Kinder … Es musste ja jemand bei ihnen bleiben.«

Margréts aufrichtiges Interesse an ihrem Wohlbefinden weckt in Hannah das plötzliche und für sie selbst überraschende Bedürfnis, in ein Bett zu sinken, zu schlafen, gepflegt zu werden, ihrem Körper Ruhe zu gönnen und an nichts anderes zu denken als daran, gesund zu werden. Es ist, als würde die Schwere ihres Körpers sie überwältigen. Nicht nur der verdammte unbrauchbare Arm, sondern ihr ganzer Körper will abschalten, sich von jeglicher Verpflichtung befreien und nur noch umsorgt werden. Vielleicht hätte sie im Krankenhaus bleiben sollen.

»Es war nett von Viktor, zu kommen und mich abzuholen. Vor allem, weil er ja selbst einen verletzten Arm hat.«

»Na ja, nett, wie man's nimmt … Sein Arm wurde ja auch dort genäht und verbunden, und gleichzeitig konnte er die Zeugin abholen, die den Täter zuletzt gesehen hat … Das Ganze hat sehr gut zusammengepasst, rein praktisch gesehen.«

Hannah mustert Margrét, etwas überrascht. Ist da eine kleine Spur von Eifersucht in ihrer Stimme? Oder zumindest Irritation, dass Viktor wegen seiner Arbeit ständig einen Grund hat, mit

Hannah zusammen zu sein? Sie schielt zu Viktor hinüber, der gerade mit einigen der Jugendlichen spricht. Hat das Gefühl, dass er sie im Auge behält, auch wenn er mit dem Rücken zu ihr steht.

»Keine Kritik an der Feier, aber ich hatte irgendwie gehofft, dass es hier irgendetwas Alkoholisches zu trinken geben würde. Ich könnte ein kleines Geschenk für meinen Körper gebrauchen.«

Margrét sieht sie an, schüttelt den Kopf.

»Ich glaube, Gift ist das Letzte, was dein Körper jetzt gerade braucht.«

Margrét legt eine Hand auf Hannahs gesunden Arm. Eine klitzekleine und völlig normale Geste, die sich trotzdem gewagt anfühlt. Margrét blickt Hannah eindringlich an.

»Komm kurz mit. Zwei Minuten?«

Margrét hebt eine Augenbraue. Hannah meint das Signal verstanden zu haben. Margrét verlässt den Raum, Hannah kramt ein wenig in den Keksen herum, dreht noch eine Runde, lässt ein paar Allgemeinplätze gegenüber gleichgültigen Trauergästen fallen und folgt anschließend Margrét, findet sie in der Küche, allein. Hannah schließt die Tür hinter sich. Sie schauen sich an. Als wäre es genug, einfach da zu sein, sie beide allein, ohne andere. Dann tritt Margrét zu ihr, küsst sie. Die Entschlossenheit ihrer Handlung überrumpelt Hannah. Margrét sieht sie an. Umschließt mit ihren Händen Hannahs gipsfreie Hand.

»Ich meine es ernst. Ich hab mir wirklich Sorgen um dich gemacht. Als Viktor den Anruf bekam, dass Gísli dich aus dem Fenster gestoßen hat ... Ich dachte, du wärst tot.«

Erneut erwärmt Margréts Fürsorge Hannah auf eine Art, die sie tiefer berührt, als sie selbst versteht. Zum ersten Mal seit vielen, vielen Jahren spürt sie, wie ihr Tränen in die Augen steigen. Kann nicht erklären, warum. Vielleicht, weil ihr erst jetzt klar wird, wie nahe sie dem Tod war. Hatte Gísli die Absicht, sie zu töten, als er sie aus dem Fenster gestoßen hat? Hannah unterdrückt den instinktiven Drang, sich zu beherrschen und ihre eigenen Gefühle zur Seite zu schieben. Sie lässt die Schultern ein wenig sinken, eine Träne kullert ihr über die Wange. Sie läuft ihr bis zum Kinn hinunter, dann wischt Hannah sie weg. Schüttelt den Kopf über sich selbst.

»Schau mich an ... Da stehe ich auf einer Beerdigung und weine über mich selbst.«

»Macht man das nicht meist bei Beerdigungen? Die Stimmung bietet einem sozusagen eine Entschuldigung dafür.«

Hannah blickt Margrét an. Wenn sie nur einen Menschen wie sie jeden Tag an ihrer Seite haben könnte, jemanden, der einen unterstützt, wenn man selbst nicht in der Lage dazu ist. Sie streckt die Hand nach Margrét aus, will ihre Nähe spüren, auch wenn das hier viel, viel zu riskant und unpassend ist, mitten auf Thors Beerdigung. Aber das ist Hannah egal, sie will einfach nur – ganz grundsätzlich und egoistisch – umarmt werden. Margrét streicht ihr über die Wange, sanft, doch im selben Augenblick hören sie einen schwachen Hilferuf. Sie halten inne, schauen sich an.

»Was war das?«

»Klingt wie Ella.«

Beide stürzen in den kleinen Flur hinaus, horchen auf ein Geräusch, hören eine Männerstimme ein knappes Kommando rufen. Resolut reißt Margrét die Tür zu einem der Zimmer auf und beide erstarren: Mitten im Raum, der wohl ein Bügelzimmer ist, steht Ægir über Ella gebeugt, seine großen Hände um ihren Hals gelegt. Sie liegt halb auf einem Bügelbrett voller zerknitterter Hemden, und ihrem verzweifelten Blick nach zu urteilen, drückt Ægir zu, so fest er kann.

# 43

Mörder haben die Angewohnheit, bei der Beerdigung aufzutauchen. Jørns irritierende Worte hallen in Hannahs Kopf wider, doch damit hat er wohl nicht gemeint, dass der Vater des Toten bei der Beerdigung noch einen Mord begehen würde. Hannah fühlt sich völlig hilflos, als sie sieht, wie Margrét ins Zimmer läuft und sich auf Ægir wirft, während ein Schwall isländischer Worte aus ihrem Mund kommt, die sicher etwas bedeuten wie: Halt, aufhören, loslassen! Es ist jedoch ein durch und durch ungleicher Kampf, offenbar hat Ægir vor, unter Zeugen buchstäblich das Leben aus Ella herauszupressen. Mit stählernem Griff verharrt er in seinem Tun, wirkt fast besessen. Hannah wird beinahe umgerannt, als Viktor und ein paar andere Männer aus dem Dorf zur Tür hereinstürzen und Margrét zu Hilfe kommen. Mit vereinten Kräften lösen sie Ægirs Hände von Ellas Hals und drehen ihm die Arme auf den Rücken, es wirkt wie eine ungeschickte Festnahme. Hannah sieht, wie Ella auf einem Sofa zusammensackt, blitzschnell ist sie bei ihr, um sich um sie zu kümmern, sucht mit ihrer gesunden Hand nach einem Puls. Es dauert einen Moment, bis sie ihn an Ellas Hals fühlt, der rötliche Spuren von Ægirs Klammergriff trägt. Duduk. Duduk. Duduk. Hannah stellt erleichtert fest, dass Ella lebt, auch wenn sie das Bewusstsein verloren hat. Hinter Hannah stehen mehrere Trauergäste mit schockierten und besorgten Mienen, sie schauen erst Ella an und dann Hannah, als wäre sie Ärztin und könnte ihnen Ellas Zustand erklären. Hannah verfügt jedoch über keine medizinischen Kenntnisse, aber über ein kleines bisschen gesunden Menschenverstand.

»Sie ist ohnmächtig. Nehmt ihre Beine und legt sie hoch. Und könnten wir etwas Kaltes für ihre Stirn kriegen?«

Als wären sie eine zusammengetrommelte Militäreinheit, gelingt es den Umstehenden, Ella innerhalb weniger Minuten aus ihrer Ohnmacht zu wecken. Sie wirkt erschöpft und verängstigt zugleich, flüstert etwas auf Isländisch, ihre Augen sind weit aufgerissen. Es ist, als sähe sie alles und nichts. Vorsichtig legt sie die Hände an ihren Hals.

»Ganz ruhig. Du hast es überstanden.«

Erst jetzt scheint Ella Hannah zu sehen, die versucht, beruhigend zu lächeln. Ellas Blick wandert an den Umstehenden vorbei. Alle schauen sie an, als wäre sie von den Toten auferstanden. Was sie in gewisser Weise ja auch ist. Hannah hat den Tumult hinter sich wahrgenommen, doch erst als sie sich umdreht, registriert sie, dass Ægir, Viktor, Margrét und die tatkräftigen Retter aus dem Zimmer verschwunden sind. Sie wendet sich wieder Ella zu.

»Wie geht es dir?«

Ella nickt, will ihr offenbar zu verstehen geben, dass es ihr gut geht. Jemand kommt mit einem Glas Wasser, sie trinkt. Vorsichtig, als wäre ihre Speiseröhre verklemmt. Jetzt, wo alle festgestellt haben, dass niemand mehr in Lebensgefahr schwebt, beginnen die Auswertungen des Ereignisses in übertrieben lauten Wortwechseln, manche weinen, andere wirken in ihrem Schock wie erstarrt. In der Tür entdeckt Hannah eine Gestalt, die eher wie ein Geist als wie ein Mensch aussieht. Vigdis.

Der Überfall auf Ella löst den Leichenschmaus auf, und nach einer kurzen Ansprache von Viktor, dass Ægir und Vigdis nun Ruhe brauchen, verlassen die Gäste einer nach dem anderen das Haus. Ein kleiner Kreis bleibt jedoch zurück. Hätte Ella nicht darauf bestanden, bei den Aufräumarbeiten im Hause ihres Angreifers zu helfen, hätte sich Hannah längst davongemacht. Neben Hannah und Ella sind auch Viktor, Margrét und Lederweste geblieben. Und natürlich Ægir und Vigdis, die sich in ihr Schlafzimmer zurückgezogen haben, während das Haus sich leert. Als Viktor sich vergewissert hat, dass der letzte Gast gegangen ist, wendet er sich zu Hannah und Margrét um, die jeweils an einer Seite des Tisches stehen und Kaffeetassen einsammeln.

»Kann ich kurz mit Ella unter vier Augen sprechen?«

Viktor sieht sie fragend an. Sie nicken beide, und Hannah ist sonderbar zumute, als sie auf dem Weg in die Küche Viktors Blick in ihrem Rücken spürt. Margrét schließt die Tür hinter ihnen, doch es ist, als wäre ein halbes Jahrhundert vergangen und nicht eine halbe Stunde, seit sie zuletzt hier standen. Hannah blickt sie an.

»Was zum Teufel geht hier vor?«

Margrét hat das Fenster geöffnet, sie zündet sich eine Zigarette an, inhaliert, bläst den Rauch aus.

»Ella und Ægir konnten noch nie gut miteinander. Aber dass er sie so sehr hasst ... Das hätte ich dann doch nicht gedacht.«

»Vielleicht hat er eine Trauerpsychose?«

»Gibt es so was?«

Hannah zuckt mit den Schultern.

»Die Leute machen die verrücktesten Dinge, wenn sie in Trauer sind.«

Hannah betrachtet Margrét, die aus dem Fenster schaut. Als hätte sie Lust, hinauszuklettern und abzuhauen. Sie würde am liebsten zu ihr hingehen, aber irgendwie fühlt sich das verkehrt an. Vielleicht liegt es an Margréts Körpersprache, an der Art, wie sie abgewandt dasteht, mit verschränkten Armen. Hannah konzentriert sich auf etwas anderes.

»Die Art, wie er ihren Hals zusammengepresst hat ... Es sah aus, als wäre er wirklich bereit, sie zu töten. Als hätte es ihm nichts ausgemacht, sie umzubringen.«

Margrét dreht sich zu Hannah um, mit einem forschenden Blick, der sie nervös macht.

»Was genau meinst du damit?«

»Ich meine nur, dass es vielleicht ... Vielleicht war es nicht das erste Mal, dass Ægir versucht hat, jemanden zu töten. Wenn er hierzu imstande war, ja, dann war er vielleicht auch dazu imstande, seinen eigenen Sohn zu töten.«

Margrét nimmt einen tiefen Zug von ihrer Zigarette. Behält den Rauch ein wenig in der Lunge, bevor sie ihn in die Luft entlässt.

»Oder er glaubt, dass Ella etwas mit Thors Tod zu tun hat.«

Hannah sieht Margrét entsetzt an.

»Verdächtigst du Ella, Thors Mörderin zu sein?«

Margrét zuckt mit den Schultern.

»Wie gut kennst du sie eigentlich?«

Ein Gefühl von Hitze breitet sich in Hannahs Körper aus. Kochender Zorn. Es ist schon das zweite Mal an diesem Tag, dass jemand behauptet, sie würde Ella und deren Familie nicht besonders gut kennen.

»Ella könnte niemals jemandem etwas zuleide tun, schon gar nicht Thor. Sie hat ihn vergöttert!«

»Ich sage ja auch nicht, dass sie willentlich ihren eigenen Neffen umgebracht hat. Aber es geschehen ja auch Unglücke. Und manchmal vertuscht man sie. Bei Ella wäre es nicht das erste Mal.«

Margrét zieht ein letztes Mal an ihrer Zigarette, wirft die Kippe aus dem Fenster, ohne es hinter sich zu schließen, und verlässt die Küche ohne eine weitere Erklärung. Hannah bleibt mit einem unbehaglichen Gefühl zurück. Durch das Fenster dringt der Wind direkt durch ihre Kleider, ihre Haut und ihren ganzen Körper.

Das Verhör hat nicht lange gedauert. Laut Viktor wollten weder Ella noch Ægir erklären, wie es zu dem gewaltsamen Angriff gekommen war, und Ella hat es darüber hinaus abgelehnt, Ægir anzuzeigen, also hat Viktor beschlossen, die Sache auf sich beruhen zu lassen. Was soll er machen? Ein wenig beunruhigt beobachtet Hannah, wie Ella ihren Jeep nach Hause steuert. Sie strahlt eine Zielstrebigkeit aus, die Hannah für jemanden, der gerade einem Mordversuch entkommen ist, zugegebenermaßen beeindruckend findet. Aber Hannah spürt jede kleine Unebenheit der Straße als ein Pochen in ihrem Gipsarm, und sie bedauert, dass Ella Lederwestes Angebot, sie beide nach Hause zu fahren, nicht angenommen hat. Hannah hat den Eindruck, sie könnte den Wagen trotz ihres gebrochenen Arms ruhiger lenken als Ella. Draußen türmt sich immer noch der Schnee, und das Auto ruckelt sehr häufig. Hannah verdrängt ihre Schmerzen.

»Warum willst du Viktor nicht erzählen, was passiert ist?«

Hannah schaut Ella an, die nur mit den Schultern zuckt. Hannah versucht es noch einmal.

»So etwas macht man doch nicht einfach so. Es sah wirklich gewalttätig aus. Wenn wir nicht reingekommen wären, hätte er dich ja richtiggehend erwürgt.«

Ella schweigt noch immer. Ihr Blick ist fest auf die Straße gerichtet. Hannah gibt auf. Ihr fällt wieder ein, wie Margrét erwähnt hat, dass Ella schon einmal etwas vertuscht hat – was könnte das gewesen sein? Verdächtigt Margrét Ella ernsthaft, Thors Mörderin zu sein? Der Gedanke kommt ihr so abwegig vor, dass Hannah ihn wegschiebt. Aber Margrét weiß etwas über Ella, das sie nicht sagen will. Das verstärkt Hannahs Unbehagen noch. Sie sind beim Haus angekommen, aber Ella muss an der Straße parken, weil der knietiefe Schnee selbst für einen Jeep zu viel des Guten ist. Hannah folgt Ella zum Haus, versucht, in ihren tiefen Spuren zu gehen. Jeder Schritt fühlt sich wegen des beschissenen Gipsarms wie ein Balanceakt an. An der Tür dreht Ella sich zu Hannah um. Als wollte sie etwas sagen, hätte es sich dann aber anders überlegt. Sie sperrt die Tür auf. Als sie ihre schneeigen Schuhe im Eingangsbereich abgestellt haben, verschwindet

Ella in die Küche. Sie kommt mit einem kleinen Block heraus. Schreibt.

*Hör auf herumzuschnüffeln, es ist zu gefährlich. Entspann dich. Schreib dein Buch.*

Hannah liest den Zettel und kann nicht anders als zu lächeln.

»Mach dir um mich keine Sorgen. Ich komme schon klar. Ich komme ja auch hiermit klar.«

Hannah hebt den Arm. Doch Ella lächelt nicht. Sie blickt Hannah nur an, dann schreibt sie wieder.

*Hör auf, Fragen über Thors Tod zu stellen oder du musst aus meinem Haus ausziehen.*

Hannahs Lächeln verblasst. Was genau geht hier vor? Ella sagt nichts weiter, geht einfach in ihr Schlafzimmer. Hannah bleibt einen Moment stehen, fühlt sich wie ein Kind, das getadelt wurde, ohne zu wissen, warum. Sie holt ihr Telefon aus der Tasche, ruft Margrét an. Es klingelt ganze zwei Mal bis zum Ende, bevor Margréts Stimme endlich am anderen Ende zu hören ist.

»Du sollst mich nicht anrufen.«

»Tut mir leid, es ist nur – was du über Ella gesagt hast, ich will wirklich gern wissen, was du damit gemeint hast, und ...«

»Hör zu.«

Margrét unterbricht sie. Macht dann eine lange Pause. Hannah glaubt einen Augenblick, die Verbindung wäre abgebrochen, doch dann hört sie wieder Margréts Stimme. Sie klingt müde.

»Viktor und ich hatten gerade ein langes Gespräch. Über dich und mich.«

»Okay ...?«

Hannahs Herz pocht. Und bricht ein wenig. Sie wusste ja, dass das kommen würde.

»Wir werden uns vorläufig nicht mehr sehen, und du sollst mich nicht anrufen.«

»Ich dachte, ihr hättet eine Art Abmachung, ein Einverständnis?«

»Nicht was dich betrifft. Tut mir leid, aber ... Wärst du so lieb, mich nicht mehr anzurufen? Es macht mein Leben momentan ziemlich schwierig.«

»Ja ... natürlich.«

»Danke. Danke, dass du das verstehst.«

Margrét legt auf, und Hannah versteht rein gar nichts mehr. Wie konnte sie innerhalb weniger Minuten ihre beiden Vertrauten im Dorf verlieren? Sie fühlt sich völlig allein, und zum ersten Mal in ihrem Leben macht ihr dieses Gefühl Angst. Normalerweise braucht sie niemanden, ist nie der Typ gewesen, der anruft und Familie oder Freunde mit Problemen und Einsamkeitsgefühlen belästigt. Im Gegenteil, sie hat es immer geschätzt, von niemandem abhängig zu sein, sie hat ihre eigene Gesellschaft sogar der von anderen vorgezogen. Jetzt läuft es ihr kalt den Rücken hinunter, als sie merkt, dass sie einen überwältigenden Drang verspürt, mit einem anderen Menschen zusammen zu sein. Selbst wenn der einzige andere Mensch, der ihr einfällt, Jørn ist.

»Hallo.«

Seine Stimme klingt wie immer irritierend fröhlich und munter, als hätte er nur auf einen netten Anruf gewartet. Und auch wenn Hannah es sich nur äußerst ungern eingesteht, diese Art von naivem Optimismus ist genau das, was sie jetzt braucht. Sie strengt sich an, weder zu aggressiv noch zu pathetisch zu klingen.

»Ich brauche einen Drink. Mit meinem Arm kann ich nicht fahren, und es liegt so viel Schnee, dass ich mich nicht traue zu laufen, ich will mir nicht auch noch den anderen Arm brechen. Also ... kannst du mich vielleicht abholen und zum Bragginn fahren, und ja ... Also, nur wenn du Lust hast. Aber du könntest natürlich auch einen Drink nehmen.«

Hannah hat den Eindruck, Jørn am anderen Ende der Leitung lächeln zu hören.

»Lädst du mich gerade auf einen Drink ein?«

Hannah seufzt tief.

»Sag einfach, ob du kannst oder nicht.«

»Klar. Ich springe gleich ins Auto.«

Hannah legt auf, ziemlich genervt von sich selbst und ihrer Schwäche. Aber auch ein kleines bisschen erleichtert.

# 44

»Ich hab's doch gesagt.«

Hannah und Jørn sitzen erst wenige Sekunden im Bragginn, als Hannah schon den heftigen Drang verspürt, Jørn zu schlagen. Er macht es ihr auch nicht leicht, so durch und durch nervig, wie er ist. Gleichzeitig ist sie wirklich dankbar dafür, dass er sie so schnell abgeholt hat. Hannah hatte sich noch nicht einmal die Jacke ausgezogen, als er mit seinem großen Geländewagen draußen an der Straße vorfuhr und hupte.

»Ja, ja. Mörder haben die Angewohnheit, bei der Beerdigung aufzutauchen. Aber wir wissen ja nicht, ob es Ægir ist.«

Hannah erzählt ihm nichts von dem Verdacht gegen Ella. Bis auf weiteres reicht es, Jørn in die Ereignisse um den Erdrosselungsversuch einzuweihen. Margrét behält sie auch für sich. Sie schlürft ein halbes Glas Rotwein in sich hinein, unelegant, aber nötig. Würgt ein paar Schmerztabletten mit hinunter.

»Wie geht's mit dem hier?«

Jørn deutet mit einem Nicken auf ihren Arm. Hannah schüttelt den Kopf, als würde es überhaupt nicht gehen. Was ja in gewisser Weise auch stimmt, es ist schwer, mit der linken Hand zu trinken.

»Du steckst fest.«

Hannah blickt Jørn fragend an.

»Wie meinst du das?«

»Du hast keine Ahnung, was um dich herum passiert oder wem du vertrauen kannst. Du bezweifelst, dass du jemals die Wahrheit über Thors Tod erfahren wirst. Und außerdem weißt du nicht, wie du deinen Krimi beenden sollst.«

Hannah fühlt sich so provoziert, dass sie am liebsten sofort losrennen würde, raus in den Schnee, und einfach für immer wegbleiben und nie, nie wieder ein einziges Wort von Jørn hören müssen. Aber leider hat er recht. Sie versucht, es nicht zu zeigen. Gibt dann auf. Ergibt sich Jørn ganz.

»Du bist einfach genauso nervig, wenn du recht hast, wie wenn du dich irrst.«

»Tut mir leid, aber so bin ich einfach. Wie kann ich dir helfen?«

Hannah betrachtet Jørn. Es liegt keine Spur von Schadenfreude in seinem Tonfall, nur aufrichtiges Interesse.

»Um ganz ehrlich zu sein, habe ich keine Ahnung, was ich glauben oder denken soll. Ich meine, ich habe Leute aus dem Dorf zum Reden gebracht, und ich hatte das klare Gefühl, dass die Lösung gleich um die Ecke lag. Aber jetzt ist es auf einmal so, als wüsste ich gar nichts. Und ich würde am liebsten einfach ... aufgeben.«

Hannah hat immer geglaubt, sie würde lieber sterben, als diese Worte auszusprechen. Schon gar nicht Jørn gegenüber. Aber in diesem Moment fühlt es sich wunderbar erleichternd an. Als wäre das Einräumen einer Niederlage die größte Freiheit, die sie je empfunden hat. Plötzlich spürt sie die ganze Last der Ereignisse der letzten Tage in ihrem Körper: den Überfall auf Viktor, die Konfrontation mit Gísli, ihren Sturz aus dem Fenster, die Beerdigung, den gebrochene Arm, Viktors Enthüllung seines Wissens über sie und Margrét. Margréts Abweisung, Ellas Drohung.

»Ich bin eben keine Ermittlerin. Und ich bin wohl auch keine Krimiautorin.«

Hannah schaut in ihr Glas mit dem letzten Rest Rotwein, aber sie hat noch nicht einmal Lust, es zu leeren. Sie merkt, wie Jørns Blick auf ihr ruht.

»Du bist ein beeindruckender Mensch.«

Hannah sieht ihn an. Er hätte wenigstens ein oder zwei Minuten damit warten können, ihrem Selbstwertgefühl einen Tritt zu versetzen. Aber es ist kein Sarkasmus in seinem Gesicht zu erkennen. Nur etwas, das tatsächlich aussieht wie Bewunderung.

»Ich meine es ernst. Ich habe schon immer großen Respekt vor dir gehabt. Die Art, wie du schreibst. Dein Glaube daran, dass Literatur mehr ist und mehr sein kann als reine Unterhaltung. Wie du darauf bestehst, immer nach dem höchsten Niveau zu streben. Das ist beeindruckend.«

Hannah ist völlig verblüfft. Lobt Jørn sie etwa gerade?

»Du hast meine Bücher gelesen?«

Jørn nickt.

»Alle.«

In Hannahs Innerem vermischt sich ein seltsames Gefühl des Stolzes mit einem Schuss Scham. Hat sie Jørn wirklich dermaßen unterschätzt? Niemals hätte sie ihm zugetraut, dass er auch nur ein einziges Kapitel durchhalten könnte, ohne einzuschlafen und dass er sogar ihre gesammelten Werke gelesen hat ... Ein Lächeln breitet sich auf ihrem Gesicht aus, verschwindet jedoch schnell wieder, als ihr der Gedanke kommt, dass das höchstwahrscheinlich nur Gerede ist. Um sich bei ihr einzuschmeicheln.

»Ich muss sagen, ich bin überrascht. Dass du alle meine Bücher kennst ... Ich hätte nicht gedacht, dass ...«

»Dass ich lese?«

»Dass du die Art von Büchern liest, die ich schreibe.«

Hannah schaut ihn an, prüfend. Er erhält die Maskerade aufrecht.

»Was hältst du von *Verlorene Sommernächte?*«

Jørn lächelt sie an, er hat durchschaut, dass sie ihn prüfen will. Aber er wirkt, als wäre er bereit zu kämpfen, um zu bestehen.

»Ganz ehrlich, ich war etwas enttäuscht vom Schluss. Ich finde nicht, dass der Hund sterben musste, und ich hätte gern erfahren, was passiert, wenn sie an die Nordsee kommen. Aber deine Beschreibung der Frauen in diesem Strickclub hat mir sehr gut gefallen. All die Schichten, die sich unter den banalen Gesprächen verbergen ... Das ist toll geschrieben.«

Jetzt ist Hannah diejenige, die beeindruckt ist. Über all das hat sie selbst schon nachgedacht, aber kein anderer Leser noch einer der Rezensenten hat bisher darauf hingewiesen. Das müssen seine eigenen Überlegungen sein.

»Eine aufmerksame Lektüre.«

»Mein analytischer Sinn ist gar nicht so schlecht.«

»Aber warum ...«

Hannah unterbricht sich selbst. Doch Jørn weiß genau, worauf sie hinauswill.

»Warum schreibe ich dann nicht anders – etwas, das in deinen Augen besser ist?«

Hannah zögert, wünscht sich, sein Lob erwidern zu können, aber außer, dass sein Werk ein großes Publikum erreicht, hat sie nichts ernsthaft und aufrichtig Positives zu sagen. Jørn scheint zu verstehen.

»Ich schreibe so, wie ich kann. Wenn ich dasselbe könnte wie du, dann würden meine Bücher natürlich anders sein. Es ist nicht so, dass ich mir keine Mühe gebe, aber ich will nicht versuchen, etwas zu sein, was ich nicht bin. Ich will lieber ein wirklich guter Jørn Jensen sein als ein schlechter Shakespeare.«

Hannah kann sich ein Lächeln nicht verkneifen. Das klingt so dumm und so klug zugleich. Sie ist erstaunt über seine Selbsteinsicht und die Wahrheit in seiner Aussage. Warum hat sie nie daran gedacht, dass er solche Bücher schreibt, weil es genau das ist, was er gut kann? Und was soll daran eigentlich so falsch sein? Viele Menschen lesen sie mit großer Begeisterung, und das ist doch besser als der ganze andere Dreck, mit dem man sich unterhalten kann. Schlechte Filme und Fernsehserien. Vielleicht bringt die Lektüre von Jørns Büchern die Leser sogar dazu, sich an andere Genres heranzuwagen, vielleicht werden sie auch mal ein anderes Buch lesen, während sie darauf warten, dass sein nächster Krimi erscheint – vielleicht sogar eins ihrer Bücher? Der Gedanke gefällt Hannah, doch es ist ihr auch ein wenig peinlich, dass sie Jørns Werken nur dann einen Wert zuschreiben kann, wenn sie zu ihren führen. Vielleicht ist es auch völlig in Ordnung, wenn die Leser nur glücklich und zufrieden mit Jørn Jensens Büchern sind.

»Ich möchte mich entschuldigen.«

Es fällt Hannah überraschend leicht, die Worte auszusprechen.

»Ich gebe zu, dass ich nie eine besonders hohe Meinung von dir als Autor hatte. Und auch, wenn ich deine schönen Worte, die du über mein Schreiben gesagt hast, gern erwidern würde ... Tja, ist wohl die Wahrheit, dass ich das, was du schreibst, nie besonders wertschätzen werde. Aber ich habe wirklich – und das meine ich ernst – tiefen Respekt davor, dass du so viele Menschen erreichst. Dass du sie dazu bringst, für deine Bücher Schlange zu stehen. Dass du immer wieder etwas lieferst, das den Leuten Freude macht, und deine Fans nie enttäuschst. Das, denke ich, erfordert eine große Sorgfalt bei der Arbeit, und dass du die hast, dafür bin ich blind gewesen. Und ...«

Hannah zögert kurz, das Letzte ist etwas schwieriger auszusprechen.

»Vielleicht beneide ich dich auch ein ganz kleines bisschen darum, dass du die Massen so gut erreichst.«

Sie zwingt sich selbst, ihm in die Augen zu sehen, als sie das sagt, um ihm zu zeigen, dass sie es ernst meint. Jørn lächelt nicht, er sieht fast traurig aus. Doch dann versteht Hannah, dass er gerührt ist. Er legt die Hand auf eine etwas nervige neo-buddhistische Art auf sein Herz, doch diese Geste gibt Hannah zu verstehen, dass er ihre Worte wirklich angenommen hat. Und wahrscheinlich lange davon zehren kann.

»Danke.«

Das Wort hängt in der Luft und versiegelt den Augenblick. Jørn will gerade noch etwas ergänzen, als die Tür zur Bar plötzlich aufgerissen wird. Die Frau mit dem Hund steht mit wilder Panik in den Augen da und schreit. Schnee stiebt um sie herum, sie wedelt mit den Armen in der Luft.

»Gísli er dáinn. Hann liggur við fótboltavöllinn!«

Es vergeht ein langer Moment, als müssten die Leute die Botschaft erst begreifen, doch dann fallen krachend Stühle um, während Jacken vom Haken gerissen und Biere in einem Schluck geleert werden. Hannah und Jørn geraten in einen ihnen zunächst unverständlichen, dann ungeheuerlichen Tumult, als jemand die Botschaft der Frau ins Englische übersetzt. Der Tumult zieht sie mit hinaus in die eiskalte Winternacht, hinaus, um zu sehen, ob es wirklich wahr ist – dass Gísli tot ist.

# 45

Er hat sich mit dem Messer selbst getötet. Darüber besteht rasch Einigkeit, als die kleine Gesellschaft aus der Bar neben Gíslis gefrorener Leiche steht. Kleine vereiste Rinnsale von Blut sind an seinem linken Handgelenk heruntergelaufen. Anders als bei Thor hat sein toter Körper nichts Friedliches an sich, im Gegenteil, seine verzerrte Miene und seine weit aufgerissenen Augen zeugen davon, dass er sein Leben in Schmerz und Qualen beendet hat. Hannah wendet den Blick ab. Allein die Vorstellung, sich hinter ein hässliches Fußballtor zu legen und sich die Pulsadern aufzuschneiden ... Sie erschaudert und fühlt sich unter der großen Stadionlampe, die inmitten der umfassenden Dunkelheit einen kleinen Flecken hell erleuchtet, exponiert.

»Það var Hrafn sem fann hann.«

Die Frau deutet auf den Hund, an dessen Leine sie heftig ziehen muss, damit er nicht zu Gíslis Leiche läuft und sie ableckt. Lederweste erweist sich erneut als eine Art Anführer des Dorfes und wendet sich mit erhobenen Armen zu der Versammlung um, als wolle er Gíslis Leiche hinter sich beschützen. Mit lauter Stimme und großer Autorität sagt er etwas Unverständliches. Hannahs Interpretation nach geht es darum, Abstand von der Leiche zu halten. Respekt zu zeigen. Jedenfalls ziehen sich alle ein wenig zurück, ein paar wenden sich sogar ab, um ganz ihrer Wege zu gehen. Jetzt, wo sie alles gesehen haben, ist genügend Gesprächsstoff für die nächste Runde Bier vorhanden. Hannahs Füße in den Lederstiefeletten fühlen sich an wie Eiszapfen, und die Jacke lässt sich wegen des Gipsarms nicht richtig schließen, er ist zu dick, um ihn in den Ärmel zu stecken. Sie tritt ein wenig auf der Stelle, der Schnee knirscht unter ihr. Lederweste wendet sich an sie und Jørn.

»Fahrt zu Viktor rüber und holt ihn sofort hierher.«

»Warum wir?«

Das Letzte, was Hannah möchte, ist zu Viktor zu fahren und ihm die schlechten Nachrichten zu überbringen.

»Weil ihr die Nüchternsten seid.«

Jørn nickt, nimmt die ihm übertragene Aufgabe an.

»Wir machen so schnell wir können.«

Jørn ist bereits auf dem Weg zum Wagen. Hannah wägt eine Sekunde die Möglichkeiten ab, beschließt dann, dass es besser ist, mit zu Jørns warmem Auto zu gehen, als hier frierend in der Dunkelheit zu stehen oder allein bei lauwarmem Rotwein und mit dem Kopf voller Gedanken im Bragginn zu sitzen. In weniger als fünf Minuten sind sie bei Viktors und Margréts Haus angelangt und Jørn hämmert gegen die Tür, als wären sie selbst in Lebensgefahr.

»Es hat noch einen Todesfall gegeben. Ein älterer Herr hat sich offenbar draußen auf einem Feld das Leben genommen.«

Hannah ärgert sich, dass Jørn das Wort ergreift, sobald Viktor die Tür öffnet, und warum muss er sich so beschissen hochtrabend ausdrücken? Er weiß doch am allerwenigsten darüber. Hannah korrigiert ihn.

»Es ist Gísli. Er liegt hinten beim Fußballfeld.«

»Sie können einfach zu mir ins Auto springen, ich habe Allradantrieb und Sitzheizung.«

Jørn findet es offenbar großartig, den Helden zu spielen, aber Hannah kann sich nicht einmal darüber aufregen. Sie beobachtet Viktor, der mit ernstem Gesicht schnell in ein Paar Stiefel schlüpft und nach einer Jacke greift. Er ruft etwas ins Haus, und Hannah kann gerade noch einen Blick auf Margrét erhaschen, bevor die Tür zufällt und die drei eigenartigen Musketiere zu Jørns vorgewärmtem Ungetüm von Auto eilen. Doch in dem Moment, als Hannah sich hineinsetzt, spürt sie plötzlich, dass sie am Ende ihrer Kräfte ist. Der Gedanke, noch einmal dazustehen und Gíslis gefrorene Leiche anzusehen oder, noch schlimmer, mit Jørn im Bragginn darüber zu diskutieren, ruft stechende Kopfschmerzen hervor, und sie merkt, dass sie zittert.

»Geht es dir gut?«

Jørn schaut sie besorgt an, während er den Wagen zurück zum Tatort steuert, schnell, aber mit ruhigem Überblick. Woher nimmt er seine ganze Energie?

»Du siehst so blass aus.«

Hannah kapituliert. Gedankenfragmente blitzen auf, wie unpassend es ist, Jørn die Rolle als Co-Ermittler zu überlassen, doch sie setzen sich nicht richtig fest, und sie spürt eine Gleichgültigkeit gegenüber dem Fall, dem Buch – und Jørn. Sie will nur noch nach Hause ins Bett, nur noch schlafen. Ihre Stimme ist seltsam schwach, als sie sich mit beinahe flehentlichem Blick an Jørn wendet.

»Wenn du Viktor abgesetzt hast, kannst du mich dann heimfahren?«

Im Haus ist es still, als Hannah sich hineinschleicht, und sie schaltet das Licht bewusst nicht ein, will auf keinen Fall Ellas Aufmerksamkeit auf sich ziehen und damit das Risiko eingehen, ein längeres Gespräch über Leben und Tod einzuleiten. Ein Schauer läuft ihr über den Rücken, als sie ihre kleine Dachkammer betritt, in der sie nicht mehr gewesen ist, seit Gísli sie aus dem Fenster gestoßen hat. Es sind jedoch keine Anzeichen ihres Kampfs mehr zu sehen, alles ist aufgeräumt, der Boden gestaubsaugt, das Fenster geschlossen, sogar die Tagesdecke ist übers Bett gelegt worden. Etwas, das Hannah während ihres Aufenthalts kein einziges Mal getan hat, offensichtlich muss Ella am Werk gewesen sein. Das erfüllt Hannah mit Dankbarkeit und Wärme, das ordentliche Zimmer gibt ihr beinahe ein Gefühl von Geborgenheit. Trotzdem dreht sie sicherheitshalber den Schlüssel im Schloss herum. Mit großer Mühe gelingt es ihr, sich mit der linken Hand aus ihren Kleidern zu schälen. Als sie noch die Schmerztabletten geschluckt hat und sich endlich ins Bett fallen lässt, fühlt sie sich wie eine Tausendjährige. Wie konnte nur alles auf einmal so schiefgehen? Erst jetzt spürt Hannah ihre Betroffenheit über Gíslis Tod – trotz seines Angriffs auf sie, auf Viktor und vermutlich auf Thor wird sie von einer Traurigkeit überwältigt, die sie in die Matratze niederdrückt und ihr sogar die Tränen in die Augen treibt. Was für ein Schicksal. Ein begabter Mensch mit einer Familie und einer Karriere, der irgendwann alles verliert und seine letzten Jahre als obdachloser Alkoholiker fristet – und schließlich aus dem Moment heraus einen jungen Mann umbringt, was zu weiteren Angriffen und schließlich zum Selbstmord führt. Aus dem Moment heraus. Was Hannah auffällt, ist genau diese Zufälligkeit der Ereignisse. Dass alles tragische Umstände zu sein scheinen, die wie in einer Unglücksspirale miteinander verwoben wurden und so in einer Kettenreaktion das ganze Dorf in Mitleidenschaft gezogen haben. Und dass es nie so weit gekommen wäre, wenn Thor in jener Nacht am Wasser nicht zufällig Gísli getroffen hätte. Hannah schläft mit dem letzten erlösenden Gedanken ein, dass der Hauptverdächtige tot ist und der Fall damit abgeschlossen. Trotzdem handeln ihre Träume ausnahmslos von Thor, Gísli, Margrét, Ella, Viktor und all den anderen aus dem Dorf.

Mitten in der Nacht wacht Hannah von einem pochenden Schmerz in ihrem Gipsarm auf. Auch wenn sie auf dem Rücken gelegen hat, mit dem Arm auf einem Kissen wie vorgeschrieben, fühlt es sich an, als wäre er in einer Druckerpresse zerquetscht worden. Sie schaltet die Nachttischlampe ein und untersucht den Arm. Es kribbelt in der Schulter, und mühsam gelingt es ihr, sich aus dem Bett zu kämpfen, um nach weiteren Schmerztabletten zu suchen. Ihr fällt ein, dass sie die Tabletten ins Badezimmer gelegt hat. Schlaftrunken tappt sie in den Flur hinaus, doch dann hält sie inne. Aus Ellas Arbeitszimmer dringt Licht. War das auch so, als sie nach Hause gekommen ist? Hannah ist sich sicher, dass die Tür geschlossen war. Jetzt hört sie jemanden leise reden. Oder besser gesagt: Mit einem Anflug von unterdrückter Wut flüstern. Hannah steht ganz still, lauscht. Kann nur eine Stimme identifizieren, Ellas. Immer wieder verstummt die Stimme, Ella scheint zu telefonieren. Hannah steht einen Moment lang unentschlossen da. Wenn sie weitergeht, wird sie mit Sicherheit Ellas Aufmerksamkeit auf sich ziehen und ein Gespräch wäre unvermeidlich. Andererseits ist Hannah der Gedanke, ohne ihre Tabletten umzukehren, unerträglich. Sie rafft sich auf, schleicht schnell an der halboffenen Tür vorbei ins Badezimmer, greift sich die Tabletten, die noch auf dem Waschbecken liegen, und eilt zurück zu ihrem Zimmer mit dem siegessicheren Gefühl, die Aktion hinter sich gebracht zu haben, ohne auf Ella getroffen zu sein. Doch gerade als sie die Tür wieder schließen will, tritt Ella in den dunklen Flur hinaus. Im Gegenlicht aus dem Arbeitszimmer kann Hannah ihr Gesicht, das im Schatten liegt, kaum erkennen. Hat Ella sie gesehen? Einen Moment lang stehen sie nur da wie zwei Gespenster, die dasselbe Haus heimsuchen.

»Hallo. Ich bin gerade aufgewacht, wollte nur kurz die hier holen.«

Das nächtliche Gespräch ist Realität geworden. Hannah hält die weiße Tablettenschachtel hoch.

»Für den Arm, er tut ziemlich weh.«

Ella bleibt weiterhin stumm, das beunruhigt Hannah. Mit dem gesunden Arm tastet sie an der Wand entlang, um einen Lichtschalter zu finden, aber sie tappt im Dunkeln, und auf einmal ist Ella dicht neben ihr. Hannah weicht instinktiv einen Schritt zurück, doch Ella schaltet nur das Licht ein. Der Schalter ist hinter Hannah. Sie blinzelt, es fühlt sich an, wie wenn in einem Nachtclub plötzlich das Licht angemacht wird und man mit Schrecken erkennt, wie alle wirklich aussehen. Und einem bewusst wird, dass dieselbe Helligkeit der Realität sich auch auf einen selbst gelegt hat. Ella wirkt alt und müde. Es scheint sogar fast, als wäre sie etwas kleiner geworden, oder vielleicht ist es auch nur ihr Pyjama, der viel zu groß ist? Auf jeden Fall sieht sie aus wie eine zerbrechliche alte Dame, grau und verletzlich. Ein unmittelbarer und sehr ungewohnter Drang, Ella zu umarmen, steigt in Hannah auf. Das Gefühl der Fürsorge ist so fremd für sie, dass sie nicht anders kann, als ihm nachzugeben. Hannah schlingt ihren gesunden Arm um Ellas Schultern und zieht sie an sich, und es ist, als hätte Ella nur darauf gewartet, dass irgendjemand sie so umarmt. Hannah spürt, wie Ellas Körper sich entspannt, wie bei einem Kind, das sich endlich geborgen fühlt. Sie bleiben eine Minute, die so lang ist, dass es auch fünf sein könnten, so stehen, und Hannah schwankt zwischen dem Gefühl der Zuneigung zu Ella und der wachsenden Unruhe darüber, dass sie nicht weiß, was mit ihrer Gastgeberin los ist. Sie ist sich auf jeden Fall sicher, dass sie Ella nicht fragen sollte, mit wem sie mitten in der Nacht im Flüsterton telefoniert hat.

# 46

Betäubt von der selbstdosierten Anzahl der Schmerztabletten sinkt Hannah in einen tiefen, traumlosen Schlaf, der alle Schmerzen und Sorgen vorübergehend verdrängt. Als sie es endlich – und nur nach und nach – schafft, die Augen aufzuschlagen, befindet sie sich noch immer in einem Zustand am Rande der Bewusstlosigkeit. Sie gestattet sich, ein paar Minuten mit offenen Augen liegen zu bleiben, bevor sie auf dem Nachttisch nach ihrem Handy tastet und feststellt, dass sie den gesamten Vormittag verschlafen hat. Halb eins. Kann das wirklich sein? Hannah findet, das Licht von draußen hat noch immer nächtliche Töne, vielleicht, weil die Dunkelheit schon beinah alle Stunden des Tages verschlungen hat. Hannah kämpft sich aus dem Bett, während sie ihren Klotz von einem Gipsarm verflucht, und reißt den Vorhang auf. Draußen gibt es nichts als Schnee, Schnee, Schnee. Der Schnee hat die Welt vollständig verhüllt, als hingen die Wolken über dem Dach des Hauses und pumpten ununterbrochen schwere, weiße Flocken heraus. Hannah beschleicht ein leicht klaustrophobisches Gefühl. Sie ruft sich die dramatischen Ereignisse des gestrigen Tages in Erinnerung: die Beerdigung, Gíslis Selbstmord, Ellas Drohung, gefolgt von ihrem Bedürfnis nach Trost. Margréts Abweisung. Hannah setzt sich auf die Bettkante, klickt sich mit der linken Hand ins Telefonbuch ihres Handys und drückt auf den Namen der einzigen Person, bei der sie sich einigermaßen sicher fühlt: Bastian. Er antwortet sofort.

»Hallo, ich dachte schon fast, du hast mich vergessen.«

»Lustig, ich wollte gerade dasselbe von dir sagen. Ich bin ehrlich gesagt überrascht, dass du dich überhaupt traust abzuheben.«

Es war eigentlich gar nicht Hannahs Absicht, so beleidigt zu klingen, doch auf einmal merkt sie, wie alleingelassen sie sich vorkommt, ganz konkret, aber auch mit ihren Gefühlen und dem verfluchten Buch. Und es war ja verdammt noch mal Bastian, der sie auf diese Mission geschickt hat, warum hat er sich dann nicht mehr bei ihr gemeldet? Sie spürt eine Wut in sich aufsteigen, die einem starken Gefühl der Verletzlichkeit und Benachteiligung entspringt. Das frustriert sie, denn der Sinn des Anrufs war ja eigentlich, mit einem vernünftigen und liebevollen Menschen ohne Negativität und versteckte Absichten zu sprechen. Verdammt noch mal. Sie unterdrückt mühsam den Drang, ihren Zorn an Bastian auszulassen.

»Tut mir leid, ich rufe nicht an um rumzuzicken.«

»Das ist ja ganz was Neues.«

Hannah lächelt müde vor sich hin. Sie hat Bastian vermisst. Er räuspert sich irgendwo in Dänemark. Seine Stimme bekommt einen etwas weicheren Klang. Fürsorglicher.

»Ich hatte tatsächlich ein schlechtes Gewissen, dass ich mich gar nicht mehr gemeldet habe. Aber ich hab viel an dich gedacht. Wie geht es dir?«

Hannah versucht, nicht allzu dramatisch zu klingen.

»Um ehrlich zu sein, geht es mir ziemlich schlecht.«

»Schreibblockade? Heimweh?«

»Plus ein Mordversuch an mir durch einen mutmaßlichen Täter, der jetzt Selbstmord begangen hat. Dann noch, dass alle, die ich hier kennengelernt habe, gerade das Vertrauen in mich zu verlieren scheinen, und, na ja, Jørn, der herumschleicht und mit Gott weiß was für Strategien versucht, mein Krimiprojekt zum Scheitern zu bringen. Aber der ist gerade mein geringstes Problem. Er war sogar ... eine Art Hilfe.«

Am anderen Ende der Leitung bleibt es still. Hannah kann nicht einmal Atemzüge hören.

»Hallo, bist du noch da?«

Schweigen. Ein kurzes Husten. Dann eine ungläubige Stimme.

»Ja, es ist nur ... Mordversuch? Meinst du so etwas wie ...?«

»Mordversuch, ja.«

»Aber wie ...?«

»Ich wurde aus einem Fenster im ersten Stock gestoßen, hab das Bewusstsein verloren, und jetzt trage ich einen Arm im Gips. Noch einmal davongekommen, aber trotzdem. Rechter Arm. Ist nicht besonders witzig.«

»Wer hat dich gestoßen?«

»Vermutlich derselbe, der Ellas Neffen umgebracht hat. Aber er hat sich hinter dem Fußballfeld die Pulsadern aufgeschnitten, er ist also keine Bedrohung mehr.«

Hannah spürt beim Erzählen der Ereignisse eine gewisse Energie in sich aufkommen, es fühlt sich an, als ob ein Abstand entsteht und das Ganze zu, ja, einer guten Geschichte wird. Einer Geschichte, die es einfacher macht, die Konsequenzen zu ertragen, die die Sache für sie selbst hatte. Ihr wird klar, dass all das sehr bald, wenn sie wieder zu Hause ist, zu einer tragischen, schier unglaublichen Anekdote werden wird, mit der sie andere unterhalten und die sie – der Gedanke stachelt sie richtiggehend auf – immer noch für ihr Buch verwenden kann. Ja, zu Hause kann sie sich qualifizierte Hilfe organisieren, um das Buch fertig zu bekommen, vielleicht kann Bastian ihr sogar selbst beim Tippen assistieren, und ansonsten findet sich sicher eine ambitionierte Literaturstudentin, die für diese Aufgabe sterben würde. Vielleicht kann der beschissene Kriminalroman ja doch noch innerhalb des proklamierten Monats fertig werden. Hannah fällt der eigentliche Grund ein, warum sie Bastian angerufen hat: Er soll sie so schnell wie möglich nach Hause holen.

»Du kriegst die Details, wenn ich wieder zu Hause bin, aber im

Moment will ich dich eigentlich nur darum bitten, mir ein Flugticket zu buchen. Ich würde es gern selbst machen, aber mit nur einem funktionstüchtigen Arm und allem, was man eintippen muss, und dabei gleichzeitig eine Kreditkarte halten und die Ausweisnummer nachschauen ... Nein, es wäre wirklich toll, wenn du mir schon für heute Abend einen Flug buchen könntest.«

»Ich würde dir ja sehr gern helfen, aber ...«

»Aber was?«

Hannah nimmt eine Unruhe in der Leitung wahr.

»Aller Flugverkehr nach und von Island wurde eingestellt. Eine starke Kaltfront zieht über ganz Nordeuropa, hast du keine Zeitung gelesen? Es steht überall.«

Hannah bleibt die Luft weg.

»Aber was ... warum?«

»Es scheint der stärkste Schneesturm in Island seit vielen Jahren zu sein. Den musst du doch auch bemerkt haben?«

Hannah sinkt in sich zusammen. Ihr wird klar, dass sie keine einzige Zeitung gelesen hat, seit sie hier ist.

»Aber ... Für wie lange?«

»Auf unbestimmte Zeit.«

Hannah legt ohne ein weiteres Wort auf. Sie blickt in den Schnee hinaus, der, wie sie erst jetzt bemerkt, gar nicht fällt. Er fegt gegen das Fenster und türmt sich dort auf, gibt den Blick nur noch durch ein kleines Loch frei, hinaus in die grauweiße Welt, der Hannah nur zu gern entkommen würde, wenn sie nur wüsste, wie.

Das Wohnzimmer ist warm, mit orangefarbenem Leuchten vom brennenden Kamin her, und es duftet nach frisch gebrühtem Kaffee. Ella lächelt, als Hannah eintritt. Eingehüllt in eine Decke nickt sie Hannah von ihrem Platz auf dem Sofa aus zu, es fühlt sich fast so gemütlich und unschuldig an wie am ersten Abend. Hannah kann nicht anders, als sich der Situation hinzugeben: Sie setzt sich, schenkt Kaffee ein. Er ist heiß und stark.

»Hast du schon von Gísli gehört?«

Hannah blickt Ella fragend an. Trotz ihrer unbeholfenen Umarmung im Flur hatte Hannah es nicht über sich gebracht, Ella in den neuen tragischen Todesfall einzuweihen, als sie beide nachts wach waren. Ella nickt. Schreibt in ein kleines Notizbuch.

*Nachricht von Vigdis. Viktor hat sie heute Nacht angerufen und es erzählt.*

Hannah nickt. Trinkt einen Schluck Kaffee. Verspürt kein Bedürfnis, zu erzählen, dass sie dabei war, als Gíslis Leiche gefunden wurde.

»Das ist tragisch. Stell dir vor, sein Leben auf diese Art zu beenden ... Ganz allein.«

Ella schüttelt den Kopf. Schnell und heftig.

*Er hat es verdient. Strafe für Tötung von Thor. Und das, was er dir getan hat.*

Ella zeichnet einen wütenden Smiley, der Hannah beinahe zum Lächeln bringt. Sie kann Ella nicht verdenken, dass sie nur wenig Sympathie für den Mörder ihres Neffen empfindet, auch wenn beide Todesfälle völlig sinnlos und tragisch wirken. Und dass Ella Gíslis Tod auch als eine Art Ausgleich für seinen Angriff auf Hannah interpretiert, zeigt eine Fürsorge, die sie seltsamerweise wertschätzt. Sie lässt das Thema auf sich beruhen, wagt sich auf ein anderes – und vielleicht noch gefährlicheres – Terrain vor.

»Was du gestern gesagt hast – dass ich den Fall sein lassen oder ausziehen soll ... Ich kann dich gut verstehen. Was das alles aufreißt ... Es tut mir leid, wenn meine Beschäftigung mit dem Fall eine Provokation für dich war. Wenn ich dich verletzt habe.«

Ella nickt, nimmt die Entschuldigung mit einer abwehrenden Geste an. Auch wenn das nun nicht mehr wichtig ist, weil Hannah ohnehin aus Ellas Haus und Leben verschwinden wird, sobald der Flugverkehr wieder aufgenommen wird, fühlt sich die Versöhnung doch gut an. Hannah deutet mit einem Nicken auf die schneebedeckten Fensterscheiben.

»Das Wetter da. Wie lange wird es dauern?«

Ella hält einen Finger hoch, sagt etwas auf Isländisch.

»Einen Tag?«

Ella schüttelt den Kopf. Hannah lässt die Schultern in einer schrecklichen Erkenntnis sinken.

»Eine Woche?«

Ella nickt.

»Aber ...«

Hannah hält sich zurück. Es ist fast nicht auszuhalten. So gemütlich es jetzt gerade im Wohnzimmer ist, so unerträglich ist die Vorstellung, dass sie noch eine Woche bei Ella bleiben soll. So wird das Buch auf keinen Fall fertig. Ein neuer Plan formt sich in ihr. Sie muss so schnell wie möglich nach Reykjavík. Sich in einem Hotel einmieten, einen dänischen Assistenten finden, der ihr dabei helfen kann, die letzten Kapitel zu schreiben. Ja, so muss sie es machen. Hannah kann sich jedoch nicht überwinden, Ella dafür um Hilfe zu bitten, also entschuldigt sie sich und geht in die Küche, sucht Jørns Nummer heraus, ruft an. Er geht nicht dran, verdammt! Sie denkt nach, wägt ihre Möglichkeiten ab. Nach kurzem Zögern drückt sie auf Viktors Nummer. Nach ein paar Signalen nimmt er ab. Klingt müde.

»Was willst du jetzt wieder?«

»Eine Mitfahrgelegenheit nach Reykjavík.«

Ein tiefer Seufzer.

»Glaubst du, ich bin ein Taxiservice?«

»Nein, aber du musst doch jemanden kennen, der mir helfen kann. Ich will Ella nicht bitten, mich zu fahren – nicht bei diesem Wetter und nicht bei allem, was passiert ist.«

»Das ist sehr rücksichtsvoll von dir, aber ich kann dir leider nicht helfen.«

Hannah gibt nicht auf.

»Denk daran, wie wunderbar ruhig hier alles wird, wenn ich weg bin.«

»Glaub mir, wenn ich könnte, würde ich dich selbst sofort so weit weg von diesem Dorf fahren wie möglich, aber hast du mal aus dem Fenster geschaut? Alle Straßen sind gesperrt. Es wird von jeglichem Fahren abgeraten.«

Shit! Wie dumm kann man sein? Hannah hatte sich vorgestellt, dass sie dank irgendwie gearteter Räumungsarbeiten und eines guten Allradantriebs im Handumdrehen sicher nach Reykjavík kommen könnte. Sie geht zur Haustür und öffnet sie. Der Schnee fegt ihr ins Gesicht, sie fühlt sich ohnmächtig.

»Hallo?«

Viktor ist immer noch am anderen Ende der Leitung. Hannah schließt die Tür wieder, lehnt sich mit dem Rücken dagegen und lässt sich daran heruntergleiten. Dann sitzt sie einfach auf dem Boden und betrachtet ihre Schuhe und ihre Jacke, die vermutlich vorläufig erst mal nicht zum Einsatz kommen werden. Ihre Handschuhe sind heruntergefallen, Lederhandschuhe, die eigentlich auf der Kommode lagen. Das Telefon zwischen Ohr und Schulter geklemmt, krabbelt sie unbeholfen hin und hebt sie auf. Legt sie auf ihren Gipsarm, während sie versucht, sich mit der Situation abzufinden.

»Was glaubst du, wie lange dauert es, bis die Straßen wieder offen sind? Eine Woche, wie der Schneesturm?«

»Das ist schwer zu sagen, wahrscheinlich nicht ganz so lange. Aber wir haben zu dieser Jahreszeit noch nie so viel Schnee gehabt.«

Hannah nickt, als könnte Viktor das sehen. Sie weiß nicht, warum sie nicht auflegt. Oder warum er es nicht tut. Nach der Sache mit Margrét, mit dem Fall.

»Es tut mir leid, wenn ich störe, aber ... Ich hoffe, ihr konntet Gísli sicher wegbringen. Und ich hoffe, du ... du kannst dich jetzt ein bisschen entspannen, wo das Ganze überstanden ist.«

Hannah hofft, dass er versteht, dass es sich um eine Art Versprechen handelt, bei dem »das Ganze« auch sie und Margrét einschließt. Viktor antwortet nüchtern, aber nicht unfreundlich.

»Er ist im Leichenschauhaus, und ich würde nicht sagen, dass ich mich entspanne ... Es gibt immer noch viel zu tun. Papierkram, Abschluss des Falles.«

»Ich gehe mal nicht davon aus, dass du dafür Hilfe aus Reykjavík bekommst?«

»Sie haben auch die Verstärkung aufgrund des Wetters nicht geschickt.«

»Ach ja, natürlich.«

Hannah wird klar, wie unglaublich einsam Viktor sich fühlen muss. Mit all dem. Vielleicht ist das der Grund, weshalb beide das Gespräch noch immer am Laufen halten. Allerdings weiß Hannah nicht, was sie noch fragen soll, also will sie das Telefonat gerade beenden, als ihr auf einmal blitzartig etwas durch den Kopf schießt. Sie betrachtet die Lederhandschuhe, nimmt einen in die Hand, den linken. Plötzlich ergibt das Unbehagen, das sie verspürt, seit sie Gíslis Leiche gesehen hat, einen schrecklichen Sinn. Ihre Stimme zittert ein wenig, als sie ins Telefon flüstert.

»Viktor, es tut mir leid, dass ich das sagen muss, aber ich glaube nicht, dass Gísli Selbstmord begangen hat.«

»Wie meinst du das?«

»Es war das linke Handgelenk, das aufgeschnitten war, oder?«

»Ja ...«

»Aber ich hab gesehen, wie Gísli mit der linken Hand Bierdosen geöffnet und Fenster geschlossen hat. Das macht man nicht, wenn man Rechtshänder ist, glaub mir.«

»Du sagst, er war Linkshänder?«

»Ja. Es wäre vollkommen unsinnig, dass er auf einmal seine rechte Hand nimmt, um so eine Tat auszuführen.«

»Aber du hast es ja selbst gesehen: Das Messer lag in seiner rechten Hand.«

»Es muss dort platziert worden sein.«

Ein Augenblick des Schweigens am anderen Ende der Leitung.

»Das würde meinen eigenen Verdacht bestätigen.«

»Welchen?«

Hannah weiß bereits die Antwort auf diese Frage. Doch als sie es Viktor sagen hört, bekommt sie trotzdem eine Gänsehaut.

»Dass Gísli ermordet wurde.«

# 47

Die Flammen hüpfen und tanzen, Hannah starrt wie hypnotisiert ins Feuer. Was kann sie sonst tun? Das Gespräch mit Viktor hat das Gefühl der Ohnmacht in ihr noch verstärkt. Laut Vorhersage wird es ein paar Tage dauern, bis die Straße nach Reykjavík wieder befahrbar sein wird, und offenbar ist im Dorf noch immer ein Mörder auf freiem Fuß. Einer, der kaltblütig genug ist, Gíslis Selbstmord zu inszenieren, um seinen Mord an Thor zu vertuschen. Hannah rutscht unruhig auf dem Sofa hin und her. Der Arm pocht, und es juckt irgendwo unter dem Gips. Glücklicherweise lässt Ella sie mit ihren Gedanken allein, aber es wird nur eine Frage der Zeit sein, bis Hannah sich an irgendeiner gemeinschaftlichen Aktivität wie Backen oder einem Gespräch beteiligen muss. Ella hat bereits die Zutaten für einen traditionellen isländischen Kuchen herausgestellt. Sie könnte natürlich auch ausprobieren, ob es möglich ist, mit der linken Hand ein paar Zeilen für das Buch in die Tasten zu hämmern, etwas Vernünftiges tun, jetzt, wo sie eingeschneit sind. Funken springen aus dem Kamin, und Hannah gibt den Gedanken an Arbeit auf, am liebsten will sie sich einfach nur aufs Sofa legen und schlafen und davon träumen, zu Hause zu sein. Sie schwingt die Beine hoch, legt den Kopf auf die Armlehne, schließt die Augen und stellt sich auf einen Dämmerzustand ein, als sie plötzlich von neuerlichem Unbehagen erfasst wird: Wenn der Mörder bereit ist, Gísli zu töten, um seine Spuren zu verwischen, und wenn sie das nun durchschaut hat, könnte der Mörder dann auf die Idee kommen, auch sie töten zu wollen? Hannah steht entschlossen wieder auf. Sie kann nicht einfach nur hier sitzen und darauf warten, das nächste Opfer zu werden. Und was für ein leichtes Opfer sie wäre! Verletzt und isoliert in einem abgelegenen Haus zusammen mit einer älteren Dame. Nein, sie muss selbst die Initiative ergreifen, muss sich ein letztes Mal dafür einsetzen, den Fall aufzuklären. Und momentan hat sie einen Vorteil: Der Mörder wird sich sicher fühlen, weil er Gísli alles angehängt hat, und nicht auf der Hut sein. Jetzt ist also der beste Zeitpunkt, erneut ein bisschen herumzuschnüffeln. Und Hannah weiß schon genau, wo sie anfangen wird: Es gibt eine Spur, die sie wieder aufnehmen muss. Jemanden, den sie treffen muss, der bei ihrem letzten Gespräch viel zu einfach davongekommen ist.

Eingepackt wie ein Stück zerbrechliches Porzellan in einer Reisetasche begibt Hannah sich hinaus in den Schneesturm, halb Frau, halb Samurai. Ella hatte natürlich mit Händen, Füßen und Worten protestiert, doch Hannah bestand hartnäckig darauf, dass die Situation eine Packung Zigaretten von der Tankstelle erfordert, zu der sie ohne weiteres selbst laufen kann. Auch wenn das Risiko besteht, in dem peitschenden Schneesturm ihr Leben zu verlieren. Es ist tatsächlich der Weg zur Tankstelle, den Hannah zielstrebig einschlägt, doch die Zigaretten sind ihr egal – sie hofft nur inständig, dass Iðunn gerade arbeitet. Sie stapft durch den Schnee, kann die Leuchtreklame bereits sehen. Zu ihrer großen Erleichterung ist die Straße nicht bis zur Unkenntlichkeit zugeschneit, sie lässt sich als subtiler Leitfaden in Richtung Dorf erahnen. Sie muss ein- oder zweimal geräumt worden sein, bevor der Schneepflug aufgegeben hat, und Hannah schafft es, sich den ganzen Weg durch die dreißig Zentimeter hohe Schneedecke zu kämpfen, bis zu dem grünen Neonschild, das anzeigt, dass die Tankstelle geöffnet ist. Zu ihrer großen Erleichterung entdeckt sie Iðunn hinter dem Tresen. Das junge Mädchen macht vor Schreck einen kleinen Hüpfer, als Hannah wie ein würdiger Konkurrent des sagenumwobenen Yeti den

Raum betritt. Sie schüttelt sich den Schnee ab, zieht ihre Mütze herunter und lächelt Iðunn an.

»Bin ich froh, dass du bei der Arbeit bist.«

»Ich hab sogar eine Luftmatratze und einen Schlafsack im Hinterzimmer. Bin schon darauf eingestellt, heute Nacht hier zu schlafen, bis sie die Straße wieder ein bisschen räumen können.«

Hannah nickt, leicht beeindruckt von Iðunns Unerschrockenheit. Sie macht ein paar Schritte auf den Tresen zu.

»Sind heute überhaupt schon Kunden hier gewesen?«

»Am Vormittag ein paar, aber nach dem Frühstück, seitdem sie das Schneeräumen eingestellt haben, nur ein einziger, auf Skiern. Aber mein Chef besteht darauf, dass wir geöffnet haben, falls jemand vorbeikommen sollte.«

»Dann ist es ja gut, dass ich genau das gemacht habe.«

Hannah lächelt und schält sich aus ihrer Schneekleidung, was mit dem Gipsarm nur mühsam und wenig elegant möglich ist. Iðunn betrachtet sie forschend.

»Ich will nicht eingebildet klingen, aber man könnte fast meinen, du bist nur hierhergelaufen, um mit mir zu reden.«

Hannah hat es endlich geschafft, sich aus Ellas unmöglicher Schneehose zu winden. Sie schaut Iðunn an.

»Nicht ganz falsch. Ich brauche deine Hilfe, und es wäre mir ganz recht, wenn in der nächsten Stunde niemand kommen würde.«

Es dauert nur ein paar Minuten, bis Hannah ihr Anliegen erklärt hat, und Iðunn macht sich sofort hilfsbereit daran, ihrem Wunsch nachzukommen. Hannah beobachtet sie mit gespannter Konzentration bei der Arbeit an dem großen Computer im Hinterzimmer. Sie scheint glücklich, aus ihrer Tankstellenlangeweile befreit worden zu sein. Und dann auch noch mit einer so spannenden Aufgabe!

»Wie weit soll ich zurückgehen?«

Iðunn dreht sich um und blickt Hannah an.

»Vielleicht von ein paar Tagen vor bis ein paar Tage nach Thors Tod?«

»Klar ...«

Iðunn wendet sich wieder dem Bildschirm zu, tippt auf der Tastatur herum. Hannah würde sich am liebsten gegen die Stirn schlagen – warum ist ihr das nicht schon vor ein paar Tagen eingefallen? Der junge Mann, Stefan Haraldsson, den sie in der Toilettenschlange auf der Party kennengelernt hat, ist natürlich ihr bester Zeuge! Wenn sie ihn irgendwie dazu bringen können, sich daran zu erinnern, in was für ein Auto genau Thor an jenem Abend eingestiegen ist, haben sie den Mörder. Und Benzin braucht jeder. Wenn also der Täter an der Tankstelle war, ist nicht nur sein Wagen, sondern auch er selbst gefilmt worden, und sie müssen nur genügend Bilder von Geländewagen durchgehen und sie Stefan zeigen, dann kann er das Auto identifizieren und somit auch den Mörder. Hannah wartet ungeduldig, während Iðunn die Überwachungsbänder herausholt, die gewünschten Tage durchgeht, anhält und Screenshots von allen Autos macht, die am Zapfhahn stehen.

»Soll ich Fotos von allen ausdrucken oder nur von den Geländewagen?«

»Nimm alle, zur Sicherheit.«

»Okay, aber das wird dann etwas dauern.«

Hannah nickt, versucht, verständnisvoll zu sein, aber sie ist ungeduldig. Bekommt plötzlich Lust auf die Zigaretten, die ihre schlechte Ausrede waren.

»Ich geh kurz raus und rauche. Ruf mich, wenn du über irgendwas stolperst, das ich sehen sollte.«

»Klar.«

Iðunn schaut nicht einmal hoch, so versunken ist sie in ihre Arbeit. Hannah geht in den Laden, greift nach dem Päckchen Zigaretten mit den am wenigsten scheußlichen Schockbildern darauf und nimmt sich fest vor, daran zu denken, noch zu bezahlen und sich bei ihrer Rückkehr nach Dänemark einen gesünderen Lebensstil anzueignen. Draußen unter dem Vordach zündet sie sich eine Zigarette an, kehrt dem Rauchen-verboten-Schild den Rücken zu und denkt, dass der viele Schnee wohl einen Brand verhindern würde, falls sie einen Funken verlieren sollte. Sie genießt die Stille und den Schnee, der unter das Vordach geweht wird und sich zu großen Wehen auftürmt. Doch plötzlich hört sie ein Motorengeräusch näherkommen, es klingt jedoch nicht wie ein Auto, eher wie ein Motorrad. Welcher Idiot kommt auf die Idee, bei diesem Wetter Motorrad zu fahren? Ungefähr im selben Moment, in dem sie das Fahrzeug sieht, wird Hannah klar, dass es natürlich kein Motorrad ist, sondern ein Motorschlitten. Er rast mit voller Fahrt auf sie zu, beschreibt einen Sprung über einen Schneehaufen, landet weich, verlangsamt die Geschwindigkeit ein wenig und kommt ein paar Meter vor Hannah zum Stehen. Erschrocken starrt sie den Fahrer an, dessen Kopf unter einem großen Motorradhelm versteckt ist. Ist das der Mörder, der ihr den Garaus machen will? Doch im selben Augenblick lüftet sich der Helm, und Jørns jungenhaft fröhliches Gesicht taucht darunter auf.

»Hallo. Ist das nicht ein cooles kleines Spielzeug? Ich hatte so gehofft, dass es genug Schnee geben würde, um meinen neuen Freund hier auszuprobieren.«

Jørn tätschelt den Motorschlitten, als wäre er ein Pferd.

»Wie kannst du ständig wissen, wo ich bin? Es ist, als hättest du mir ein GPS untergeschoben.«

Jørn lächelt. Hinterlistig.

»Wer weiß ... Vielleicht hab ich das ja. Hey, war natürlich nur ein Witz. Um ehrlich zu sein, hatte ich einfach Lust, aus dem Haus zu kommen und ein bisschen auf dem hier rumzurasen.«

Der Motorschlitten wird erneut getätschelt. Hannah verdreht die Augen, Jørn sieht es nicht.

»Eigentlich hab ich also keinen guten Grund, hier zu sein. Was ist mit dir?«

»Auch keinen guten Grund. Wollte nur mal ein bisschen raus.«

Jørn nickt. Hannah will ihn auf keinen Fall in ihren neuesten Ermittlungsansatz einweihen, und sie hofft, dass er bald wieder fährt.

»Wir können ja eine Tasse Kaffee trinken, wenn wir schon beide hier sind, wie wär's? Kurz über den Fund von Gíslis Leiche gestern diskutieren.«

Es gibt nichts, wozu Hannah weniger Lust hätte, doch angesichts ihrer neuen Freundschaft – oder jedenfalls gegenseitigen Toleranz – wäre es viel zu verdächtig, Jørn abzuweisen. Sie folgt ihm also in den Laden und übernimmt die Führung beim Brühen der beiden Tassen am Automaten. Iðunn ist offenbar zu versunken in die Wagen-Recherche, jedenfalls kommt sie nicht heraus. Jørn blickt sich um.

»Arbeitet hier etwa gar niemand?«

»Ob du's glaubst oder nicht, eigentlich passe ich gerade auf den Laden auf, während das junge Mädchen, das sonst hinter dem Tresen wäre, im Hinterzimmer ist, um ihren Freund anzurufen. Irgendwas mit einem Streit, den sie klären will ...«

Jørn sieht nicht so aus, als fände er ihre kleine Lüge seltsam, auch wenn es unwahrscheinlich wirken muss, dass Hannah plötzlich Tankstellenwärterin geworden ist. Sie setzen sich auf zwei hohe Stühle am Fenster, und in vielerlei Hinsicht ist es der ungewöhnlichste Cafébesuch, den Hannah je erlebt hat.

»Hast du Viktor geholfen, nachdem du mich abgesetzt hast?«

Hannah trinkt von ihrem Kaffee und versucht, aufrichtig interessiert zu wirken. Jørn nickt heroisch.

»Ich hab ihm beim Absperren geholfen, es war nicht leicht, die Leute fernzuhalten. In gewisser Weise ist es gut, dass es Selbstmord war, denn sonst würde es schwierig werden, Spuren zu sichern, so wie alle da rumgetrampelt sind.«

Hannah nickt, denkt, dass jetzt noch mehr Druck darauf liegt, das Bild des Wagens zu finden – wenn es am Tatort von Gíslis Tod nichts gibt, woran man anknüpfen kann, könnte es die einzige Spur sein.

»Er ist sympathisch, dieser Viktor. Er hat mich hinterher noch auf ein Bier zu sich eingeladen.«

Hannah durchfährt eine stechende Eifersucht. Sind Viktor und Jørn jetzt Freunde geworden? Und was ist mit Margrét, hat Jørn sich auch bei ihr einschmeicheln können? Nur mit Mühe gelingt es ihr, ihrer Stimme keinen bitteren Klang zu geben.

»War es nett?«

»Ich hab tatsächlich abgelehnt. War viel, viel zu müde. Aber ich hab ein Bier bei ihm gut. Vielleicht können wir es zusammen trinken, wenn der Schnee ein bisschen weniger geworden ist? Ihr seid ja sehr gute Freunde geworden, oder?«

Hannah überlegt, wie viel Jørn tatsächlich über ihr Verhältnis zu Viktor und Margrét herausgefunden hat. Ob Viktor vielleicht etwas gesagt hat? Sie hält es für unwahrscheinlich, aber sie hat das Gefühl, dass Jørn mehr weiß, als er sich den Anschein gibt. Über alles.

»Ich fürchte, ihr müsst leider ohne mich auskommen. Sobald die Straße nach Reykjavík wieder frei ist, haue ich ab. Und dann werde ich den erstbesten Flug nach Dänemark nehmen.«

Jørn nickt, es kann ja auch keine große Überraschung sein, dass Hannah nach Hause will.

»Und das Buch? Ich nehme an, du hast es aufgegeben?«

Liegt ein kleiner Funken hoffnungsvoller Schadenfreude in Jørns Augen? Oder ist es vielleicht nur Sympathie? Hannah ist sich nicht sicher.

»Bevor die Deadline nicht überschritten ist, werde ich mich leider auch nicht geschlagen geben.«

Jørn lächelt. Hält ihr seine dünne Latte macchiato zuprostend entgegen.

»Gut. Ich hatte auch nichts anderes von dir erwartet.«

»Prost.«

Hannah klatscht ihren Pappbecher gegen Jørns, etwas schwarzer Kaffee schwappt auf den Tisch.

»Ich setze darauf, dass ich in Kopenhagen irgendeine Hilfe beim Tippen bekomme, damit ich fertig werden kann.«

»Und du weißt, was passieren wird?«

»Ja. Ich hab alles im Kopf. Es muss nur noch aufgeschrieben werden.«

Hannah trinkt einen Schluck, um ihre Lüge zu vertuschen.

»Wenn du willst, kann ich …«

Sie unterbricht ihn.

»Nein, danke.«

Sie will keine Tipphilfe von Jørn. Im selben Augenblick tritt Iðunn triumphierend aus dem Hinterzimmer, hält einen USB-Stick in die Höhe.

»Ich hab alle Bilder hier! Dann müssen wir sie jetzt nur noch ausdrucken und bei Stefan vorbeibringen.«

Jørn macht ein erstauntes Gesicht. Hannah würde sich vor Ärger am liebsten den heißen Kaffee über den Kopf schütten. Jetzt muss sie ihn in den Plan einweihen. Scheiße, Scheiße, Scheiße.

# 48

»Halt dich gut an mir fest!«

Hannah schließt die Augen, unterdrückt jegliche Abneigung und presst ihren Körper so eng wie möglich an Jørns Rücken, der auf dem Motorschlitten Vollgas gibt. Es fühlt sich an wie eine absurde Metapher, dass sie hier sitzen muss, hilflos an ihn geklammert, auf dem Rücksitz, während er wie ein Superheld mit ihr losrast. Und sie kann sich ja nur mit dem einen Arm an ihm festhalten. Hannah fühlt sich in jeder Hinsicht amputiert. Dennoch muss sie einräumen, dass Jørns Angebot, sie zu Stefan zu fahren, damit er sich die Bilder anschauen und hoffentlich den Mörder identifizieren kann, eine willkommene Hilfe war, die schwerer wiegt als ihr Stolz. Sie hätten ihm die Bilder natürlich auch einfach schicken können, aber Hannah will Stefans Reaktion gern miterleben. Die Möglichkeit haben, seinem Gedächtnis ein bisschen auf die Sprünge zu helfen. Hannah hat ihr Gesicht in Jørns teurer Outdoor-Jacke vergraben, die sicher mit echtem Gore-Tex und Hightech-Futter versehen ist. Bei dem eiskalten Schneesturm, der durch ihren eigenen Mantel dringt, wünschte sie, sie wäre in ihrer Kleiderwahl genauso praktisch veranlagt wie Jørn. Er scheint für jede Gelegenheit ein passendes Outfit zu besitzen. Aber er kann sich das natürlich auch leisten. Hannah reißt sich am Riemen: Nein, sie hat es nicht nötig, Jørn sein Vermögen zu missgönnen. Gerade ist sie einfach nur dankbar, dass er ihr dank seiner Mittel wieder einmal aus einer Sackgasse hilft.

»Ich gebe jetzt noch ein bisschen mehr Gas!«

Bevor Hannah erwidern kann, dass die Geschwindigkeit ihrer Ansicht nach schon mehr als ausreichend ist, beschleunigt Jørn, und sie muss sich anstrengen, um sich auf dem Sitz zu halten. Ein kleiner, erschrockener Schrei entgleitet ihrer Selbstkontrolle, und ihr bleibt nichts anderes übrig, als sich aufs Überleben zu konzentrieren. Nach etwa zehn Minuten Todesfahrt durch den Schnee bremst Jørn endlich vor Stefans Haus. Hannahs Herz pocht wild, das Adrenalin bringt ihren Körper zum Zittern.

»War das nicht lustig?«

Jørn lächelt breit, Hannah blickt ihn gereizt an.

»Ungefähr genauso lustig wie hinten an einem Auto festgebunden zu sein, das mit 200 Stundenkilometern über die Autobahn rast.«

Stefans Mutter öffnet die Tür, und es dauert einige Minuten, bis sie versteht, wer Hannah und Jørn sind und warum sie mit ihrem Sohn sprechen wollen. Doch als sie endlich hereingelassen werden, eilt die Mutter – eine kleine, flinke Frau mit einem Doppelnamen, den Hannah schon wieder vergessen hat – in die Küche, um Kaffee zu kochen, und benimmt sich, als hätte sie königlichen Besuch im Haus. Hannah fühlt sich durch und durch unwohl, als sie im warmen Wohnzimmer der Familie warten. Ein kleines Mädchen sitzt vor einem großen Fernseher und schaut einen Zeichentrickfilm an, der Hannahs Ansicht nach gewalttätig und dumm wirkt. Aber vielleicht ist er für Kinder lustig, das kleine Mädchen lacht jedenfalls und beachtet die Fremden gar nicht. Vielleicht ist sie an erwachsene Ausländer gewöhnt, die mitten in einem Schneesturm hereinplatzen, vielleicht sind sie ihr auch egal. Eine Ewigkeit vergeht, ohne dass Stefan auftaucht, und Hannah beobachtet zunehmend irritiert, wie Jørn völlig in dem Zeichentrickfilm aufgeht und mitgluckst, wenn jemand auf die Nase fällt. Das kleine Mädchen kichert und lächelt ihn strahlend an, es scheint glücklich zu sein, jemanden zu haben, mit dem sie ihr

Filmerlebnis teilen kann. Endlich kommt die flinke Mutter mit Kaffee und einem ganzen Eimer Schokokaramellbonbons herein, wie man sie auf Flughäfen kaufen kann. Glücklicherweise ruft sie erneut nach Stefan, und kurz darauf tritt der Fitnessbär ins Wohnzimmer, etwas jugendlich-verwirrt und offensichtlich ohne Hannah wiederzuerkennen. Wie kann ein siebzehnjähriger Junge zehn Minuten brauchen, um aus seinem verdammten Zimmer zu kommen? Hannah verzieht das Gesicht zu einem Lächeln.

»Hallo, Stefan, ich weiß nicht, ob du dich an mich erinnerst, aber wir haben uns auf der Party kennengelernt ...?«

Stefans Gesicht leuchtet plötzlich auf.

»Klar! Du bist die alte Dame da, die Iðunn mitgebracht hat.«

Hannah bemüht sich weiter um ihr angestrengtes Lächeln, kommt gleich zur Sache.

»Erinnerst du dich noch, wie du mir erzählt hast, dass du gesehen hast, wie Thor in der Nacht seines Todes in ein Auto eingestiegen ist?«

Im Gesicht von Stefans Mutter zeigt sich Besorgnis.

»Worum geht es hier eigentlich?«

Hannah wendet sich mit all ihrer Freundlichkeit an die Mutter, in der plötzlichen Einsicht, dass Stefan ja noch nicht volljährig ist.

»Wir haben ein paar Bilder von Autos mitgebracht, die wir Stefan gern zeigen würden. Wir glauben, eins davon könnte der Wagen sein, in den Thor in der Nacht, in der er starb, eingestiegen ist. Und wenn Stefan ihn identifizieren kann, ja, dann ...«

»Dann können wir den Mörder finden.«

Jørn blickt mit väterlich ernstem Blick in die Runde, und Hannah bekommt Lust, ihm für seinen dämlichen Kommentar einen spitzen Ellenbogen in die Nase zu rammen. Stefans Mutter schaut ihn verwirrt an.

»Ich dachte, es wäre dieser Alkoholiker gewesen, der ... Also, der Thor das Leben genommen hat ... Bedeutet das, dass da draußen noch immer ein Mörder frei herumläuft?«

Jetzt hat auch das kleine Mädchen das Interesse an dem Zeichentrickfilm verloren. Ob sie das Wort *Killer* verstanden oder nur die ernste Erwachsenenstimmung im Raum wahrgenommen hat, ist schwer zu sagen. Auf alle Fälle ist es bereits unnötig schwierig geworden, Stefan dazu zu bringen, die verschissenen Bilder durchzusehen. Hannah versucht, ruhig und vertrauenswürdig zu wirken.

»Wir wollen nur gern alle Informationen über die Umstände an diesem Abend zusammentragen. Ich wohne, wie gesagt, bei Thors Tante, Ella, und das alles nimmt sie natürlich sehr mit. Und als ich zufällig erwähnt habe, was Stefan mir erzählt hat, ja, ist ihr das nicht mehr aus dem Kopf gegangen … Deshalb habe ich ihr versprochen, der Sache mit dem Auto auf den Grund zu gehen, damit sie wieder ruhig schlafen kann. Da ist sicher gar nichts dran, nur eine Art seelische Beruhigung, wenn Sie verstehen.«

Die Mutter blickt sie skeptisch an, es ist vollkommen still im Raum. Jørn patscht mit seiner großen Hand in den Schokokaramelleimer und holt ein farbenfrohes Bonbon heraus, das er langsam und knisternd öffnet und in den Mund steckt.

»Ihr seid also nicht von der Polizei?«

Hannah lächelt beruhigend und schielt genervt zu Jørn hinüber, der schmatzt und versucht, mit dem kleinen Finger Karamell aus seinen Zähnen herauszupulen.

»Nein. Wir sind nur Freunde der Familie, die einer alten Dame etwas Beruhigung verschaffen wollen.«

Es gelingt ihnen, ohne die Mutter und die kleine Schwester mit Stefan in sein Zimmer zu gehen. Stefan setzt sich auf sein ungemachtes Bett und bietet ihnen an, ebenfalls dort Platz zu nehmen. Jørn lässt sich fröhlich darauf plumpsen, doch Hannah würde lieber bei lebendigem Leib verbrannt werden, als mit Jørn ein Bett zu teilen. Auch wenn sie nur darauf sitzen und Bilder anschauen wollen. Sie reicht Stefan die Sichthülle mit den Ausdrucken der Überwachungskamera.

»Lass dir ruhig Zeit.«

Stefan nickt, nimmt die Anweisung ernst und studiert das erste Bild sehr, sehr lange eingehend. Hannah schaut ungeduldig auf die Uhr. Wenn er jedes Bild so lange anglotzen will, sind sie bis Weihnachten noch nicht fertig. Es ist stickig im Zimmer, als wäre es seit Ewigkeiten nicht mehr geputzt oder gelüftet worden. Hannah sieht Jørn an und plötzlich wird ihr übel. Sie klammert sich mit der Hand an einer Stuhllehne fest, die voller Kleidung hängt.

»Ich muss kurz ... Toilette. Bin gleich zurück.«

Hannah stürzt aus dem Raum, entdeckt das Badezimmer, schließt sich darin ein und öffnet das Fenster in den Schneesturm, lässt sich beinahe hinaussaugen. Eine Weile steht sie so da, findet wieder eine Art Gleichgewicht in ihrem Körper. Nimmt einen letzten tiefen Atemzug und schließt das Fenster mühsam mit dem gipsfreien Arm. Sie schaut sich im Spiegel an. Sie sieht grau und verbraucht aus. Ihr Haar ist völlig verfilzt, vermutlich von der Fahrt auf dem Motorschlitten, sie hat dunkle Ringe unter den Augen. Versteht plötzlich nicht recht, warum Stefans Mutter sie hereingelassen hat. Vielleicht haben sie das Jørns Charme zu verdanken.

Klopf!

Hannah zuckt erschrocken zusammen. Wieder hört sie ein festes Klopfen gegen die Tür und öffnet. Draußen steht Jørn, sein Gesicht ist kreideweiß.

»Stefan hat das Auto wiedererkannt. Und du wirst nicht glauben, wem es gehört!«

Hannah starrt ungläubig auf das Bild, das Stefan vor ihr hochhält. Aber das kann nicht sein.

»Bist du ganz sicher? Es gibt viele, die so ein Auto haben.«

Stefan schüttelt den Kopf.

»Nicht so eins wie das da. Es ist alt, deshalb hab ich es wiedererkannt. Ich kann mich gut erinnern, dass ich es schon öfter im Dorf gesehen habe, aber erst als ich das Bild angeschaut hab, ist es mir wieder eingefallen ... Das Rücklicht da. Es geht nicht.«

»Aber es ist sicher nicht das einzige Auto mit einem kaputten Rücklicht. Wenn du dich nur darauf stützt, ist das ein bisschen wenig ...«

»Nein, es ist nicht nur deswegen! Es war dieses Auto, ich schwöre!«

Stefan stehen jetzt fast Tränen in den Augen, wie Kinder es manchmal aus Frustration und Ohnmacht haben, wenn sie für etwas ausgeschimpft werden, das sie nicht getan haben. Und die Erwachsenen ihnen die Wahrheit nicht glauben.

»Also, er wirkt ja sehr überzeugt. Ich glaube ihm.«

Jørn sieht Hannah ernst an, und allmählich wird ihr klar, dass auch sie sich auf Stefan verlassen muss. Oder zumindest die Konsequenz aus seinen Worten ziehen. Erneut starrt sie das Überwachungsbild des Wagens an, von dem er hartnäckig behauptet, es sei der, in den Thor in jener Nacht eingestiegen ist. Es besteht kein Zweifel daran, dass es sich um Ellas Auto handelt.

»Und was jetzt?«

Hannah und Jørn stehen unter dem kleinen Vordach von Stefans Haus, eine Art Notfallberatung, die sie nicht im Haus von völlig Fremden abhalten wollten, aber auch nicht auf dem Motorschlitten im peitschenden Schneesturm. Hannahs Denkvermögen ist wie festgefroren, sie sieht nur das Bild von Ellas Wagen vor sich, sie kann weder einen Plan fassen noch zu einer Handlung übergehen, nicht einmal zu einer vernünftigen Analyse der Situation. Daher blickt sie Jørn nur ratlos an, der bei seiner Frage offenbar davon ausgegangen ist, dass sie wüsste, was zu tun ist. Hannah versucht, einen klaren Gedanken zu fassen.

»Ich kann nicht nach Hause zu Ella fahren.«

»Das ist klar. Wir müssen diese Information an Viktor weitergeben, dann kann er sie festnehmen. Aber mit seinem verbundenen Arm ... Vielleicht ist es besser, ich führe die Festnahme einfach selbst durch.«

Hannah schaut Jørn stirnrunzelnd an.

»Wie soll das gehen? Ellas Hände fesseln, sie über den Scooter werfen und in die Ausnüchterungszelle bringen?«

Jørn überlegt, reibt sich die Bartstoppeln.

»Es ist vielleicht ein bisschen zu gefährlich, ihr die Hände zu fesseln, aber so was in der Art, ja.«

Hannah schüttelt den Kopf.

»Du hast zu viele deiner eigenen Bücher gelesen. Dass Thor offenbar an dem Abend in Ellas Auto gestiegen ist, bedeutet nicht notwendigerweise, dass sie ihn umgebracht hat. Sie könnte ihn irgendwo hingefahren haben, wo er seinen Mörder getroffen hat.«

»Aber warum hat Ella dann nie etwas davon gesagt? Wenn nicht sie die Mörderin ist, warum hat sie dann nicht erzählt, dass sie an diesem Abend mit Thor zusammen war?«

Das ist eine irritierend gute Frage, und Hannah grübelt, versucht, eine Erklärung zu finden, die die Unschuld ihrer Gastgeberin beweist. Dann fällt ihr ein, dass Ella nicht gelogen hat, sondern nur etwas verschwiegen.

»Sie ist nie gefragt worden!«

»Was?«

»Ella hat nicht gelogen, denn es ist nie jemand auf die Idee gekommen, sie zu fragen, was sie an dem Abend gemacht hat und ob sie Thor gesehen hat. Sie hätte diese Information natürlich selbst weitergeben müssen, und die Frage ist, weshalb sie das nicht getan hat. Aber das werde ich herausfinden. Komm!«

Plötzlich ist Hannah vollkommen klar, was zu tun ist. Sie läuft zum Motorschlitten, der bereits von einer Schneeschicht bedeckt ist, mit dem gipsfreien Arm wischt sie sie weg. Jørn steht noch immer unter dem kleinen Vordach, blinzelt in ihre Richtung.

»Wohin wollen wir?«

»Nach Hause zu Ella! Ich muss sie von Angesicht zu Angesicht fragen, warum sie Thor an dem Abend mitgenommen hat.«

# 49

Hannah ist ein bisschen nervös, als sie Ellas Haus betritt. Jørn hat darauf bestanden, sich an einem der Fenster auf die Lauer zu legen, damit er ihr zu Hilfe kommen kann, falls die Situation außer Kontrolle gerät. Das kann sich Hannah jedoch nur schwer vorstellen. Wie sollte Ella mit ihren achtundvierzig Kilo irgendeine unkontrollierbare Kraft gegen Hannah richten? Andererseits ist Hannah mit ihrem rechten Arm im Gips mehr oder weniger kampfuntauglich, und wenn Ella wirklich Thor getötet hat, dann … Hannah erschaudert, schiebt den Gedanken beiseite, der für sie ohnehin keinen Sinn ergibt. Sie lässt ihre Stimme so hell und freundlich wie möglich klingen, als sie ins Wohnzimmer ruft.

»Ella? Das ist vielleicht ein wilder Schneesturm da draußen! Ich dachte fast, ich würde nicht mehr zurückfinden!«

Hannah müht sich mit dem Mantel ab, bis er auf einmal heruntergleitet, wie von selbst. Sie dreht sich um und sieht Ella hinter sich stehen, den Mantel in der Hand. Hannah hatte weder die Schritte ihrer Gastgeberin im Flur gehört noch gespürt, dass sie nach ihrem Mantel gegriffen hatte. Ella lächelt herzlich. Sagt etwas auf Isländisch, das freundlich klingt, Hannah jedoch Angst einjagt.

Wieder sitzen sie einander beim allmählich fast schon rituellen Kaffee am Kamin gegenüber. Hannah trinkt vorsichtig von dem dampfend heißen Getränk.

»Danke. Es ist schön, wieder ein bisschen Wärme in den Körper zu kriegen. Ich war völlig durchgefroren.«

Ella hält Hannah noch eine Decke hin, die ablehnt, sie hat bereits eine über den Beinen und will bei dem Gespräch, das sie führen muss, nicht noch stärker eingewickelt sein. Sie atmet tief ein. Erfindet eine halbe Notlüge, um schneller zu ihrem Punkt zu kommen.

»Es gibt etwas, das ich dich fragen will ... Unten an der Tankstelle hab ich einen Typen getroffen, Stefan. Ich weiß nicht, ob du ihn kennst?«

Ella schüttelt den Kopf. Auch egal. Hannah will nur sichergehen, dass sie Ellas Aufmerksamkeit hat.

»Wir haben zufällig darüber geredet, dass ich hier bei dir wohne, und da hat Stefan gesagt ... Ja, ich weiß, es klingt seltsam, aber er sagte, er habe Thor in dein Auto einsteigen sehen, an dem Abend, an dem er getötet wurde.«

Hannah reibt ihre rechte Hand mit der linken, würde sich am liebsten unter dem Gips kratzen. Sie hat schnell gesprochen, wollte verhindern, dass sie auf halbem Weg den Mut verliert, doch jetzt betrachtet sie Ella etwas unsicher. Hat sie begriffen, was für eine Anklage in dieser scheinbar unschuldigen Anekdote liegt? Ella blickt Hannah forschend an, sie muss verstanden haben. Sie schreibt etwas auf ein Stück Papier. Dreht es zu Hannah, deren Puls sich beschleunigt, als sie den Zettel zu sich zieht.

*Glaubst du, ich habe Thor ummgebracht?*

Der Satz drückt Hannah fast die Luft ab. Die Anschuldigung, die sie in ihrem eigenen Kopf nicht ganz formulieren konnte, schwarz auf weiß vor sich zu sehen, lässt das Ganze plötzlich zu einer realen Möglichkeit werden. Sie rudert zurück.

»Natürlich glaube ich das nicht. Aber wenn man so etwas hört ... Ich wollte natürlich deinen Standpunkt dazu hören. Hat er sich getäuscht oder ist Thor wirklich an dem Abend in dein Auto gestiegen? Und wenn ja, warum? Und warum hast du nichts davon erzählt? Du bist ja möglicherweise die Letzte, die ihn lebend gesehen hat. Du könntest eine wichtige Zeugin sein. So etwas muss man doch sagen!«

Hannah hat sich selbst in eine Aufregung geredet, die ihre Angst enthüllt, dass Ella schuldig ist, und die Angst strömt in den Raum wie ein Giftgas, das sie beide zu ersticken droht. Ella wirft ihr einen Blick zu, den Hannah nicht deuten kann. Dann beugt sie sich vor und zieht den Zettel demonstrativ zu sich zurück. Schreibt. Reicht ihn Hannah.

*Natürlich bin ich nicht mit Thor in meinem Auto herumgefahren, in der Nacht, wo er gestorben ist. Dann hätte ich etwas gesagt. Es verlezt mich, dass du das glaubst.*

Bevor Hannah antworten kann, ist Ella aufgestanden. Ganz gegen ihre Gewohnheit räumt sie Kaffee und Kekse nicht auf ein Tablett, bläst auch nicht die Kerze aus. Aber sie murmelt ein isländisches »Gute Nacht« und lässt Hannah beschämt darüber zurück, das gute Einvernehmen zwischen ihnen zerstört zu haben. Vielleicht für immer.

»So kategorisch, wie sie es abgestritten hat, das macht mich unsicher. Vielleicht interpretiere ich zu viel in die Situation hinein, aber ich hatte den Eindruck, es war die Gekränktheit des Schuldigen. Ich meine ... Wenn es wirklich ein völlig absurder Gedanke wäre, hätte sie ja einfach darüber lachen und es als schlechten Scherz abtun können.«

»Komm über Nacht mit zu mir.«

»Was?«

Hannah sieht Jørn an, der windzerzaust hinter dem Holzschuppen steht. Hannah hatte ihn nach dem Gespräch mit Ella zu einem Treffen dorthin gebeten.

»Du kannst nicht über Nacht hierbleiben, das ist zu riskant. Was, wenn sie dich umbringt, während du schläfst?«

Hannah würde am liebsten über Jørns dramatische Art lachen,

aber das kleine Körnchen Wahrscheinlichkeit, das in seinen Worten liegt, hält sie davon ab. Die Nacht bei Jørn zu verbringen, ist jedoch das Letzte, was sie will.

»Das würde zu seltsam wirken. Wenn ich mich davonmache, versteht sie ja, was die Stunde geschlagen hat, und wer weiß, auf was für Ideen sie dann kommt? Schuldig oder unschuldig, ich will nicht riskieren, dass Ella einen Nervenzusammenbruch bekommt und etwas Dummes macht. Sie soll weiterhin denken, dass ich ihr glaube.«

»Aber tust du das?«

Hannah schweigt einen Augenblick lang.

»Zu bleiben ist das einzig Richtige. Ich schlafe mit einem offenen Auge, und du kommst morgen mit Viktor, wenn der Sturm sich gelegt hat. Dann finden wir heraus, was hier eigentlich Sache ist.«

»Du hast selbst gesehen, wie sicher sich Stefan war. Es gibt irgendetwas, das deine Freundin uns verschweigt.«

Hannah unterdrückt ihre Verärgerung darüber, dass Jørn Ella auf eine Weise als ihre Freundin bezeichnet, als wären sie Schulmädchen und Hannah mitschuldig an irgendwelchem Unfug.

»Es gibt keinen Grund, die Situation unnötig zu dramatisieren. Ich bleibe heute Nacht hier, und morgen werden wir ganz sicher herausfinden, wie genau das alles zusammenhängt.«

Sie schickt ihn auf dem Motorschlitten zurück in den dunklen Schneesturm, nachdem sie ihm versprochen hat, ihre Tür abzusperren und mit einem Küchenmesser neben sich zu schlafen. Müde und ein wenig ängstlich legt Hannah sich schließlich eine halbe Stunde später in ihr Bett, und obwohl sie weiß, dass sie nicht in einen Tiefschlaf fallen sollte, gleitet sie doch schnell und widerstandslos hinein.

Mitten in der Nacht erwacht Hannah von den Geräuschen eines Gesprächs draußen auf dem Flur. Instinktiv greift sie nach dem

Küchenmesser und hält den Atem an, um intensiver lauschen zu können, doch sie hört nur Ella flüstern. Ist sie Schlafwandlerin und spricht mit sich selbst? Hannah kriecht mit Mühe zur Tür, legt das Ohr daran. Noch immer ist nur Ellas Stimme zu hören, aber sie klingt aufgeregt auf eine Weise, die kontrollierter wirkt als bei jemandem, der schlafwandelt. Telefoniert sie? Doch dann hört Hannah eine andere Person antworten, undeutlich, sie kann nicht einschätzen, ob es sich um einen Mann oder eine Frau handelt. Auch wenn ihre Vernunft das Gegenteil will, Hannah muss sich aus ihrem sicheren Zimmer bewegen, um zu sehen, wer Ella diesen nächtlichen Besuch abstattet. Sie wartet einen Moment, bis die Stimmen sich etwas entfernt haben, dann dreht sie vorsichtig den Schlüssel um, öffnet mit klopfendem Herzen die Tür einen Spalt breit, verflucht die knirschenden Scharniere, hält in der Bewegung inne. Einen Moment lang horcht sie angespannt. Die Stimmen kommen aus dem unteren Stockwerk, Hannah atmet tief ein und öffnet die Tür weit genug, um in den Flur hinausschlüpfen zu können. Es brennt kein Licht, und sie braucht ein wenig Zeit, bis ihre Augen sich an die Dunkelheit gewöhnt haben. Dann schleicht sie zur Treppe, greift nach dem obersten Stück des Geländers und bleibt mit angehaltenem Atem stehen: Die Stimmen sind verstummt. Sind die beiden gegangen? Hannah hat keine Tür gehört, auch kein Licht oder Motorengeräusch von draußen bemerkt. Sie strengt all ihre Sinne an. Hat es etwa zu schneien aufgehört? Sie wägt ihre Möglichkeiten ab. Entweder sie bleibt hier stehen oder sie geht ins Wohnzimmer. Ins Bett zurückkehren kann sie nicht. Sie zählt bis zehn, lauscht, nimmt nur ihren eigenen pochenden Puls wahr, wagt dann den ersten vorsichtigen Schritt die Treppe hinunter, immer noch mit einer vor Nervosität bebenden Hand am Geländer und einem Klotz von einem Gips am anderen Arm. Auf halbem Weg hinunter sieht sie Licht aus dem Wohnzimmer fallen und die Umrisse zweier Menschen, die aufgebracht miteinander sprechen. Sie flüstern, Ella steht vor der anderen Person, sodass Hannah deren Gesicht nicht sehen kann. Sie späht angestrengt in den Raum. Liegt in Ellas Haltung nicht etwas Drohendes? Hannah muss näher herankommen, muss herausfinden, wer da auf dem Sofa sitzt, verdeckt von Ellas schmächtigem, zitternden Körper. Sie fühlt sich wie ein ungehorsames Kind, das sich weit nach der Schlafenszeit zu den Erwachsenen schleicht, in der Hoffnung, etwas von der spannenden und unbekannten Welt der Nacht mitzuerleben. Doch auch wenn Hannah eine gewisse Spannung verspürt, ist es Angst, die sie jetzt antreibt. Eine Angst, aus der heraus sie sich inständig wünscht, jemanden zu entlarven, damit Ella von jeglichem Verdacht befreit wäre, weil die andere Person sich eindeutig als der Mörder erweist. Hannah muss nur noch ein kleines bisschen näher heran. Doch da! Plötzlich ruft Ella etwas, die Person auf dem Sofa springt auf, stößt Ella zur Seite und eilt zur Haustür, bevor Hannah sich so verbergen kann, dass sie zugleich eine gute Sicht nach draußen hat. Scheiße! Sie muss einen Blick auf den Besucher erhaschen, bevor es zu spät ist. Mit einem völlig unvernünftigen Satz in die Diele hinaus erreicht Hannah nach ein paar Schritten die Tür, durch die der nächtliche Gast gerade verschwunden ist. Fassungslos steht Hannah in ihrem Nachthemd da und starrt in die Nacht hinaus, das Herz schlägt ihr bis zum Hals. Schneeflocken treffen ihre Stirn, ihre Sinne müssen sie getäuscht haben. Es hat nicht aufgehört zu schneien. Die flüchtende Person ist Margrét.

»Ég hélt að þú værir sofandi.«

Hannah wendet sich ruckartig um und sieht, dass Ella sie mit einer erschreckenden Feindseligkeit betrachtet. Sie wirft einen Blick aus der offenen Haustür in die Dunkelheit und den Schnee, erwägt kurz, einfach wegzulaufen, doch sie ist barfuß und im Nachthemd, sie würde den Weg ins Dorf nicht überleben. Hannah schielt zu der Schale auf der kleinen Kommode hinüber, in der die Schlüssel zu Ellas Auto liegen, aber der Jeep ist unter einer dicken Schneeschicht begraben. Selbst mit zwei funktionstüchtigen Armen würde es lange dauern, ihn auszugraben, und Hannah bezweifelt, dass sie mit dem linken Arm auch nur eine Schaufel heben kann. Sie hat keine andere Wahl, als zu bleiben.

»Was wollte Margrét hier?«

Hannah blickt direkt in Ellas flaschengrüne Augen, was verheimlicht ihre Gastgeberin? Ella tritt auf sie zu, Hannah weicht instinktiv zurück, doch Ella geht nur an ihr vorbei, schließt die Tür und sperrt Dunkelheit und Schnee aus. Dann schaut sie Hannah lange an. Scheint zu überlegen, was sie tun soll. Nach einem Ewigkeitsmoment greift Ella nach einem Block, der auf der kleinen Kommode liegt. Schreibt mit großer Sorgfalt.

*Du musst morgen nach Hause fahren.*

Ella hält Hannah den Zettel so vor das Gesicht, als wolle sie sich vergewissern, dass Hannah alles versteht. Sie zieht die Augenbrauen hoch, wohl in Erwartung eines bejahenden Nickens. Aber Hannah nimmt stattdessen all ihre Kraft zusammen und legt Ella mit einer fürsorglichen Geste ihre Hand auf die Schulter.

»Hier geht etwas vor, das ich nicht verstehe, aber du scheinst darin verwickelt zu sein, und offenbar quält es dich. Was es auch ist, ich kann nicht mitten in alldem einfach abreisen. Das sage ich nicht, um mich aufzudrängen, sondern weil ich dich im Lauf der letzten Wochen wirklich sehr liebgewonnen habe und weil ich miterlebt habe, was du durchgemacht hast. Ich kann dich nicht in dieser Ungewissheit und Sorge alleinlassen. Du brauchst mir nicht zu erzählen, was los ist, aber du darfst mich nicht wegschicken, bevor es vorbei ist. Ich will bleiben und dir helfen, ganz gleich, was es ist.«

Hannah ist ein wenig atemlos von ihrer Rede, doch zu ihrer eigenen Überraschung meint sie es völlig ernst. Sie macht sich große Sorgen, wie es Ella geht und was mit ihr geschehen wird. Hannah ist es egal, ob sie Thors Mord aufklärt, egal, ob Ella die Täterin ist. Sie will nur sichergehen, dass sich alles so entwickelt, dass niemand mehr zu Schaden kommt. Ellas Blick flackert ein wenig, ist da ein feuchter Glanz in ihren Augen? Es ist, als lauschte sie Hannahs Worten nach, hin- und hergerissen zwischen dem Wunsch loszulassen und dem Drang, die Kontrolle zu bewahren. Hannah, die Hand immer noch auf Ellas Schulter, drückt sie ermutigend: Ergib dich jetzt. Doch Ella schüttelt ihre Hand ab, nimmt wieder den Zettel, zeigt darauf.

*Du musst morgen nach Hause fahren.*

Sie drückt das Papier gegen Hannahs Brust und steigt dann zielstrebig die Treppe hinauf – um zu schlafen, zu grübeln oder was auch immer. Hannah bleibt mit dem Zettel in der Hand zurück und ist ratlos. Die Idee, Viktor zu Ella zu schicken, scheint jetzt abwegig, da Margrét offenbar irgendeine Rolle in dem Ganzen spielt, und vielleicht ist es tatsächlich am besten, sich herauszuhalten und einfach nach Hause zu fahren. Doch je länger sie darüber nachdenkt, umso schwerer fällt es ihr, diesen ungelösten Ausgang so zu akzeptieren. Also schleicht Hannah sich die Treppe hinauf, zieht sich lautlos einen besonders warmen Pullover und eine Skiunterhose an. Vor Ellas Schlafzimmer hält sie einen Moment inne und horcht, doch es ist nicht einmal ein knirschendes Bett oder ein tiefer Atemzug zu hören. Als Hannah die Haustür hinter sich schließt und sich in die isländische Schneenacht hinausbegibt, tut sie dies mit klopfendem Herzen und der Hoffnung, einen Sinn in alldem zu finden, bevor es zu spät ist.

# 50

Eigentlich ist es völlig verrückt, das ist ihr bewusst. Um drei Uhr nachts bei anderen Leuten vor der Tür aufzutauchen und ein vernünftiges Gespräch zu erwarten. Aber Hannah hat keine andere Wahl. Entweder konfrontiert sie Margrét mit ihrem geheimnisvollen nächtlichen Besuch bei Ella, bevor es Tag wird und Viktor aufwacht, oder sie wartet ab und lässt andere den Verlauf der Ereignisse lenken – mit weiß Gott was für einem Ergebnis. Doch Hannah erlebt schon wieder eine Überraschung, als sie nach vorsichtigem Klopfen und Rufen plötzlich in Viktors Gesicht starrt. Er steht in der Tür und schaut sie an, als hätte er auf sie gewartet. Doch in seinem Blick ist auch Enttäuschung zu erkennen.

»Wo ist Margrét?«

Hannah begreift, dass Viktor auf seine Frau gewartet haben muss und dass sie nicht nur ihr eigenes Vorhaben, diskret zu sein, zum Scheitern gebracht hat, sondern auch vergeblich hierhergelaufen ist. Margrét ist gar nicht da.

»Ich dachte, sie wäre zu Hause. Deshalb bin ich gekommen.«

»Mitten in der Nacht?«

Viktor sieht Hannah prüfend an, die sich nicht einmal in der Lage fühlt, eine schlechte Ausrede zu finden.

»Margrét hat vorhin Ella besucht, sie hatten eine Art Streit. Das Ganze hat sehr … rätselhaft gewirkt. Margrét ist rausgestürmt, und Ella wollte nicht sagen, worum es ging, deshalb …«

Hannah zögert. Weiß genau, dass sie von diesem Punkt an nichts Vernünftiges mehr zu sagen hat.

»Deshalb dachtest du, du läufst durch den Schneesturm zu Margrét und fragst sie?«

Hannah nickt schlotternd. Der Schneesturm hat nachgelassen, doch es ist immer noch bitterkalt, vor allem, wenn man auf einer Türschwelle steht und nicht weiß, wie es weitergehen soll.

»Darf ich vielleicht reinkommen?«

Viktor läuft hin und her, verdaut Hannahs Bericht über die Ereignisse der Nacht, er hat sich alles mehrmals berichten lassen, wollte alle Details erfahren, auch wenn es nicht sehr viele gibt. Hat Hannah wirklich gar nichts von dem verstanden, was gesprochen wurde? Wie lange, glaubt sie, ist Margrét bei Ella gewesen? Wirkte sie eher wütend oder besorgt? Welche Richtung hat sie eingeschlagen und wie schnell ist sie gelaufen? Seine vielen Fragen nerven Hannah, doch gleichzeitig bestätigen sie ihr, dass er keine Ahnung hat, was los ist. Viktor schaut auf seine Uhr.

»Du sagst, du bist aufgebrochen, kurz nachdem Margrét Ellas Haus verlassen hat?«

Hannah nickt. Noch einmal.

»Wie gesagt, komme ich gerne mit und helfe dir, sie zu suchen.«

»Die Kinder schlafen, ich kann sie nicht einfach allein lassen.«

Viktor blickt Hannah an, einen Moment lang befürchtet sie voller Schrecken, dass er sie als Babysitterin einsetzen will.

»Es tut mir leid, aber ich kann nicht ... Wenn sie aufwachen. Ich weiß gar nicht, was ich dann tun soll.«

»Das Letzte, was ich meinen Kindern zumuten will, ist die traumatische Erfahrung, mitten in der Nacht aufzuwachen und der einzige Mensch, der da ist, bist du.«

Hannah nickt. Erleichtert und beleidigt zugleich.

»Aber es könnte trotzdem so weit kommen. Wir geben ihr noch zehn Minuten. Wenn sie dann nicht zurück ist, geh ich raus und suche sie.«

Hannah würde am liebsten protestieren, aber obwohl sie beide einen verbundenen Arm haben, ist es wohl trotz allem am vernünftigsten, dass Viktor sich in den Schnee hinausbegibt. Es ist seine Frau, die verschwunden ist, und er kennt das Dorf am besten. Aus, Schluss, basta. Zehn Minuten sind eine lange Zeit, wenn man sich Sorgen macht und mit einem Menschen wartet, den man hintergangen hat.

»Das mit mir und Margrét. Das war nur ... Also, kurz. Und bedeutungslos. Und vor allem ist es jetzt vorbei.«

Hannah spürt, dass irgendeine Form von Entschuldigung angebracht ist, auch wenn sie es nicht ehrlich meint. Jedenfalls nicht, dass es bedeutungslos war. Sie rutscht auf ihrem Stuhl herum, will sich nicht anmerken lassen, dass sie sich große Sorgen um Margrét macht. Welche Angst sie hat, dass ihr etwas zugestoßen ist und dass sie sie nie wiedersieht. Es ist jedoch nicht Hannahs Rolle, die Besorgte zu sein; schließlich geht es um Viktors Frau, die Mutter seiner Kinder, die verschwunden ist. Viktor sieht sie an, forschend.

»Als wir uns im Bragginn zum ersten Mal begegnet sind ... Da war etwas an dir, das ich wirklich mochte. Auch wenn du dich seitdem in vielerlei Hinsicht als extrem lästig erwiesen hast.«

Hannah schaut ihn etwas unsicher an, worauf will er hinaus?

»Aber neben all dem Ärgerlichen bleibt mein erster Eindruck bestehen; du hast etwas an dir, das ich ansprechend finde. In gewisser Weise bin ich froh, dass es dieses Mal mit dir gewesen ist. Und nicht nur, weil du bald wieder nach Hause fährst.«

Touché. Das hat eine gewisse Eleganz. Hannah kommt nicht umhin anzuerkennen, wie freundlich Viktor sie, verpackt in ein Kompliment, zu einer gleichgültigen Episode in Margréts Leben degradiert. »Dieses Mal«. Eine von vielen, ohne Bedeutung. Wahrscheinlich bereits wieder vergessen. Das lässt Hannahs Sorge um Margrét jedoch nicht geringer werden. Sie blickt auf die Uhr. Fünf Minuten.

»Sollen wir los?«

Viktor schüttelt den Kopf.

»Noch fünf Minuten.«

Ein Mann mit Prinzipien. Hannah steht von dem harten Stuhl auf, will sich bewegen. Ziellos schlendert sie zur Wand. Ein Foto von Margrét, Viktor und den Kindern. Sie sehen fröhlich aus. Der Gedanke, dass Margrét etwas zugestoßen sein könnte, scheint ihr plötzlich unerträglich. Unruhig läuft sie weiter durchs Zimmer, versucht ihre Nervosität zu unterdrücken. Es ist seltsam, dass Margrét nicht nach Hause gekommen ist, um diese Zeit kann man hier nirgendwo hingehen. Es sei denn, sie hat irgendwo eine andere Affäre. Nimmt Viktor es etwa deshalb so relativ gelassen? Hannah weiß nicht, welche Vorstellung unerträglicher ist. Ihr Blick bleibt an einem Gegenstand auf einer Kommode hängen. Es ist kein besonderer Gegenstand, aber die Art, wie er daliegt, lässt sie innehalten. In einem Beweisbeutel aus Plastik. Hannah nimmt den Beutel, hält ihn hoch und sieht Viktor an.

»Beweismaterial?«

Viktor springt blitzschnell von seinem Stuhl auf.

»Leg das zurück!«

Hannah ist von seiner Heftigkeit überrascht, beeilt sich, den Beutel wieder hinzulegen ... Betrachtet ihn und seinen Inhalt genauer. Begreift dann plötzlich, um was es sich handelt.

»Das ist die Mordwaffe?«

Sie zeigt auf die Tüte, in der sich ein Hammer befindet. Mit einem kleinen Blutfleck an der Spitze. Viktor nickt, leicht entschuldigend.

»Der sollte natürlich nicht hier sein, aber ich warte darauf, dass ich ihn für weitere technische Untersuchungen nach Reykjavík schicken kann. Er wurde gestern gefunden, draußen auf den Wiesen, um die fünfhundert Meter von der Stelle entfernt, wo Thor im Wasser lag. Es wirkte, als hätte jemand versucht, ihn ins Wasser zu werfen, ihn aber nicht weit genug wegschleudern können.

Jedenfalls war er im Eis festgefroren, und ja ... dann wurde er also entdeckt.«

»Von wem?«

»Einem Mann, der mit seinem Hund unterwegs war. Eigentlich hat ihn wohl eher der Hund gefunden.«

Hannah nickt, doch ihre Gedanken sind woanders. Sie starrt den Hammer an, ein vages Gefühl ist zu einer vollen Überzeugung angewachsen.

»Dieser Hammer ... das ist Ellas.«

Hannah erzählt von Ellas etwas merkwürdiger Werkzeugsammlung, die an der Wand im Wohnzimmer hängt, und dass gerade der Hammer die ganze Zeit über gefehlt hat. Viktor wirft ihr einen skeptischen Blick zu.

»Wenn der Hammer schon lange fehlt, woher weißt du dann, wie er aussieht?«

»Er ist antik und genauso gearbeitet wie das restliche Werkzeug.«

Viktor wirkt noch immer nicht überzeugt.

»Du erkennst den Hammer also wieder, weil du dir das andere Werkzeug angeschaut hast?«

Hannah greift nach dem Beutel, dreht ihn um, sucht durch das Plastik nach etwas. Blickt Viktor dann triumphierend an.

»Da! TJ. Das ist auch in alle anderen Werkzeuge eingraviert, die Ella an der Wand hängen hat.«

»TJ sind die Initialen eines Zimmerers, der das halbe Dorf gebaut hat. Er ist längst tot, aber das Geschäft gibt es noch. Und sie gravieren immer noch alles Werkzeug mit seinen Anfangsbuchstaben. Die findest du überall im Dorf.«

»Auch die antiken?«

»Ich denke, fast jeder in der älteren Generation hat etwas von dem alten Werkzeug, ja. Ist doch gewöhnlicher Kram.«

Hannah betrachtet den Hammer enttäuscht. Zögert dann kurz,

will nicht diejenige sein, die Ella den Wölfen zum Fraß vorwirft. Aber sie hat das Gefühl, keine andere Wahl mehr zu haben.

»Ich hab mit Stefan gesprochen, der gesehen hat, wie Thor an dem Abend, als er ermordet wurde, in ein Auto einstieg. Und, also ... Er hat bestätigt, dass es Ellas Wagen war. Ich hab ihm ein paar Bilder gezeigt ...«

Viktor springt auf, als hätte der Stuhl ihm einen elektrischen Schlag verpasst.

»Warum hast du das nicht gleich gesagt? Wann hast du mit ihm geredet?«

»Erst heute. Oder genau genommen war es wohl gestern. Ich hätte es dir erzählt, aber, also ... Er könnte sich ja irren. Aber jetzt, nach allem anderen, dem Hammer, Margrét ...«

Mehr kann Hannah nicht sagen, Viktor ist schon halb in der Diele. Hannah sieht sich um. Soll sie bei den Kindern bleiben? Dann schüttelt sie den Gedanken ab. Sie haben die ganze Zeit geschlafen, dann wird man sie doch jetzt sicher noch ein bisschen allein lassen können.

# 51

Unter normalen Umständen würde man von Viktors Polizeiwache bis zu Ellas Haus schnellen Schrittes fünfzehn Minuten brauchen, doch durch die Schneeverwehungen dauert der Weg mehr als doppelt so lang. Hannah hat die Strecke langsam satt. Als sie ankommen, bleiben sie einen Moment vor der Haustür stehen, ein kurzes Zögern, der unausgesprochenen Angst davor geschuldet, was sie erwarten wird. Auf Zehenspitzen schleichen sie hinein. Im Haus ist es dunkel und still. Hannah zeigt wortlos auf Ellas Schlafzimmer, legt die gipsfreie Hand an ihre Wange, als Hinweis darauf, dass Ella vermutlich schläft. Viktor stellt sich in Position, die Tür einzutreten. Hannah zischt ihm zu:

»So könnte sie einen Herzinfarkt bekommen!«

»Vielleicht. Aber ich will nicht riskieren, dass mir der Schädel mit einem Werkzeug eingeschlagen wird.«

Bevor Hannah noch etwas erwidern kann, ist Viktor schon zur Tat geschritten, die Tür fliegt auf, ein leiser Schrei erklingt. Hannah wird klar, dass er von ihr selbst kommt. Das Schlafzimmer ist völlig dunkel, aus dem Gang erkennt Hannah Viktors Silhouette, er sucht fieberhaft nach einem Lichtschalter; sie kommt ihm zu Hilfe, streckt den Arm hinein und macht das Licht an. Sie sehen sich überrascht um: Das Zimmer ist leer. Von Ella ist nichts zu sehen, weder im Bett noch irgendwo anders. Wie in einem schlechten Detektivfilm fangen beide instinktiv an, den Raum abzusuchen, indem sie Schranktüren öffnen, hinter die Tür schauen, unters Bett. Doch von Ella keine Spur.

»Hast du im Wohnzimmer irgendwas bemerkt?«

Viktor blickt Hannah fragend an, die den Kopf schüttelt. Sie durchsuchen den Rest des Hauses, aber Ella ist nirgendwo zu finden. In der Diele entdeckt Hannah, dass auch Ellas Jacke verschwunden ist. Ihr Auto steht allerdings draußen.

»Wo in aller Welt kann sie sein?«

Viktor stellt die Frage, die auch Hannah im Kopf herumschwirrt. Selbst wenn das Schneetreiben sich allmählich legt, ist es kalt und anstrengend, sich zu Fuß hinaus in die Dunkelheit zu wagen, und wen könnte sie mitten in der Nacht besuchen? Hannah kann sich nur einen Menschen vorstellen. Sie schaut Viktor an.

»Ich würde darauf tippen, dass sie zu Vigdis gegangen ist. Wenn Ella aufgeregt war und vielleicht sogar Angst hatte oder sich in der Klemme gefühlt hat, war ihre Schwester ganz bestimmt diejenige, die für sie da war.«

Viktor nickt, hat bereits sein Telefon herausgeholt, sucht nach Vigdis' Nummer. Er ruft an. Hannah betrachtet ihn gespannt, doch die Sekunden vergehen, und schließlich hört sie am anderen Ende einen Anrufbeantworter anspringen. Viktor sieht Hannah resigniert an.

»Ich hab nur ihre Festnetznummer, weißt du, ob Vigdis ein Handy hat?«

Hannah denkt nach, nickt dann. Verflucht sich selbst. Sie hatte die Nummer zwar schon, aber das war, bevor sie ihr Handy zerstört hat. Dann fällt ihr etwas ein. Ellas Telefonbuch. Sie fängt sofort an, danach zu suchen, fieberhaft. Bittet Viktor um Hilfe.

»Ein kleines schwarzes Buch ... Sie hat alle ihre Informationen da drin.«

Zehn Minuten lang durchforsten sie die Diele, das Wohnzimmer, die Küche und Ellas Schlafzimmer, ohne Erfolg. In der Zwischenzeit hat Viktor ein weiteres Mal bei Margrét angerufen, und wieder nimmt sie nicht ab.

»Das ist reine Zeitverschwendung, wir gehen zu Vigdis und fragen.«

Viktor ist schon fast aus der Tür, als Hannah auf einem letzten Versuch besteht: Ellas verschlossenes Arbeitszimmer.

»Vigdis und Ægir wohnen fast oben auf dem Berg, wir brauchen mindestens eine halbe Stunde, bis wir bei diesen Verhältnissen dort sind, und falls Ella gar nicht da ist, dann vergeuden wir über eine Stunde, in der wir nach Margrét hätten suchen können. Und eine Stunde ist eine lange Zeit, wenn sie ...«

Hannah hält sich zurück. Es gibt keinen Grund, laut auszusprechen, was sie beide denken: dass Margrét irgendwo draußen im Schnee liegt und langsam erfriert. Es kostet Viktor nur wenige Sekunden, die Tür zu Ellas Arbeitszimmer aufzubrechen, und Hannah fast ebenso wenig Zeit, Ellas Notizbuch aus der Schublade zu holen. Sie will die Schublade gerade wieder schließen, als Viktor sie aufhält.

»Was ist das hier?«

Vorsichtig nimmt Viktor eine Halskette heraus, es ist die mit dem Thorshammer, die Hannah schon betrachtet und in die Zuckerdose zurückgelegt hatte. Jetzt liegt sie ganz oben in der Schublade. Sie beobachtet Viktor, wie er die Kette untersucht, als wäre sie das kostbarste Kleinod, das er je gesehen hat.

»Ist damit irgendwas Besonderes?«

Viktor schaut sie an. Ernst. Hält dann die Kette vor ihr hoch.

»Das ist Thors – er hatte sie in der Nacht, als er ermordet wurde, um den Hals.«

Hannah wirft ihm einen skeptischen Blick zu.

»Woher willst du wissen, dass es genau diese Kette ist und dass er sie getragen hat?«

Viktor dreht den Thorshammer um.

»Die Gravur hier, das kleine T. Das hat Jonni machen lassen, als er sie Thor geschenkt hat. Und er hat ausgesagt, dass Thor die Halskette an dem Abend anhatte.«

Hannah hat das Gefühl, ihr explodiere der Kopf: Warum sollte die Kette in Ellas Schublade liegen, wenn sie unschuldig wäre? Alles ergibt auf einmal Sinn: Ellas heftige Reaktion auf Hannahs Eindringen in das Büro; ihr Widerwille gegen Hannahs Einmischung in den Fall, das Attentat auf Ellas Haus ... Jemand muss von ihrer Tat gewusst und versucht haben, Rache zu nehmen. Kann es jemand anderes als Ægir gewesen sein? Hannah wird klar: Wenn Ella tatsächlich zu Vigdis gegangen ist, um Trost zu suchen, dann ist das wahrscheinlich kein sicherer Ort. Und wenn Ægir Ella erst zu fassen bekommen hat, dann finden sie nie heraus, worüber sie mit Margrét gesprochen hat oder wo sie sein könnte. Und aus welchem Grund Ella Thor umgebracht hat ... Hannah hat Vigdis' Nummer bereits gefunden und tippt sie ein, als Viktor sie aufhält.

»Mist ... Schau mal.«

Viktor reicht Hannah ein Stück Papier aus der Schublade, auf dem einige handgeschriebene Sätze stehen. Hannah lässt den Blick über das Geschriebene gleiten, es ist Isländisch.

»Ellas Handschrift?«

Viktor sieht Hannah fragend an, sie nickt, nach all den Zetteln hat sie keinen Zweifel. Der Text ist jedoch nicht unterschrieben und er wirkt unfertig. Einiges ist durchgestrichen oder korrigiert, es scheint ein Entwurf zu sein. Hannah sieht Viktor fragend an.

»Was steht da?«

»Es ist eine Art Geständnis: *Ich bedaure all das Unglück, jetzt will ich es wiedergutmachen. Wenn ich Thor das Leben zurückgeben könnte, indem ich mein eigenes opfere, würde ich es tun.*«

Sie blicken sich an. Da hören sie eine Stimme, Vigdis', aus Hannahs Telefon, das sie auf Lautsprecher gestellt hat.

»Hæ þetta er Vigdís. Ég kemst ekki í símann svo skildu eftir skilaboð og ég hringi í þig eins fljótt og ég get.«

Viktor schaut sie an.

»Mailbox. Komm, wir dürfen nicht noch mehr Zeit verlieren.«

Viktor ist schon mit einem Fuß aus dem Büro, als Hannah ihn aufhält. Sie schüttelt den Kopf.

»Wir brauchen Verstärkung, und ich weiß, wen wir anrufen.«

Als wäre es nicht schon demütigend genug gewesen, an Jørn geklammert auf seinem Motorschlitten zu sitzen, kämpft Hannah nun darum, ihren letzten Rest Würde zu bewahren, während sie in dem zum Scooter gehörigen Anhänger durchgeschüttelt wird, der wegen des zusätzlichen Passagiers herausgeholt wurde. Schnee wirbelt ihr ins Gesicht, sie kann gerade noch erkennen, wie Viktor sich an Jørns in Leder gekleidetem Rücken festklammert. Hannah fühlt sich wie ein Kind im Kinderwagen, sie schließt die Augen, hasst und liebt Jørn zugleich. Man könnte fast meinen, er wäre die ganze Zeit im Kreis um Ellas Haus gefahren, so schnell war er mit seinem Motorschlitten und seinem lächelnden Helfergesicht bei ihnen. Hannah schätzt, dass sie für die Fahrt bis zu Vigdis und Ægir kaum zehn Minuten brauchen werden. Es sind wichtige gesparte Minuten, und obendrein haben sie mit Jørn jetzt einen großen Mann ohne Verletzungen an den Armen dabei. Er kann hoffentlich bei Ellas Festnahme helfen. Das Haus sieht beunruhigend dunkel aus, als sie es erreichen und Jørn den Motor ausschaltet. Die drei ungleichen Musketiere stehen einen Moment lang zögernd in der nächtlichen Stille, es hat aufgehört zu schneien. Hannah bemerkt, dass der Mond zwischen den aufreißenden Wolken zum Vorschein gekommen ist und ein friedliches Licht auf sie herabwirft. Sie weiß nicht, was sie erwartet hatte. Schreie, Schlägerei, Blut auf der Türschwelle? Vielleicht zumindest eine eingeschaltete Lampe im Inneren. Doch das Haus liegt dunkel und völlig still im Mondlicht. Viktor klopft gebieterisch an und ruft mit großer Autorität die Namen der Bewohner. Hannah und Jørn sehen sich an.

»Sie schlafen wohl.«

Hannah verdreht die Augen über Jørns offenkundig banale Feststellung, kann jedoch den Gedanken kaum ertragen, was es bedeuten würde, wenn er recht hat. Denn dann haben sie keinerlei Spur von Ella oder Margrét. Viktor gibt den Bewohnern des Hauses eine Minute Zeit, um aus dem Tiefschlaf zu erwachen, dann nimmt er einen leeren Blumentopf und knallt ihn mit lautem Klirren gegen die kleine Scheibe in der Haustür. Sowohl Hannah als auch Jørn zucken zusammen.

»Ich dachte, die Polizei hätte Werkzeuge, um verschlossene Türen zu öffnen?«

Hannah sieht Viktor an, der den Kopf schüttelt.

»Nichts, was so effektiv wäre wie das hier.«

Er streckt den Arm durch das Fenster, bekommt die Klinke zu fassen, öffnet die Tür. Tritt vorsichtig ein, den Blumentopf hoch erhoben. Hannah wird klar, dass die isländische Polizei keine Waffen trägt. Sicher eine schöne Praxis, doch in diesem Moment wirkt es völlig absurd, dass der lange Arm des Gesetzes mit nichts als einem Blumentopf bewaffnet ist. Hannah und Jørn schleichen als ungleiche Verstärkung hinterher. Sie sind erst wenige Schritte ins Haus vorgedrungen, als das Licht angeht und Hannah etwas Kaltes und Hartes an ihrer Schläfe spürt. Vorsichtig dreht sie den Kopf und blickt direkt in einen Gewehrlauf.

»Hvað í andskotanum eru þið að gera?«

»Slappaðu af. Niður með byssuna.«

Hannah schaut entsetzt von Ægir, der das Gewehr auf sie gerichtet hat, zu Viktor, der dem Steinmann drohend den Blumentopf entgegenhält. Das könnte richtig, richtig schiefgehen. Viktor sagt noch etwas auf Isländisch, eine Art Ermahnung, die keine Wirkung zu haben scheint. Auf jeden Fall hält Ægir mit unverminderter Erregung die Waffe auf sie gerichtet, und Hannah kann seinen Finger auf dem Abzug erkennen. Scheiße, Scheiße, Scheiße!

Peng! Hannahs Augen sind geschlossen. Ist sie tot? Nein. Sie öffnet sie, sieht Ægir auf dem Boden liegen, bewusstlos, neben ihm steht Jørn mit einem Schlagstock in der Hand. Er lächelt Viktor heroisch an.

»Ich hab auch Pfefferspray, aber ich dachte, der Schlagstock wäre in diesem Fall das Beste.«

Weder Hannah noch Viktor kommentieren Jørns sicher nicht ganz legalen Waffenbesitz, doch gemeinsam gelingt es ihnen, Ægir in die Küche und auf einen Stuhl zu schaffen. Jørn klatscht dem großen Steinmann Wasser ins Gesicht, und er kommt gerade wieder zu sich, als Vigdis mit entsetztem Gesichtsausdruck im Nachthemd in der Tür erscheint. Die ganze Angelegenheit hat sich innerhalb von ein paar Minuten abgespielt. Viktor nickt Vigdis zu, die wie gebannt dasteht.

»Eru aðrir í húsinu?«

Sie schüttelt unsicher den Kopf. Setzt sich neben ihren Mann, der aus einer kleinen Wunde an der Stirn blutet und erschöpft wirkt.

»Bleibt hier, während ich das Haus durchsuche.«

Viktor verschwindet aus der Küche. Hannah beugt sich zu Vigdis hinunter. Freundlich.

»Ist Ella hier gewesen?«

»Was, nein ... Wann?«

»Jetzt. Heute Nacht.«

»Nein ... Warum sollte sie? Warum kommt ihr hierher und schlagt uns in unserem eigenen Haus nieder? Was hat Ægir getan?«

Hannah reibt sich das Gesicht, ihr fehlt es an Verhörtechnik. Sie blickt Jørn hilfesuchend an, der bereitwillig hinzutritt.

»Ihr könnt ganz beruhigt sein. Es tut mir leid, dass ich dir mit dem Stock eins übergezogen habe, aber es war eine Notsituation. Dann ist es mein soldatischer Reflex, nur darauf zu achten, die Gefahr zu minimieren. ›Safety first‹ ist mein Motto.«

Hannah schaut ihn ärgerlich an, was soll das denn jetzt helfen?

Sie müssen herausfinden, wo Ella und Margrét sind. Erneut wendet sie sich an Vigdis.

»Hat Ella in den letzten Stunden angerufen? Seid ihr sicher, dass sie nicht hier war? Könnte sie da gewesen sein, ohne dass ihr es bemerkt habt?«

»Nú er komið nóg!«

Ægirs Ausbruch lässt Hannah zusammenfahren. Alle seine Muskeln sind angespannt und seine Hände zu massiven Steinen geballt, die man um nichts in der Welt gegen die Schläfen bekommen will. Vigdis beginnt zu weinen.

»Bitte ... Wir wissen nichts. Wir haben nur geschlafen. Ist Ella etwas passiert?«

Hannah erkennt, dass sie in einer Sackgasse gelandet sind, was von Viktor bestätigt wird, der in der Tür auftaucht und den Kopf schüttelt.

»Sie ist nicht hier.«

Hannah fragt sich, wie viel sie Thors Eltern erzählen soll, die bereits so viel durchgemacht haben. Ist dies der richtige Zeitpunkt, um ihnen zu berichten, dass sie befürchten, Ella habe ihn getötet? Würde es ihnen helfen, die beiden Frauen zu finden? Vermutlich nicht. Sie lässt das Thema ruhen.

»Die Sache ist die: Vieles deutet darauf hin, dass Ella Thor umgebracht hat, und vielleicht hat sie sich jetzt selbst das Leben genommen.«

ARGH! Hannah hatte noch nie so sehr das Bedürfnis, Jørn zu erwürgen, wie in diesem Moment. Er sieht Vigdis und Ægir an, als hätte er ihnen soeben die Wettervorhersage präsentiert oder das Rezept für ein gebratenes Hähnchen verraten. Hannah wirft ihm einen vernichtenden Blick zu, den er offenbar nicht versteht. Vigdis gerät allmählich völlig aus der Fassung.

»Was sagst du da?«

»Bitte entschuldigt meinen Kollegen Jørn, er spricht nicht sehr gut Englisch. Was er meint, ist, dass Ella höchstwahrscheinlich wichtige Informationen darüber hat, was in dieser Nacht mit Thor passiert ist, und dass wir sie unbedingt finden müssen, bevor ... Ja, bevor noch weiteres Unglück geschieht.«

Viktor nickt Hannah zu: Situation gut entschärft. Hannah weiß jedoch nicht, ob sie Vigdis und Ægir ausreichend verwirren konnte, dass sie nicht in Hoffnungslosigkeit versinken. Sie beeilt sich, weiteren Fragen zu entgehen, indem sie selbst eine stellt.

»Fällt euch irgendein Ort ein, wo Ella hingegangen sein könnte? Irgendein Platz im Dorf oder in der Natur, wo sie vielleicht öfter hinkommt?«

»Öfter hinkommt. Bei diesem Wetter? Und mitten in der Nacht?«

Der Steinmann Ægir, der bisher in stummer Anspannung dagesessen hat, starrt Hannah an, als sei sie der dümmste Mensch, dem er jemals begegnet ist. Die Verachtung strömt ihm aus allen Poren, das provoziert sie.

»Wir versuchen nur zu helfen und vielleicht Ellas Leben zu retten, du brauchst mich also nicht anzuschauen, als wäre ich ein Idiot. Im Moment benimmst du dich tatsächlich selbst wie einer.«

»Raus!«

Ægir steht auf und packt Hannah an ihrer Jacke, zieht sie am Kragen so zusammen, dass sie um ihren Hals spannt, sein Gesicht ist ganz nah an ihrem. Sie sieht Hass und Wut und Speichel um seinen Mund und wünschte, sie hätte ein kleines bisschen mehr Selbstkontrolle. Die Kraft und Gewalt, mit der er sie festhält, löst eine Angst in ihr aus, die ihr fremd ist, und dennoch universell für das weibliche Geschlecht: Die Art, wie ein Mann den Willen und die Persönlichkeit einer Frau mit einem einfachen, kraftvollen Griff brechen kann, muss sich immer ähnlich anfühlen, egal wo in Zeit und Raum der Übergriff stattfindet. Hannah erlebt einen Augenblick völliger Machtlosigkeit, dann wird sie gerettet, weil jemand ganz ruhig eine Hand auf Ægirs Schulter legt: Jørn, voller Vernunft, zu Einsicht und gegenseitigem Respekt mahnend. Nicht zwischen Hannah und Ægir natürlich, sondern zwischen Ægir und Jørn.

»Ich verstehe deine Wut, aber du musst sie loslassen. Lass uns stattdessen über die Sache reden.«

Zu Hannahs großer Überraschung ist Jørns Eingreifen erfolgreich. Langsam lockert Ægir seinen Griff, und sie tritt einen Schritt zurück zu Viktor. Jørn nickt ihnen zu.

»Könnt ihr nicht draußen warten? Dann unterhalte ich mich einen Moment mit Ægir. Von Mann zu Mann.«

Hannah kocht innerlich und tritt frustriert gegen einen Schneehaufen. Der aufgewirbelte Schnee legt sich auf sie und lässt sie so lächerlich aussehen, wie sie sich fühlt. Sie und Viktor sind nach draußen gegangen, zitternd vor Kälte stehen sie unter dem kleinen Vordach.

»Was zum Teufel bildet er sich ein? Zu glauben, dass er die Situation mal kurz retten kann, indem er mit Ægir ›von Mann zu Mann‹ redet! Und warum lässt Ægir das zu? Wir sollten wieder reingehen und darauf bestehen, dass wir verdammt noch mal das Recht haben zu fragen, und dass Ægir gefälligst alles ausspucken soll, was er weiß!«

Viktor schüttelt den Kopf.

»Männer wie Ægir respektieren nur andere Männer, die aussehen wie sie selbst. Er hat das Gefühl, sie verstehen ihn und haben sich seinen Respekt verdient.«

»Jørn hat sich überhaupt nichts verdient.«

»Nein, aber wenn er da drinnen irgendwas aus ihm herauskriegen kann ...«

Hannah greift nach der Türklinke.

»Ich sollte inzwischen mit Vigdis sprechen.«

»Und was? Sie ›von Frau zu Frau‹ trösten?«

Hannah hält inne. Viktor hat recht. Sie hat keine Ahnung, wie sie genügend schwesterliche Solidarität heucheln soll, um sich

Vigdis anzunähern und etwas Brauchbares von ihr zu erfahren. Jedenfalls nicht, solange sie selbst so frustriert ist, dass sie am liebsten dieses Haus in Brand stecken würde. Das Ganze ist reine Zeitverschwendung, doch Hannah nimmt die Zigarette, die Viktor ihr entgegenhält, dennoch. Er zündet sie an, sie atmet den Rauch ein, schließt die Augen. Wo ist Margrét, wo ist Ella? Hannah befürchtet, wenn sie die beiden nicht finden, bevor die Nacht vorbei ist, dann werden sie sie nicht mehr lebend finden.

»Ta-da!«

Jørn tritt selbstzufrieden aus der Haustür.

»Ich weiß, wo sie sind!«

Hannah blickt ihn skeptisch an. Jørn schraubt die Erwartungen wieder ein wenig hinunter.

»Auf jeden Fall weiß ich, wo sie höchstwahrscheinlich sind. Ella hat offenbar eine kleine Hütte etwas außerhalb, wo sie oft hinfährt, um allein zu sein.«

Das ergibt für Hannah absolut keinen Sinn, Ella ist ja die ganze Zeit allein in ihrem großen Haus. Sie schaut Viktor an.

»Wusstest du davon?«

»Nein, aber wir haben keine Zeit zu verlieren. Wo liegt diese Hütte?«

# 52

Erneut ist Hannah auf dem Anhänger des Motorschlittens zum Passagier dritter Klasse degradiert, doch dieses Mal hat sie nicht genügend überschüssige Energie, um sich über Jørns mörderischen Fahrstil aufzuregen, nur ein Gedanke pulsiert in ihrem Kopf: Was wird sie in Ellas geheimer Hütte erwarten? Es dauert eine Viertelstunde, mit dem Motorschlitten dorthin zu gelangen, der Schein des Mondes folgt ihnen. Hannah ist beeindruckt von Viktors Orientierungssinn, mit dessen Hilfe er sie über die Felder, vorbei an zugefrorenen Seen und fernen Bergen hinaus ins Nichts führt.

Plötzlich taucht die Hütte vor ihnen auf, als ob sie auf sie gewartet hätte. Es besteht kein Zweifel daran, dass sich jemand dort befindet. Davor steht ein Auto geparkt, und im Inneren brennt ein schwaches Licht.

»Wie gehen wir die Sache an?«

Es ist Jørn, der nach einem Plan fragt, und es klingt nicht, als hätte er selbst irgendwelche Ideen. Vielleicht wird auch ihm endlich der Ernst der Lage bewusst. Hannah und Jørn blicken Viktor erwartungsvoll an, der trotz seiner Erfahrungen als Polizist genauso ungeübt in einer solchen Situation sein muss wie sie. Er nickt ihnen ernst zu, senkt die Stimme.

»Wir müssen vorsichtig vorgehen, wir haben keine Ahnung, was uns dort drinnen erwartet. Und es hat in diesem Fall schon zu viele Tragödien gegeben, wir sollten also keine weitere provozieren. Jørn, du kommst mit mir rein, Hannah, du wartest draußen.

Wenn wir in fünf Minuten nicht zurück sind, rufst du diese Nummer an. Das ist der Diensthabende im Nachbarort.«

Viktor reicht Hannah sein Telefon, in dem er bereits die Notfallnummer aufgerufen hat.

»Warum rufen wir nicht sofort an?«

Jørn schaut Viktor fragend an.

»Weil sie in diesem Wetter über eine Stunde brauchen, bis sie hier sind.«

»Dann hilft es ja nichts, wenn Hannah erst in fünf oder zehn Minuten anruft.«

»Doch, es hilft ihr.«

»Inwiefern?«

»Am Leben zu bleiben und sich den Anblick dessen zu ersparen, was mit uns passiert ist, wenn wir nicht in fünf Minuten wieder draußen sind.«

Jørn ist leichenblass geworden.

»Was, glaubst du, kann geschehen?«

Hannah legt ihren gesunden Arm auf Jørns Schulter.

»Bleib du hier, ich gehe mit rein.«

»Nein!«

Viktor schüttelt den Kopf.

»Ich muss jemanden mit zwei gesunden Armen dabeihaben. Du wartest hier.«

Hannah weiß, dass er recht hat; wenn Viktor in eine gefährliche Situation gerät, kann sie nicht viel tun, um ihm zu helfen. Jørn dagegen hat bereits bewiesen, dass er von Nutzen sein kann. Sie nickt. Beobachtet, wie Jørn sich sichtlich zusammenreißt und den Rücken durchdrückt, eine Übung, die seine Angst beinahe unsichtbar werden lässt. Aber nur fast. Hannah spürt Sympathie für ihn und seine mutige Herangehensweise.

»Und denk daran! Wenn wir nicht rauskommen, dann rufst du an und holst Hilfe. Du gehst *nicht* selbst rein!«

Ihr Herz hämmert in einem ängstlichen Rhythmus, und Hannah könnte nicht angespannter sein, würde sie selbst anstelle von Jørn und Viktor durch die Tür treten. Sie blickt auf die Uhr, die sie so eingestellt hat, dass sie von fünf herunterzählt.

Nach vierzig Sekunden hört sie ein lautes Geräusch, dann Stille. Nach eineinhalb Minuten Stimmen, für etwa dreißig Sekunden. Dann wieder Stille. Nach drei Minuten ist sie kurz davor, mit dem Telefon Hilfe anzufordern, doch sie wartet trotzdem noch eineinhalb Minuten. In Stille. Dann fallen zwei Schüsse, die sie mehrere Sekunden lang wie erstarrt zurücklassen. Als sie endlich wieder ihren eigenen Atem hören kann, ist es das einzige Geräusch, das die Stille durchbricht. Sie wartet einen Moment, ob nicht doch noch jemand aus der Tür kommt, aber vergeblich. Gegen jede Vernunft, nur getrieben von dem Drang zu handeln, drückt Hannah vorsichtig die Klinke der kunstfertig gezimmerten Holztür herunter und geht hinein, das Herz verkrampft vor Angst. Es scheint, als käme sie direkt in eine Küche, doch der Raum ist völlig dunkel, es könnte also auch eine Art Wohnzimmer sein. Von außen wirkte die Hütte relativ groß, jedenfalls vermutet Hannah, dass es weitere Zimmer im Erdgeschoss und einen einzelnen Raum im ersten Stock gibt. Sie kann jedoch keine Treppe erkennen, würde am liebsten das Licht einschalten, kann auf den ersten Blick keine anderen Personen im Raum sehen, hält es jedoch trotzdem für zu riskant: Sie will sich nicht zur Zielscheibe machen. Langsam tastet sie sich mit zitternden Händen an kalten Möbeln entlang, die Gedanken wirbeln in ihrem Kopf: Wer hat den Schuss abgefeuert, wer ist getroffen worden? Wer war hier, als Jørn und Viktor eingetreten sind, wer ist jetzt noch da? Bemerkt jemand, dass sie gekommen ist, und wenn ja, was hat derjenige als Nächstes im Sinn? Hannah weiß genau, dass es sicherlich besser gewesen wäre, sich an den Plan zu halten und telefonisch Hilfe anzufordern, anstatt ins Haus zu gehen. Sie bereut, dass sie nicht wenigstens angerufen hat, bevor sie eingetreten ist. Wie dumm kann man sein! Aber nun ist es zu spät, hier kann sie nicht telefonieren, und sie kann auch nicht wieder rausgehen. Plötzlich entdeckt sie eine Treppe, doch sie führt nach unten anstatt nach oben. Hannah zögert kurz, geht dann darauf zu und atmet tief ein. In einen fucking Keller hinunter, was für ein verdammtes Klischee! Die Treppe ist steil, und Hannah hat Mühe, das Gleichgewicht zu halten, es gibt kein Geländer, und der gebrochene Arm ist nicht gerade eine Hilfe. Auf der letzten Stufe verliert sie den Halt und rutscht ab, sie stößt einen Schrei aus. Hannah tastet auf einem schmutzigen, kalten Steinboden herum, versucht aufzustehen, desorientiert, aber kampfbereit, ignoriert den Schmerz in ihrem Fußgelenk. Klopf, klopf.

»Hilfe!«

Hannah blickt sich nach dem Ursprung der Klopfgeräusche und des Rufs um und entdeckt eine kleine elektrische Lampe, schaltet sie ein, ein gelblicher Schein erleuchtet den Kellerraum. Es ist offenbar eine Art Vorratslager, in dem Gläser mit allen möglichen eingemachten und eingesalzenen Lebensmitteln ordentlich in Regalen stehen. Wieder Klopfen und Rufen. Da erkennt Hannah eine kleine Tür, die aussieht, als wäre sie für Zwerge gemacht. Sie eilt hin, ein Vorhängeschloss hängt daran.

»Jørn?«

»Ja, ich bin's! Mach schnell auf, ich bin verletzt, und Viktor ...«

»Was ist mit Viktor?«

»Mach einfach auf!«

Am ganzen Körper zitternd vor Angst schaut Hannah sich nach etwas um, mit dem sie die Tür öffnen kann, sieht nichts Brauchbares, entdeckt jedoch schließlich einen Schraubenzieher. Sie steckt ihn hinter das Schloss, nimmt all ihre Kräfte zusammen, um den Beschlag abzustemmen.

»Beeil dich!«

Die Verzweiflung in Jørns Stimme zerrt an Hannahs Nerven, sie wischt sich einen Schweißtropfen von der Stirn. Flucht darüber, dass sie nur mit dem linken Arm arbeiten kann und keinen richtigen Halt findet.

»Der Beschlag sitzt zu fest!«

»Mach weiter! Du musst es aufkriegen, bevor sie zurückkommen!«

Hannah will gerade fragen, wer »sie« sind, als ein kleiner Nagel herausfällt und der Beschlag sich weit genug löst, dass sie den Schraubenzieher zwischen Beschlag und Tür stecken und mit einem kräftigen Ruck das Schloss ganz wegreißen kann. Die kleine Tür schwingt krachend auf und trifft sie fast an der Stirn. Jørn stürzt heraus.

»Argh! Ich krieg keine Luft mehr!«

Hannah tritt zurück, starrt Jørn entsetzt an. Er ringt nach Luft, hält seinen Oberschenkel fest, die Hose ist völlig durchweicht. Von Blut.

»Scheiße! Du hast einen Schuss abgekriegt?«

Hannah deutet mit einem Nicken auf die Wunde, um die Jørn ein Stück Stoff gebunden hat. Er klingt außer Atem und erschöpft.

»Ja, aber ich glaube, die Kugel ist durchgegangen ... Und ich hab einen Druckverband angelegt, ich denke also, die Blutung ist gestoppt. Bei Viktor ist es schlimmer ...«

»Wo ist er?«

Hannah blickt Jørn angstvoll an, er zeigt in das kleine schwarze Loch, aus dem er selbst gekommen ist.

»Da drin.«

Hannah nimmt den tiefsten Atemzug ihres Lebens, dann beugt sie sich hinunter, die eingeschaltete Taschenlampe ihres Handys in der Hand, und kriecht in die Öffnung.

# 53

Eiskalt und leblos. Tränen steigen in Hannah auf, als sie Viktors Arm ergreift, der auf dem kalten Betonboden liegt. Sie lässt das grelle Licht des Handys über seinen blutverschmierten Körper gleiten, den jemand – vermutlich Jørn – nach besten Kräften zu verbinden versucht hat. Das durchtränkte Hemd, das fest um die Schulter mit der Schusswunde gewickelt ist, scheint die Blutung einigermaßen gestoppt zu haben, und Hannah schöpft wieder etwas Hoffnung, dass noch ein klein wenig Leben in Viktors kaltem Körper steckt. Sie schlägt ihm kräftig auf die Wange.

»Viktor! Hallo! Wach auf!«

Hannah legt das Ohr dicht an seinen Mund, hält zwei Finger an seinen Hals, in einem verzweifelten Versuch, einen Puls zu fühlen. Ihr eigener arbeitet auf Hochtouren, genauso wie ihr Gehirn, während sie fieberhaft versucht, sich an brauchbares Wissen über Wiederbelebung zu erinnern.

»Komm schon, komm schon!«

Warum hat sie denn nie auch nur einen einzigen Erste-Hilfe-Kurs gemacht? Warum stammt ihr gesamtes Wissen über Herzdruckmassage und Mund-zu-Mund-Beatmung aus schlechten amerikanischen Arztserien? Und dann auch noch das ganze Blut! Hannah schließt die Augen. Der Anblick der roten Flüssigkeit treibt ihr den Schweiß auf die Stirn und lässt sie fast ohnmächtig werden. Hannah wäre wohl die Letzte, von der gefunden zu werden sich ein Schwerverletzter wünschen würde. Sie blickt über die Schulter zurück durch den kleinen Eingang. Kann Jørn ihr nicht helfen? Mit seiner Erfahrung als Soldat muss er doch ein Meister in Erster Hilfe sein. Ihre Stimme bricht, als sie verzweifelt durch die Öffnung nach draußen ruft.

»Jørn! Komm, wir müssen Mund-zu-Mund-Beatmung machen! Oder Herzmassage.«

Es kommt keine Antwort. Hannah späht hinaus, kann nichts sehen. Wo ist er? Sie will gerade wieder rufen, als sie plötzlich etwas spürt. Einen schwachen, schwachen Puls. In einem Glücksrausch presst Hannah die Finger um Viktors Arm zusammen, rüttelt an ihm, schlägt ihm auf die Wangen.

»Viktor! Wach auf! Du lebst!«

Im selben Augenblick erscheint eine Hand in der Türöffnung, Jørns Hand, mit einem Glas Wasser.

»Hier. Gib ihm das, er ist völlig dehydriert.«

Hannah schaut das Wasser an. Wie soll das einem Verletzten mit Schusswunde helfen? Trotzdem hebt sie Viktors Kopf vorsichtig etwas an, führt das Glas an seine Lippen.

»Hier, trink ein bisschen.«

Viktors Augen sind noch immer geschlossen, doch sein Mund öffnet sich ein wenig und er nimmt die Tropfen entgegen, die Hannah ihm vorsichtig zwischen die Lippen gießt. In Hannah breitet sich Wärme aus – er ist nicht tot. Mit vereinten Kräften ziehen Hannah und Jørn Viktor aus dem Loch und schleppen ihn die steile Kellertreppe hinauf. Mit Hannahs gebrochenem Arm und Jørns verletztem Bein ist das ein ziemlicher Kraftakt, und Hannah kann sich nicht erinnern, jemals auf diese Art mit einem anderen Menschen zusammengearbeitet zu haben. Gemeinsam hieven sie ihn auf ein Sofa und breiten eine wärmende Decke über ihm aus. Hannah muss all ihren Mut zusammennehmen, um einen Blick auf die Wunde zu werfen, doch sie wirkt tatsächlich weniger schrecklich und lebensbedrohlich als anfangs angenommen. Hannah entdeckt in der Küche etwas Alkohol, reinigt vorsichtig die Wunde, begleitet von Viktors Wimmern. Sie findet etwas, das wie ein sauberes Geschirrtuch aussieht, und beobachtet bewundernd, wie Jørn ihn verbindet. Plötzlich wird sich Hannah ihres eigenen Atems bewusst, es ist, als hätte sie die Luft angehalten, seit sie die Hütte betreten hat. Sie hat sich bisher ausschließlich auf Viktor konzentriert, doch jetzt läuft es ihr kalt den Rücken hinunter. Sie greift nach Jørns Arm.

»Sind wir sicher, dass niemand anderes im Haus ist?«

Jørn schaut sie an, nickt beruhigend.

»Sie sind gegangen, nachdem sie uns eingesperrt haben.«

»Gegangen, wohin? Ich stand die ganze Zeit draußen vor der Tür.«

»Zur Hintertür raus, sie sind auf Skiern verschwunden.«

Hannah wirft ihm einen fragenden Blick zu.

»Woher weißt du das, wenn du eingesperrt warst?«

»Die Skier standen draußen auf der Rückseite, als wir gekommen sind, und jetzt sind sie weg. Und das Haus hat nicht mehr Räume als die, die du siehst, und hier sind sie ja nicht.«

»Was ist mit oben?«

Jørn sieht sie ermutigend an.

»Ich hab's überprüft, hier ist niemand. Ich habe auch die Polizei angerufen, als ich oben war, um Wasser zu holen. Jetzt müssen wir nur noch auf Hilfe warten.«

Hannah schüttelt den Kopf. Hier sitzen und warten ist das Letzte, was sie jetzt kann.

»Du hast gesagt, ›sie‹ haben auf euch geschossen. Wer sind sie?«

»Ella und eine andere Frau.«

»Margrét?«

Jørn schüttelt den Kopf.

»Eine andere Frau. Ich hab sie noch nie gesehen.«

Hannah wird ein kleines bisschen schwindelig, sie muss sich hinsetzen. Eine andere Frau, die Jørn noch nie gesehen hat? Dann kann es auch nicht Vigdis sein. Sie wendet sich wieder an Jørn.

»Jung? Alt?«

Jørn zuckt mit den Schultern.

»Mittel.«

Hannah steht auf, das bringt sie alles nicht weiter. Viktor, der während ihres Wortwechsels auf Dänisch wie in einem Dämmerzustand gelegen hat, schaltet sich plötzlich ein.

»Ich hab sie erkannt.«

Hannah starrt ihn überrascht an.

»Ich weiß nicht, wie sie heißt, sie ist, glaube ich, vor Kurzem ins Dorf gezogen. Aber es ist diese Frau, die immer im Bragginn sitzt und komisch guckt. Die Frau mit dem Hund.«

Verdammt! Es hat sie kostbare Minuten gekostet, Jørn dazu zu überreden, den beiden flüchtenden Frauen auf dem Motorschlitten nachzusetzen. Und leider kann Hannah ihn mit ihrem einen Arm nicht selbst steuern, deshalb muss sie wieder hinten sitzen und sich an Jørns Gore-Tex-Rücken festklammern. Jørn war nicht gegen die Verfolgung an sich gewesen, es ging ihm eher darum, dass sie einen schwerverletzten Mann in einer abgelegenen Hütte zurücklassen mussten. Glücklicherweise hatte Viktor selbst dafür gestimmt, die Verfolgung aufzunehmen; vermutlich stark motiviert durch den Gedanken, dass Margréts Leben noch immer in Gefahr sein könnte. Hannah hätte wohl eigentlich anbieten sollen, als Sanitäterin zu bleiben, aber es schien ihr sinnlos, Jørn allein hinauszuschicken, mit seinem Hinkebein und seinem geringen Wissen über Ella und die Frau mit dem Hund. Die Frau mit dem Hund – wer ist sie? Und in welcher Verbindung steht sie zu Ella? Hat sie etwas mit den Morden an Thor und Gísli zu tun? Hannah bemerkt Blutspuren an Jørns Bein, Tropfen fliegen in die – wie es scheint – ewige Nacht hinaus und sprenkeln den Schnee mit roten Tupfen wie bei einer morbiden Version von Hänsel und Gretel. Sie schaudert. Die Kälte schneidet in ihren Körper, und irgendwo hinter ihrem nervös pochenden Herzen lauert die Müdigkeit. Glücklicherweise ist es einfach, den beiden Langlaufspuren zu folgen, die in den Ort zurückführen. Eine Viertelstunde später erreichen sie den Rand des Dorfs, dort endet die Spur. Vor ihnen liegt der Hafen, kalt und erleuchtet, mit seinen Fischerbooten und den kleinen geschlossenen Restaurants. Jørn hält den Motorschlitten an. Der Hafenplatz selbst ist von Schnee freigeräumt, und es sind keine Langlaufspuren mehr zu sehen. Hannah blickt sich um. Wo können die beiden Frauen sein? Sie wendet sich zu Jørn.

»Was in aller Welt wollen sie mitten in der Nacht am Hafen?«

»Vielleicht wollen sie uns nur auf eine falsche Fährte locken. Sie könnten von hier aus in jede Richtung weitergefahren sein.«

Jørn hebt die Arme, um die endlosen, spurlosen Fluchtmöglichkeiten zu unterstreichen, als könnten sich die beiden zu Lande, zu Wasser oder in der Luft aus dem Staub gemacht haben. Trotz des kleinen Flugplatzes, der nicht weit entfernt liegt, ist Letzteres wohl ziemlich unwahrscheinlich, und dass sie bei diesem Wetter auf dem Landweg weitergegangen sein sollten, scheint unnötig leichtsinnig. Andererseits jagen sie zwei Frauen, die sowohl auf Jørn als auch auf Viktor geschossen und vermutlich zwei Morde auf dem Gewissen haben. Trotzdem wirken für Hannah nur zwei Möglichkeiten realistisch: Entweder verstecken sich die beiden irgendwo im Ort oder sie sind auf dem Weg aufs Wasser hinaus. Sie springt vom Motorschlitten.

»Scheiße noch mal, wenn wir wenigstens wüssten, wo die Frau mit dem Hund wohnt!«

»Ich glaube nicht, dass uns das sonderlich viel helfen würde. Ich meine, wenn du zwei Leute angeschossen hättest, einer davon der örtliche Polizist, würdest du dann einfach heimfahren, die Beine hochlegen und auf die Polizei warten? Nein, zu Hause ist wohl der letzte Ort, wo wir die zwei finden werden. Das haben mich all die Jahre an Recherche gelehrt.«

Hannah muss sich selbst daran erinnern, dass sie jetzt Verbündete sind, und unterdrückt ihre Lust, einen Finger in die große

Wunde an Jørns Bein zu pressen, die ihm, wie sie sehen kann, sehr wehtut. Sie zieht den Hut vor seinem gleichbleibenden Wesen, selbst in Krisensituationen schafft er es, nervig zu sein. Aber leider hat er wohl recht. Hannah verspürt den Drang, angesichts der Hoffnungslosigkeit dieser ausweglosen Situation einfach aufzugeben.

»Also, was hast du für geniale Ideen, was wir jetzt machen sollen?«

»Wir könnten uns ja ein bisschen hier am Hafen umschauen. Ich meine, es gibt sicher einen Grund dafür, dass sie hierher gefahren sind. Hier sind viele Schuppen, in denen man sich verstecken kann.«

»Ja, und Boote.«

Hannah blickt sich resigniert um. Der Hafen liegt voll mit größeren und kleineren Fischerbooten, die vermutlich aufgrund des schlechten Wetters alle hier festgemacht haben. Es würde Stunden dauern, das alles zu durchforsten. Sie sieht Jørn an, der mühevoll sein verletztes Bein über den Motorschlitten schwingt, und korrigiert ihren eigenen Gedanken: In ihrem jämmerlichen Zustand würde es Tage dauern, die schneeglatten Boote zu durchsuchen, von der Unmöglichkeit, in Laderäume hinunter- und in Steuerkajüten hinaufzuklettern, ganz zu schweigen. Es geht nicht.

»Wenn wir nur ein paar mehr wären.«

Jørn sagt es eher zu sich selbst, doch Hannah greift seinen Wunsch sofort auf. Das ist es doch! Wenn sie genügend Leute aus dem Dorf zusammenbekämen, könnten sie das ganze Gebiet innerhalb kürzester Zeit durchkämmen. Und ein Alarmsystem einrichten, für den Fall, dass jemand die beiden Frauen aus dem Ort fahren sehen sollte.

»Geniale Idee!«

Hannah schlägt Jørn auf die Schulter.

»Du gehst rauf und holst Lederweste. Er kann eine Truppe zusammenstellen, und dann müssen wir nur an einem Ende anfangen. Es kann nicht lange dauern, wenn wir fünfzehn, zwanzig Leute sind.«

Jørn wirft ihr einen skeptischen Blick zu.

»Erstens, wer ist Lederweste? Und zweitens, bist du vollkommen verrückt geworden? Wir können doch nicht die Dorfbewohner zu einem Versteckspiel mit zwei bewaffneten Mördern schicken.«

»Sag den Leuten, sie sollen Gewehre und Fleischmesser mitnehmen. Und Lederweste ist der Inhaber des Bragginn, er wohnt über der Bar. Grüß ihn von mir.«

Jørn schüttelt den Kopf.

»Und was willst du in der Zwischenzeit machen?«

»Ich fange schon mal an, auf den Booten zu suchen. Wir dürfen keine Zeit verlieren.«

Nur für einen Moment erlaubt sich Hannah, Jørn nachzublicken, der auf seinem Motorschlitten in den Ort verschwindet, dann wendet sie ihren Blick den Fischerbooten zu. Sie muss systematisch vorgehen und wählt daher einen Kutter aus, der ungefähr in der Mitte des Hafens liegt. Von dort aus will sie sich nach rechts vorarbeiten. Nicht ohne Angst steigt sie an Bord, das Boot schaukelt, und es ist schwierig, sich mit nur einem brauchbaren Arm festzuhalten. Das Deck ist glatt von Schnee, und Hannah muss sich an die Reling klammern, damit sie nicht ausrutscht. Sie stolpert auf das Steuerhaus zu, versucht gleichzeitig, Fußspuren zu erkennen. Auf den ersten Blick sieht sie niemanden, doch zur Sicherheit späht sie zum Fenster des Steuerhauses hinein und steckt den Kopf in einen unverschlossenen Laderaum. Nichts. Mühsam kämpft sie sich wieder an Land, doch es geht alles zu langsam: Wenn sie so auf allen Booten herumtappt, wird sie nie etwas finden. Sie lässt ihren Blick über das Hafenbecken schweifen, versucht Anzeichen menschlicher Anwesenheit zu erkennen oder wenigstens Boote ausfindig zu machen, die sich besonders gut als

Versteck eignen würden. Wenn die beiden Frauen überhaupt auf einem der Kutter sind. Es ist ein Schuss ins Blaue, das weiß sie, und vielleicht ist dieser ganze Plan reine Idiotie. Vielleicht sollte sie einfach darauf warten, dass Jørn mit Verstärkung kommt. Was kann sie ohnehin tun, wenn sie Ella und die Frau mit dem Hund entdeckt? Sie dazu überreden, sich zu ergeben? Langsam geht ihr auf, dass die Mission hoffnungslos ist, doch dann hört sie ein Geräusch. Eine Frauenstimme. Sie dreht sich in Richtung der Stimme und erahnt eine Gestalt auf einem der Boote, das in dem schlechter beleuchteten Teil des Hafens liegt. Sie atmet tief ein und geht darauf zu.

# 54

Hannah bleibt vor dem Fischkutter stehen, auf dem sie vermeintlich jemanden gesehen hat. War es wirklich hier? Und was, wenn sie tatsächlich findet, wonach sie sucht? Sie schüttelt die Angst ab, klettert an Bord. Der Wind zerrt an ihr, sie muss sich an der Reling festhalten, um das Gleichgewicht nicht zu verlieren, und versucht sich zu orientieren. Fischkutter ist eigentlich eine Untertreibung. Das Boot sieht eher aus wie ein moderner Trawler, sicher ein kleinerer, doch dennoch groß genug, um enorme Mengen Fisch aus dem Meer zu schaufeln. Und groß genug, um sich darauf zu verstecken. Sie blickt zum Steuerhaus hinüber, das leer wirkt, doch dann bemerkt sie Fußspuren im Schnee. Oder besser gesagt: Schleifspuren. Als hätte jemand einen Sack hinter sich hergezogen – oder einen Menschen. Die Spur ist leicht von frisch gefallenem Schnee bedeckt, deshalb hatte Hannah sie auf den ersten Blick nicht gesehen. Das deutet darauf hin, dass sie mindestens ein paar Stunden alt ist, sie muss aus der Zeit stammen, bevor der Schneesturm sich gelegt hat. Einen Augenblick lang ist sie im Zweifel, ob es wirklich dieses Boot war, auf dem sie die Bewegung gesehen hat, doch dann entdeckt sie frische Fußspuren. Offenbar von zwei Personen. Langsam folgt Hannah den Spuren, die – wie die Schleifspur – zum Steuerhaus führen. Sie klammert sich an die Reling und an die Hoffnung, dass bald alles vorbei sein wird.

Hannah hat sich so weit vorgewagt, dass keine Zeit bleibt, zu zögern oder tief einzuatmen. Sie reißt die Tür des Steuerhauses mit einer gewaltigen Kraftanstrengung auf. Obwohl sie das Schlimmste erwartet, tritt sie mit mutig durchgedrückter Brust ein. Wenn sie jetzt stirbt, kann sie ihrem Schicksal genauso gut selbstbewusst entgegentreten. Aber ein Glück, nichts geschieht. Sie schaut sich um, der Raum ist leer und kalt. Außer einer Menge Geräte, die der kleinen Kommandozentrale eher den Anschein eines Cockpits verleihen, sowie zwei gepolsterten Stühlen, die im Boden festgenietet sind, ist hier nichts zu sehen. Hannah ist überrascht, wie hochtechnisiert und komfortabel das Ganze wirkt, es steht im Widerspruch zu ihrer romantischen Vorstellung von einem Fischerboot mit einem kleinen Holzsteuerrad. Sie will gerade wieder umkehren, als sie ein Geräusch hört. Ein menschliches Geräusch. Sie spitzt die Ohren, blickt zu den beiden Stühlen, von dem einen sieht sie nur die Rückenlehne. Kommt es von dort? Vorsichtig geht sie hinüber, das Geräusch ertönt wieder, jetzt besteht kein Zweifel mehr: Es ist das Wimmern eines Menschen. In sicherem Abstand zu dem Stuhl läuft Hannah um ihn herum und sieht zu ihrer Überraschung und Erleichterung Margrét darauf sitzen – gefesselt, aber am Leben. Sie scheint gerade aus einer Bewusstlosigkeit zu erwachen. Hannah beugt sich zu ihr hinunter.

»Margrét! Was ist passiert?«

Hannah rüttelt sie sanft, sucht ihren Körper nach eventuellen Verletzungen ab, doch außer einem blauen Fleck an der Schläfe scheint es keine zu geben. Mit verzweifeltem Eifer beginnt sie den Strick zu lösen, mit dem Margréts Handgelenke an die Armlehnen gebunden sind. Die Situation kommt ihr merkwürdig unwirklich vor, wie ein Sammelsurium von verhassten Klischees. Als wäre sie in einem schlechten James-Bond-Film gelandet, oder noch schlimmer: in einem von Jørns Büchern. Es ist schwieriger als gedacht, Margrét zu befreien, doch Hannahs Reißen und Ziehen an dem Strick holt die Gefangene ins Bewusstsein zurück. Hannah schaut sie an, während sie mit dem letzten Knoten kämpft.

»Wer hat das getan? War es die Frau mit dem Hund? Oder Ella?«

»Sigrun.«

Hannah blickt Margrét verwirrt an, wie hart ist wohl der Schlag auf ihren Kopf gewesen?

»Sigrun?«

»So heißt sie. Die du ›die Frau mit dem Hund‹ nennst.«

Hannah nickt, als würde ihr alles plötzlich klar, aber sie ist durcheinander. Zwar ist nun die mutmaßliche Mörderin identifiziert und sie hat einen leidlichen Überblick über die Beteiligten, doch es stellen sich noch immer mehr Fragen, als es Antworten gibt. Wer ist Sigrun eigentlich? Mit welchem Motiv hat sie diese Kettenreaktion von Gewalt in Gang gesetzt? Warum hat sie Margrét auf einem Boot an einen Stuhl gefesselt? Und das Wichtigste: Wo ist Ella, und welche Rolle spielt sie in alldem?

»Wo ist Ella?«

Margrét sieht Hannah fragend an, als wäre Hannah diejenige, die das wissen müsste.

»Ich dachte, sie wäre mit dir zusammen. Deshalb sind wir im ganzen Dorf herumgefahren, und Viktor hat einen Schuss abgekriegt und ...«

Hannah hält inne. Sie sieht, dass Margrét leichenblass geworden ist, und würde sich für ihre unsensible Informationsvermittlung am liebsten selbst ohrfeigen.

»Viktor geht es gut – oder er lebt jedenfalls. Es wird ihm sicher bald wieder gut gehen.«

»Wo ist er?«

»In Ellas Hütte etwas außerhalb des Dorfs, ich dachte, du wüsstest ...«

Halt. Schon wieder. Margrét sieht völlig erledigt aus. Hannah begreift, dass Margrét überhaupt nichts weiß.

»Wie lange bist du hier festgebunden gewesen?«

»Ich weiß es nicht ... Ein paar Stunden vielleicht ... Aber wenn Viktor verletzt in einer Hütte liegt, wer ist dann bei den Kindern?«

Hannah blickt Margrét schuldbewusst an, sie hatte die Kinder völlig vergessen.

»Sie sind zu Hause und schlafen tief und fest.«

»Allein?«

Bevor Hannah noch mehr sagen kann, ist Margrét schon an der Tür, rüttelt verzweifelt daran und wirft Hannah einen entsetzten Blick zu.

»Sie ist versperrt. Hast du sie versperrt?«

Hannah schüttelt den Kopf, geht hinüber und versucht es selbst. Die Tür ist tatsächlich zu, kann sie ins Schloss gefallen sein? Doch im selben Moment entdeckt sie jemanden auf der anderen Seite des Fensters: die Frau mit dem Hund, die sie unangenehm kühl anlächelt. Hannah erschrickt so, dass sie einen kleinen Schrei ausstößt.

»Sigrun! Lass uns raus!«

Hannah klopft ans Fenster, doch Sigrun betrachtet sie nur, als wäre sie eine unerwartete Beute, die sich töricht in eine Falle verirrt hat, die für etwas ganz anderes bestimmt war. Die Gleichgültigkeit in ihrem Blick macht Hannah Angst, sie hämmert weiter und versucht Sigrun zu überzeugen, sie herauszulassen. Doch plötzlich fährt Hannah erschrocken zusammen und verstummt – Sigrun hat eine Pistole. Hannah hält mit geballter Faust in der Luft inne, dann gleitet ihre Hand mit kraftlosen Fingern an der Scheibe herunter. Sigrun scheint Hannahs Furcht nicht bemerkt zu haben, oder vielleicht ist sie ihr auch gleichgültig. Sie sucht Margréts Blick, sagt etwas auf Isländisch. Hannah dreht sich zu Margrét um.

»Was sagt sie?«

»Dass du dein Telefon zerschlagen sollst ...«

Hannah zögert. Verdammte Scheiße. Dann schaut sie zu Sigrun hinaus, die auffordernd mit der Pistole wedelt. Hannah holt das Handy heraus. Legt es auf den Tisch. Blickt zu Sigrun, die den Kopf schüttelt. Hannah zögert – wenn sie das Telefon zerstört, zerstört sie ihren Rettungsring. Sigrun klopft mit der Pistolenmündung gegen das Fenster. Margrét sieht Hannah niedergeschlagen an.

»Ich glaube leider, du musst es tun ...«

Hannah hält kurz inne. Dann knallt sie das Handy fest gegen die Kante des Stahltischs, wieder und wieder, bis von Bildschirm und Innenleben nur noch unbrauchbare Splitter übrig sind, die im Rahmen hängen. Sie schaut Sigrun an.

»Zufrieden?«

Wieder sagt Sigrun etwas auf Isländisch durch die Scheibe. Margrét blickt sich suchend um.

»Es geht um irgendwelche Kabelbinder, die wir uns um die Handgelenke schnüren sollen.«

Sie entdecken die Packung mit den Plastikstreifen gleichzeitig, sehen sich dann hilflos an. Margrét nimmt die Kabelbinder, geht zur Scheibe, tritt so nah wie möglich an Sigrun heran. Hält das Päckchen hoch, stellt eine Frage auf Isländisch. Sigrun nickt, erwidert etwas. Margrét wendet sich zu Hannah um.

»Komm her, dreh mir den Rücken zu.«

Hannah zögert, was ist das jetzt?

»Wir müssen es machen, sonst will sie nicht öffnen.«

»Entschuldige, aber hast du diesen dicken Gipsarm gesehen? Den kann ich mir nicht einfach auf den Rücken zwingen.«

Hannah hält demonstrativ den Arm hoch. Margrét seufzt, offensichtlich hat sie die Gipsherausforderung nicht bedacht. Sie ergreift Hannahs Hände, legt sie übereinander. Hannah hat sich noch nie so machtlos gefühlt wie in diesem Moment, während Margrét die Kabelbinder um ihre Handgelenke festzurrt.

»Au, verdammt!« Hannah windet sich. »Musst du sie so extrem festziehen?«

»Tut mir leid, ich kann sie leider nicht mehr aufmachen.«

Hannahs Gipsarm steht in einer unnatürlichen Position von ihrem Körper ab; sie fühlt sich wie eine verdrehte Barbiepuppe, die

Handgelenke pochen, sie ist sich nicht sicher, ob überhaupt Blut in ihre Hände fließt.

»Jetzt machst du es bei mir.«

Margrét wendet sich um, hat die Hände schon in ihrem Rücken zusammengelegt, damit es für Hannah einfacher ist, die Aufgabe zu bewältigen. Plötzlich wird Hannah von einem absurden Gedanken gestreift, sie sieht – völlig unpassend – eine gänzlich andere Situation vor sich, in der dieses Händefesseln zwischen ihnen stattfinden könnte. Der Ernst der Lage vertreibt diese Fantasie, als Sigrun mit der Pistolenmündung gegen die Scheibe klopft.

»Tretet zurück.«

Im nächsten Augenblick hat Sigrun die Tür geöffnet und sie aus dem Steuerhaus geführt. An ihrer Seite läuft der sabbernde Hund, der plötzlich gefährlicher aussieht, als Hannah ihn in Erinnerung hat. Ist es überhaupt derselbe? Mit der Pistole im Rücken werden sie übers Deck getrieben, und Hannah zittert vor Angst, als ihr Blick auf das wogende Eiswasser fällt, das das Boot umgibt. Will Sigrun sie zwingen, über die Planke zu gehen? Wie in einem Film sieht Hannah panisch ihre letzten Zuckungen im eiskalten Wasser vor sich, sie ist selbst ohne gefesselte Hände eine schlechte Schwimmerin. Wenn sie da hinuntermuss, ist sie sofort tot. Aber Sigrun führt sie nicht an den Rand des dunklen Eiswassers, sie werden stattdessen zu einer Luke gescheucht, die in den Laderaum hinunterführt. Hannah bleibt stehen, das ist fast noch schlimmer: in einen finsteren, eiskalten Fischtank gesperrt zu werden, bedeutet nur einen etwas langsameren und übelriechenderen Kältetod. Sie versucht Widerstand zu leisten, indem sie demonstrativ innehält, doch eine Pistolenmündung an der Schläfe aktiviert ihren Überlebensinstinkt.

»Niður.«

Hannah versteht die Anordnung. Sie haben keine Wahl, sie schaut in den dunklen Raum hinunter. Von dem Fischgeruch wird ihr übel. Wie weit es wohl nach unten ist? Zwei Meter, sieben? Auf jeden Fall scheint das Risiko, sich beim Aufkommen entweder die Beine oder gleich das Genick zu brechen, ziemlich hoch.

»Nein, das mach ich nicht, es ist viel zu ... Argh!«

Bevor Hannah sich weiter weigern kann, hat Sigrun sie mit einem resoluten Schlag in den Rücken über die Kante gestoßen. Es fühlt sich wie eine halbe Ewigkeit an, bis Hannah in einer Art Purzelbaumfall auf dem harten Boden landet. Glücklicherweise kann sie ihren Kopf schützen, indem sie die Hände vor sich hochhält, doch das kostet sie einen schmerzhaften Schlag auf den Gipsarm, der langsam schon wirklich viel durchgemacht hat. Hannah bleibt nicht viel Zeit zu stöhnen, denn als sie zu dem diffusen Licht hinaufblickt, nimmt sie wahr, wie eine Gestalt zu ihr herunterstürzt: Margrét. Hannah wirft sich zur Seite und sieht Margrét gerade noch landen, perfekt auf beiden Beinen stehend. Wie in aller Welt hat sie das geschafft, obwohl ihr beide Arme auf den Rücken gebunden sind? Kurz bevor die Luke zugeschoben und damit das schwache Licht ausgesperrt wird, gelingt es Hannah, den Abstand von Margréts Scheitel bis zur Decke abzuschätzen; der Raum muss um die zwei Meter hoch sein. Die Luke schließt sich, und um sie herum wird es pechschwarz.

# 55

Licht. Von einer Lampe. Hannah schützt ihre Augen vor der unerwartet hellen Lichtquelle, die ihr direkt ins Gesicht leuchtet.

»Ella!«

Margrét entdeckt zuerst, dass es Ella ist, die in einer Ecke des Laderaums sitzt und eine kleine Taschenlampe in der zitternden Hand hält. Wie Hannah jetzt feststellt, ist der Laderaum von einer dünnen, feucht-schleimigen Schicht bedeckt, scheint aber glücklicherweise keinen einzigen Fisch zu enthalten. Sie stürzen beide zu Ella hinüber, sie sieht durchgefroren und etwas verwirrt aus.

»Wie lange sitzt du schon hier?«

Hannah kommt sich dumm vor, sie kennt ja die Antwort: Ella ist mit Sigrun aus der Hütte geflohen, also kann sie nicht viel länger als die zwanzig bis dreißig Minuten hier gesessen haben, in denen Hannah den Hafen abgesucht hat. Trotzdem wirkt sie völlig unterkühlt. Sie schaut Hannah und Margrét an.

»Ég reyndi að stoppa hana en gat ekki.«

Hannah wendet sich verzweifelt Margrét zu.

»Was sagt sie?«

»Ella hat nichts Böses getan.«

Hannah erkennt die Sorge in Margréts Blick, der Ella gilt. Ella sieht aus, als würde sie gerade den Kampf ihres Lebens aufgeben. Was weiß Margrét, was Hannah nicht weiß? Bevor sie fragen kann, hat Margrét etwas auf Isländisch gesagt und Ella ihre gefesselten Hände entgegengestreckt. Offenbar will sie, dass sie ihr beim Losmachen hilft. Hannah wird sich wieder ihrer Schmerzen in Armen und Handgelenken bewusst, die sie kaum noch spüren kann, weil die Kabelbinder so stramm sitzen. Ella blickt sie entschuldigend an, sie hat offensichtlich nichts, was sie verwenden könnte, um ihnen aus der Kabelbinderklemme zu helfen. Margrét sagt etwas zu Ella, Hannahs Interpretation nach geht es darum, zu leuchten, denn genau das tut Ella. Der Lichtkegel wandert durch den Laderaum, während Margrét ihm aufmerksam mit dem Blick folgt.

»Da drüben!«

Hannah kann nicht sehen, was Margrét entdeckt hat, doch trotzdem folgt sie ihr in eine Ecke, in der nun auch sie eine Schraube bemerkt, die aus der Wand heraussteht.

»Wir können sie hier auffeilen. Du zuerst.«

Hannah möchte ihre Pulsadern eigentlich nicht über die scharfen Kanten der Schraube ziehen, sieht aber ein, dass es die einzige Möglichkeit ist. Vorsichtig versucht sie, die Schraube mit einer gleitenden Bewegung über den Kabelbinder zu erwischen. Im Bewusstsein, dass sie sich beim geringsten Fehler die Arterien am Handgelenk aufschlitzen könnte, tritt ihr der Schweiß auf die Stirn, während sie zu irgendeiner höheren Macht betet, dass sie das nicht das Leben kostet. Schwupp! Der Kabelbinder springt auf, und Hannahs Hände sind endlich wieder frei. Zum Stöhnen bleibt ihr keine Zeit, denn schon hat Margrét ihr den Rücken zugedreht, mit der Aufforderung, ihr zu helfen. Zu wissen, dass man das Leben eines anderen Menschen riskiert, ist noch schlimmer, als sein eigenes aufs Spiel zu setzen. Hannah schlägt das Herz bis zum Hals, als sie ihr Bestes gibt, um Margréts Hände zu befreien, ohne sie dabei zu töten. Zum Glück geht es mit zwei freien Händen einfacher, und nach einer halben Minute angespanntem Schleifen ist auch Margrét von dem Plastikband erlöst. So weit, so gut. Sie wenden sich zu Ella, die die ganze Zeit die Taschenlampe für sie hochgehalten hat, jetzt ist eine Erklärung nötig. Doch im selben Augenblick hören sie das laute Geräusch eines anspringenden Motors, der aufdröhnt und das Boot in einer schaukelnden Bewegung vom Ufer weg aufs offene Meer hinauszubewegen scheint.

»Nein! Wir müssen hier raus!«

Hannah versucht verzweifelt zur Luke hinaufzuspringen. Sie hatte die ganze Zeit im Hinterkopf, dass Jørn mit Verstärkung aus dem Dorf unterwegs sein muss, doch wenn sie aufs Meer hinausfahren, kann ihnen niemand mehr helfen. Hannah schreit und schlägt gegen die Luke, doch sie ist von oben verschlossen, es ist unmöglich hinauszukommen. Die Hoffnungslosigkeit der Situation trifft sie wie eine Bleikugel in die Schläfe. Sie kann sich gerade noch hinsetzen, bevor ihr schwarz vor Augen wird. Ihr ist schwindelig, sie fühlt sich ohnmächtig und ausgeliefert. Wird so ihr Leben enden? War das alles? Ein paar halbwegs gute Bücher, ein missglücktes Krimiprojekt und ein einsamer Tod in einem Fischbehälter irgendwo im Nordatlantik? Hannah erstickt fast in Selbstmitleid, als sie die beiden besorgten Gesichter bemerkt, die sie im diffusen Schein der Taschenlampe ansehen.

»Ganz ruhig. Es ist okay.«

Eine Hand streicht ihr über die Stirn.

»Hier, nimm den hier.«

Ein Mantel wird über sie gelegt.

»Tief einatmen.«

Es wird tief Luft geholt, um sie zu animieren, dasselbe zu tun. Hannah saugt langsam die kalte fischige Luft in ihre Lungen, schließt die Augen, folgt dem Atemrhythmus der beiden Frauen vor ihr. Ein Gefühl der Entspannung stellt sich ein, sie spürt beruhigende Hände auf beiden Schultern. Hannah öffnet die Augen, verschwindet in Margréts fürsorglichem Blick. Auf ihrer anderen Seite Ella, ebenso besorgt. Langsam nimmt ein neuer Gedanke in Hannahs Kopf Form an. Sie ist nicht allein. Sie ist nicht einsam. Ihr Leben ist anderen Menschen nicht gleichgültig. Sie ist etwas, sie ist jemand. Nicht wegen ihrer Bücher, sondern wegen des Menschen, der sie in der letzten Zeit in Island geworden ist. Sie ist eine

Freundin und eine Liebespartnerin geworden. Sie ist für andere über sich selbst hinausgewachsen. Sie hat sich aufrichtige Sorgen um sie gemacht, und hier ist sie nun. Unter Einsatz ihres Lebens hat sie versucht, anderen Menschen zu helfen. Kurz bevor sie sich in einem sentimentalen Gefühl der Selbstverliebtheit verliert, reißt Hannah sich zusammen. Sie hat genug von Jørns grässlichen Büchern gelesen, um zu wissen, dass man gerade in einer Situation wie dieser nicht aufgeben darf. Man muss einen Plan schmieden. Sie schaut Ella und Margrét an, entschlossen. Richtet sich auf.

»Irgendwann wird sie die Luke aufmachen, und dann müssen wir bereit sein.«

Es kommt für Hannah selbst überraschend, dass sie eine so starke strategische Seite in sich hat, um einen Gegenschlag gegen Sigrun zu planen. Ihr steht klar vor Augen, was sie tun müssen, wenn ihre Entführerin die Luke öffnet. Sie weiht Margrét und Ella in ihr Vorhaben ein, beide stimmen sofort zu. Voller Euphorie darüber, dass sie tatsächlich etwas tun können, und ermutigt von der Aussicht, den Gegenschlag bald in die Tat umzusetzen, lassen die drei Frauen sich nieder und warten auf ihre Gelegenheit. Aber sie kommt nicht sofort. Auch nicht kurz darauf. Die Minuten vergehen, es werden so viele, dass sie sie nicht mehr zählen können. Sie können nur dasitzen und schaukeln und zunehmend seekrank werden. Margrét sieht Hannah an.

»Was, wenn sie die Luke gar nicht mehr aufmacht? Wenn sie einfach nur vorhat, ins Nichts hinauszufahren, sich zu erschießen und das Boot treiben zu lassen, bis wir sterben?«

»Dann werden wir wohl zumindest von der Küstenwache gefunden.«

»Aber das kann wirklich lange dauern. Wer weiß, ob vor morgen jemand bemerkt, dass ein Boot fehlt. Und bis dahin können wir ja sonst wohin getrieben sein ... Oder in einen Tanker oder einen Wal ... Oder an Sauerstoffmangel gestorben sein.«

»Oder erfroren.«

Margrét blickt Hannah an.

»Wir können nicht ewig so sitzen, sonst sterben wir vor Kälte. Vielleicht sollten wir ein bisschen zusammenrücken?«

Hannah nickt, und Margrét quetscht sich zwischen Ella und sie. Hannah spürt sofort die Wärme ihres Körpers, und das tut auf mehr als nur eine Art gut. Wenn sie wirklich zusammen mit Margrét in diesem Fischtank sterben soll, ist das vielleicht nicht das schlimmste Schicksal, das sie sich vorstellen kann. Eines ist jedoch sicher: Sie will nicht sterben, ohne zu wissen, warum Sigrun tut, was sie tut, und wie Ella in diese Sache verwickelt ist. Wenn es hier endet, muss sie vorher fragen. Hannah ist sich bewusst, dass sie ein gewisses Risiko eingeht, doch sie braucht jetzt endlich Klarheit.

»Warum hat Sigrun Thor umgebracht, und was ist deine Rolle in dem Ganzen?«

Hannah beugt sich etwas zu Ella hinüber, über Margrét hinweg, will sichergehen, dass Ella die Frage gehört und verstanden hat. Ella schaut sie direkt an, antwortet jedoch nicht. Hannah versucht es noch einmal.

»Wer ist Sigrun?«

Einige Sekunden vergehen in Schweigen. Hannah wird ungeduldig, erhebt die Stimme.

»Ich weiß, dass du verstehst, was ich sage, und ehrlich gesagt finde ich, du schuldest mir eine Erklärung. Ich war einer Schießerei auf dein Haus ausgesetzt, einem Angriff und einem Mordversuch, weil ich bei dir gewohnt habe und in die ganze Sache verwickelt wurde, und ich weigere mich zu sterben, ohne zu wissen, wie dieses Chaos entstanden ist.«

Hannah ist von ihrer eigenen Erregung warm geworden, sie sieht eine Träne auf Ellas Wange, doch sie hört keine Worte. Hannah wird sanft von einer Hand zurückgeschoben, Margréts Hand.

»Sigrun ist Ellas Tochter. Und ... Ægir ist ihr Vater.«

Hannah starrt Ella an. Was?

»Was? Aber, wie ...?«

Margrét wirft Ella einen Blick zu, als wolle sie fragen, ob sie ihr diese Geschichte erzählen darf. Ella bleibt nach wie vor stumm. Margrét deutet das Schweigen offenbar als Erlaubnis. Sie wendet sich Hannah zu.

»Das alles geht zurück auf damals, als ...«

Kniiiiirsch! Margrét verstummt. Die Luke wird geöffnet. Die drei Frauen sehen sich an: Jetzt ist es so weit! Lautlos kriecht jede von ihnen in eine Ecke des Fischtanks. Dicht an die Wand gepresst wartet Hannah mit rasendem Puls in den Ohren darauf, dass Sigrun tut, was sie sich wünschen: zu ihnen herunterspringen, sodass sie sie überwältigen können. Doch sie kommt nicht herunter, die Luke steht nur offen. Hannah hatte gedacht, wenn sie sich in den Ecken versteckten, würde Sigrun – mit vorgehaltener Pistole und im Glauben, ihre Hände wären gefesselt – herunterkommen, um zu sehen, warum sie nicht auftauchen. Doch die Minuten vergehen, die Luke ist einfach offen, es geschieht nichts. Hannah spürt plötzlich, wie eine Hand ihren Arm ergreift, sie fährt erschrocken zusammen, aber es ist nur Margrét. Sie flüstert, beinahe lautlos.

»Sollen wir hochklettern?«

Hannah schüttelt den Kopf. Es muss eine Art Falle sein. Sie warten noch ein paar Minuten, die Augen starr auf das Licht der Freiheit aus der offenen Luke gerichtet, dann streckt Sigrun plötzlich ihren Kopf herunter und sagt etwas auf Isländisch. Hannah merkt, wie Margrét ängstlich ihren gesunden Arm umklammert, und wendet sich flüsternd zu ihr.

»Was hat sie gesagt?«

Margrét drückt noch fester zu. Hannah würde am liebsten schreien, tut es aber nicht.

»Dass wir raufkommen sollen, sonst sterben wir hier unten. Sie will das Boot versenken und bietet uns an, an Deck zu sterben und nicht hier unten.«

Hannah hat die Information noch nicht ganz verdaut, als Ella schon bei der Luke ist, sie gestikuliert nach einer helfenden Hand, die sie nach oben hebt. Margrét springt auf, und bevor Hannah noch protestieren kann, hat sie Ella in den Tod an Deck hinaufgeschoben.

»Was machst du? Das ist doch nur eine Falle!«

»Das wissen wir nicht. So oder so, ich gehe lieber das Risiko ein, als in einem eiskalten, dunklen Fischbehälter zu ertrinken. Soll ich dir raufhelfen?«

Hannah zögert einen Moment, doch eigentlich hat sie keine Wahl. Wenn Margrét erst aufs Deck verschwunden ist, kann sie nichts mehr tun. Sie stellt sich unter die Luke.

»Das ist doch alles Wahnsinn!«

Margrét erwidert nichts, sie hebt Hannah nur weit genug hoch, dass sie sich durch das Loch kämpfen kann. Hannah will gerade ihren gesunden Arm nach unten ausstrecken, um Margrét zu helfen, als Sigrun plötzlich die Luke wieder zuknallt.

»Lass sie da unten. Ich brauche nur dich.«

# 56

Noch nie hat Hannah einen so schneidend kalten Wind gespürt. Sie steht auf dem Deck des Fischtrawlers, der auf den schwarzen Wogen im eiskalten Nichts hin und her geschaukelt wird; würde sie nicht gerade dem Tod ins Auge blicken, wäre sie vor Seekrankheit bereits ohnmächtig geworden. Die Pistole, die direkt auf sie gerichtet ist, aktiviert ihren Überlebensinstinkt in einem Maße, das alle körperlichen und emotionalen Empfindungen übertrifft. Hannah blickt sich um. Wo ist Ella? Hat Sigrun sie über Bord geworfen?

»Ella?«

Sigrun starrt sie nur durchdringend an.

»Du musst meine Geschichte erzählen. Dann kann es sein, dass ihr überlebt.«

»Ich soll deine Geschichte erzählen?«

»Die Welt soll wissen, was man mir angetan hat. Was geschieht, wenn man jemandem Böses antut. Als ich dich gesehen habe, wusste ich, dass die Gelegenheit da ist. Du bist die Stimme von außen, die von den Grausamkeiten erzählen kann, die begangen worden sind. Und deshalb war die Zeit gekommen, Thor zu töten.«

Hannah erstarrt zu Eis. Ihr Körper ist von kaltem Schweiß bedeckt. Thor zu töten? Ist sie der Grund dafür, dass er sterben musste? Erneut blickt sie sich nach Ella um. Wo ist sie? Allein mit einem gebrochenen Arm und ohne Waffe kann Hannah nichts anderes tun, als sich Sigrun zu fügen. Jetzt ist es jedoch keine Neugier mehr, die ihre Frage antreibt, denn Hannah will am liebsten gar nichts mehr hören. Sie will nur überleben und nach Hause können. Sie schlägt ihren freundlichsten und entgegenkommendsten Tonfall an.

»Kannst du mir nicht alles von Anfang an berichten? Was ist das für eine Geschichte, die ich erzählen soll?«

Sigrun wirkt erleichtert über Hannahs Wohlwollen, sie wedelt mit der Pistole, zeigt auf das Steuerhaus. Hannah geht vorsichtig und mit nagendem Zweifel darauf zu. Ist es ratsam, sich von einer Mörderin mit einer Pistole in der Hand in einen kleinen Verschlag locken zu lassen? Dennoch tut sie genau das, und zu ihrer großen Besorgnis muss Hannah feststellen, dass Ella auch nicht im Steuerhaus ist. Ist sie wirklich in die todbringenden Wogen gestoßen worden?

»Nimm Platz.«

Sigrun deutet auf einen der Stühle, setzt sich selbst auf den anderen.

»Willst du etwas aufschreiben?«

Hannah ist kurz davor, über die Absurdität der Frage in nervöses Gelächter auszubrechen. Als wäre sie eine Journalistin, die Sigrun für eine Frauenzeitschrift interviewen würde. Doch um Zeit zu schinden und Vertrauen zu erwecken, nimmt Hannah einen Block und einen Kugelschreiber, die auf dem Tisch liegen – vermutlich von Sigrun zu diesem Zweck dort platziert; sie hat das Ganze also vorbereitet. Hannah spielt mit.

»Erzähl.«

Es wirkt, als ob sich Sigruns Schultern ein wenig senken, als wäre »Erzähl« eine magische Formel, die bereits eine Bürde von ihr nimmt.

»Alles hat angefangen, als Ella dreizehn war und Ægir sie vergewaltigt hat, sodass sie mit mir schwanger wurde.«

Hannah schluckt, starrt die Frau vor sich an.

»Verzeihung, was?«

Mit ihrer ungeübten linken Hand wird jeder Buchstabe zu

einem Kampf, um eine Art Text aufs Papier zu bringen, aber die Notizen macht sie vor allem pro forma. Das muss sie sich nicht aufschreiben, um es sich zu merken.

»Also ist Ella deine Mutter und Ægir dein Vater?«

Sigrun nickt.

»Und Thor war mein Bruder. Ægir und Vigdis haben sich viele Jahre später verlobt, aber Vigdis wusste von nichts. Sie dachte, Ella wäre im frühen Teenageralter nur ein Jahr weg gewesen, um etwas Neues zu lernen, und dass sie Ægir nicht mögen würde, weil sie eifersüchtig wäre.«

Tausend Fragen formen sich in Hannahs Kopf, ein Mord unter Geschwistern war das Letzte, was sie vermutet hätte. Aber was ist der Grund?

»Warum hast du Thor umgebracht?«

Sigrun schüttelt den Kopf.

»Nein, von Anfang an, wie gesagt.«

Hannah nickt. Solange Sigrun redet, bringt sie niemanden um.

»Ella wurde zu irgendwelchen Verwandten in ein kleines Dorf im Norden geschickt. Es wäre nicht gut für sie gewesen, hierzubleiben, aber dort ging es ihr noch schlechter: Sie musste nicht nur mit dem Trauma der Vergewaltigung leben und eine gefährliche Schwangerschaft durchstehen, für die ihr Körper noch gar nicht bereit war, von der Geburt gar nicht zu sprechen, die sie fast das Leben gekostet hätte. Sie wurde dort auch noch von allen gedemütigt und niedergemacht – sowohl von den Erwachsenen als auch von den anderen Kindern in der Schule. Das war unerträglich für sie.«

»Woher weißt du das alles, da warst du ja noch gar nicht auf der Welt?«

»Die Art, wie mein ganzes Leben lang über sie geredet wurde. Ein liederliches Kind, ein Mädchen mit schlechtem Charakter. Sicher damit ich bloß nicht auf die Idee gekommen wäre, zu ihr zu gehen. Aber als Erwachsene ist mir klar geworden, dass es überhaupt nicht Ellas Schuld war.«

»Aber du bist sicher, dass es eine Vergewaltigung war? Dass Ella es nicht ...?«

»Nicht auch wollte ...?«

Eine gefährliche Wut verdunkelt Sigruns Gesicht. Hannahs milde Skepsis gießt offensichtlich Öl auf ein bereits loderndes Feuer.

»Es war eine brutale Vergewaltigung, ich kann dir gern die Details erzählen, aber ehrlich gesagt würde ich es mir lieber ersparen. Ich wollte auch gar nicht, dass Ella mich in die genauen Umstände einweiht, als ich damals zu ihr kam. Aber es zeigte sich, dass sie ein großes Bedürfnis hatte zu reden, als endlich jemand fragte. Und ich war die Erste.«

Sigrun sitzt eine Weile still da. Ruft sich vielleicht Ellas Erklärung in Erinnerung. Hannah schaudert. Sigrun blickt sie an.

»Viele Jahre lang hab ich diese Geschichten über sie geglaubt. Dass es ihre eigene Schuld war, dass sie mich in Schuld und Schande zur Welt gebracht hat und dass es deshalb in Ordnung war, mich so zu behandeln, wie alle es getan haben. Viele Jahre lang habe ich sie gehasst.«

»Bei wem bist du aufgewachsen?«

»Meine Pflegeeltern waren entfernte Verwandte, sie hatten schon fünf Kinder. Ich war jemand, den man schlagen und treten musste, weil ich ja ein Hurenkind war. Und als ich zum Teenager wurde, nahmen alle jungen Männer im Dorf an, ich wäre genauso wie meine Mutter.«

Sigrun schaut in die dunklen Meereswogen hinaus, plötzlich wird Hannah klar, dass niemand das Boot steuert. Hat sie den Anker ausgeworfen? Sie kann keinen Unterschied spüren. Hannah sollte vielleicht der Spur nachgehen, die Sigrun gerade auslegt, doch aus irgendeinem Grund weiß sie, wo sie endet. Stattdessen hat sie den Drang, mehr über Ella zu erfahren.

»Wenn du dir solche Gedanken um Ella machst, warum hast du dann den Menschen getötet, den sie auf der ganzen Welt am meisten geliebt hat? Und das sogar mit ihrem eigenen Hammer?«

Sigrun sieht sie verbittert an.

»Diese Liebe, die sie Thor gegeben hat, die hätte ich verdient gehabt. Der Hammer war symbolisch.«

»Du hast ihn also aus Eifersucht umgebracht?«

Sigrun schüttelt den Kopf.

»Ich hab es nicht getan, um Ella zu treffen, sondern um mich an Ægir zu rächen. Er ist derjenige, der sowohl an meinem als auch an Ellas Unglück schuld ist, und er ist der Einzige, der nie einen Preis dafür zahlen musste. Im Gegenteil, er hat ein gutes Leben bekommen, sich Fangquoten erschlichen, das größte Haus im Dorf gebaut und sich eine Position gesichert: Alle blicken zu ihm auf. Jemanden wie ihn bestraft die Welt nicht. Sie bestraft seine Opfer.«

Hannah bemüht sich, auf einer rationalen Schiene zu bleiben, denn selbst wenn Sigruns Bericht in gewisser Weise sehr nachvollziehbar ist, rechtfertigt das ja nicht ihre Taten.

»Aber wenn du gewollt hast, dass die Wahrheit ans Licht kommt, hättest du es doch einfach sagen können – oder Ella dazu bringen, an die Öffentlichkeit zu gehen. Es hätte doch keinen das Leben kosten müssen.«

»Letzteres hab ich jahrelang versucht. Ersteres ist schwieriger, denn ohne Ellas Bereitschaft, mich zu unterstützen, bin ich ja nur eine verrückte Frau, die die Harmonie zerstört. Niemand hat etwas davon, mir zuzuhören. Deshalb war ich so froh, dass du auf der Bildfläche erschienen bist. Ich habe meine Chance gewittert, dass meine Geschichte endlich erzählt wird.«

Hannah schaut sie an.

»Von mir?«

Sigrun nickt.

»Du hast also auf das Haus geschossen, um meine Aufmerksamkeit zu erregen?«

Sigrun lächelt, doch nur mit den Lippen. Ihre Augen wirken tot.

»Du bist klug.«

»Aber warum hast du dich nicht einfach an mich gewandt und mir deine Geschichte berichtet?«

»So etwas habe ich mein ganzes Leben lang versucht, und dieses Mal wollte ich mit einem Nachdruck erzählen, den keiner ignorieren konnte.«

»Mit einem Mord?«

»Mit *einem* Mord?«

Sigrun grinst auf eine Art, die Hannah einen kalten Schauer über den Rücken jagt.

»Niemand erträgt es, einem Opfer zuzuhören, aber Mörder bekommen Unmengen an Redezeit. Und heute muss man ja wirklich Krach machen, um durchzudringen. Das hier ist meine Art, meiner Stimme Gehör zu verschaffen. Nicht nur in Island oder Dänemark, sondern auf der ganzen Welt.«

»Aber ...«

Hannah sieht sie fragend an.

»Wenn du als Doppelmörderin Aufmerksamkeit erregen wolltest, warum hast du dann versucht, Gíslis Tod wie einen Selbstmord aussehen zu lassen ...?«

Sigrun lächelt kalt.

»Plot-Twist. Im Übrigen fing er auch an, zu viel Verwirrung zu stiften, so wie er sich verhalten hat. Das hat meine Taten zu sehr überschattet.«

»Du hast also auch Gísli mit der Flasche niedergeschlagen, an dem Abend, als du Thor umgebracht hast?«

Sigrun zuckt mit den Schultern.

»Er ist auf die Wiese runtergekommen, total benebelt vom Alkohol, und ich hatte Sorge, dass er meinen Plan durchkreuzen würde.«

»Du hast ihn also bewusstlos geschlagen, und er ist rechtzeitig aufgewacht, um zu sehen, wie Ægir Thor aus dem Wasser zieht?«

Sigrun lächelt.

»Du bist schlau.«

Hannah starrt sie entsetzt an. Wenn sie vorher noch daran gezweifelt hatte, so wird ihr jetzt endgültig klar, dass Sigrun alles tun wird, um ihre Botschaft in die Welt hinauszubringen. Und das erfordert mehr als Thors und Gíslis Tod; es erfordert eine größere Tragödie. Eine, die noch mehr Tote miteinschließt – zum Beispiel vier Frauen auf einem Boot. Hannah klammert sich an einen rationalen Gedanken.

»Wenn ich sterbe, wird deine Geschichte nie erzählt werden.«

Sigrun lächelt erneut.

»Deshalb bist du ja auch die Einzige von uns hier auf dem Boot, die diese Nacht überleben wird.«

# 57

Hannah steckt im größten Dilemma ihres Lebens: Soll sie sich Sigrun fügen und damit ihr eigenes Leben retten, aber Ellas und Margréts Tod in Kauf nehmen, oder soll sie ihr Leben riskieren, um Sigrun aufzuhalten? Sie sieht die Pistole auf Sigruns Oberschenkel an, deren rechte Hand liegt unangenehm ruhig darauf. Hannahs Chancen stehen schlecht: keine Waffen, ein gebrochener Arm, eine kaum überwindbare Angst, einen anderen Menschen tödlich zu verletzen. Sigrun dagegen hat bereits bewiesen, dass sie nicht zögert, über Leichen zu gehen. Auch wenn sie Hannah braucht, um ihre Geschichte öffentlich zu machen, ist Hannah keineswegs überzeugt, dass sie ihr Leben verschonen würde, falls eine kritische Situation entstehen sollte. Das ist es. Hannah muss eine kritische Situation verhindern. Solange sie die Kontrolle behalten kann, wird niemand sterben. Und vielleicht kommt in der Zwischenzeit Hilfe, vielleicht ist ja schon ein Helikopter unterwegs zu ihnen?

»Ich will dir gern helfen.«

Hannah beugt sich leicht zu Sigrun vor, nicht drohend, sondern um Vertrauen zu schaffen.

Sie weiß nicht, ob es wirkt, doch Sigrun blickt sie zumindest mit einem gewissen Interesse an.

»Du willst also meine Geschichte erzählen?«

Hannah nickt.

»Was Ægir getan hat, ist unverzeihlich. Die Vergewaltigung, die Schwangerschaft, das Verleugnen ... das ist das eine. All das, was zu Ellas und deinen Qualen geführt hat. Eine andere Sache ist das, was er nicht getan hat. Er hat weder dir noch Ella geholfen. Er hätte zu seiner Tat stehen, der Schande die Spitze nehmen und euer Leid mittragen können. Und ich stimme dir zu; was er euch angetan hat, soll Konsequenzen haben, die er zu spüren bekommt. Aber wenn du mal darüber nachdenkst, dann hast du dich bereits gerächt. Thor ist tot, und ich werde der Welt die ganze Geschichte erzählen. Es braucht nicht noch weitere tragische Folgen zu haben, es gibt keinen Grund dafür, noch zwei unschuldigen Menschen das Leben zu nehmen, und du musst keinen Selbstmord begehen.«

Ein schwaches Lächeln gleitet über Sigruns Lippen und verschwindet wie eine Wolke, die über den Himmel wandert.

»Um mich wird niemand weinen.«

»Doch, Ella. Und ich auch, jetzt, wo ich dein Schicksal kenne.«

»Ellas Leben endet auch hier. Ich weiß, dass ich ihr Schmerz zugefügt habe, deshalb ist es besser, dass ich ihrem Leiden ein Ende setze.«

»Das solltest nicht du für sie entscheiden. Wer sagt denn, dass sie nicht noch viele gute Jahre vor sich hat?«

Sigrun sitzt nur da, starrt die Pistole an. Sie sieht aus wie eine Frau, die ihre Entscheidung getroffen hat. Hannah spürt, wie ihr ein Schweißtropfen von der Stirn am Ohr entlangläuft – wie lange hat sie wohl noch Zeit, bis das letzte Blutbad beginnt? Sie wünschte, sie hätte mehr Krimiserien gesehen oder auch mehr von Jørns Büchern gelesen, dann wüsste sie vielleicht, wie man einem Mörder das Töten ausredet. Sie ist es gewohnt, Menschen zu beobachten und sich vorzustellen, welche Geheimnisse und Wünsche sie haben, aber sie ist weniger erfahren darin, mit ihnen darüber zu sprechen. Und Sigruns Wünsche und Geheimnisse kennt sie nun. Der Weg der Vernunft scheint unmöglich, doch Hannah wagt einen letzten Versuch.

»Margrét. Es gibt keinen Grund, sie mit in den Tod zu reißen, sie hat nichts getan.«

»Nein, ganz genau.«

Sigruns Blick verdunkelt sich.

»Margrét kennt Ellas Geschichte seit vielen Jahren, aber sie hat sie für sich behalten, wie alle anderen auch.«

»Vielleicht wollte Ella nicht, dass sie ans Licht kommt. Wenn du mich fragst, wirkt es doch so, als hätte Ella sich trotz all des Unrechts, das ihr angetan wurde, ein gutes Leben aufgebaut. Vielleicht war das ihre Art zu überleben?«

Hannah ruft sich die lebhafte und positive Ella in Erinnerung, die sie in ihrem knatternden Jeep abgeholt hatte, gespannt darauf, eine Fremde in ihr Leben einzuladen. Sie spürt einen schmerzhaften Stich von schlechtem Gewissen, dass sie ihrer Gastgeberin nicht von Anfang an offener begegnet ist. Ella hatte sich für ein gutes Leben entschieden, trotz all dem Schrecklichen, das ihr passiert war, und wenn sie sich damals wieder aufrichten konnte, dann wird sie das auch jetzt wieder können, nach dieser ganzen Sache. Ellas Leben darf hier nicht enden, genauso wenig wie das von Margrét – und ihr eigenes. Hannah lauscht erneut in das Brausen des Windes, doch es ist kein Helikopter zu hören, kein Licht von anderen Booten zu sehen. Die Chance, dass Jørn und die anderen aus dem Ort irgendeine Ahnung haben, dass sie sich auf einem Boot weit draußen auf dem Meer befinden, ist gleich null – wenn die vier Frauen überleben sollen, liegt es jetzt bei ihr.

»Ich verstehe, dass du dein Leben für sinnlos hältst. Du denkst sicher, dass du nichts hast, wofür es sich zu leben lohnt, dass die Ereignisse der letzten Wochen dich noch tiefer in das schwarze Loch gezogen haben, in dem du geboren wurdest und aus dem du dich nie befreien konntest. Aber so ist es nicht. Man kann sich immer verändern, immer neue Hoffnung finden. Das weiß ich aus eigener Erfahrung.«

Sigrun betrachtet sie.

»Hast du dich denn jemals aus einem Leben in Elend und als Ausgestoßene herausgearbeitet und hast weitergemacht, nachdem du jemanden ermordet oder tödlich verletzt hattest?«

*Touché.* Es ist ihr peinlich, schlechte Buchverkäufe, alles zerfressenden Neid und selbstgewählte verbitterte Einsamkeit mit Sigruns trauriger Situation zu vergleichen. Trotzdem meint sie es ernst, ihre Erfahrungen bestärken sie in dem Glauben, dass es sich auch für Sigruns Leben zu kämpfen lohnt.

»Ich gebe zu, dass du nicht ums Gefängnis herumkommst. Und Thors und Gíslis Leben wirst du auf dem Gewissen haben, so lange du selbst atmest. Aber das bedeutet nicht, dass hier alles zu Ende sein muss. Denk darüber nach: Wenn du lebst, kannst du deine Geschichte selbst erzählen. Ich helfe dir gerne dabei, aber ist es nicht befriedigender, steuern zu können, was über dich gesagt wird? Denk an all die Mörder, die mit der Zeit zu Weltstars geworden sind. Du verbüßt deine Strafe, schreibst vielleicht im Gefängnis ein Buch, das alle lesen wollen, du verkaufst die Filmrechte an deiner Geschichte, kommst nach ein paar Jahren wegen guter Führung raus, kannst mit elektronischer Fußfessel in deiner eigenen Wohnung leben, du bekommst Fanpost von Menschen aus aller Welt, die mit dir und deiner Geschichte sympathisieren, Politiker ändern die Gesetzgebung über Vergewaltigungen, ein attraktiver, netter Mann schreibt dir, während du im Gefängnis sitzt ...«

»Du fabulierst.«

Sigrun unterbricht sie, und Hannah sieht ein, dass sie recht hat. Sie ist bereits dabei, Sigruns zukünftiges Leben als verurteilte Mörderin zu romantisieren – was tut sie da eigentlich?

»Okay, ich hab mich ein bisschen mitreißen lassen, aber überleg doch mal: Ist der Tod wirklich der beste Ausweg?«

Sigrun blickt auf die dunklen Wellen hinaus, scheint ernsthaft über Hannahs Worte nachzudenken. Doch dann wendet sie sich ihr zu, hebt die Pistole, Hoffnungslosigkeit in den Augen.

»Die Rache kommt eines Tages. Vielleicht nicht in der Form, wie du denkst. Vielleicht nicht aus der Richtung, aus der du sie erwartest. Aber wenn man anderen Unrecht tut, ihr Leben zerstört, dann muss man einen Preis dafür zahlen. Für Ægir bedeutete das, seinen Sohn zu verlieren, wie ich meine Mutter verloren habe. Ich weiß sehr wohl, was du versuchst, aber ich habe meine Entscheidung getroffen. Und jetzt muss ich meine Arbeit zu Ende bringen.«

Sigrun lädt die Pistole durch, steht auf und öffnet die Tür des Steuerhauses, um hinauszugehen und ihr eigenes, Ellas und Margréts Leben zu beenden. Hannah springt auf, greift nach ihr.

»Halt! Tu's nicht, ich bitte dich.«

Sigrun schaut ihr direkt in die Augen, mit einem sehr, sehr finsteren Blick.

»Versprich mir, dass du meine Geschichte erzählst, sonst töte ich dich auch.«

»Wenn du jemanden tötest, und das schließt dich mit ein, erzähle ich niemandem auch nur ein Wort über dich und dein Leben! Dann sterben alle Geheimnisse mit dir, Ella und Margrét.«

Sigrun zögert einen Augenblick. Hannah fühlt einen Anflug von Erleichterung; das ist der Schlüssel, um sie aufzuhalten. Doch dann lächelt Sigrun sie mit toten Augen an.

»Die Ermittlungen der Polizei werden die Sache wohl zumindest in groben Zügen aufdecken. Und du wirst es dir nicht verkneifen können, den Rest zu erzählen, wenn Ægir anfängt, sich zu verteidigen. Dann wirst du schon dafür sorgen, dass die Wahrheit über sein Verbrechen und dessen Folgen ans Licht kommen.«

»Du glaubst, ich kann das nicht für mich behalten?«

Sigrun schüttelt den Kopf.

»Nein. Denn dann würde dein Kollege, dieser begriffsstutzige Jørn, sich das Patent auf die Geschichte sichern, und ich kann mir nicht vorstellen, dass du ihm das überlassen willst.«

Hannah fühlt sich voll und ganz getroffen. Vielleicht ist es die Erwähnung von Jørns Namen, vielleicht die Frustration darüber, manipuliert und durchschaut zu werden, vielleicht ist es nur die Angst zu sterben, vielleicht ist es auch die Summe von allem. Auf jeden Fall sammelt sich eine unbekannte Kraft in Hannah, sie spürt, wie ihr Blut in Wallung gerät und das Adrenalin sie zu neuen, mutigen Höhen aufstachelt. Unter Gebrüll wirft sie sich auf Sigrun und die entsicherte Waffe – das Ganze muss jetzt ein Ende haben! Peng. Hannah stolpert nach hinten, spürt, wie ihr Rücken, ihr gesunder Arm und zuletzt ihr Kopf auf dem Boden aufschlagen. Etwas Warmes läuft ihr über die Schläfe, sie tastet danach, schaut auf ihre Finger; Blut. Die Wunde vom Schaft der Pistole, mit dem Sigrun sie getroffen hat, scheint jedoch nur oberflächlich zu sein. Hannah ist erschöpft, aber schnell wieder auf den Beinen. Sigrun ist verschwunden, hat eine klappernde Tür hinterlassen. Scheiße, das muss bedeuten, dass sie im Hinrichtungsmodus ist. Hannah stürzt ihr nach, so schnell ihr geschundener Körper und ihr aus dem Lot geratener Gleichgewichtssinn es zulassen. An Deck ist es dunkel, der Boden ist glatt und der Regen peitscht von allen Seiten auf sie ein. Hannah kann nichts sehen – will Sigrun zuerst Margrét oder Ella liquidieren? Da Hannah nicht weiß, wo Ella ist (wenn sie überhaupt noch auf dem Boot ist!), eilt sie zu der Luke, öffnet sie, springt hinunter.

Margrét leuchtet sie an.

»Hannah!«

Hannah blickt sich verzweifelt um.

»Sie ist nicht hier?«

»Nein, aber ich habe gerade jemanden in Richtung Achterdeck laufen hören.«

»Schnell! Sie will Ella erschießen und danach dich.«

Hannah weiß nicht, wie es Margrét gelingt, sie beide an Deck zu hieven, aber wenige Sekunden später sind sie oben im Regen und bewegen sich halb rennend, halb rutschend auf das Achterdeck des Bootes zu. Fischernetze und Flaschenzüge erschweren die Sicht und schaffen gefährliche Hinterhalte. Hannah und Margrét sehen sich an, spiegeln die Verzweiflung der anderen. Hannah wagt es nicht zu rufen, aus Angst, sie beide zu verraten, sie winkt Margrét dicht zu sich heran; das hier ist etwas, das sie gemeinsam tun müssen. Langsam suchen sie mit den Augen das Heck des schaukelnden

Bootes ab. Obwohl sie wissen, dass sie lebendige Zielscheiben sind, versuchen sie nicht, sich zu verstecken; aufrecht und mit dem Herzen voran bewegen sie sich vorwärts. Plötzlich hören sie einen Schuss, gefolgt von einem Schrei. Ohne sich umzusehen, stürzen sie in die Richtung, aus der der Lärm kam. Hannah sieht nun Ella mit dem Rücken zur Reling stehen, während Sigrun auf sie zielt. Anscheinend ist der erste Schuss danebengegangen. Sicher wegen des schwankenden Untergrunds. Oder auch, weil es schwieriger als gedacht ist, seine eigene Mutter zu erschießen. Ella entdeckt die beiden und stößt einen weiteren kurzen Schrei aus, worauf Sigrun sich umdreht und die Pistole direkt auf sie richtet. Hannah will auf sie zugehen, fühlt sich jedoch von einer bislang unbekannten Panik wie gelähmt, ihre Beine scheinen mit dem schaukelnden glitschigen Deck verwachsen zu sein. Sie schließt die Augen. Jetzt ist es vorbei. Im entscheidenden Augenblick konnte sie sich nicht einmal von einer todbringenden Kugel wegbewegen. Doch was ist das?! Hannah hört tumultartigen Lärm, öffnet die Augen, sieht, dass Margrét Sigrun umgestoßen hat; beide liegen auf dem Deck, im Kampf um die Pistole. Jetzt wirft sich auch Ella in das Handgemenge, und endlich lösen sich Hannahs Fußsohlen vom Boden, sie findet wieder Kontakt zu ihrem Körper und stürzt sich mit Gebrüll und dem harten Gipsarm voran in den Kampf. Es ist nicht ihre Absicht gewesen, den Gips als Schlagstock einzusetzen, doch auf wundersame Weise schlägt sie Sigrun im Fallen damit außer Gefecht, und Margrét gelingt es, ihr nach einem wilden Gerangel auf dem nassen Deck die Pistole aus den mörderischen Fingern zu winden, während Ella Sigruns Beine festhält. Mit einem Kugelstoßer-Schrei schleudert Margrét die Pistole über die Reling weit ins Meer hinaus, das die Gefahr und den Beweis dafür, dass diese Nacht sie beinahe alle vier das Leben gekostet hätte, verschlingt. Hannah sieht Margrét an, dann Ella und dann Sigrun, die erschöpft und hilflos auf dem Deck liegt. Eine Träne der Erleichterung stiehlt sich aus Hannahs Auge. Sie haben überlebt, und jetzt ist es endlich vorbei.

# 58

Erstaunt verfolgt Hannah, wie Ella den Fischkutter in Richtung Land lenkt – wenn sie doch nur genauso gut Auto fahren würde, wie sie ein Boot steuert. In einer Kiste haben sie ein paar alte Decken gefunden, die sie sich als Schutz gegen die Kälte um ihre nassen Körper gewickelt haben. Hannah sieht Margrét an, die neben ihr sitzt, und wirft dann einen Blick in die Ecke des kleinen Steuerhauses, wo Sigrun unter einer Decke kauert. Ihre Hände sind auf den Rücken gefesselt, was nun fast unnötig wirkt, denn sie sitzt apathisch da und starrt ins Leere, weit von jedem Widerstand entfernt. Hannah wendet sich an Ella.

»Es gibt eine letzte Sache, die ich noch nicht ganz verstehe.«

Ella schaut sie an, mit einem Blick, der nicht gerade zum Fragen einlädt. Hannah fragt dennoch.

»An diesem Abend ... Thor ist in dein Auto eingestiegen, und du hattest seine Halskette in deiner Schublade. Warum?«

Ella blickt nur aufs Meer hinaus, in Richtung Hafen, dessen Lichter langsam näherkommen. Es wirkt nicht so, als hätte sie vor zu antworten. Nach kurzem Schweigen versucht Hannah es erneut – sie mustert erst Ella, dann Sigrun. Sucht nach einer Ähnlichkeit zwischen den beiden Frauen, findet jedoch keine. Sind sie wirklich Mutter und Tochter?

»Du hast ihn zufällig getroffen und wolltest ihn heimfahren?«

Ella antwortet weiterhin nicht. Hannah weiß, dass sie das Thema ruhen lassen sollte, es den zuständigen Instanzen überlassen, die letzten Fragen zu beantworten, die Schuldigen festzustellen.

Doch sie kann den Gedanken nicht ertragen, nie zu erfahren, was genau an diesem Abend geschehen ist – erst recht nicht, falls sich herausstellen sollte, dass Ella in irgendeiner Form involviert war.

»Ich muss wissen, ob du etwas mit Thors Tod zu tun hattest.«

Jetzt sieht Ella Hannah direkt an, durchbohrt sie mit einem eisigen Blick. Sagt etwas auf Isländisch, doch nicht zu ihr, sondern zu Margrét. Margrét nickt ernst. Dreht sich zu Hannah.

»Ella wusste, was Sigrun im Sinn hatte. Oder sie hatte zumindest einen Verdacht. Kurz bevor du hierherkamst, hatte Sigrun Ella besucht und gesagt, die Stunde der Rache sei gekommen. Und dass sie dort zuschlagen würde, wo man es am wenigsten erwartet, aber wo es am meisten schmerzt. Ella hatte das Gefühl, dass Thor vielleicht in Gefahr wäre. Deshalb hat sie ihn besonders im Auge behalten. Und es war kein Zufall, dass sie ihn in dieser Nacht aufgelesen hat. Er hatte sie angerufen, war außer sich. Er wollte nicht sagen, warum, aber Ella ist sofort hingefahren, um ihn nach Hause zu bringen. Die Halskette war während des Streits mit Jonni zerrissen, Thor hat sie in Ellas Auto liegengelassen, und als er starb ... Tja, da hat sie sie bei sich versteckt.«

Vieles davon ergibt Sinn, doch Hannah kann sich noch immer keinen Reim auf das Ganze machen.

»Wenn Ella Thor an dem Abend nach Hause gefahren hat, warum ist er dann draußen auf den Strandwiesen gelandet?«

Ella und Margrét wechseln einen Blick, als wollte sich Margrét die Erlaubnis einholen, die ganze Geschichte weiterzugeben. Ella nickt ihr zu und Margrét fährt fort.

»Das ist es, was Ella so quält. Wenn sie ihn in dieser Nacht heimgefahren hätte, würde er vielleicht noch leben. Aber er hat darauf bestanden, dass sie ihn auf halber Strecke absetzt, wollte das letzte Stück zu Fuß gehen. Er war traurig und hatte das Bedürfnis, ein bisschen allein zu sein. Ella hat ihm diesen Wunsch nur sehr widerwillig erfüllt. Sie hat Vigdis und Ægir angerufen und sie informiert, deshalb hat Ægir nach ihm gesucht. Aber trotzdem hat sie das Gefühl, sie hätte Thor seiner …«

Margrét schaut zu Sigrun hinüber, die keine Form von Reue zeigt. Hannah beendet Margréts Satz.

»Seiner Mörderin überlassen.«

Margrét nickt.

»Sigrun hat Ella sogar den Hammer gestohlen, weil die Mordwaffe eine symbolische Bedeutung haben sollte.«

Hannah sieht jetzt, wie Ella Tränen über die Wangen laufen. Sie beschließt, nicht weiter nachzubohren, kann Ellas Schuldgefühle gut verstehen. Aber warum hat sie Sigrun nicht einfach angezeigt, wenn sie wusste, dass sie die Mörderin war? Hannah stellt die Frage an Margrét, die offenbar alle Details kennt.

»Sie wusste es nicht mit Sicherheit, bis vor ein paar Tagen. Sie ist zu uns gekommen und wollte es Viktor sagen, aber nachdem sie sich mir anvertraut hatte, hat sie kalte Füße bekommen. Ich hab versucht, sie zu überreden, alles zu erzählen, so bin ich in die Sache verwickelt worden.«

Hannah betrachtet Margrét, die ebenfalls schuldbewusst wirkt, doch im Grunde sind weder sie noch Ella verantwortlich für das, was geschehen ist. Das ist allein Sigrun, und vielleicht indirekt ein ganz anderer, der vermutlich nie für irgendetwas verurteilt werden wird: Ægir. Hannah richtet ihren Blick auf den Hafen, dem sie sich schnell nähern, und als sie durch die Einfahrt gleiten, hört sie Rufe und sieht, wie die Leute aus dem Ort die Arme heben. Es sind auch Blaulichter und zwei Uniformierte anwesend; das muss die Verstärkung aus der Nachbargemeinde sein. Hannah legt eine Hand auf Margréts, die noch verzagter wirkt als die Mörderin hinter ihnen. Sie blickt ebenfalls auf die uniformierten Polizisten.

»Viktor wird sich erholen, da bin ich ganz sicher.«

Margrét nickt, zieht ihre Hand zu sich. Ein Stoß zeigt an, dass sie Land erreicht haben, und Hannah sieht einige der erfahrenen

Fischer an Bord springen, um das Boot zu vertäuen. Sie hilft Sigrun auf die Beine, wechselt einen letzten Blick mit Ella.

»Gut gemacht.«

Ella nickt, und dann gehen sie alle vier aufs Deck hinaus, hinaus in das Licht des Hafens, stellen sich den neugierigen Blicken der Dorfbewohner. Plötzlich fängt jemand an zu klatschen. Hannah erkennt, dass es Jørn ist, der ganz vorne steht, und als sie gerade genervt reagieren will, beginnen auch die vielen anderen Menschen, die dort im Schnee stehen und froh und erleichtert zu sein scheinen, dass sie am Leben sind, zu klatschen. Hannah schluckt einen Kloß im Hals hinunter, will nicht schon wieder weinen, doch sie bekommt eine Gänsehaut. Die beiden uniformierten Polizisten eilen an Bord, wechseln ein paar Worte mit Margrét, die auf Sigrun zeigt. Sie ergreifen die entlarvte Täterin, die längst jeglichen Widerstand aufgegeben hat. Auch Ella und Margrét wird vom Boot geholfen, Hannah wartet, bis sie an der Reihe ist, und entdeckt in der Menge plötzlich Ægir und Vigdis. Als ein wohlmeinender Mann ihr die Hand entgegenstreckt, schüttelt sie den Kopf und tritt stattdessen einen Schritt vor, sodass alle sie sehen können. Sie schaut zu Sigrun hinüber, die verfolgt von höhnischen Blicken zum Polizeiauto geführt wird.

»Heute Nacht haben wir die Mörderin aufgehalten, die in letzter Zeit euer Dorf unsicher gemacht und viel Leid verursacht hat. Aber wenn ihr sie anseht und verurteilt, solltet ihr daran denken, dass diese Geschichte nicht mit dem Mord an Thor beginnt. Sie begann schon lange vorher. Mit einer Tragödie, der ihr alle den Rücken zugewandt habt und die aufzuklären und den Schuldigen zu bestrafen ihr damals nicht für wichtig hieltet. Vielleicht waren es nicht alle, die heute Abend hier stehen, aber dann waren es eure Eltern oder andere Verwandte. Alle haben die Augen davor verschlossen, dass ein Mann ein dreizehnjähriges Mädchen vergewaltigt hat. Es hatte keinerlei Folgen für ihn, im Gegenteil. Ihr habt zugelassen, dass er euch eure Fangquoten gestohlen und ein Vermögen damit gemacht hat, dass er sich einfach nehmen konnte, was er wollte, ohne jemals für die Konsequenzen einzustehen. Aber damit ist jetzt Schluss.«

Hannah zeigt auf Ægir.

»Ægir, wenn du damals deinen Teil der Verantwortung übernommen hättest, als du Ella als junges Mädchen vergewaltigt hast, dann würden wir heute vielleicht nicht hier stehen. Wir können die Vergangenheit nicht ändern, aber wir können dafür sorgen, dass die Wahrheit ans Licht kommt.«

Hannah schaut zu Sigrun hinüber, die gerade ins Polizeiauto geführt wird. Ihre Blicke treffen sich, Hannah nickt Sigrun zu, die einen Moment zögert. Dann nickt sie anerkennend zurück, senkt die Schultern ein wenig und lässt sich von den Polizisten auf den Rücksitz schieben. Hannah betrachtet ein letztes Mal die Ansammlung von Leuten. Alle flüstern miteinander, schielen zu Ægir hinüber, der sie wütend anstarrt. Er ruft etwas auf Isländisch, Hannah kann über die Bedeutung nur mutmaßen, aber es ist ihr egal. Mit der Unterstützung helfender Hände steigt sie an Land und wird durch die Menge geführt, alle Blicke ruhen auf ihr; was hat sie da eigentlich gerade gesagt? Plötzlich taucht ein wütender Mann vor ihr auf, es ist Ægir. Er stürzt auf sie zu, während er in einer Mischung aus Englisch und Isländisch Flüche und Schimpfwörter ausstößt. Hannah meint, mehrere Varianten von »Schlampe« zu verstehen, fühlt sich der Konfrontation nicht gewachsen, und deshalb ist sie sehr dankbar, als Jørn sich schützend zwischen sie und den wutschäumenden Mann stellt. Es ist, als würden alle Geräusche um sie herum miteinander verschmelzen, Hannah nimmt nicht einmal wahr, was Jørn zu Ægir sagt, doch gemeinsam mit einigen anderen starken Kerlen aus dem Ort gelingt es ihm, Ægir so weit zur Seite zu drängen, dass Hannah unbehindert weitergehen kann. Sie sieht, dass Margrét zu einem Notarztwagen geführt wird, der ein Stück entfernt steht.

»Sie fahren sie direkt ins Krankenhaus, Viktor ist schon dort, und es kam die Nachricht, dass sein Zustand stabil ist.«

Hannah sieht Jørn an, der neben ihr steht. Die Versammlung ist in Auflösung begriffen, Hannah will nur noch weg. Jørn scheint das zu spüren, er zeigt auf sein gemietetes Riesenauto, zu dem Lederweste gerade Ella führt.

»Es ist noch mehr Polizei unterwegs, aber es dauert ein bisschen, bis sie hier sind. Ich habe angeboten, euch heimzufahren, wo sie euch dann verhören werden. Bald ist es vorbei.«

Hannah blickt ihn an, spürt erneut, wie ihr die Augen feucht werden.

»Thor ist wegen mir gestorben. Wenn ich nicht hergekommen wäre, hätte Sigrun ihn nicht umgebracht.«

Jørn schüttelt den Kopf, legt einen Arm um sie.

»Es ist nicht deine Schuld. In Sigruns Haus ist gerade eine weitere Polizeieinheit. Sie haben Aufzeichnungen und Pläne gefunden, die darauf hindeuten, dass sie das Ganze seit Monaten geplant und nur auf ihre Gelegenheit gewartet hat. Thor wäre in jedem Fall gestorben. Aber wenn du nicht gewesen wärst, hätten wir das alles vielleicht nie aufgeklärt. Und sie aufgehalten.«

»Sie aufgehalten?«

»Thor war nur der Erste, den sie töten wollte. Die Nächste auf der Liste war Vigdis, dann Ella, dann Ægir ... Weil du dich eingemischt hast, sind sie alle am Leben. Und natürlich auch Viktor und ich ... Danke.«

Hannah sieht ihn an, die Worte lindern ihre Schuldgefühle ein wenig, doch sie fühlt sich nicht wie eine Heldin. Kein bisschen. Sie dreht sich zu ihm um.

»Danke *dir*. Ohne dich hätten wir es auch nicht geschafft.«

Jørn lächelt.

»Wir sind ein gutes Team, du und ich.«

Hannah antwortet nicht, doch sie nickt trotzdem vage, befreit sich aus Jørns Arm und schaut zu Ella hinüber, die in einer engen

Umarmung mit der weinenden Vigdis steht. Ob sie wohl die Einzige im Dorf ist, die nie etwas von der Vergangenheit ihres Mannes und ihrer Schwester geahnt hat? Hannah gibt ihnen noch einen Moment, läuft dann zu Ella hinüber und legt den Arm um sie.

»Komm, wir gehen nach Hause.«

# 59

Einen Monat hat Hannah für den ersten Entwurf ihres Krimis gebraucht und damit ihre Ankündigung wahr gemacht. Bastian hat dafür gesorgt, dass *diese* Geschichte ausführlich in der Presse verbreitet worden ist, doch das behagt Hannah überhaupt nicht: Noch vor dem Erscheinen ist ein Hype um das Buch entstanden, dem es in keiner Hinsicht gerecht wird, davon ist sie überzeugt. Auch wenn die gröbsten Schwächen der Handlung und einige Schönheitsfehler beseitigt sind, ist es immer noch ein ziemlich beschissener Krimi. Und so befällt sie jetzt eine gewisse Nervosität, als sie hört, wie sich der Raum nebenan mit Journalisten, Fans und anderen neugierigen Büchermenschen füllt. Dem lauten Gemurmel und Stühlerücken nach zu urteilen ist es brechend voll, was zugegebenermaßen noch bei keiner ihrer bisherigen Buchpräsentationen der Fall gewesen ist. Und dieses Mal haben sie sogar die Nimb Bar gebucht, in einer so großen und coolen Location hat Hannah noch nie ein Buch vorgestellt. Sie trinkt einen Schluck Wasser, betrachtet sich im Spiegel. Zur Feier des Tages hat sie auf ihr ewig schwarzes Outfit verzichtet und eine grüne Bluse angezogen. Die Tür öffnet sich, und ein aufgeregter Bastian tritt ein.

»Glückwunsch!«

Hannah blickt ihn skeptisch an.

»Wofür?«

»Es ist proppenvoll da draußen, wir haben nicht alle reinlassen können, die noch auf der Straße stehen. Du bist richtig populär geworden! Und ich möchte kurz daran erinnern, dass sich das auch in den vielen Büchern widerspiegelt, die von den Buchhändlern im ganzen Land vorbestellt worden sind.«

Hannahs Begeisterung hält sich in Grenzen.

»Ja, das sagtest du schon. Aber bei den schlechten Rezensionen, die schon gekommen sind, gibt es nicht viel zu gratulieren.«

»Drei Sterne hier und da sind nicht schlecht.«

»Das ist unter dem Durchschnitt.«

»Vielleicht kannst du das ja heute Nachmittag einfach mal vergessen. Und falls du gleich darauf angesprochen wirst und den Drang verspürst, schlecht über dein eigenes Buch zu sprechen, dann denk doch an das Geld, was du damit verdienen wirst.«

Hannah nickt, diese Präsentation muss sie jetzt einfach überstehen, damit sie sich ihrem nächsten Projekt widmen kann. Sie sieht Bastian an.

»Hast du was aus Island gehört?«

»Ella lässt grüßen, draußen liegt eine Karte von Viktor, und dieser Typ vom Bragginn hat eine Flasche isländischen Wodka geschickt. Iðunn bedankt sich für die vielen Bücher, die du ihr geschickt hast, und Sigrun hat vom Gefängnis aus auf allen möglichen Social-Media-Kanälen gepostet, dass sie dich zu dem Buch inspiriert hat. Ob sie wohl bald eine Hauptrolle in einer True-Crime-Serie bekommt?«

Hannah nickt.

»Und Margrét …?«

Bastian zögert.

»Ich hab leider nichts von ihr gehört.«

Hannah nickt, natürlich. Die wenigen Nachrichten, die sie ihr in den letzten vier Monaten seit ihrer Rückkehr geschickt hat, sind alle ins Leere gelaufen. Margrét hat auf keine einzige geantwortet.

»Also, los geht's.«

Bastian hält die Tür auf, Hannah atmet tief ein und betritt den Raum, in dem es summt vor Menschen, die ihren Einstieg als Krimiautorin miterleben wollen.

Vor dem obligatorischen Weintrinken, Buchsignieren und den Journalistengesprächen hat Bastian einen zwanzigminütigen Auftritt arrangiert, bei dem Natasja Sommer Hannah zuvor abgesprochene Fragen stellt, die Hannah intelligent und gelassen wirken lassen sollen. Hannah nimmt auf einer kleinen improvisierten Bühne Natasja gegenüber Platz, die mit ihrem breiten Lächeln aufrichtig begeistert wirkt.

Bastian ergreift das Mikrofon, heißt alle willkommen, sagt ein paar Worte über Hannahs beeindruckende Leistung, einen Krimi in einem Monat zu schreiben, und über die tragischen Ereignisse in der Wirklichkeit, bevor er endlich an Natasja Sommer übergibt, was eine Klatschsalve auslöst. In der ersten Reihe sitzt Jørn, der strahlend lächelt und einen Daumen nach oben streckt. Hannah würde am liebsten die Augen verdrehen, doch stattdessen lächelt sie.

»Herzlichen Glückwunsch zu deinem Buch und ... der Wahnsinn!«

Nach Natasjas kleiner einstudierter Pause lacht das Publikum mit einer Erleichterung, die zeigt, dass alle die Geschichte des Experiments sowie der realen Ereignisse kennen.

»Das ist ja eine ziemliche Wendung, die dein ambitioniertes Projekt genommen hat, kannst du ein paar Worte dazu sagen, wie es sich anfühlt, dass du jetzt mit diesem Buch hier sitzt?«

Natasja deutet mit einem Nicken auf einen Stapel Bücher, der auf einem kleinen Tisch zwischen ihnen liegt. Hannah würde es sich am liebsten ersparen, überhaupt irgendetwas zu erzählen, doch sie erinnert sich daran, was sie Bastian versprochen hat. Und sich selbst. Sie lächelt Natasja Sommer an.

»*Die Insel des Todes* zu schreiben war nicht einfach, in erster

Linie habe ich ehrlich gesagt mit der Handlung gekämpft, die tatsächlich mühsamer in Fahrt zu bringen war, als ich dachte.«

Einige Lacher im Publikum.

»Es war also schwieriger, einen Krimi zu schreiben, als du gedacht hast?«

»Ja, ich würde sogar sagen, dass ich etwas größeren Respekt vor denen bekommen habe, die das täglich tun.«

Jørn lächelt sie an, sie lächelt leicht zurück.

»Abgesehen von der Schwierigkeit des Genres selbst, wie hast du es denn erlebt, eine erste Fassung innerhalb eines Monats zu schreiben – von den tragischen Ereignissen, die währenddessen in Island stattgefunden haben, gar nicht zu sprechen?«

»Es versteht sich von selbst, dass es in so kurzer Zeit nicht leicht war, und ohne mein eigenes Buch niedermachen zu wollen, ist das Resultat auch dementsprechend. Es ist vermutlich das schlechteste Buch, das ich je geschrieben habe, aber es ist auch das wichtigste.«

»Das wichtigste, was meinst du damit?«

Hannah merkt Natasja an, dass es sie gleichzeitig verunsichert und begeistert, dass sie sich jetzt außerhalb der abgesprochenen Antworten bewegen. Sie zögert einen Augenblick.

»Wichtig, weil es mir einen Schub gegeben hat.«

»Einen Schub gegeben, inwiefern?«

»Die Arbeit daran und die Umstände, unter denen es entstanden ist, haben mich dazu befähigt, mein nächstes Buch zu schreiben, oder besser gesagt, zu dem Buch zurückzukehren, an dem ich gerade geschrieben habe, als diese ganze Sache begonnen hat. Dieses Buch war auf dem besten Weg, ziemlicher Mist zu werden, aber jetzt habe ich herausgefunden, wie ich es schreiben muss, damit es ein bisschen weniger – Mist wird.«

Im Publikum wird wieder gelacht, ein höfliches, munteres Lachen. Hannah betrachtet die Zuschauer. Ihre Leser, all die Menschen, die sie nie treffen wollte, sie sehen sie mit strahlenden Augen an, unglaublich, dass sie hier sind und sie unterstützen, sogar nachdem sie einen solchen Haufen Dreck geschrieben hat. Dankbarkeit erfüllt sie.

»Und wovon handelt dein neues Buch dann?«

Natasja schaut sie gespannt an, und Hannah will gerade antworten, als sie eine Gestalt entdeckt, die gerade eintritt und sich ganz hinten in den Raum stellt. Sie blinzelt, kann das wirklich sein? Ja, es ist wahr – Hannahs Herz macht einen gewaltigen Satz. Die Gestalt ist Margrét. Sie sieht Hannah direkt an, die etwas nervös lächelt. Erwidert das Lächeln. Hannah antwortet Natasja, ohne den Blick von Margrét abzuwenden.

»Es handelt von etwas ganz Banalem. Der Liebe.«

# DANKE

an Grønningen 1 für die Motivation und die harte Arbeit, mich und das Buch über die Rampe zu schieben; besonders großen Dank an Marianne für die klugen und ehrlichen inhaltlichen Diskussionen sowie die ungeheure Stilsicherheit. Danke an Lars und die Copenhagen Literary Agency für die Unterstützung und den Glauben an das Projekt. Danke an Julie Lærke, dass du meinem Buch in spe Aufmerksamkeit gewidmet und es mit deinem besonderen Gefühl für Textverbesserung weitergebracht hast. Danke an Julie Toft für kluges und genaues Lesen mit hochentwickeltem Bullshit-Detektor zu Handlung und Sprache, und danke an Iðunn, dass du vom Anfang bis zum Ende mit ganzem Herzen und einem unentbehrlichen Blick für die isländischen Details dabei warst. Und schließlich danke an Trin, für alles.